LOVE & Darkness

Collection dirigée par Franck Spengler
Ouvrage dirigé par Camille Léonard

Image de couverture : © Shutterstock / Mirelle
Couverture : Jef Cortes

Première édition : Hugo Publishing, 2017

34/36, rue La Pérouse
75116 Paris

ISBN : 9782755637649
Dépôt légal : mai 2018
Imprimé en Espagne

Oly TL

LOVE & Darkness

Hugo Poche

NEW ROMANCE®

À ma lumineuse Anna.

CHAPITRE 1

Mes foutus repères

♥♠♦

♣ La vie ce n'est pas seulement respirer.
C'est aussi avoir le souffle coupé. ♣

Alfred HITCHCOCK

Jayden

Ne pas tomber amoureux. Ne pas m'attacher à une nana. Ne plus JAMAIS ressentir quoi que ce soit pour une femme.

Pour ne pas perdre le contrôle de ma satanée sensiblerie à la con.

Y parvenir en restant absolument avec ma bande. Mes quatre frangins de cœur : Chris Jenkins et son frère Alex, Cruz et Logan. Ils m'oxygènent, me maintiennent en vie et tuent ma tendance à observer le monde avec une âme d'artiste plutôt qu'avec mes yeux désabusés. Ce qui m'empêche d'inventer, par besoin compulsif, de la beauté là où il n'y en a pas et me permet de rester lucide. D'affronter la réalité, de l'accepter et d'avancer coûte que coûte.

Mais parfois, la vérité crue devient trop rude et j'ai juste besoin d'être l'un des leurs. Un fêtard qui oublie tout. Un déjanté à la virilité triomphante et assumée. Un membre de cette fratrie de cœur qui clame :

« BadASS un jour, BadASS toujours. »

Assis, je mate l'immense dessin – mon exutoire – qui bouffe entièrement le mur faisant face à mon lit. Je me répète mes résolutions en serrant fort la boîte cabossée contenant mon kit de peinture. Travailler sur cette fresque est un rituel quotidien qui en a remplacé un autre, plus nocif…

Mes œuvres couvrent aussi l'intégralité de mon corps, cette carcasse que je déplie pour me redresser. J'ôte mon t-shirt noir, mon jean usé à la corde et mon boxer pour me diriger vers la douche. J'enclenche Coldplay en passant. La guitare électrique d'*Every Teardrop Is a Waterfall* m'accompagne sous les jets. Tout comme les pensées sombres que je trimballe H24 jusqu'à la fin de la semaine, lorsque j'arrive enfin à m'en débarrasser en m'entourant des frères que je me suis choisis.

Et justement, nous sommes un soir de week-end. Mes potes et moi allons nous affranchir momentanément de toutes limites sociales et morales.

Au sein de notre club, nous sommes cinq hommes au parcours, à la personnalité et au style de vie différents… du moins, lorsque nous ne sommes pas réunis. Ensemble, nous formons un bloc indissociable, dans la débauche et la fraternité. Dans les coups durs et les bastons. Dans le partage et la complicité. Ils sont ce qu'il me faut et j'ai hâte de les retrouver.

Il y a Christopher Jenkins, le génie de la technologie, à la tête de sa start-up florissante.

Alex Jenkins, son petit frère, qui étudie la géopolitique à Princeton, excellent batteur et guitariste à ses heures perdues.

Diego Cruz, lieutenant de police, qui traque et démantèle des gangs.

Logan Prescott, notre blouse blanche, docteur spécialisé en gynécologie.

En dépit de leurs vies stables et de leurs responsabilités professionnelles en semaine, tous deviennent des joueurs invétérés de l'extrême le week-end. Nous avons tous besoin de ce défouloir et avons mis un jeu en place.

Quatre cartes : l'as de pique, l'as de cœur, l'as de carreau, l'as de trèfle. Leurs symboles sont gravés à divers endroits de nos corps, gages d'appartenance aux quintuplés que l'existence et les circonstances ont fait de nous. Chez moi, c'est à la base de mes doigts qu'ils sont tatoués.

Nous choisissons à chaque partie laquelle sera la carte maîtresse. Celle-ci octroie le droit à celui qui l'a tirée de diriger notre soirée. Il nous propose des challenges collectifs – sexuels ou non – à relever. Mettant la fratrie BadASS au défi de suivre le mouvement.

Il n'y a pas mieux pour abrutir nos méninges et ne plus trop réfléchir. Les préoccupations, les secrets, le poids du passé et du présent sont noyés sous un flot d'alcool, de beuh et de fluides échangés avec des nanas faciles qu'on chope en meute. Cela dit, moi, j'évite de boire et allège au maximum la dose d'herbe que je consomme. Ma bande respecte ce choix, et de toute façon, ça ne m'empêche pas de partager à fond les divertissements de mes frères.

Cependant, en dépit de notre mode de vie, nous n'avons pas tous l'apparence du bad boy type. Ce mec imbu de sa petite personne merdique qui se la raconte et excite la minette basique. Loin de là. Il n'y a qu'à rencontrer Chris Jenkins en semaine pour s'en convaincre. Son allure de PDG dynamique est à l'opposé de mon style de ténébreux couvert de décorations corporelles.

Notre philosophie ? Si, au cours des quarante-huit heures du week-end, tu n'as pas connu quelques minutes durant lesquelles ton cœur a failli exploser dans ta poitrine, alors ta chienne de vie ne vaut pas la peine d'être vécue.

Et ça, ça me va. Pareil pour nos règles annexes :

Interdiction de dire « stop » ou « je ne peux pas faire ça » jusqu'au lever du jour.

Les défis ne se font qu'avec la totalité du groupe.

Si l'un d'entre nous a l'idiotie de tomber amoureux, les autres doivent intervenir pour

le débarrasser de la femme qui fait de lui une mauviette. Tous les coups sont permis pour éjecter la gonzesse.

Quand je ne suis pas avec les BadASS, je suis juste Jayden Graham, dans une cuirasse épaisse et marquée d'encre. Taciturne. Artiste tatoueur, propriétaire du Jayden's Tattoo & Piercing, dans le New Jersey. La plupart de nos voisins new-yorkais, trop fans de leur Cinquième Avenue, voient ma ville comme une tanière de ploucs, mais c'est là que j'ai mes repères.

Pour les intimes, je suis Jay, mais ils ne sont pas si nombreux à avoir gagné le droit de m'appeler ainsi. Rares sont ceux qui me connaissent réellement…

CHAPITRE 2

Le bracelet

♥♠♦

♣ Les bons souvenirs sont des bijoux perdus. ♣

Paul VALÉRY

Une inconnue dans le New Jersey

Les yeux sur un calendrier LGBT accroché au mur, je note qu'on est déjà le 3 juin. C'est fou ce que le temps passe vite. Je n'y prêtais pas attention avant, mais maintenant, si.

Allongée sur le ventre dans un lit qui n'est pas le mien, je sens des ongles sillonner délicatement mon dos. Ma joue se pose sur mes bras repliés et, machinalement, je cherche le contact réconfortant de mon bracelet. Mais il n'est pas à sa place habituelle. Je l'ai cassé par inadvertance et en ai égaré quelques breloques. Le reste est rangé dans un petit vase vide, sur la commode de ma chambre. Il faudra que je le rafistole rapidement pour le remettre à mon poignet. Depuis ma dernière année de lycée, je l'ai constamment avec moi. C'est plus qu'un bijou à mes yeux. Il est différent de la batterie d'accessoires ethniques que je porte généralement sur moi.

Je remue légèrement mais ne tourne pas la tête vers la personne à mes côtés. Les caresses sur ma peau continuent dans le silence. Des lèvres m'effleurent et, bientôt, le son suave d'une voix brise la quiétude post-orgasmique.

– Tu as pas mal de bleus, dis ?

Je me crispe, ferme les paupières.

S'il te plaît, tais-toi, ne parle pas de ça !

– T'en as là, là... là aussi... et...

Je me relève brusquement, incommodée par cet inventaire. Évidemment que j'en ai, mais pas tant que ça, si ? À vrai dire, je ne scrute pas mon corps tous les matins. Quand je suis nue, c'est généralement pour me doucher, et je me rhabille rapidement après sans m'inspecter sous toutes les coutures. Et je ne montre pas si souvent ma nudité aux autres. Ma vie sexuelle est plutôt en dents de scie : j'ai des jours avec et des jours sans, et cela me convient. Sans prise de tête. Si j'ai des plans occasionnels, tant mieux. Je suis libre. Je ne compte pas pour ces étreintes provisoires et elles ne comptent pas non plus pour moi.

C'est plus simple ainsi. À ma portée.

L'infime magie du moment dissipée, je cherche mon sarouel et mes sous-vêtements, que je commence à enfiler.

– Hey ! Ma jolie, qu'est-ce que tu fais ? s'étonne mon *one-shot.*

Un jour sur deux, je prends le métro pour New York afin de restaurer une vieille œuvre hippie pour un riche particulier. Cela me rapporte un peu de thune en plus de mon job dans le New Jersey. J'avais envie de m'évader de mes soucis après ça et me suis retrouvée un brin pompette dans un pub, à danser langoureusement avec quelqu'un qui ne m'avait pas lâchée des yeux…

– Putain, je kiffe comme tu bouges. Tes fringues, ton peps, tout de toi transpire l'artiste originale et libérée. Je me trompe ?

Je ne sais plus ce que j'ai répliqué. De toute façon, nos langues n'ont pas tardé à entamer une autre forme de conversation. Nous voilà une heure après, notre complicité sensuelle dorénavant évaporée après l'instant torride que nous avons savouré.

Je souris en crochetant mon soutien-gorge.

– Je m'en vais. Merci pour ce moment délicieux.

– Je n'aurais pas dû parler de tes bleus, c'est ça ? Pardon, ce n'était pas par indiscrétion mais je…

– T'inquiète. Tout va bien. Je dois simplement y aller si je veux attraper le Path pour Jersey City. Je bosse sur une fresque aux reliefs phosphorescents et c'est à la tombée de la nuit que je vois le mieux comment peaufiner certains détails et coloris.

– Arf ! T'es encore plus canon en expliquant ça.

Ma bonne humeur revient et je lui envoie un baiser en remettant mon top jaune. Je recoiffe rapidement ma chevelure blonde. Les deux torsades que je me suis faites tiennent toujours. Je replace mon *headband* de plumes. Les iris de ma conquête ne loupent aucun de mes gestes, je crois y déceler du désir en train de renaître.

– Reste, sexy boho. Tu n'as qu'à sécher le taf aujourd'hui.

Je fixe un instant ses pupilles dilatées. J'hésite. Mais je ne peux pas et ne veux pas offrir plus que la parenthèse charnelle que nous avons déjà partagée. Ce n'est pas possible, ni envisageable.

– T'en as envie, n'est-ce pas ? J'ai encore plein d'autres façons de te rendre euphorique à te montrer.

Euphorique ? Pas à ce point-là, mais c'était agréable. Elle est belle et sa douceur m'a plu.

Oui, il s'agit bien d'une femme...

Après un baiser tentateur et des frôlements de la belle Latina pour m'incendier, je réussis à prendre la poudre d'escampette. Sans laisser mon numéro de téléphone, ni même mon prénom.

Pas le moment, plus le moment de nouer des liens avec qui que ce soit.

Voilà ce que je me répète en montant dans ma rame de métro aérien, casque audio sur les oreilles. Je tombe sur Meghan Trainor et son *All About That Bass*. J'augmente le volume, bouge la tête en rythme, souris aux usagers dont je croise le regard. Ma gaieté est communicative.

Arrivée à destination, j'esquisse quelques pas de danse en solo sur le trottoir. Je sautille, chantonne, tape des mains en rythme. Un passant amusé s'invite quelques secondes dans ma choré et se déhanche avec moi. Nous nous souhaitons mutuellement une bonne soirée, puis je gagne mon boulot en riant et en musique. Bien dans mes sandales et ragaillardie.

Je profite avec joie de l'infinité de choses sur mon chemin. L'air estival dans mes cheveux et sur mes bras nus. Les habitants du New Jersey. Pharrell Williams qui chante *Freedom* dans mes tympans enchantés. Le cornet de glace au chocolat et morceaux de M&M's que j'achète et déguste en marchant.

Oui, tous ces infimes bonheurs sont exquis. Point !

Une fois sur place, je déballe mon matériel rangé dans un coin, sous une bâche. Je m'installe à même le sol afin de fignoler d'abord un projet pour Stella, le temps que l'agent de sécurité qui surveille le bâtiment dont j'embellis la façade fasse le nécessaire pour éteindre l'éclairage. J'extirpe une feuille de papier et un crayon de mon fourre-tout. Il ne me manque plus que les finitions sur les motifs que ma petite poulette préférée voulait. J'ignore ce qu'elle souhaite en faire, un tableau ou un graffiti de déco pour notre appart, probablement. Mais dans ce cas-là, je prévois d'en concevoir un deuxième avec son prénom puisque, à sa demande, celui-ci s'articule autour du mien : Milly. Satisfaite du résultat, j'imagine son sourire quand elle le découvrira.

Je peux m'occuper maintenant du large pan de mur à coup de pinceau. J'adore mon job et je crois que j'aime bien cette nouvelle ville dans laquelle j'ai rejoint ma belle Black pour honorer des contrats plutôt juteux et providentiels. Rien de mieux que d'être payée pour exercer ma passion.

– Il n'y a pas d'ombre au tableau, je savoure tout, me dis-je en respirant paisiblement.

Tortillant du popotin avec *Work* de Drake et Rihanna, je m'éclate et ne vois pas le temps passer. La vivacité et l'harmonie que je crée avec ma peinture m'obnubilent et gomment mes tracas ainsi que le constat de tout à l'heure à propos de ma peau marquée…

CHAPITRE 3

La fille au bracelet

♦♣♠

♥ La beauté de l'âme se répand
comme une lumière mystérieuse
sur la beauté du corps. ♥

Victor HUGO

Jayden

L'eau ruisselle sur mes muscles qui se dénouent, sur mes innombrables tatouages et bijoux que je ne remarque quasi plus. En frictionnant ma tignasse sous les jets tièdes, je repense à hier. Des images me reviennent involontairement. J'essaie de les zapper, mais elles s'incrustent. Persistantes. Limpides. Déroutantes.

Je n'aurais pas dû emporter ce truc chez moi. C'est certainement pour ça que ma mémoire ne passe pas outre. Parce que j'ai chipé cette espèce de perle métallique, estampillée d'un M.C. et de feuilles gravées avec soin.

Je revois le bracelet multicolore parsemé de breloques dont elle provient sur la peau pâle de celle qui le portait… L'aura bohème qu'elle distillait dans l'air. Mes yeux étaient embués de larmes mais ils l'ont distinguée comme dans un rêve. Ses cheveux blonds virevoltaient, voilant sa figure. Chaque fois que je relevais la tête vers elle, soit ses mèches et ses plumes, soit un mouvement de sa part m'empêchaient de discerner son visage.

Son aspect irréel m'a libéré de la morosité et de la tristesse qui s'étaient établies en moi, ravivant soudain ma maudite manie de puiser de la beauté dans le quotidien pour ne pas sombrer. J'estime ne plus y avoir droit, mais c'est plus fort que moi, j'ai besoin d'enjoliver la réalité laide et obscure. Et l'autre moyen que j'utilisais avant cela était bien plus nocif.

Alors, cette inconnue a été ma source de lumière dans ce parc public…

J'ai suspendu mon crayon, enfermé mes pensées à propos de ma famille, de Meg et d'Elliott. Et je l'ai photographiée mentalement, pour la reproduire. L'imprimant sur mes rétines.

Elle a réactivé ma saleté de réflexe d'artiste, parce que l'inspiration peut subitement naître de l'inattendu. L'étrangère à plumes a été cet inattendu magnifié.

J'ai délaissé le croquis que j'effectuais pour la maquette d'un client. Les iris rivés sur sa silhouette féminine entourée d'une petite robe respirant la gaieté, la bouche sèche, je suis resté scotché devant elle tandis que mon souffle et mon rythme cardiaque ralentissaient.

J'ai gardé un morceau du bijou qu'elle a brisé. Elle l'a cherché un instant au sol avant de renoncer et de s'évaporer tel un charme…

Merde, mais arrête ça, Jay ! Tout de suite ! me sermonné-je abruptement.

Je ferme les robinets et sors de la salle de bain. Je secoue la tête afin de me remettre les idées en place. On est en week-end et je suis un putain de BadASS qui combat sa sensiblerie ! Mes potos arrivent pour me le remettre dans le crâne. Je m'accroche à cette pensée.

Girlfriend de Gym Class Heroes pénètre petit à petit dans mon esprit, qui s'emplit de notes de musique. Je m'y accroche, en voulant de toutes mes forces effacer la fille au bracelet. Ce moment que j'ai dû vivre dans un univers parallèle, tellement il me semblait beau.

Je ne la reverrai plus jamais. Et même si c'était le cas, je ne la reconnaîtrais probablement pas, puisque je n'ai même pas vu son visage…

♥♠♦♣

Habillé de l'un de mes sempiternels jeans déchirés et d'un t-shirt, je remonte dans mon salon, le Jayden's Tattoo & Piercing. Mon appartement se situe en souplex[1] et occupe toute la superficie du sous-sol, avec des puits de lumière

---

1 Le souplex est un duplex constitué d'un niveau en rez-de-chaussée et d'un niveau secondaire en sous-sol.

naturelle et tous les aménagements modernes indispensables.

Ça y est, les gars sont là. Les Rolling Stones tournent en boucle et l'atmosphère se virilise à fond. Des volutes de fumée de clope s'élèvent. Je m'en grille une également et ouvre une bouteille d'eau plate. Bientôt, les canettes de bière vides s'amoncellent.

Puis chacun d'entre nous tire une enveloppe, contenant une carte. Quatre as, plus une carte vierge. Nous nous matons avec une lueur complice dans les yeux.

– Alors ? demande Logan, notre Doc, dont le regard gris perle se pose tour à tour sur chacun des autres membres de la bande.

Il ébouriffe ses épis châtains, un sourire en coin au milieu de sa barbe de quelques jours. Nous retournons nos enveloppes et les ouvrons.

– *Amigos*, c'est moi qui l'ai ! signale Cruz en montrant fièrement le trèfle, la carte maîtresse aujourd'hui.

La bouche de notre Latino ténébreux s'incurve et une étincelle anime ses prunelles cacao.

– Merde alors ! se désole Alex, le plus jeune des Jenkins, notre étudiant.

– Comme tu dis, p'tit frère, appuie Chris, amusé. On va devoir suivre le poulet !

– On est suspendus à tes lèvres, mon lieutenant, affirme Logan.

– Le B, annonce Cruz en se levant de sa chaise.

Les frangins Jenkins échangent un sourire salace. Ce sont de fervents adeptes du triolisme. Une manière pour eux d'exorciser des démons de leur passé, je crois. Il y a des cadavres planqués dans les placards de chacun de nous… Généralement nous n'abordons pas les pourquoi. Par exemple, il en est de même pour la vasectomie que Logan Prescott a subie pour être sûr de n'être le père d'aucun rejeton… Nous éludons certains sujets délicats.

Passons.

Bref, concernant les Jenkins, que ce soit avec ou sans nous, ils sont deux dans tout. Surtout dans une femme consentante. Alex, son as de carreau tenu entre deux doigts, commente :

– Pour la lettre B, j'imagine que tu préconises de la baise au programme, Diego.

Jenkins Junior est fêtard, jusqu'au-boutiste et déteste perdre. Quant à moi, je réalise que je me coltine la carte vierge. Complètement inutile. La différence entre celle-ci et les as non gagnants est que je n'ai même pas le droit de proposer d'idées. Elle équivaut à « tu fermes ta gueule et appliques tout ».

– Non, mec, un peu plus, voyons ! Nous savons nous éclater mieux que ça, s'esclaffe Diego.

Chris approuve en finissant sa mousse :

– Ouais. Si nous pouvions éviter de nous ennuyer dans un plan qu'un gars lambda peut se dégoter tout seul…

– Tu me connais, mon coco, ricane le tombeur portoricain.

Cruz a une dégaine trompeuse de racaille, avec ses tifs noirs rebelles et son piercing industriel à une oreille. Il se fond dans une masse de voyous sans souci, ce qui est bien pratique dans ses missions d'infiltration. Et comme il ne fait pas flic, il n'attire pas l'attention sur nous dans les endroits chelous où nous nous rendons quand nous sommes déchaînés.

Pour ce qui est de l'aîné des Jenkins, il a de prime abord un air de gendre idéal. Dynamique, sportif – comme nous tous –, et cérébral, il suscite la confiance chez les clients de sa boîte. Sa chemise blanche ajustée est partiellement déboutonnée et assortie à un jean brut et des sneakers. Mais il retire ses lunettes de geek tous les week-ends et n'est plus qu'un BadASS avec un super cerveau.

– Vas-y, accouche, Cruz ! s'impatiente Alex en fixant l'intéressé. Tu veux quoi avec ton B ?

– Ouais, annonce la couleur, mon pote, appuie Chris.

Je m'allume une clope.

– Bar et Baston, ça nous fera un putain de défouloir. Baise OK, mais seulement en fin de soirée, pour conclure à merveille ce challenge, énonce enfin Cruz.

La petite liste de notre volaille nous plaît à tous.

– Je marche ! Étant le gagnant du dernier défi, j'impose que vous ne mettiez d'option que sur les minettes dont le prénom débute par un B, déclare le docteur Prescott.

– Nickel ! On va se marrer !

J'opine en me levant, les Jenkins *idem*. Tout le monde commence à sortir de mon salon de tatouage, anticipant les réjouissances à venir. J'éteins les lumières et referme derrière moi. Le Latino accoste le toubib dans mon dos pendant que je cadenasse le rideau de fer.

– Au fait, Doc, le Prince Albert inversé[2], t'es sûr que je peux m'en servir, maintenant ?

J'en connais un qui est à la fois survolté et inquiet de voir ses attributs reprendre du service. Je me retourne pour capter les prunelles grises rieuses de Logan.

– Tu veux dire que, ce soir, c'est son baptême du feu, Diego ? s'étonne-t-il en dévisageant notre keuf.

– Yep ! L'abstinence, ça craint, surtout pendant des semaines.

Le docteur Prescott éclate de rire. Mais cela n'a pas vraiment fait marrer Cruz de douiller puis d'avoir dû attendre avant de savourer à nouveau des rapports sexuels.

– Jay t'a dit que c'était OK, non ? C'est lui le pro qui t'a percé, et qui *m'a* percé auparavant, d'ailleurs, rétorque le gygy en pivotant dans ma direction.

– Absolument, je confirme. Il est opé : lâche-toi, *amigo* !

– Ouais, mais toi, tu es médecin, Logan, et tu portes le même piercing, alors ton avis m'intéresse aussi.

---

2 L'un des piercings génitaux masculins.

Doc frotte le bout de son nez avec l'index, feignant de cogiter sérieusement.

– Bah écoute, t'es le seul juge fiable de ton matos… Tu as respecté le délai et les consignes de cicatrisation. Fais confiance à Jay, et de grâce, ne me sors pas ta queue pour que je l'inspecte.

– T'as peur d'avoir des complexes après ? se poile le poulet en embrasant une cigarette.

– Tssssst ! Tu rêves, mon vieux ! Jay, toi qui as vu nos deux bêtes, tu peux tuer les illusions du Portoricain ?

Quels sales gosses ! Ils ne m'auront pas sur ce coup. Je les contre en tournant les talons.

– *No comment !* Zappez-moi !

Ils se chambrent tandis que je m'éloigne et prends le pouls de mon quartier. Tout est branché, dans le coin, la population qui le fréquente tout comme les enseignes : commerces, restaurants, et une discothèque *hype*. On entend des bribes de musique, ce qui constitue l'un de mes repères sensoriels. Ici, je sais que je suis chez moi.

Mais la chaleur est étouffante aujourd'hui. Heureusement, mon t-shirt noir en coton, discrètement floqué de mon logo, est assez léger.

Les Jenkins clopent devant la Bentley de Chris. Quant à Logan, il grimpe dans la Dodge ancienne retapée et merveilleusement entretenue de Diego. De tous mes amis, le Doc est celui qui pourrait me servir de vitrine vivante. Grand fan de décorations corporelles, il est moins tatoué et percé que moi, mais bien plus que les trois autres.

J'enfourche ma bécane, mon casque dans une main, en lui souriant. Quand je pense que cet enfoiré ausculte l'entrejambe féminin à longueur de journée…

J'envoie un salut à ceux qui démarrent. Diego exulte derrière son volant :

– Mode chasse enclenché, ma couille !

– Et comment ! je réponds.

– Je vais traîner exprès pour que la course soit fair-play pour vous, gamines ! nous provoque le keuf.

Je fais vrombir mon moteur tandis que Diego plaque un gyrophare sur son toit. Il abuse de nos impôts, ce con ! Amusé, je secoue la tête.

– J'ai bien envie d'appeler Betty pour le défi. T'en dis quoi, toi ? demande Alex à son frère.

Chris fait mine d'y songer. Son frangin empoigne ses cheveux longs et se fait un *bun* au sommet de son crâne. Il joue avec la bille métallique sur sa langue, percée également par mes soins.

– Betty nous mettrait hors jeu, il faudrait alpaguer une ou deux meufs directement ce soir, argumente le grand frère pendant que j'enfonce mon casque sur ma tête.

Pas besoin d'entendre la réplique d'Alex, l'hyperactif du sexe dans notre bande. Sûrement un truc du genre : « Tant pis, je la sauterai tout seul entre midi et deux. »

– À plus, ma poule ! me lance Christopher en appuyant sur le champignon.

– Ciao, mes minettes Jenkins !

Déjà grisé, je prends de la vitesse. Serpentant entre les voitures à dos de ma monture, je leur sers un doigt d'honneur avant d'accélérer. Il n'en faut pas plus pour qu'ils foncent à ma poursuite. Nous esquivons les autres automobilistes avec un plaisir grandissant.

Voilà l'un de ces instants où les pulsations de mon cœur dégomment ma poitrine et me font me sentir – pour un laps de temps – à nouveau vivant, en dépit de l'obscurité tenace tapie en moi. Ces quelques minutes renforcent ma certitude que je ne m'en sortirai pas hors de cette famille que je me suis constituée.

Mes potes, mes frères.

CHAPITRE 4

Neurones : off / Hormones : on

♥♦♣

♠ Nous déconnecter de toute cette intelligence
et laisser le rythme faire effet.
Rompre avec les traditions…
Les filles font monter la température. ♠

Let's Get It Started, BLACK EYED PEAS

Jayden

Faire la fiesta, je veux bien. Lever des filles émoustillées en troupe, pourquoi pas. En revanche, je n'ai pas réellement l'inclination du chasseur. Je ne possède pas, comme d'autres, cette avidité du prédateur qui salive face à une paire de seins.

Du coup, la drague n'est pas une seconde nature chez moi, comme c'est le cas pour mes frangins. Je dois constamment désactiver mon cerveau durant nos jeux. Tenter de n'agir, de ne penser qu'avec mes instincts les plus bas. En principe, mon pénis arrive à réagir avec détachement, grâce aux habitudes de nos nuits débridées qui se sont ancrées en moi. Heureusement que l'effet de groupe opère. Avec ma bande, ma coquille se durcit… J'ai presque un alter ego dont je deviens plus fier que de celui que je suis vraiment. Un « moi » plus salaud avec les meufs et pourtant meilleur à mes yeux, car il est vierge du reste. Il oublie les abysses dégueulasses, ne voulant que s'éclater dans une cohésion totale avec ses chers amis.

Sur la route, j'ai savouré une poussée démentielle d'adrénaline en roulant à tombeau ouvert entre les bagnoles, coursé par mes potes. Le kiff total !

Une fois au bar, l'enivrement de la vitesse sur ma Harley Dyna s'émousse progressivement. Nous devons nous déployer, nous trouver des partenaires occasionnelles pour le défi B. Mais gros hic : je préfère largement jouer au billard et observer les autres. Aucune envie d'alpaguer. Peut-être suis-je trop exigeant ? Aucune femme ne m'attire au point de m'appesantir sur elle…

Le bar est plutôt animé, avec du Queen dans les enceintes. *Another One Bites the Dust.* Des nanas se trémoussent, certaines déjà imbibées. Des mecs *idem.*

En retrait, j'ai une vue imprenable sur ma bande. Je repère Diego, qui en est déjà à la phase tactile avec celle qu'il a aimantée. Je n'irais pas jusqu'à dire que nous avons tous des goûts identiques en termes de femmes, mais on s'accorde sur l'essentiel. Ce qui a son importance lorsqu'on se regroupe.

Les Jenkins, non loin, discutent avec deux gonzesses. J'arrive à capter leur conversation, mais je fais mine du contraire pour qu'on me foute la paix. Chris demande à une serveuse en tenue ultra-aguicheuse d'apporter son meilleur whisky. Une glue à ses côtés semble intéressée par un possible *threesome* avec une belle gueule racée dans son style.

– Ton frère dit que vous prenez les nanas ensemble et que parfois vous allez au-delà du trio. Vous êtes déjà montés à combien de partenaires ? minaude-t-elle.

Je lève les yeux au ciel. Putain, ce que ça peut être facile avec certaines ! Des chaudasses qui n'attendent que ça… Heureusement pour nous, cela dit.

Notre boss de start-up acquiesce en prenant une gorgée de son verre. À sa grimace, je déduis que ce qu'ils ont de meilleur dans cet établissement bas de gamme déplaît à son palais averti. Il repose le whisky et passe la main dans ses cheveux en fixant la brunette plus que coquine.

– On a trois potes qui se joignent à nous régulièrement. Tu vois le brun avec la barbe de trois jours, près du comptoir ?

Il désigne le lieutenant Cruz. Je tourne la tête vers Logan, en charmante compagnie également. Concentré sur le cours particulier de billard qu'il donne à la fille prise en sandwich entre ses deux bras. Ce salaud a trouvé le bon prétexte pour se coller aux fesses de la miss, l'air de rien.

– Oui, je l'ai, répond l'une des nanas accrochées aux Jenkins, en touchant exagérément ses cheveux méchés.

Elle mate Diego, maintenant, agréablement surprise qu'il fasse partie de la confrérie de la débauche BadASS.

– Miam ! Il n'est pas mal du tout.

Cruz, se sentant observé, pivote et sourit aux nanas en leur faisant un clin d'œil. Il croise mon regard ensuite et se touche le menton. Traduction : c'est en bonne voie de son côté. Je lui adresse un salut militaire avec ma queue de billard.

Merde, j'ai attiré l'attention de Chris et des meufs sur moi.

– Les deux tatoués à droite sont aussi dans notre troupe. Voilà, vous avez vu tout le monde, conclut Jenkins.

Crispé, je les ignore en feignant d'être absorbé par mon jeu. Normalement, je dois me plier à toutes les directives car j'ai tiré la carte vierge du suiveur enthousiaste, mais voilà…

– La vache ! T'as vu celui qui est tout seul, Rachel ?

Génial, elles bavent sur mon profil, maintenant… Une chose est sûre, la Rachel ne répond pas aux critères de sélection pour notre soirée privée. Défi B, pour elle, c'est mort.

– Il est salement canon, et visiblement très solitaire, note-t-elle.

– Jayden, ce n'est pas le plus simple à apprivoiser parmi nous.

– Huuuuum, j'adore ! Mystérieux et réservé.

Chris se bidonne. Il se doute que je suis *fou de joie* d'entendre ça.

– Et si celui qui a le visage enfoui dans le cou de la blonde là-bas est aussi prometteur que vous autres, je dirais que c'est la première fois que je tombe sur une bande d'amis où il n'y a rien à jeter, s'extasie la minette.

Sa copine et elle se chuchotent quelque chose et gloussent. Mortel, elles sont grave alléchées par le quinté. Je ne me mêle toujours pas au groupe. Aucune envie.

Alex revient, chargé de Baileys au caramel pour les demoiselles et de bières fraîches pour son aîné et lui. Les filles demandent comment il se fait que Chris, si… *distingué* – oui, je crois bien que c'est le mot qu'elles emploient –, soit ami avec des hommes si différents.

Ha ha, ouais, la bouille angélique BCBG produit toujours son petit effet sur les nanas.

– Parce que la vie et le temps nous ont soudés, explique Christopher. Nous avons bien plus en commun que la plupart des gens.

Elles n'auront pas plus de détails. Ça ne les regarde pas.

– Comme le fait de coucher avec les mêmes femmes, n'est-ce pas ?

– Ouais, si tu veux. Et puis, le sexe est un besoin physiologique, ma belle. Pour tout le monde. Tant qu'à l'assouvir, autant rendre ça ludique et mémorable, non ? rigole Alex.

– Et c'est à plusieurs que vous trouvez ça plus fun ? miaule l'autre fille qu'il commence déjà à frôler.

– Vous n'avez pas à vous en plaindre. Imaginez les caresses de deux à cinq paires de mains expertes sur vous. Et sentir autant de bouches un peu partout… Le plaisir démultiplié. Je vous garantis qu'aucune fille n'en est jamais sortie déçue, bien au contraire…

Bah voilà, il leur a vendu du rêve, du fantasme et de la décadence.

♥♠♦♣

Je m'éclipse pour fumer. J'aurais préféré me rouler un pet', mais je me contente d'une clope en espérant ne pas m'égarer dans mes pensées.

Je sais que Chris s'emmerdait presque autant que moi à l'intérieur. Il n'écoutait les nanas que d'une oreille. Je n'ai pas vu cette petite étincelle qui brille dans ses yeux quand il est vraiment à fond sur un truc. Il était blasé. Mais il les a conquises, ces meufs, les doigts dans le nez. Ce qui force mon admiration chez mon pote, c'est qu'il pourrait vendre du riz à des Vietnamiens dans leur rizière. Une force de persuasion du tonnerre ! Les filles ont bu ses paroles tandis qu'Alex les ravitaillait en boissons et les charmait également à sa manière…

Quant à Diego, je parie qu'il dissémine toujours des baisers dans le cou de la meuf qu'il a serrée. Celle de Logan m'a l'air plus rock, ce qui laisse présager de l'explosif. J'espère qu'au moins l'une d'entre elles me permettra de décoller légèrement. J'y crois moyen, cependant.

Mon esprit vogue vers l'inconnue du parc. Je ferme les yeux et pousse un râle de dépit. Bordel, pourquoi elle ne se barre pas de mon crâne, celle-là ? Si ça se trouve, c'est une vraie guenon et je m'esquinte l'imaginaire à l'enjoliver.

Heureusement, Alex se ramène, ce qui met un terme à mes divagations à deux balles.

– Hey, mon Jay ! Qu'est-ce que tu fous là ? Putain, va nous dégoter des minous au lieu de faire ton loup solitaire ! Reviens dans la meute, frangin, me vanne-t-il en regardant une femme descendre d'une voiture en face de nous.

– Lâche-moi le slip, coco ! Me dis pas que tu m'as rejoint juste pour me saouler ?

En fait, il fixe la blonde qui s'est garée. Elle est fringuée comme une tapineuse, avec un décolleté plongeant et une jupe étroite à ras la moule. Forcément, j'ai perdu mon obsédé de pote, qui bloque dessus. Cependant, elle n'effectue pas deux pas sur ses échasses aux bouts pointus que des types visiblement torchés essaient de la peloter à renfort de commentaires grivois. Alex lâche un juron et envoie un message aux membres du groupe.

– Tu la connais ?

– C'est Betty, *notre* Betty. Je l'ai invitée et c'était pour l'attendre que je suis sorti.

Pendant qu'il me raconte ça, les gros relous commencent à dépasser les limites. Sans concertation, nous marchons vers eux. Anticipant avec délectation le bonheur de nos poings fracassant des gueules qui le méritent.

L'effet de surprise aidant, j'assène un crochet à celui qui vient de mettre sa main aux fesses de Betty. La douleur dans mes phalanges m'indique l'intensité de mes frappes qui s'enchaînent. Des coups de tête et de genou fusent. Je cogne, feinte aussi vite et fort que possible. Dans la riposte, l'un d'eux heurte la mâchoire d'Alex. Il se la masse et lance, en prenant une expression narquoise :

– Alors, on a envie de s'amuser, les morveuses ?

– Comment tu nous as appelés ?

Mon adversaire vacillant, j'en profite pour marteler :

– Je crois qu'il a dit MORVEUSES ! Ou connards, j'sais plus.

– Ouais, ça vous va bien aussi, s'écrie Diego derrière nous.

Nickel, voilà notre troupe au complet !

– C'est qui ces gars, s'inquiète l'une des enflures, qui essuie sa bouche tuméfiée du revers de sa main.

– Ce sont nos frères et vous allez regretter d'avoir tripoté une nana qui vous a dit non, bande d'abrutis !

Le mec me défie d'un air mauvais.

– « Fils de putain sur le déclin » irait très bien aussi, surenchérit Chris, les mains dans les poches, à la cool.

– Moi, j'aurais misé sur « petites enflures de trouduc » ! complète Diego. Quelque chose à ajouter, Logan ?

– « Consanguins de bâtards de mes deux qui devraient rentrer voir leur môman » ? finit celui-ci en époussetant un grain de poussière imaginaire sur son épaule.

Chauffés à blanc, nos adversaires se matent entre eux, d'autres se greffent au groupe et l'un d'eux crache par terre en égrainant un chapelet de noms d'oiseaux. Il est juste moins créatif que nous.

– On va vous défoncer vos jolies gueules ! s'énerve celui qui semble être le leader, en poussant brutalement Betty.

– Sans rire, vous manquez cruellement d'originalité. Peloter à plusieurs une meuf qui a envie de gerber à votre vue sur un parking en pleine nuit ? Vraiment ?

– Faut se renouveler, pauvres cons ! Même dans les films pourris, ce genre de scène finit mal pour les rejetons de tapin dégénérés comme vous ! relancé-je en faisant craquer mes doigts.

L'adrénaline afflue. Nos prunelles scintillent. Et ça, c'est franchement plus l'éclate pour moi que toutes les gonzesses que ma meute a levées ce soir. Plus jouissif que la baise en perspective. Le top départ est donné par un assaillant qui fonce dans le tas. Les coups pleuvent, les corps à corps sont rudes. Après m'être pris un pain, je n'ai plus qu'un objectif, démolir celui que je tiens. Je lui saisis la nuque, abaisse sa tronche, le forçant à se plier.

Et je kiffe ma race en établissant une connexion haut débit entre mon genou et son bide ainsi que ses bijoux de famille. Ses râles de douleur meurent dans son œsophage. Il tombe au sol, plié en deux. Je lui balance quelques coups de pied dans les côtes jusqu'à ce qu'il commence à chialer comme la salope qu'il est. Je m'arrête, touchant mon épaule un peu meurtrie, et je constate que tous ses copains sont également dans un sale état. Chris rajuste sa chemise, même pas froissée. Diego et Logan se font un check. Alex récupère son élastique par terre pour se refaire un chignon.

– Ça m'a mis en appétit, tout ça. C'est quand qu'on baise ? commente-t-il avec malice.

Nous surplombons nos antagonistes gisant au sol ou essayant de se relever péniblement.

– Il suffisait de le formuler aussi poliment, mon cher Alex, rigole Chris.

Betty, leur FF[3], à cause de qui nous nous sommes battus, court se pelotonner contre Jenkins Junior. Les minettes que les mecs avaient conditionnées à l'intérieur nous ont rejoints également. Le déferlement de testostérone a stimulé tout le monde, y compris les spectatrices. La baston en guise de préliminaires. Alex donne un putain de *french kiss* à sa blonde émoustillée et nous la présente.

– Les gars, Betty. Betty, les gars.

– Salut, beauté… Quelle récompense réserves-tu à tes sauveurs ? roucoule le gygy.

---

3 *Fuck Friend*, une variante de *Sex Friend*.

Elle lui accorde une œillade des plus suggestives.

– Quel était votre programme ? veut-elle savoir.

Échange de sourires et regards de connivence entre nous cinq.

– Tu verras ça, ma belle, lui promet Logan.

– Tout le monde chez moi ! lance Christopher. Les filles, vous êtes OK ?

La plus hésitante se désiste et préfère rentrer, les autres sont au taquet. Elles sont quatre au final. Ça le fait.

– On a eu un aperçu torride de vos performances physiques, les garçons… débute l'une d'entre elles.

– Et de la belle synergie entre vous… Vous avez été plus que convaincants, achève une autre.

– Oui, ça donne terriblement envie d'y goûter dans l'intimité, confirme la blonde secourue.

Emballez, c'est pesé !

CHAPITRE 5

Après l'effervescence

♥♠♦

♣ Chaque fois que tu fais un mouvement,
tu détruis mon esprit. Je perds le contrôle
et les frissons me viennent.
Tu me coupes le souffle. ♣

You Take My Breath Away, QUEEN

Jayden

Dès lors que nous nous sommes tous retrouvés chez Chris, mon taux d'adré a rechuté. Je ne me suis intensément éclaté qu'en prenant et en rendant des baffes. La baise n'est pas parvenue à me remettre dans la même euphorie.

Notre soirée a pourtant été longue et volcanique. Du sexe, de la beuverie… Cela s'est clos en apothéose, comme prévu. Le challenge portait sur l'endurance sexuelle. Chris Jenkins a été notre grand gagnant, tandis que Diego, qui sortait d'abstinence, a eu du mal à tenir la distance. Ce qui en a fait marrer plus d'un. Personnellement, j'ai souvent déserté pour m'isoler dans la cuisine et esquissé des portraits vagues de mon inconnue au bracelet. Cela me passionnait davantage que les nanas à poil.

♥♠♦♣

On est lundi. Nous remettrons nos défis au week-end prochain, comme d'hab. Nouveau tirage au sort, nouvelle lettre, nouveau challenge à relever. Nous irons certainement dans la Grosse Pomme, les délires y prennent plus d'envergure qu'à Jersey City. Les ingrédients de base seront identiques, mais nous ne voulons pas nous engluer dans la monotonie et la routine.

Perso, j'affectionne encore plus nos soirées purs mâles sans sexe. Combats, courses sauvages ou sports extrêmes à sensations fortes. Enfin bref, quand je tirerai le bon as, j'instaurerai ce qu'il me plaît…

Assis à mon poste de travail, je jette mes gants à la poubelle et range le rouleau de film étirable avec lequel j'ai protégé le tatouage sur lequel je viens de travailler. Mon client, un régulier, sort en me lançant :

– Merci, à demain !

– Ouais, on attaquera les ombrages !

Malgré les quatre heures que je viens de boucler sur son bras, mes doigts me démangent de ressortir mon carnet de croquis. Je sais pertinemment pourquoi, et cela commence sérieusement à m'exaspérer.

Jimi Hendricks résonne dans les enceintes du salon. Désœuvré maintenant, je résiste contre l'envie qui me taraude. Dessiner. Le cahier et le crayon se retrouvent finalement entre mes mains, presque par magie. La fugace vision du parc s'impose dans mon esprit. Je suis incapable de l'oublier, alors je m'y plonge, revivant pour la millième fois cette époustouflante illusion. Le bruissement d'un dermographe en cours d'utilisation s'allie aux accords de guitare en bruits de fond de mon fantasme artistique matérialisé à coup de mine.

Le tintement disgracieux de l'entrée s'infiltre dans la *vibe*, telle une fausse note. Brutus accueille les nouveaux arrivants. Eh oui, le prénom marqué sur son état civil est exactement celui de l'homme, considéré comme le probable fils illégitime de Jules César, qui a fini par commettre un parricide sur ce dernier. On en a d'ailleurs beaucoup ri et parlé entre ces murs. Lui et Ryan travaillent pour moi, tous deux artistes tatoueurs avec leur propre touche. Ryan assure dans les motifs graphiques, tribaux et les manzanas. Brutus est doué dans la reproduction de photos et d'images. Moi, je suis polyvalent : je suis mon feeling et mes envies fluctuantes.

Pas plus intéressé que cela par d'éventuels clients, je m'immerge dans ma représentation éthérée d'un rideau de cheveux dorés. Le tracé des contours m'absorbe.

– Bonjour. Puis-je vous aider ? propose la grosse voix de Brutus.

Intonation fidèle à sa gueule de métis mastoc et barbu avec des dreadlocks. Il est aussi couvert de l'expression de son art que je le suis.

Hélas, cette interférence étiole le portrait mental auquel je m'accrochais.

– Je l'espère, en tout cas. Vous êtes le Jayden de l'enseigne ? se renseigne quelqu'un.

J'ai du mal à déterminer si ce timbre appartient à une femme ou à un homme. Il se situe entre les deux. Un mec avec une octave au-dessus ou une meuf avec une octave en dessous. Au bout de quelques secondes, je referme mon calepin à contrecœur et me retourne, le crayon dans la bouche.

– C'est lui, Jayden, indique Brutus en se reconcentrant sur l'ange ailé qu'il dessine sur l'épaule de son client.

– Salut ! lance Ryan.

Mon Amérindien à la crinière noire en queue-de-cheval peaufine un superbe tatouage d'inspiration maorie sur le flanc d'un gars et est en train de changer l'embout de son engin.

– Salut.

J'effectue une mise à jour : notre visiteur est une fille. Black, jolie, plutôt androgyne. Elle a les cheveux mi-longs rasés sur un côté, un jean et des Stan Smith similaires aux miennes. Elle s'avance vers mon poste.

– Bonjour, bienvenue au Jayden's Tattoo & Piercing, entamé-je en me redressant.

Elle me jauge, s'attardant sur ma carte de visite corporelle : toute l'encre que mon épiderme affiche.

– Merci. Ils sont tous de vous ? me demande-t-elle avec un mouvement du menton vers mes bras nus.

– Je les ai créés, mais, hormis le *black-out*[4] sur mon avant-bras gauche, ce sont mes collaborateurs qui me les ont tatoués. Ce n'est pas une brillante idée de s'encrer soi-même, à vrai dire, tenté-je de plaisanter.

Avare en sourires, la fille opine. Je remarque qu'elle non plus n'est pas novice en matière de tatouages. Elle arbore des piercings aux oreilles et j'aperçois de l'encre sur sa peau à la lisière de sa chemise rouge et noir, style d'inspiration cow-girl.

Ne l'ai-je pas déjà croisée ? J'en ai la vague impression, mais impossible de me rappeler où et quand.

– Ils déchirent. Je kiffe les signes de cartes sur vos doigts, me complimente-t-elle presque froidement.

– Merci.

J'effleure machinalement le trèfle à la base de mon index. Contrairement à l'inscription cachée par mon *black-out*, j'arbore les symboles de ma bande avec fierté.

---

4 Technique consistant à recouvrir entièrement de noir un ancien tatouage. Il s'agit d'une méthode pour cacher ou « gommer » un motif sans passer par l'effacement au laser.

– J'aimerais que ce soit vous qui fassiez le mien, décrète-t-elle en farfouillant dans ses poches.

Sa tête ne m'est décidément pas étrangère. Je patiente afin qu'elle me montre ce qu'elle veut tout en me creusant les méninges. Soudain, la porte tinte à nouveau. Une drôle de sensation s'abat sur moi avant même que je tourne la tête. Mes poumons se vident et tout s'embrouille dans mon crâne.

– Ah, t'es là, Stella. Alors c'est lui, le veinard que tu as choisi ? claironne la nouvelle venue.

Respire, Jay !

Oui, mais putain, il n'y a brusquement plus d'air, ici !

Mes songes éveillés prennent une tournure étrangement concrète au fur et à mesure que la nana réduit la distance entre nous.

Ce n'est pas possible !

– Yep, mon coéquipier l'a recommandé à l'un de nos collègues. Je me suis dit qu'il devait être bon, explique la Black, qui débite pour la première fois plusieurs mots à la suite et avec chaleur.

Aspiré par des prunelles bleues pétillantes de malice, je suis estomaqué. Je détaille une chevelure de blé, puis un sourire qui me file le vertige. *Elle* hoche les épaules.

– Désolée, j'ai l'air d'une clodo avec ces taches de peinture sur moi. Et je pue les tacos parce que j'en mangeais en peignant quand cette fliquette m'a tirée de mon chantier. Pour une Urgence Tatoueur ! Les policiers ont vraiment le droit d'être si directifs avec nous alors que ce sont nos impôts qui paient leurs salaires ?

Je ne suis pas sûr de comprendre, car mes synapses bottent en touche. *Elle* agite sa queue-de-cheval. Lorsqu'elle chipe le papier que l'autre nana a sorti de sa poche, j'identifie le bracelet à son poignet droit, seul, alors que les ornements divers pullulent sur son bras gauche. C'est le bracelet cassé dont je trimbale un morceau.

C'est elle ! Oh bordel de merde, l'incroyable apparition du parc devant l'hôpital !

J'ai retenu le moindre détail de cet ornement, à défaut d'avoir pu apercevoir correctement sa propriétaire. Avoir enfin devant moi le visage que je tente de deviner depuis sept jours me tétanise. Un malaise inexplicable m'envahit alors que mes yeux se replantent dans les siens.

– N'importe quoi, ma chérie ! T'étais heureuse de t'octroyer une pause ! proteste gentiment la Black, comme adoucie à la vue de son amie.

Mon irréelle fait une moue, ses lèvres sont juste…

Nom d'une pipe à crack ! Qu'est-ce que je fous ?

– Alors, on s'y met ? s'impatiente l'androgyne.

La blonde déplie la feuille et la pose sur mon comptoir. Ses perles, sa peau, sa voix chantante, *elle*, tout me déboussole.

– C'est mon prénom. Cette barge est tellement têtue qu'elle veut se le faire graver dans la peau. Con, n'est-ce pas ? commente-t-elle.

Je passe de l'une à l'autre fille, puis de la feuille à son putain de bracelet. Et là j'ai un déclic. Je me rappelle soudain avoir vu Stella à un roller derby. Mais alors… la blonde qui me hante est… sa petite amie ?

Je redirige mon attention sur ce qu'elles ont apporté, complètement soufflé. Une calligraphie avec des roses épineuses entortillées et des papillons autour. Si parfaitement exécutée qu'on croirait le dessin vivant. Avec un mot de cinq minuscules lettres au centre.

– Milly ? lis-je sans pouvoir m'extirper de mon état de choc.

C'est la seule platitude affligeante que je puisse émettre.

– Oui. Je suis Milly et l'auteure de ceci. C'est faisable ? Vous pouvez transposer cela en tatouage ? Dites non et on débarrasse le plancher fissa, me supplie-t-elle d'un air théâtral avant d'obtenir mon opinion.

– Tu rigoles ma chérie ? Je le ferai avec ou sans toi. Il serait préférable que tu sois là pour vérifier qu'il ne dénature pas ton talent. Je n'aurai pas les yeux derrière pour voir et c'est assez conséquent pour qu'il soit plausible que ce type se loupe, s'exprime encore la copine.

La blonde, avec son t-shirt trop grand pour elle et sali de peinture, attire irrésistiblement mon regard. Elle soupire, lève ses billes bleues au ciel, puis…

Putain, c'est pire quand elle me mate !

– Pour votre survie, poursuit-elle, vous allez devoir vous coltiner notre duo de choc pendant que vous la tatouerez, sinon elle risque bien de vous faire péter les plombs. Sauf si vous vous désistez, euh… Jayden, c'est bien ça votre prénom ?

Ses iris azur me questionnent, remplis de promesses qui n'existent que dans mes synapses chambardées par les événements.

– Vous ne pouvez pas, n'est-ce pas ? insiste-t-elle.

Je suis vraiment dans la merde, bordel…

CHAPITRE 6

Lesbiennes

♥♠♣

♦ J'ai vu ton visage sur une place bondée.
Et je ne sais pas quoi faire.
Parce que je ne serai jamais avec toi. ♦

You're Beautiful, James BLUNT

Jayden

La blague de taré !

Désarçonné, je m'exhorte au calme. Refoutre les pieds sur Terre. D'une part, la dénommée Stella fronce les sourcils avec l'expression la moins amène qui soit. De l'autre, la fascinante Milly me… me fait involontairement perdre mes moyens. Merde, quoi ! Elle ne m'accorde pas cet intérêt que me valent invariablement mes balafres d'encre. Celles-ci ne semblent représenter qu'un catalogue, pour elle, sans plus. Son regard sur moi est différent.

Je me racle la gorge.

Tu vas respirer, Jay. Tu sais respirer, n'est-ce pas ? Même un nouveau-né en est capable. L'effet de ouf qu'elle produit sur toi est dû à la surprise. Voilà, respire, maintenant.

Je récupère mon souffle, pour le perdre à nouveau aussitôt. Signal d'alarme : la merveille s'accoude ! Son odeur m'emplit au moment où je reprends une bouffée d'air. Des effluves de peinture, de la bouffe mexicaine, et elle. Putain, *elle* ! Sa senteur court-circuite ma raison.

Je rétablis vaillamment un focus sur celle qui souhaite avoir recours à mes services. Sur Stella, et rien d'autre. J'entre en contact avec son regard ouvertement dissuasif. D'après les ouï-dire – OK, d'après les conneries débitées par Brutus –, les lesbiennes seraient foutrement plus possessives que la plupart des mecs. Cependant, je ne prévois pas de marcher sur les plates-bandes de la Stella. Alors qu'elle se tranquillise et qu'elle détende son string. Ou son calcif, si c'est ça son kif. Merde, cette réflexion sonne homophobe, non ? Je ne tourne plus très rond, là. Il faut que j'arrive à tenir une conversation plus cohérente et respectueuse que mes pensées qui s'éparpillent.

– C'est d'accord, Mesdemoiselles… Je vous tatouerai, m'engagé-je spontanément en soutenant le regard de la flic.

Bordel, ce n'est pas ce que j'aurais dû dire. Pourquoi j'accepterais de la tatouer, putain ? Même sa copine n'était pas emballée, et elle m'avait tendu la perche pour que je passe mon tour. Et au lieu de la saisir, ma bouche et ma matière grise ne se sont juste pas concertées.

Bon. OK. Assumons, maintenant. Après tout, le business, c'est le business. Je fournirai un service impeccable et elles paieront pour l'avoir.

– Nickel, note placidement la volaille, dans la ligne de mire de laquelle je suis toujours.

Elle sent ma tension, ce n'est pas possible autrement. Rivé à ses billes perçantes, j'évite de trop lorgner sa nana, dont la présence m'éclabousse. Tels des jets d'encre qui transpercent mon derme, s'infiltrent dans mes pores, enlacent mes tatouages, qu'elle doit encore observer.

Je m'enquiers auprès de ma cliente potentielle :

– Vous le voulez où ?

– En dorsal. Immense, pour qu'on ne voie que ça quand je jouerai au roller derby, réplique-t-elle.

La pointe de fierté dans sa voix m'assène un uppercut. Avec ces dimensions, nous allons énormément nous voir et nous revoir tous les trois. Mon irréelle suivra mes moindres faits et gestes et ça me file un coup de chaud.

Tout. Va. Bien.

Je glisse une main dans ma poche et effleure la breloque qui s'y trouve. Le petit morceau d'elle que j'ai piqué. J'inspire puis expire afin de reprendre contenance et d'expliquer :

– Donc on est sur du maxi. Il y aura du boulot. Dans un premier temps, je reproduirai le dessin à la bonne taille afin de fabriquer un stencil à apposer sur votre dos. J'effectuerai les ajustements à main levée mais vous pourrez voir concrètement ce que cela donne et vous assurer que je ne m'écarte pas du modèle.

– Très bien, approuve la keuf.

Je poursuis :

– Dans deux jours, je vous montrerai la maquette pour d'éventuelles modifs, et si c'est bon, on établira un planning. J'envisage pas mal d'heures étalées sur plusieurs jours, et certains coloris nécessiteront de nombreux passages afin d'obtenir le bon rendu.

– Super ! Je marche, tranche Stella, déterminée.

Je cille, mais continue.

– Vous avez déjà des tatouages, mais le test de tolérance aux nouveaux pigments… débuté-je avant d'être abruptement coupé par la *derby girl*.

– Le plus tôt possible.

Merde, pourquoi est-elle aussi pressée ? Je n'aurai même pas droit à une préparation psychologique avant de me retrouver confiné entre elles deux ? J'aurais dû étirer le délai pour la maquette aussi. Deux jours, putain, mais à quoi je pensais ?

Le pire, c'est qu'entre-temps j'ai une conscience accrue du regard de Milly sur moi, et ça me brûle la tempe. Quelqu'un aurait un brumisateur ? Un ventilateur ? Ou un foutu défibrillateur ?

– J'insiste. Cette vérification est nécessaire pour pallier de grosses réactions cutanées pouvant être graves, informé-je Stella.

– Ouais, bon, s'il faut en passer par là… cesse-t-elle de tergiverser tandis que je lutte contre les sensations que provoque sa compagne en moi.

– Mince, vous allez réellement la tatouer ! soupire cette dernière.

Je me pivote vers elle. À mes risques et périls.

Putain, elle ne m'aide vraiment pas à l'ignorer. Ses prunelles… Nom d'une pipe à crack, ses yeux sont fabuleux et s'écarquillent comme si elle escomptait un refus net de ma part. Je m'étonne moi-même de ne pas avoir emprunté cette voie plus sage. Mais la sagesse n'est décidément pas l'une de mes qualités.

Je tire nerveusement sur l'un des écarteurs noirs à mon oreille. Que dire ? Si je souhaitais être honnête, j'admettrais que ce ne sont pas les dollars qui ont influencé ma décision stupide, seulement, qu'est-ce qui a réellement motivé mon choix ?

– Visiblement, vous êtes *derby girl*, vous tatouer serait une excellente pub pour mon studio. Et puis ce fusain me parle. Je suis inspiré par ce qu'il raconte.

J'essaie autant de m'en convaincre que de les faire adhérer à cette vérité… partielle.

La Black me dévisage, me mettant mal à l'aise et accentuant les effets de l'attention de sa petite amie sur moi.

– Ah oui ? Mon dessin vous parle ? s'étonne la blonde.

– Et qu'est-ce que ça vous raconte, au juste ? rebondit aussitôt Stella.

Une saleté de tension s'intensifie dans mon cou. Les voix des deux nanas se sont presque télescopées. J'en profite pour me dispenser de répondre à la question aux sous-entendus belliqueux de la joueuse de roller derby. Milly, elle, amorce une nouvelle tentative pour la décourager :

– Ma puce, je t'imaginerai un autre tatouage, plus beau. Mais enfin, ne fous pas mon prénom sur la totalité de ton dos ! Je ne savais pas que c'était ce que tu voulais faire !

Ma main droite se crispe sur la breloque. La gauche tient mon crayon, que je mordille machinalement pour masquer ma gêne. Stella prend le bras de Milly et me lance :

– On revient dans une seconde.

Et merde !

J'extirpe de ma bouche l'objet en piteux état et m'en sers pour tapoter sur le comptoir tandis que les deux filles s'éloignent. Elles vont sur le trottoir. À travers la façade vitrée, je vois Milly gesticuler. Elle parle, argumente, pointe sa nana du doigt. Stella, stoïque, les mains dans les poches de son jean, l'écoute. Sa blonde effectue un tour sur elle-même, la paume sur le front. Fasciné autant que mal à l'aise, je ne peux détourner les yeux.

– D'enfer ! Ça a l'air passionnel entre nos broute-minous ! s'excite Brutus, qui observe également ce palpitant cinéma muet.

Son intervention tonitruante a le don de me secouer.

– Cette expression est… dégueu et péjorative, vieux ! le sermonné-je, agacé.

– On se la joue politiquement correct, Jay ? Mais que crois-tu qu'elles se font dans l'intimité ?

– Elles utilisent également leurs mains, des vibros et des godes ! intervient Ryan, aussi hilare que son client.

Non mais quels machos ignares à deux balles quand ils s'y mettent !

Ils poussent encore plus loin leur plaisanterie déjà limite. Je ne commente pas, ne les écoute plus pondre des âneries graveleuses : je suis tenu en otage par la querelle d'amoureuses en live. Je ne parviens pas à cesser de les épier. Milly, tellement lumineuse même dans cette situation, secoue vivement la tête. Elle tripote son bracelet, celui qui est seul à son poignet droit. Instinctivement, je serre dans ma poche la breloque que je lui ai subtilisée. Elle se remet à gesticuler et… sans crier gare, la fliquette ouvre les bras. Tel un roc dans une tempête, elle est juste là, solide, à attendre que mon irréelle s'y réfugie. La réaction de la belle bohème est immédiate : elle se tait. Ses iris se dardent sur sa compagne avec intensité.

– Géant ! La classe, cette gonzesse ! Vous avez vu ça ? Elle l'a calmée. À trois, Blondie lui saute dans les bras. Un…

– La ferme, Brutus !

– Deux…

Il a raison. À trois, Milly se pelotonne contre Stella, ses réticences apprivoisées.

Non, ça ne me fait ni chaud ni froid…

Je redirige mon attention sur leur dessin abandonné sur mon comptoir. La bonne nouvelle, c'est que je ne serai plus tenté de recréer et d'immortaliser la figure de Milly. Car, primo, le mystère est dissipé. Secundo, ce n'est pas le genre de femme que je chope habituellement avec mon groupe. Tertio, elle n'est pas hétéro et est casée avec une sportive, poulet de profession.

Mes synapses butent sur ces deux derniers points.

Flic et derby girl ?

Bordel, je crois que je sais maintenant d'où vient mon impression de la connaître ! La nouvelle coéquipière de Diego est black et joue au roller derby. Elle a aussi la gâchette facile et les poings qui la démangent souvent, selon mon pote. Argh, mais il n'a pas mentionné de prénom, juste un surnom. Y a-t-il une chance que Stella bosse avec l'un de mes frères de cœur ?

Je tente de réfléchir. Mon Latino me l'a présentée de loin lors d'une compétition, mais les joueuses portent du maquillage censé terrifier l'adversaire durant les matchs : je ne suis pas sûr de pouvoir en reconnaître une hors de la piste ovale. Il faudrait que je me renseigne auprès de Diego.

Cela dit, Milly ne fera plus mumuse avec mon cerveau. Leur câlin s'éternise dehors et me refroidit pour de bon.

– Alors, quand débuterons-nous ? s'enquiert Stella en regagnant le salon.

Ma nouvelle cliente a le bras autour des épaules de sa copine. Je fuis définitivement les yeux bleus de cette dernière pour observer ceux, couleur caramel, de la volaille. Mais il suffit que Milly parle pour me remettre en branle.

– Bon bah tant pis ! OK, Jayden. Au fait, j'adore votre prénom…

Et moi, je deviens stupide rien qu'en l'entendant le prononcer. C'est terrible !

– Il faut que je file. J'aimerais avancer sur ma fresque avant que la lumière du jour ne décline. En plus, j'ai un truc important vers University Heights, explique la blonde.

Mes neurones s'affairent à nouveau à moitié, à la mention de ce quartier du New Jersey. Logan bosse bénévolement dans un dispensaire là-bas. Non, aucun rapport, évidemment. Je débloque tout simplement, incapable d'être assez rationnel avec l'effet Milly.

Nos prunelles se soudent. Mon souffle se détraque encore. Aurais-je des problèmes respiratoires ? Comment disait le Doc, déjà ? Ah oui, des tendances spasmophiles. Clairement, je dois évacuer ce stress.

Pro, Jay. Sois un putain de pro !

CHAPITRE 7

Le ténébreux tatoueur

♥♠♦

♣ L'artiste, le vrai artiste, le vrai poète,
ne doit peindre que selon
qu'il voit et qu'il sent.
Il doit être réellement fidèle
à sa propre nature. ♣

Charles BAUDELAIRE

Milly

– Stella, je ne tiens vraiment pas à être gravée sur ton dos, retenté-je en échangeant une accolade avec elle devant le salon de tatouage.

Nous devons nous séparer pour vaquer à nos occupations avant son grand match de ce soir.

– Je croyais que ce débat était clos, ma chérie, me jette-t-elle par la vitre baissée de sa voiture. J'adore ton œuvre et je la veux sur moi.

– Je peux la réadapter et enlever mon prénom, alors…

– Même pas en rêve ! Je garde ton dessin tel quel ! À ce soir, bichette. Tu viens me donner de la force sur le *track*[5], hein ?

Dans le bus, je refoule mes craintes face à l'engouement de Stella pour ce tatouage. Je vais devoir trouver un moyen de régler cela avant d'être acculée. Nous ne parlons plus d'une toile, qui peut être décrochée d'un mur si besoin…

Je déteste ces nuages indésirables qui assombrissent mes pensées. Les repoussant, je lance de la musique dans mes oreilles. Je déniche une sucette multi-fruit dans mon sac et la déguste en me laissant emporter par The White Stripes avec *Seven Nation Army*.

Mon esprit, vidé des pensées désagréables qui en avaient pris possession, est irrévocablement envahi d'images du salon de tatouage. Je préfère nettement visualiser ce lieu et ceux qui y déploient leurs talents. Le grand métis à dreadlocks accomplissait un travail méticuleux sur son client. Son collège d'origine amérindienne m'avait l'air doué également. J'ai adoré le côté cosmopolite et l'unicité qui se dégageait d'eux. Quelques graffitis époustouflants paraient les murs, il est fort probable qu'au moins l'un d'entre eux en soit l'auteur. Je n'ai pas eu le temps d'en discuter avec eux, m'étant retrouvée tout à coup happée par les yeux verts du propriétaire, comme jetée soudain dans la verdure de la forêt amazonienne.

---

5 Piste ovale de roller derby.

Jayden.

Il a un je-ne-sais-quoi de sombre, sauvage, anticonformiste, intriguant. La voix rauque et cassée. Cheveux bruns rebelles, oreilles percées de tunnels, portant une myriade de tatouages. Et ce regard d'artiste introverti et indéchiffrable…

J'ai eu du mal à ne pas fixer les manifestations de son art, tous ces fragments de son âme qui lui noircissent l'épiderme. Le cou, les bras, et certainement tout le reste du corps sous son t-shirt noir et son jean.

Merde, pourquoi je m'égare sur son physique ?

J'atteins mon arrêt et descends au dispensaire. De toute façon, je vais revoir ce gars. Il n'est pas du genre bavard et ne semble pas avoir le contact facile, mais punaise, il émane de lui un truc captivant. Donc si je suis contrainte d'accompagner Stella à ses séances de tatouage, j'aurai au moins quelque chose de fascinant à observer.

Rassérénée, je m'installe dans la salle d'attente de la maison de santé. J'avais pris rendez-vous il y a quelques jours pour un check-up. L'assistante médicale m'indique qu'un certain docteur Logan Prescott – le gynécologue de service – va me recevoir. Cette structure a une très bonne réputation, Stella me l'a conseillée ; malgré sa gratuité, d'excellents spécialistes y donnent de leur temps. Ensuite je compte m'éclater avec les *derby girls*. J'adore regarder Stella jouer, elle est vraiment douée pour ce sport. Contrairement à moi, qui suis atrocement nulle chaussée de quads. Je me suis même comiquement vautrée lorsqu'elle a essayé de m'initier pendant un entraînement de son équipe.

Bien arrivée à destination, bichette ? Tu ne t'es pas paumée en chemin ?

Je souris en répondant au SMS, de Stella justement :

J'ai un sens de l'orientation pourri, mais pas à ce point, ma puce.

Je ne voudrais pas que ma petite Amish se perde dans le New Jersey se moque-t-elle en référence à une découverte inattendue dans ma généalogie que je lui ai confiée récemment.

Oh, ça va ! C'est pas New York non plus.

J'imagine le rire sarcastique de Stella qui se comporte comme si elle avait toujours vécu à Jersey.

– Susan Wallace ? s'enquiert soudain un timbre viril.

Je relève la tête de mon écran de téléphone pour constater l'arrivée d'un médecin plutôt jeune, en pantalon kaki et sneakers. Carrure de sportif, tatoué sous les manches retroussées de sa blouse blanche. Décidément, les mâles adeptes de décorations corporelles jalonnent mon parcours du jour.

– Salut, Docteur Prescott, minaude l'autre patiente présente dans la salle. En fait, c'est moi.

Désolée, mais j'ai dû donner un faux nom pour être certaine de vous revoir.

Oh mince ! Le beau toubib se ferait-il légèrement harceler par des admiratrices ? Ou est-ce une ex ? Non, une ex ne s'y prendrait pas ainsi. Enfin, j'en sais rien, mais le docteur ne paraît en tout cas pas ravi et fusille de ses iris gris sa secrétaire toute penaude.

Je réprime mon envie de rire. La fausse Susan Wallace se redresse, ne cachant pas ses intentions. Le médecin, stéthoscope autour du cou, glisse les mains dans ses poches, s'efforçant apparemment de gérer la situation avec calme. La jeune femme se rapproche de lui plus que nécessaire. Un tel rentre-dedans, c'est d'anthologie ! Si je ne me retenais pas, je filmerais la scène pour me la repasser plus tard comme un sketch.

– Alors, comment va le sexy gygy depuis la dernière fois ? susurre-t-elle.

– Bien, et vous, Mademoiselle Wells ?

– Juste Shelby, s'il vous plaît, appelez-moi enfin par mon prénom, Docteur Prescott. Je vais bien, mais vous, vous avez l'air épuisé. Non ? Peut-on discuter en privé quelques minutes ?

– Ça ne va pas être possible, non. Précédemment, je vous avais adressée au Docteur…

– Je sais, mais ce n'est pas un psy qui me fera un petit contrôle gynécologique, n'est-ce pas ? le coupe-t-elle, à un rien de devenir encore plus entreprenante.

Voyant le praticien aussi exténué qu'excédé et sur le point de rembarrer cette femme à qui il manque sans doute une case ou deux, je me lève soudain impulsivement. J'adresse un clin d'œil au type, qui ébouriffe avec lassitude sa tignasse châtain. Avant qu'il ne puisse réagir, je me colle contre lui en affichant ma moue la plus adorable. Il est en mauvaise posture, autant le secourir. Cela écourtera ma visite et me permettra de me doucher avant le match.

– Trésor, je pensais que tu finissais plus tôt, aujourd'hui. Tu as promis d'aider maman à monter son nouveau vaisselier, tu sais que papa n'est pas bricoleur, inventé-je au fur et à mesure.

Il se raidit. J'espère être convaincante pour Shelby, mais je crains tout d'un coup que le docteur ne me croie encore plus déséquilibrée ou désinhibée que celle dont je veux le débarrasser. Après tout, j'ai pris beaucoup de libertés et il ne me connaît pas.

– Le vaisselier ? répète-t-il, ahuri.

– Mais oui, trésor, tu as oublié ?

La situation est tellement cocasse que garder mon sérieux devient compliqué. Néanmoins, il finit apparemment par déceler une preuve suffisante de ma santé mentale dans mes yeux. Son attitude change : il m'enlace et me gratifie à son tour d'un sourire entendu.

– Tu auras toute ma reconnaissance si tu évites un énième conflit conjugal à mes parents, j'ajoute.

Il se détend, les prunelles aussi amusées que les miennes. Il effleure mes cheveux. Déstabilisée, son admiratrice recule tandis qu'il me répond, entrant parfaitement dans mon jeu :

– Tu sais bien que je ferais n'importe quoi pour avoir ta gratitude, bébé.

J'épie la demoiselle : elle sourcille face à ce faux témoignage d'affection. Soudain, je constate que le docteur est sur le point de se pencher sur moi.

Mais qu'est-ce qu'il fout ?

Un chouia paniquée, je vois que le pot de colle est encore un peu incrédule. Le médecin me fixe, me suppliant silencieusement de ne pas me dégonfler. Puis sa bouche se pose chastement sur la mienne. Je ferme les paupières, crispée et prise d'assaut par le souvenir encore frais du ténébreux tatoueur de tout à l'heure.

Zut, pourquoi je pense à lui maintenant ? Non mais je divague complet !

Quelqu'un se cogne contre la table basse, me faisant tressauter et m'écarter. La miss est en train de se barrer précipitamment. Le gynécologue me serre contre lui et, la main autour de ma taille, s'écrie :

– Hey, il y avait peut-être une urgence, Mademoiselle Wells ?

– Nnn… non. Ça peut attendre, Docteur Prescott. Bon… bonne soirée !

Mon complice et moi cédons à l'hilarité dès qu'elle s'éloigne. Comme si la glace était brisée entre nous, prémices d'une entente quasi… amicale.

– Merci pour tout, Mademoiselle ?

– Clark. Milly Clark. Et ce fut un plaisir, j'avais besoin de distraction, gloussé-je en récupérant mon portable et mon sac sur ma chaise.

– Eh bien, Mademoiselle Clark, je suis tout à vous à présent. À vrai dire, j'avais besoin de distraction moi aussi, m'assure-t-il en me guidant vers son cabinet. Je suis Logan Prescott, gynécologue obstétricien. Qu'est-ce qui vous amène ici ?

Je suis brutalement mise en face d'angoisses que je ne souhaite pas affronter, mais je me persuade que cette consultation restera unique, je n'en ferai pas une habitude au risque de devenir hypocondriaque. Surtout pas !

Je vais bien. Tout roule, et il va me le confirmer…

CHAPITRE 8

Mon côté « Dark »

♥♠♦

♣ La lutte est sévère,
entre les ténèbres et la lumière. ♣

Martine LE COZ

Jayden

Ma journée de boulot s'est achevée.

Le tumulte fait rage dans mon crâne. Les émotions mal endiguées y affluent, mêlées à des souvenirs de ma vie antérieure. Tels des messages subliminaux me mettant en garde : un nouveau danger, potentiellement ingérable, pointe dans mon existence.

Fais gaffe ! Beaucoup plus, cette fois-ci...

J'en ai la migraine. J'ai besoin de m'enfermer dans mon souplex, de fermer mes Velux afin d'être seul avec l'obscurité pour retrouver ma raison. Manque de bol, je dois rejoindre mes potes à un match de roller derby ce soir, pour soutenir la coéquipière de Cruz qui est peut-être la Stella que j'ai rencontrée tout à l'heure. Depuis quand Jersey City est-elle devenue si petite ?

Planté devant mon tag, l'œil perdu dans les flammes du phœnix enchaîné identique à celui sur mon flanc, l'impératif viscéral d'effectuer des retouches me reprend. Nécessité irrépressible, si je ne veux pas céder à mon vieux rituel pour contrer la montée en puissance des souvenirs. J'embrase une clope et récupère mon kit. Mon ancienne boîte à déjeuner. Lorsque j'étais écolier, maman y emballait mon goûter avec soin. Je ne jurais que par le sandwich au beurre de cacahuète agrémenté de rondelles de banane.

J'extirpe de ce cube métallique défoncé sur lequel Superman n'est plus très visible une seringue neuve, un garrot en caoutchouc et une fiole. Par la même occasion, je récupère ma part paumée dans les abîmes, la laissant envahir la pièce avant que je ne la barricade à nouveau dans la boîte héritée de mon enfance.

J'inhale et exhale la fumée jusqu'au terme de ma cigarette. Je l'écrase dans un cendrier puis me fous à poil. Uniquement vêtu de mes tatouages et piercings, les muscles bandés de tension. Les extrémités glacées, je m'assois sur le bord de mon pieu. Je fixe la pointe de mon aiguille, cette salope dont je me suis entiché et qui ne veut pas consommer notre divorce. Ma moitié, ma chère et « tendre ». Je tends mon bras gauche et, à l'aide de la main droite, attache la ficelle, tire avec mes dents. Je déniche une veine malgré mes balafres d'encre : la force de l'habitude, sans doute. Je prélève suffisamment de sang pour continuer mon œuvre. Le feu de l'oiseau mythologique est constitué de mon hémoglobine mélangée à la peinture. Puis, dans le plus simple appareil, avec la voix désabusée d'Amy Winehouse qui chante *Back To Black* en fond sonore, je me lâche sur mon mur, y déverse mon enfer interne.

♥♠♦♣

Après mon exutoire artistique, une heure de jogging et une longue douche, je me sens à nouveau capable d'être un minimum sociable. J'enfourche ma bécane, la lance à fond et me délecte de la vitesse. Le temps de laisser mon blouson de motard et mon casque dans les vestiaires pour le public, je chope Chris Jenkins devant le gymnase. Nous échangeons des tapes dans le dos.

– Ça va, frangin ? me demande-t-il en rangeant son smartphone dans une poche.

– Super, et toi ?

– Un peu la tête sous l'eau pour la finalisation de mon prototype, mais ça peut aller.

– Je suis certain que tu vas tout rafler à la Silicon Valley, mec.

Il me remercie d'un sourire chaleureux, puis nous partons retrouver les autres sur les gradins en hauteur. La salle n'est pas gigantesque : elle est conçue de sorte qu'autour du *track* on ait une vue panoramique sur les spectateurs et le jeu. Ce qui donne un aspect « intimiste » lorsque la rudesse de ce sport déferle. Impossible de rater le moindre coup, le moindre râle victorieux ou douloureux.

Nos potes se décalent pour nous faire de la place. *Cherry Bomb* dans les enceintes est suivie de *I Love Rock N'Roll* de Joan Jett. Le public est survolté.

– Ouf, ça n'a pas commencé. Ma téléconférence s'est éternisée, s'excuse Chris en décapsulant la bière que lui tend son frère, Alex, qui me décoche un sourire canaille.

Il me lance ensuite une canette de Pepsi. Je ne justifie pas mon retard vu que, d'une part, le show n'a pas débuté, et d'autre part, je ne saurais expliquer à qui que ce soit mon besoin de verser mon sang et de peindre dans ma chambre pour me recentrer…

– Vivement le week-end pour le prochain regroupement BadASS. Et dire que la semaine est à peine entamée, se plaint Logan.

– Sale journée, ma couille ? le questionne Cruz.

Le Doc descend une rasade et plaque un sourire satisfait sur ses lèvres.

– En fait, elle s'est assez bien terminée. Ma dernière patiente était extra.

– Ouh ! s'exclame Alex, plus qu'intéressé. Tu te l'es faite ?

– Je ne me tape jamais mes patientes. Mais celle-ci ne compte pas me garder comme médecin et on a bien accroché… alors qui sait ? Elle était plutôt sympa et délurée… Sans prise de tête, raconte-t-il avec un air qui ne trompe personne dans la troupe.

Il veut baiser cette nana et balise le chemin pour y parvenir. Avec le job et la gueule qu'il a, c'est sans surprise. Nous zappons vite.

– Putain, vous pouvez tous emballer sur vos lieux de taf, en fait ! note Cruz.

– Ouais, acquiesce Alex. Pour Chris, c'est carrément du gâteau, en plus il voyage tout le temps donc il peut tester de nouvelles saveurs à chaque escale. Juste le pied !

Christopher rigole et hoche la tête, genre « je vis le rêve de tous les mecs ».

– Jay peut se taper les minettes sexy qui bavent sur lui dans son salon. Pour Doc, ça se passe de commentaires. Ouais, je confirme, il n'y a que pour toi que ça craint, monsieur le justicier, chambre-t-il notre Cruz, qui l'insulte en espagnol.

Celui-ci se désole ensuite :

– Merci de me redire que ce n'est effectivement pas avec celles que je coffre que je trouverai des plans aussi frais. Faut que je grappille ma dose de fun dans la soirée.

– T'auras du carburant, t'inquiète, ma poule ! s'esclaffe Logan.

– Mais attends ! L'aspect « combattant du crime » peut attirer de la gonzesse, mon gars, dis pas le contraire, relève Chris.

– OK, j'avoue que ça aide parfois. Je suis un super héros palpable, quoi, se marre Diego.

La conversation dérive sur nos tableaux de chasse en solo. Moi, je ne sors jamais du cadre professionnel avec mes clientes, mais je n'infirme ni n'affirme rien, laissant planer le mystère. Sachant que je suis de nature à ne pas trop bavasser, cela passe crème.

Finalement nous épuisons le sujet « meufs » et écoutons les présentations des joueuses. L'équipe des Amazones entame une démonstration de force sous les sifflements de l'assistance. Leur jammeuse saisit le micro pour motiver ses troupes déjà gonflées à bloc.

– Merci de votre accueil ! Mais n'oubliez pas qu'on est venues pour massacrer votre team locale. On va vous dégommer, chochottes du New Jersey ! crache-t-elle dans nos tympans.

– Yeaaah ! l'applaudissent ses bloqueuses en hurlant en chœur.

Leurs supporteurs brandissent des bannières et de grandes mains en mousse à leurs couleurs. Les nôtres huent et soulèvent les leurs.

– Vous allez bouffer le sol ! Matez ce cul, il est tout ce que vous verrez pendant qu'on explosera le score ! s'enflamme la jammeuse.

– Ouais ! Montrez-nous vos petits culs, ils nous font kiffer encore plus ce sport ! crie Alex Jenkins en trinquant avec le Doc, qui abonde dans son sens.

Des types autour de nous approuvent aussi bruyamment. Des nanas surenchérissent.

– Tu lis dans mes pensées ! lance Logan.

– Mais carrément ! On adore leurs micro-fringues et leur fougue ! confirme Diego.

En bonnes show girls, les filles enchaînent les figures sur leurs rollers, allant du grand écart à l'exhibition de leurs biceps – pour celles qui les ont bien musclés – ou de leur postérieur, leurs shorts arborant des inscriptions provocantes. Il y en a pour tous les goûts. Des carrures de camionneuses aux formes voluptueuses tout comme des filles frêles dont on se demande si elles tiendront le choc.

Les mecs étant des mecs – ouais, moi y compris –, nous les ovationnons et les matons sans vergogne. Le pouce et l'index dans la bouche, je siffle copieusement, tout comme mes acolytes échauffés par tant d'œstrogène. L'équipe qui reçoit entre en piste sous les vannes de la capitaine adverse. Le maître de cérémonie s'exclame :

– Waouh ! Quelle entrée en matière, cher public ! Ça va barder, je vous le prédis ! Voici maintenant nos intrépides *Blaaaaack Widoows* !

La chanson homonyme d'Iggy Azalea se met à pulser pour elles. Les acclamations redoublent d'intensité. Un brin de chauvinisme s'infiltre en chacun.

– *Black Widows ! Black Widows ! Black Widows !* scandent les habitants du coin.

Et pendant ce temps, mes orbites s'agrandissent lorsque je repère la jammeuse du New Jersey, surnommée « Rocket S ». Merde, on dirait bien la Stella de mon studio de tatouage ! Elle porte un short ultra-court assorti à son débardeur noir et est affublée d'un maquillage de zombie, à l'instar des treize nanas qui montent sur le *track* avec elle. Diego l'encourage :

– Allez ma Rockeeeet !

S'il me fallait une confirmation, je crois que je l'ai. Stella tourne autour de la chauffeuse de l'équipe visiteuse, qui se lâche toujours verbalement, puis lui arrache le micro.

– Cessez de vous la péter, fillettes ! Les Black Widows vont vous dé-fon-cer ! N'est-ce pas ? beugle-t-elle.

Des YEAH surexcités fusent de partout. Les deux joueuses se dévisagent en chiens de faïence.

Putain, si seulement l'autre avait la moindre idée de la paire de *cojones* qu'a Stella. Ce n'est pas pour rien qu'elle est surnommée Rocket S, une vraie fusée, fulgurante et efficace ! se targue son coéquipier en mode fan.

Et je suis le con qui va devoir tatouer cette hargneuse sous le regard troublant de sa petite amie !

Je la jauge avec plus d'attention tandis qu'elle tente d'intimider celle qui la toise. Mais peu après, le match s'enclenche. Des *jams* successifs de deux minutes éclatent ma bande. Une demi-heure sans se faire de cadeaux. Les filles s'affrontent comme des guerrières enragées que mes frères de débauche comptent bien cueillir en troisième mi-temps. J'essaie de me mettre dans le même état d'esprit. Pas en mode chasseur, mais un peu de fun ne devrait pas me nuire.

L'arbitre en maillot rayé noir et blanc et chaussé de quads, comme les nanas, monte sur la piste ovale. À ce moment de coupure, je sens les prunelles du lieutenant Cruz sur l'endroit où je me suis piqué tout à l'heure et replie mon bras. Qu'il ne me les casse pas, le nugget ! J'ai retrouvé un semblant d'équilibre pour l'instant et je n'ai pas envie d'avoir de comptes à lui rendre. Je soutiens son regard sombre sans sourciller. Il finit par hocher la tête et me sourire avec bienveillance.

– Le coup d'envoi du carnage, les gars ! Pour les prochains *jams*, les paris sont ouverts ! annonce Alex.

Je mise, histoire de suivre le mouvement, choisis ma favorite. Soudain, j'aperçois Milly à proximité.

Oh putain !

Le palpitant déréglé, je ne sais pas si c'est moi ou Logan à ma gauche qui tressaille. Certainement moi : pourquoi Doc aurait-il une réaction similaire à la mienne ? Il ne connaît pas cette fille.

Stella ôte son casque marqué d'une étoile et se penche sur Milly.

Respire, Jay !

La keuf a les paumes sur les joues de la blonde, dont les yeux pétillent comme du champagne. Quand Stella colle son front au sien, je déglutis. J'ai envie d'un joint.

– Mince ! Cruz, elles sont ensemble, cette nana et ta co-poulette ? se renseigne Logan.

– Ouais, de toute évidence. Milly a emménagé chez elle récemment, mais Stella ne s'étend jamais sur sa vie privée. Je respecte, explique Diego.

Je descends mon Pepsi, incommodé par la situation. J'ai l'impression que la salle est devenue une fournaise. Réaliser ce putain de tatouage va être atroce. Je me force à paraître à l'aise, me concentrant sur le match. Cela me requiert tant d'énergie que j'en suis ankylosé.

Les joueuses. Rien que les joueuses, Jay.

Le fait d'être au premier rang nous permet de sentir les courants d'air des filles qui roulent à vive allure jusqu'à ce qu'elles soient interceptées ou qu'elles se mettent en ligne pour constituer un barrage humain. Piégé dans mes pensées en désordre, j'assiste à une chute par-dessus la balustrade. L'une des Amazones vient de se faire fracasser par les gonzesses de Rocket S. Mais malgré moi, après quelques secondes, mon regard se met à chercher la bohème blonde. Elle s'est volatilisée. J'ai envie de détaler d'ici. Fuir cette satanée masse informe de visages, ces sons ! Un coup de coude du gynéco me fait réagir. Mes clefs m'échappent, et la breloque de Milly avec elles. Je les récupère et frotte le petit grigri. Putain, je suis à nouveau en manque d'adrénaline. Ça craint.

– Ça va, mec ? T'es pensif.

– Ouais, non, nickel. Heureux de pouvoir me détendre.

– Pareil… Ouille ! Celle-là aura besoin d'un médecin.

Une demoiselle vient de se rétamer après une violente collision provoquée par des joueuses adverses, qui lui ont barré le chemin.

– Besoin de toi, tu veux dire ? taquiné-je mon pote, qui se met à rire à gorge déployée.

– Bah ouais ! J'ai prêté serment, que veux-tu, réplique-t-il.

– Pas moi, Doc, mais je côtoierai les étoiles ce soir moi aussi ! affirme Cruz.

Je me sens seul, subitement à l'ouest.

CHAPITRE 9

Entouré mais seul

♥♠♣

♦ Un seul être vous manque,
et tout est dépeuplé ! ♦

LAMARTINE

Jayden

Vide. Je suis vide et étrangement déphasé parmi les gens.

Une mélodie d'Alessia Cara qui me trottait dans la caboche durant le défi B me revient : *Here.*

C'est vrai, quoi, qu'est-ce que je fous là ?

À regarder sans voir, sourire sans être heureux, écouter sans entendre, m'emmerder alors que je suis supposé m'éclater. Je regrette maintenant d'être venu assister à ce fichu match au lieu de m'enfermer avec les flammes de mon volatile.

Le programme salace de Logan ne m'emballe pas outre mesure. Collectionner les *one shots* faciles à lever équivaut finalement à se gaver de cochonneries insipides sans avoir faim, tel un boulimique comblant un gouffre effrayant avec de la malbouffe. Gobant sans relâche, sans jamais savourer ni pouvoir déterminer s'il a véritablement un creux ou non.

Au fond, je sais pourquoi je me donne cette peine. Pour oublier comment elles ont fini toutes les deux. Chacune d'elles a compté – différemment, certes –, mais chacune me manque cruellement… Me shooter de vices me détruit moins que mon ancienne manière de procéder.

Alors j'essaie de me refoutre en phase avec ma tribu. Reluquer, poser des options, rire aux blagues lubriques, en émettre aussi. Pourtant, je m'emmerde toujours.

Où est-elle ?

Milly semble avoir disparu. Mais c'est mieux, non ? Il est préférable qu'elle sorte de mon collimateur.

À la fin du match, la bande se disperse. Chris, l'air préoccupé, se barre en premier. Diego part dans les vestiaires des gonzesses. Logan le suit, probablement pour ausculter en urgence une demoiselle en surchauffe. Le petit frère Jenkins a dégoté de quoi se faire un sandwich classé X. Il refuse cependant de me lâcher la grappe une fois hors du gymnase, voulant me greffer au trio qu'il forme avec les deux nanas qu'il a serrées. Satané esprit communautaire des Jenkins !

– Vas-y, mec, ne me laisse pas en plan ! Chris s'est taillé ! insiste-t-il, un bras autour de la taille de chacune de ses deux conquêtes.

Mais je préfère me retrouver en tête à tête avec moi-même. J'accroche mon casque au guidon et récupère mon blouson en cuir patiné. Mon portable sonne dans une de ses poches, m'offrant un répit dans le racolage verbal d'Alex. Sa langue percée en profite pour visiter tour à tour les deux cavités buccales à sa portée. Il est entièrement dans son élément, comme moi je le suis en pleine création. Et c'est ce qu'il me faut là, maintenant : aller plancher sur mes dessins avec du bon son et des cigarettes. Rien que mon obscurité interne familière et moi.

Un texto apparaît sur mon smartphone :

Faites comme moi. Je me casse et pas seul. Bye.

Le Doc a donc déjà chopé son plan baise du soir. Comme nous tous, il n'a aucune difficulté à conclure quand il en a envie. Envie qui me fait cruellement défaut présentement. Je relève la tête vers les meufs d'Alex, en train de glousser. Jenkins Junior mordille le cou de l'une d'elles en lui susurrant des compliments de son cru. Je feinte les œillades de la copine, qui me désape visuellement.

– Allez, Jay ! lance Alex. Les filles, aidez-moi à le convaincre !

– S'il te plaît, Jay ! miaulent-elles.

Comment faire gober à Alex que j'ai mal au crâne et rendez-vous avec mes esquisses puis mon plumard ? Je ne dors déjà pas assez et dois m'avancer sur la maquette de Stella. Point positif : revoir l'androgyne et sa chérie m'a permis de déterminer la touche artistique personnelle que j'intégrerai à la calligraphie de la malicieuse blonde. Les promesses obscènes des trouvailles de Jenkins Junior entrent donc par l'une de mes oreilles et ressortent par l'autre. Ils peuvent toujours s'exciter tous les trois, je n'en ai rien à battre de leurs combinaisons multiples d'encastrement. En dernier recours, Alex me cherche des noises :

– Si t'as des pannes, Logan pourrait te refiler des pilules bleues.

Putain, il insinue quoi, là ?

– Mais qu'est-ce que tu racontes, mec ?

– Troubles érectiles, baisse de libido… appelle ça comme tu veux, mais réagis, bordel de cul !

– J'ai vingt-six ans, ma tige a toute sa vigueur ! Et tu sais quoi ? Va te faire voir, Jenkins !

Mon sang s'échauffe. On dirait que dans son cursus universitaire Alex suit un cours dans lequel il apprend à mieux me les briser.

– Avec plaisir, mais pas sans toi et ces sexy nénettes, se réjouit-il, fier que je sois tombé dans le panneau après sa provoc'.

Je soupire et m'allume une clope. Il me gave. Le week-end dernier, il avait déjà remarqué ma baisse de régime. Cependant, notre rythme soutenu, mes insomnies et ma quantité de taf m'y donnent droit de temps en temps, non ?

– T'es un grand garçon, comble-les tout seul ! lui craché-je en expulsant ma fumée.

Excédé, je regarde instinctivement par-dessus son épaule. Je plisse les paupières et le regrette immédiatement.

Ils sont à une bonne distance. Mais je reconnais la moto avec le casque accroché au guidon. Casque marqué de mon logo. Logan Prescott. Avec une femme. Je reste figé.

– Aaaah, il hésite ! s'esclaffe plan cul n° 1.

– Que devons-nous faire pour que tu viennes, Jay ? Alex se sentira moins seul, ajoute plan cul n° 2.

La nana avec le Doc est blonde… Ses fringues ressemblent curieusement à celles qu'avait la bohème lorsque je l'ai aperçue à l'intérieur. Mais c'est insensé. Complètement insensé !

– Exactement, mes princesses… Cesse de te faire désirer et joins-toi à nous, merde ! me tanne Alex, toujours aussi casse-bonbons.

Je ne lui accorde aucune attention et continue de fixer le couple improbable là-bas. Tout porte à croire qu'il s'agit bien de Milly avec Logan. Je n'ai rien ingurgité de chelou pour avoir de telles hallucinations, mais comment en croire mes yeux ? Le gygy se penche pour échanger un baiser avec elle. Mon cœur cogne brutalement dans ma poitrine comprimée.

Il l'embrasse ?

– Jay ?

Mais elle est HOMO, bordel ! Tout dans son comportement et celui de Stella indique qu'elles sont ensemble, et la poulette va même arborer un immense « Milly » sur son dos pour le prouver.

– Allez, viens avec nous ! s'accrochent encore les jouets féminins d'Alex à proximité.

Hébété, je vois Milly et Logan rire et se toucher encore. Un groupe de mecs traverse le parking, et Prescott enfonce son casque sur la chevelure dorée. Ils montent sur son engin. Il démarre. Elle se presse contre lui. Je devine aisément qu'il doit arborer son sourire « pré-baise ». Des mèches longues dépassent, volettent tandis que mon pote accélère. Au virage qu'il emprunte, le flanc proche du bitume, je les perds de vue.

Je me perds tout court.

Nom d'un clebs sous oxycodone, il se passe quoi, là ?

Quand on est restés pour discuter un bref instant avec les joueuses et les féliciter, Rocket commençait déjà à être éméchée et parlait de finir dans un club lesbien. Par contre, est-elle déchirée maintenant au point de ne pas remarquer l'absence de celle qui partage sa vie ? Putain, moi, à sa place…

Argh ! Je déraille ! Ce ne sont pas mes oignons. Je m'en fous ! Je ne veux pas savoir. Je ne veux pas comprendre le délire.

– Qui monte avec moi, les filles ? grogné-je sans préambule.

Je redirige mes iris sur les conquêtes d'Alex, prises au dépourvu par ma question sortie de nulle part. J'ai changé d'avis, je vais avoir salement besoin de me défoncer en elles. Jenkins exulte.

– Oh ouiiiii, il vient !

– Moi, je veux bien monter ta bête ! se porte volontaire une *derby girl* aux formes voluptueuses.

Celle que mon vicelard de pote tripote le plus. Je m'intéresse tout à coup aux nuances de vert sur les pointes de ses cheveux. Elles ne m'avaient pas sauté aux yeux de prime abord. Maintenant, j'aimerais imprimer ce genre de petits riens, tout hormis ce qui vient de ruiner mon entendement et davantage encore. Il me faut des images de substitution. Pour ne pas visualiser Logan en train de coucher avec Milly.

– Ça marche, miss. On y va, déclaré-je, dégoûté.

– Au fait, je m'appelle Gabriella. Gaby, si tu préfères.

Je m'en tape intégralement si tu savais.

– OK.

Je suis sur le point de faire grimper la nénette sur ma Harley lorsque Alex me dit :

– Merci, Jay. On s'arrête à Chinatown ? J'ai la dalle.

Non mais sérieux ? Moi, je n'ai plus d'appétit.

– Mouais. On peut aussi emporter des hot-dogs des *food trucks* qui sont là, maugrée-je en me grillant une clope.

Le trio prend son temps pour décider de son menu. Je deviens dingue, je n'ai pas envie de passer une minute de plus sur place. Mais je m'accroche tout de même à leur discussion sans intérêt. Tout plutôt que de penser à Logan qui s'envoie la jolie Milly, supposée être gay.

CHAPITRE 10

M'enivrer du présent

♥♦♣

♠ La vérité pure et simple
est très rarement pure et jamais simple. ♠

Oscar WILDE

Milly

Pourquoi ai-je fini par flirter avec le beau gynéco de cet après-midi ? Je ne sais pas vraiment, tout va trop vite. Mes ecchymoses, la peur qui menace de ternir ma bonne humeur. Oui, tout est allé extrêmement vite : le tatouage de Stella qui me prend de court, l'énigmatique tatoueur dont j'ai plus qu'adoré le salon et l'atmosphère qui s'en dégage, mes projets…

Cela faisait beaucoup. En arrivant dans le dispensaire, j'ai croisé ce docteur si sympathique. La consultation ainsi que les quelques examens et analyses qu'il a eu la gentillesse d'accélérer m'ont révélé que, dans l'ensemble, je vais bien. Nous avons causé un moment, je lui ai indiqué en riant qu'il n'avait pas à craindre que je sois sa nouvelle harceleuse en remplacement de la fameuse « Shelby ». Car je ne prévoyais pas de revenir à son cabinet. N'ayant aucunement froid aux yeux, il a eu l'air d'apprécier que notre lien médecin/patiente soit rompu et m'a fait une proposition indécente. Je suis repartie avec son numéro de téléphone et un choix : y donner suite ou pas ?

Et voilà comment j'ai terminé avec le séduisant Logan pour renouer avec la légèreté. Jusque-là, je gérais très bien ma vie sans hommes, allant de passade en passade dans les draps d'autres femmes…

Et puis ce soir, patatras, parce qu'au fond je sais que l'épée de Damoclès oscille de plus en plus au-dessus de ma tête. Il me fallait du changement, un électrochoc, un gouffre d'oubli, de la virilité...

Incliné sur moi, Logan semble satisfait que je l'aie appelé, en fin de compte. Sur un coup de tête. Curieusement, il assistait aussi au match de roller derby et m'a rejointe à l'extérieur. J'avais besoin de sortir de ce gymnase : regarder Stella jouer me faisait trop cogiter sur ma situation… Il fallait que je pense à autre chose, et le beau gynéco m'y aidera. Cette coïncidence est peut-être un signe, non ? Il pourrait être le premier mec auquel je m'abandonne depuis une éternité. J'en ai juste testé un, étant plus jeune, histoire d'en connaître la saveur… Une expérience que je n'ai pas eu envie de réitérer…

– À quoi tu penses ? me demande-t-il ses pupilles dilatées rivées sur moi.

Le gris de ses yeux est orageux, magnifique.

– À la folie que je commets en retentant une relation sexuelle hétéro.

Autant appeler un chat par son nom. Il veut un plan cul, ce qu'il nomme FF, et c'est ce qu'il me faut aussi. Du sexe sans attache, mais en dehors de ma zone de confort, cette fois-ci.

Il encadre mon visage de ses grandes paumes douces et m'embrasse délicatement. Je ne suis pas à l'aise, étant sur le parking du complexe sportif où s'est déroulé le match de Stella. Celle-ci pourrait nous surprendre…

– Je suis flatté d'être celui qui aura cet honneur, chuchote Logan d'une voix rocailleuse.

Je décèle son excitation lorsqu'il se colle contre moi. Son baiser se fait dévorant, érotique et si masculin… Ça me fait bizarre, pourtant, moi qui ne suis pas habituée à sentir de si près l'érection d'un homme, je me laisse aller dans ses bras.

– Je devrais remercier Shelby Wells pour sa fixation sur moi, badine-t-il, l'intonation alourdie de désir.

Ce qui réussit à me soutirer un gloussement complice. Ses lèvres s'intercalent entre les miennes. Nos langues s'enlacent encore. Il me serre fort, je gémis. Il recule légèrement sa tête et m'engloutit dans le gris de ses iris. Nos souffles chauds se mélangent.

– Milly, Milly, Milly… Je n'ai pas arrêté de penser à tes lèvres, aujourd'hui, me confesse-t-il.

– Elles ne sont pas si exceptionnelles, quand même, le taquiné-je, troublée par ma propre libido.

Il me contemple, effleure ma bouche avec son pouce.

– Je ne parle pas que de celles-ci, bébé… mais de celles qui sont sous ta jolie petite culotte. Celles que j'ai examinées en m'exhortant à rester parfaitement respectueux et professionnel.

Oh la vache ! Il est direct... et trop sex !

Mes joues s'échauffent, mais je ne me défile pas face à son regard insistant.

– Je t'emmène dans mon antre ? demande-t-il doucement.

– Oui… Hâte de savoir comment c'est chez toi, je lui réponds en lui tendant la main.

– Et moi de savoir comment c'est en toi.

– T'as peur de rien, toi, hein ? rigolé-je, entre gêne et émoustillement.

Un véritable bad boy, en fait, ce mec. Sale gosse canon et téméraire. Une excellente solution pour me noyer dans le présent.

J'imagine le fléau qu'il doit être pour la gent féminine qu'il côtoie au boulot et ailleurs. Il me tire de ces pensées décousues en me plaquant contre lui et s'empare de ma bouche rieuse.

– Au fait, tu n'as rien contre les motos, bébé ? s'enquiert-il.

Mon épaule le frôle quand je pivote pour observer son véhicule.

– Ça devrait aller, décrété-je en l'effleurant à nouveau.

Une lueur coquine dans ses prunelles m'indique qu'il est très réceptif. D'humeur crapuleuse, il me menace :

– Tu ne perds rien pour attendre, ravissante demoiselle. Le Prince et moi allons nous occuper de ton cas.

– C'est qui le Prince ? je lui demande, méfiante, les sourcils arqués.

Logan éclate de rire.

– Pas *qui*, mais *quoi*. Tu feras sa connaissance sous peu.

Mon expression suspicieuse semble l'amuser encore plus. Il frotte sa barbe naissante.

– Il s'agit d'un objet ? j'insiste.

– Patience, ma belle… J'envoie un message à mes amis pour les prévenir que je m'en vais et on prend la route.

Rapidement, il s'acquitte de cette formalité et m'aide à enfiler un casque, puis nous montons sur son engin.

– Greffe-toi à moi, Milly, m'intime-t-il d'un ton rauque en enveloppant ma main sur son buste.

Je me presse contre son dos et il caresse son mollet dénudé.

– Direction mon loft. C'est parti, bébé !

Il démarre en trombe. Je m'accroche par réflexe et l'entends s'écrier :

– La nuit nous appartient !

Son côté irrévérencieux me grise et occulte la peur sournoise qui émerge en moi. Abandonner mon corps frémissant dans ses bras me fera oublier ce que ce même corps subit depuis quelque temps…

CHAPITRE 11

Chez Logan

♥♠♦

♣ Le sexe… C'est la voie ultime
vers l'oubli de soi absolu. ♣

Jiddu KRISHNAMURTI

Milly

– Bienvenue dans le quartier de Clinton Hill, m'annonce le gynéco dans le parking souterrain de son immeuble.

– Sympa et huppé.

– Ne t'y fie pas. Garde la première impression que tu as eue de moi au dispensaire.

Il est vrai qu'il dénote légèrement en bad boy racé dans cet environnement de gentlemen fortunés. Mais en même temps, cela lui va très bien et je m'en fous de son compte en banque.

Nous descendons de la moto. Logan ôte son casque et le mien, les range, puis encadre mon visage de ses mains et m'embrasse à en perdre haleine. Dans un silence chargé de tension sexuelle, il me guide vers des escaliers menant au hall d'entrée.

Chemin faisant, je trouve le moyen de repenser à Stella, ou plutôt à cette absurdité qu'elle veut graver sous son épiderme. Et inexorablement, le tatoueur me revient en mémoire. Si je pouvais arborer un tatouage, je le choisirais pour le créer. Il exsude l'Art avec une touche *borderline* qui m'intrigue et m'attire…

Merde, non ! C'est carrément ma vie et mes certitudes qui se mettent sens dessus dessous, là ! La preuve : je me suis laissée émoustiller par un mec.

– Bonsoir, Doc. Mademoiselle, nous salue un portier, me tirant de mes divagations existentielles.

– Salut, Griffin, réplique Logan.

Je murmure un « bonsoir » à peine audible en me recoiffant de ma main libre. L'autre est entrelacée à celle de mon compagnon.

Un homme, probablement un voisin, retient l'ascenseur de justesse. Partager cet espace restreint avec un tiers a l'air d'ennuyer mon apollon. Son sex-appeal dégoulinant semble emplir l'habitacle et j'y deviens de plus en plus sensible. À chaque frôlement ou échange de regards, il m'allume. Le type des beaux quartiers guindé à souhait, coincé avec nous, est le seul frein qui maintient Logan à distance respectable. Contraint d'afficher une décontraction trompeuse, il remercie le gars et actionne un bouton. La conversation s'engage sur les *Giants*, pendant qu'il me caresse la paume de son pouce. L'élévateur s'arrête enfin et l'autre nous souhaite poliment une bonne soirée.

– De même, réplique mon plan du soir en l'observant disparaître derrière les portes qui se referment.

Dès qu'il le peut, Logan fond sur moi tel un footballeur américain entrant en mêlée. Je suis prise au dépourvu par sa force physique et sa libido déchaînée. Sa musculature me change des courbes douces et féminines dont j'ai l'habitude, et c'est parfait pour briser ma routine. Il me soulève et mes jambes s'enroulent autour de lui. Il me plaque entre la paroi glacée et son corps ferme. Il malaxe mes fesses. Je geins en me liquéfiant et tire sauvagement sur ses cheveux. Notre baiser s'approfondit. Il me détache de lui afin de pouvoir déboutonner mon short, tout en butinant ma peau le long de ma clavicule. Je halète, stimulée, trempée.

– Il faut que je te mange, bébé, avoue-t-il d'un ton rocailleux, une tessiture indécente.

Ses doigts découvrent le triangle épilé sous ma petite culotte. Il grogne. Le signal sonore de l'ouverture des portes s'immisce dans notre bulle brumeuse. Il tâtonne, se cogne contre les murs en marchant à reculons, soudé à moi. Il me soulève, telle une précieuse cargaison qui ne doit plus fouler le sol. Sa serrure résiste, il persiste. Je l'embrasse dans le cou, aussi impatiente que lui. Ses vaines tentatives se multiplient.

– Ma salope de porte ne veut pas coopérer, grogne-t-il.

J'étouffe un rire, qu'il dévore dans un baiser impérieux. Son énième essai est le bon. Il pousse enfin le battant avec mon fessier. Sa bouche fusionne avec la mienne. Il titube, les muscles des bras sollicités par mon poids. J'aperçois un escalier en colimaçon, que nous n'empruntons pas. Logan trébuche contre un canapé en cuir marron et tombe plus qu'il ne s'assoit dedans, tout en me maintenant sur lui. Il nous débarrasse hâtivement de nos hauts. Son souffle erratique est à hauteur de mes seins retenus par un soutien-gorge fin. Il me mate avec une telle insistance que j'en suis mal à l'aise. Mes synapses se remettent en route, me rappelant qu'il a forcément plus un œil de médecin que d'amant sur mes bleus. Un sentiment de malaise m'envahit.

– C'est moche, n'est-ce pas ?

– Tu n'as pas évoqué ça, cet aprèm… À quoi est-ce dû ?

Non, et j'étais partiellement ravie qu'ils soient passés inaperçus, car cela induisait qu'ils étaient insignifiants.

– Au sport… Ça n'a aucune importance… S'il te plaît, continue.

Il effleure les ecchymoses qui parsèment mon épiderme. J'en ai plus que lorsque la nana chopée au pub les a dénombrées dans mon dos. Mon déni se fendille, laissant place à l'évidence. Surtout face à un docteur…

Il tombe à pic dans mon existence en plein bouleversement. Mon organisme part en cacahuète, il me faut plus que de l'insipide et des habitudes, je veux de l'intense, de l'inédit, savourer d'autres plaisirs.

– OK, mais c'est toi qui réfléchis trop, Milly. Arrête ! m'intime-t-il à juste titre.

Logan aspire délicatement l'un de mes tétons à travers l'étoffe. Je me cambre en ahanant.

– Tu es canon et j'ai outrageusement envie de toi.

Je caresse son torse. Il me fixe. Ses iris gris me traduisent le désir que je semble lui inspirer malgré ma peau meurtrie.

– Et toi, tu es…

Que dire ? Il a certainement conscience d'embraser les sens des femmes qu'il croise. Il est parfait pour oublier… J'humecte mes lèvres, me penche et l'embrasse. Il en profite pour dégrafer mon soutien-gorge.

– Et si on extirpait maintenant *Son Altesse Princière* pour vous présenter ? suggère le toubib volcanique.

Mon petit regard soupçonneux réapparaît.

– J'avais déduit que tu parlais d'un animal de compagnie ou d'un objet. Maintenant j'ai un mauvais pressentiment, chuchoté-je, mi-taquine, mi-interrogative.

Il me descend de ses genoux en s'esclaffant. Je recule, pas certaine de vouloir le suivre dans son hilarité sans savoir pourquoi il rit. Logan ouvre sa braguette, soulève son beau cul de sportif et retire son jean. Son boxer est difforme. Clairement, il me veut et n'a pas été alerté ou refroidi par son auscultation visuelle. Tant mieux. Il soulève encore ses fesses, à l'aide de ses pouces, baisse son sous-vêtement. Et son sexe s'étire à la verticale avec…

Oh punaise ! Un bijou génital en anneau au bout !

Curieux de connaître mes impressions à vif, il se rive à mes yeux, qui s'arrondissent.

– Mon piercing se nomme un Prince Albert. Rien à voir avec Monaco. Le Prince, Milly Clark. Milly, le Prince, ton nouveau jouet.

– Je… je… j'ai… merde, Logan ! bégayé-je, figée, le regard passant de son entrejambe à sa figure.

– Tout va bien, bébé ?

– Et re-merde ! Non, tout ne va pas bien ! Tu me démolirais avec ça ! Hors de question !

Il se redresse, je recule. Il marche vers moi, je tourne vivement la tête de droite à gauche. Je note qu'il a envie de rire mais ne souhaite pas que je m'affole et l'abandonne dans cet état.

Je redoutais déjà d'affronter des attributs masculins. Alors tomber – pour mon grand saut vers le quasi-inconnu – sur un pénis percé me file une frousse monumentale !

– Hey, tu ne crois pas que je suis suffisamment renseigné sur l'appareil génital féminin pour savoir en prendre soin ?

– Tu… tu ne m'avais pas prévenue que… que tu… La vache !

Il frôle mes épaules, s'incline pour embrasser ma chevelure. Si lascivement que je le soupçonne de tenter de m'amadouer.

– Laisse-moi faire… Laisse-toi aller, Milly. Tu voulais t'amuser et t'évader, n'est-ce pas ?

Je le savais ! Il me retourne et love mon dos contre lui. Mon pouls et ma respiration sont anarchiques.

– T'ai-je bien spécifié que je n'ai qu'une expérience très limitée en matière de mecs ?

Ses mains couvrent mes dômes en cherchant le lobe de mon oreille. Et il me chuchote :

– Oui, et ce renseignement contribue à te rendre encore plus attirante à mes yeux. Tu ne peux pas savoir le genre de fantasmes que cela suscite, chez moi ou chez n'importe quel homme.

– Ah oui ? Cette info fait de moi une sorte d'aphrodisiaque ambulant ?

– Carrément ! Et je ne te parle pas de l'intérêt que tu aurais suscité si mes potes t'avaient rencontrée en soirée, un week-end.

Ses amis ? Oh non, ça ira. Je ne souhaite aucune attache ! Aucune présentation aux proches. Un plan occasionnel, point !

– Je ne veux pas les rencontrer.

– Je sais, rigole-t-il. De toute façon, ils n'ont pas besoin d'apprendre que je suis un sacré veinard.

Ses doigts coulissent sur moi, vers mon ventre, puis mes seins, et mon pubis.

– Respire, Milly, je ne suis pas une brute.

– Mais comment as-tu pu omettre de mentionner cet… ornement génital ?

– Je t'ai parlé du Prince, ma belle. Bon, OK, je ne m'en vante pas non plus à tout-va, tu sais ? s'amuse-t-il. Et puis c'est un peu un signe d'appartenance aux BadASS, mon groupe de potes, donc j'y suis tellement habitué que c'est presque devenu une norme, pour moi.

Les BadASS ? Rien que ça ! De mieux en mieux. Ses copains sont tous des *bad boys* arborant des piercings intimes sur des… phallus impressionnants ? Je préfère ne jamais les voir, c'est définitif.

– Puis-je juste te donner du plaisir ? Si tu n'es pas encore prête pour mon sexe, j'attendrai… On peut uniquement se toucher, s'embrasser, rien d'invasif.

– Sincèrement, je suis un peu angoissée, là, Logan…

– Que des caresses pour se découvrir mutuellement. Promis… Dis oui.

J'hésite. Tout est si simple et cash avec lui. Sans chichis. Vu le genre de célibataire endurci et tombeur de ces dames qu'il est, il ne m'encombrera pas. Sentant la brèche, il s'y faufile avec habileté.

– De plus, bébé, je possède quelque chose qui pourrait t'aider à te détendre.

– Quoi donc ? Je me méfie de tes surprises, maintenant.

Il rit et plante un baiser sur ma bouche.

– Ne t'inquiète pas : il ne s'agit que d'un inoffensif Jacuzzi. Tu verras aussi, jeune fille, que mon Prince Albert ne te veut que du bien.

– Mouais. J'en doute.

Il me conduit sur sa terrasse. Luxueuse, sobre, magnifique. Il me tire de ma contemplation en me plongeant subitement et sans cérémonie dans l'eau tiède, dont il actionne les bulles. Je tombe dans un éclat de rire salvateur.

CHAPITRE 12

(Dés)obsède-moi

♥♦♣

♠ La passion est une obsession positive.
L'obsession est une passion négative. ♠

Paul CARVEL

Jayden

La stéréo d'Alex joue du Coldplay : *Hymn For The Weekend*. J'administre mes ultimes coups de boutoir tel un automate, ou un acteur porno qui baise sans réelle émotion. Les gémissements de Gaby, l'une des nanas emballées par Jenkins Junior après le match, m'insupportent à tel point que lorsqu'elle jouit, je me sens soulagé d'être enfin délivré de cette mascarade. N'ayant pas réussi à kiffer, je me retire en tenant ma capote usagée. Je n'arrive pas à éjaculer ni même à ressentir un plaisir infime. Je récupère un *joystick* posé dans le cendrier et l'allume. Debout et nu, je mate l'expression satisfaite de la fille en tirant une longue latte. Au moins, l'un de nous deux a joui. Je me suis conditionné pour en arriver là et ce n'est toujours pas assez. Gaby reluque mon érection, plus mécanique que due à une réelle excitation. Il est quand même stupide, cet appendice, à bander indépendamment du reste. Mais de toute façon, il retombe, maintenant que ma raison dissipe les brumes du peu de Jack Daniels que j'ai ingurgité pour me mettre dans l'ambiance.

– J'ai envie de m'occuper de toi, Jay, tu me laisserais te tailler une pipe ?

Super classe, ma parole ! Merci, mais non merci.

La seule vue de cette fille rend mon humeur encore plus massacrante.

– Et si t'allais plutôt aider ta copine à satisfaire Alex ? Crois-moi, lui est insatiable, contrairement à moi.

– C'est toi qui m'excites… si triste, si sombre et insondable…

Ouais bah dommage, ce n'est pas réciproque, Playmate dézinguée.

Elle vient jouer à la sangsue contre mon dos. Putain de merde ! Je me raidis, oppressé.

– Arrête ça, bordel ! ALEEEEEX ! Récupère la deuxième, j'suis plus intéressé !

OK, là, je suis le salaud parfait, mais je n'en ai rien à battre. Cette nana n'avait qu'à respecter mes limites et ne pas insister lourdement. Vexée, elle se renfrogne. Je m'en contrefiche. J'augmente le volume de la musique et m'exfiltre de cette pièce qui pue l'obscénité.

When I'm lower, lower, low, chante Chris Martin. Clairement, je suis encore plus au fond du trou que dans la chanson. Les effets de l'alcool s'atténuent. Je sifflote sur le refrain en allant faire un brin de toilette, histoire d'enlever les traces de la meuf. Je me savonne, me frictionne tout le corps, déçu de moi-même. Mentalement éreinté, je continue de fredonner.

– *Got me feeling drunk and high. So hiiigh !*

Si seulement je pouvais me sentir aussi bourré et stone que ça ! Je m'essuie, sors de la salle de bain et me dirige directement vers le bar d'Alex. Je pique la bouteille de bourbon et bois au goulot. Je voudrais tellement être imbibé et flotter comme dans les paroles que je murmure amèrement entre deux goulées.

– *But I'm not drunk and high, just empty and lonely.*

La picole aidant, je glisse dans le pathos. J'ai l'alcool triste : je deviens une sous-merde malheureuse quand je bois. D'où ma fidélité à l'eau, même en soirée. Mais là, j'en ai besoin pour effacer si possible *son* visage de mon esprit.

Ce n'est pas normal que je veuille revoir la petite amie de l'une de mes clientes. Ça m'épuise de désirer lui parler, mieux la connaître, la toucher…

– MERDE, QUOI !

Je m'efforce de penser à autre chose mais elle semble décidée à squatter ma caboche lourde de péchés et de noirceur, comme un rayon de soleil impossible à filtrer.

Bordel, Logan la saute en ce moment même, et ça aussi, ça me pollue la tête !

Je me noie dans le bourbon. Alex s'éclate encore : je devrais y retourner et tenter de singer. Mais je sais déjà que c'est mort. Ces moments jusqu'à ce jour insouciants et débridés qui me sauvaient des abysses sont bousillés par l'image persistante de la blonde. Quel que soit le subterfuge, j'en reviens à elle et en suis dépité. Alors oui, je voudrais atteindre le coma éthylique et la gommer, enfin. Ce n'est pas comme si mon crâne n'était pas déjà occupé par un capharnaüm monstrueux !

Je tombe bien bas, putain ! Je me fracasse au lieu de planer.

Je ne sais rien de cette enchanteresse, et le peu que j'ai vu n'est pas très reluisant, bien au contraire. Ce soir, je l'ai même aperçue en train de switcher entre Stella et le Doc.

Comment l'éjecter de mes pensées si les plans cul et l'ivresse sont sans effet ? En me réfugiant dans un nouveau jeu foutrement plus déjanté, voire ultra risqué ? Ouais, combats clandestins et dérives multiples jusqu'à ne plus me rappeler mon propre prénom, c'est exactement le remède. Nos défis BadASS sont nés pour ce motif, entre autres. Prendre le contrôle sur nos désirs grâce à notre dynamique de groupe sans jamais permettre à une minette d'avoir trop d'emprise sur l'un d'entre nous. Ne pas devenir un pauvre con obnubilé par une femme. Une fois, ça m'a suffi.

Je dois stopper le supplice que représentent les images de Logan prenant du bon temps avec Milly, qui s'invitent dans ma tête malgré moi. Je m'empare de mon iPhone, abandonné parmi les habits épars. Je vais réagir. Il est exclu que cette nana gagne plus de terrain. Je la délogerai de ma tête.

Salut les gars. Partants pour un défi avant le week-end ?

J'envoie un texto groupé, puis bois une nouvelle gorgée du liquide ambré qui me brûle la gorge. Pour noyer dedans mon obsession naissante afin de pouvoir jouir un peu mieux de nos deux invitées. Si possible…

♥♠♦♣

Le mardi matin, j'ai plusieurs maquettes pour Stella. En somme, j'ai plus dessiné que baisé.

J'ai préparé plusieurs variantes. J'attends que la fliquette vienne en valider une et que nous convenions d'une date pour le début du tatouage. Tracer les contours d'une pièce de cette taille prendra des heures. Ensuite, il y aura la colorisation et les ombrages, qui en demanderont deux fois plus. Il faudra prévoir des pauses, des sessions pour les détails et les retouches… Bref, un looooong programme.

Pour l'instant, je suis assis sur le bord du trottoir devant mon salon de tatouage. Clopant avec mon vieux pote de ma période Boot Camp pour jeunes : Jamie, alias *Little Squirrel.* À la fin de notre séjour dans le baraquement en Arizona, nous avons perdu contact. J'étais trop amoché et j'avais besoin de solitude dans ma tombe mentale. Nous nous sommes à peine envoyé quelques mails espacés. Quand on est devenu majeurs, il a traversé une mauvaise passe lui aussi. Il m'a fait signe. J'étais en mesure de l'aider et lui ai naturellement porté secours, même si je suffoquais de plus en plus, enseveli sous des choses impossibles à effacer. Les années se sont écoulées, je lui mentais en lui racontant que j'allais relativement bien… De son côté, il est retourné en Écosse.

Récemment, c'est Jamie qui a retrouvé ma trace grâce à un article sur mon studio dans une revue de tatouage chez son garagiste. Il a tout de suite cherché mes coordonnées et m'a recontacté. Et voilà qu'il déboule dans le New Jersey !

– Tu restes longtemps dans le coin, *Squirrel* ? On pourrait prévoir un truc, proposé-je en aspirant une bouffée de cigarette.

Il frotte sa barbe, qui lui donne un look à la croisée entre le sale gosse et le hipster. Ses yeux verts assez similaires aux miens brillent d'intérêt. Il exhale des volutes de fumée.

– Mais carrément ! Je veux savoir ce que tu deviens. Laisse-moi juste faire peau neuve avec Brutus. D'ailleurs, il a bientôt fini ma maquette ?

– Ouais. T'inquiète, il peaufine davantage parce que t'es un pote du boss.

Je lui décoche un petit coup de poing.

– Putain, je suis fier de toi ! Sérieux, je suis heureux de te revoir, Jay-Jay.

Mouais, bon, il est le seul à m'appeler ainsi. C'est toujours mieux que son sobriquet de rongeur.

– Moi aussi, mon petit écureuil.

En réalité, ces retrouvailles me procurent un goût contrasté. Je considère les passants d'un œil vague. Jamie attire autant que moi les regards des filles qui déambulent de magasin en magasin. Il est roux, d'une beauté brute, bien bâti malgré son mètre soixante-dix qui le rend plus petit que moi d'une dizaine de centimètres, barbu et tatoué. Le revoir remue en moi des souvenirs de notre passé commun, d'avant les BadASS, et cela me trouble, surtout vu la période confuse que je traverse.

– Hey, Jay, mate-moi ça, m'apostrophe Brutus, qui sort sa bouille à temps pour m'empêcher d'être happé dans les méandres de mes souvenirs glauques.

Jamie a commandé au métis ce que nous nommons dans le jargon un *cover-up*. Comme celui que j'ai sur un bras, masquant les horreurs que l'on m'a gravées de force à Phoenix… La technique consiste à recouvrir un tatouage pour le remplacer par un autre motif ou du noir intégral. Jamie a eu la bonne idée de se faire dessiner un large portrait de sa chérie sur l'avant-bras. Sauf que maintenant, je cite, il « ne peut plus encadrer ni cette garce ni sa tronche de chieuse sur sa peau en permanence ».

– J'aime bien, commente-t-il.

J'observe d'un point de vue plus critique l'ébauche revue par mon collaborateur. Il a plutôt bien changé les traits féminins en ceux d'une tigresse. Nous avons pas mal réfléchi ensemble à la manière d'obtenir ce résultat. Il faut que, en regardant, rien ne laisse deviner qu'il y avait un tatouage initial en dessous. Je lui conseille après une inspection minutieuse :

– Si j'étais toi, j'épaissirais les rayures, ça masquerait définitivement cette zone. Et je déplacerais aussi le texte par-là pour rendre l'ensemble plus harmonieux.

– Tu as raison. On n'y verra que du feu, approuve Brutus.

Jamie écrase son mégot, conquis également.

– Je suis excité comme un zoophile dans une ferme remplie d'animaux.

– Excellent, j'adore ! se bidonne Brutus, friand de blagues trash.

– Non, c'est dégueu, statué-je sans pouvoir m'empêcher de rigoler moi aussi.

– Cette connasse n'existera plus et j'aurai un *tattoo* de tueur signé par mon poto. Il y a de quoi frétiller, mon Jay-Jay !

Un félin tatoué sur un écureuil. Le délire nous a plu. Mon collègue fronce les sourcils :

– N'empêche, j'ai l'impression qu'il manque encore un truc.

– C’est vous les pros, les gars. On vante vos mérites dans les magazines spécialisés, quand même ! Alors embellissez-moi !

– T’inquiète, on assure toujours, lui affirme Brutus. On est vachement méticuleux.

Je scrute à nouveau le dessin en plissant le front.

– Ouais… Il manque un petit quelque chose. Je n’arrive pas à mettre le doigt dessus, mais on aura le déclic… Il est déjà top comme ça, cela dit.

– Tu viens pour un essai, Jamie ?

Nous rentrons. À peine cinq secondes plus tard, la porte tinte. Stella et Milly entrent dans le salon. Mon regard croise celui de la blonde. Ma respiration part direct en sucette, mes pensées s’éparpillent.

Putain, qu’est-ce qu’elle est belle !

Et merde, je n’étais pas prêt à me reprendre ça dans la face ! Pas après l’avoir vue avec Logan !

CHAPITRE 13

À fleur de peau

♥♠♦

♣ Je ne peux trouver aucune satisfaction.
Car j'essaie et j'essaie,
je n'en trouve aucune. ♣

I Can't Get no Satisfaction,
THE ROLLING STONES

Jayden

La poulette se met direct en posture de femelle alpha, consciente que sa moitié exerce une espèce d'alchimie sur d'autres. Moi, en l'occurrence. Une saleté d'alchimie que je n'ai pas souhaitée et qui me tombe sur la gueule ! J'attrape ma lèvre inférieure entre mes dents et ne cille pas.

Qu'elle se relaxe, la Rocket !

Hier encore je croyais que, pour elles deux, je ne valais que dalle en dehors de ma profession. Je suis doté d'un putain d'attribut en trop, dont le *foreskin* se tend contre mon boxer en réaction à la présence de Milly. En fait, depuis que je l'ai vue avec Logan, mes acquis et certitudes se font la malle. Gay ? Bi ? Salope mytho ? Électron libre ? Esprit immensément ouvert ? Qui est cette Milly qui prend dans sa toile mâles et femelles ?

Stella nous salue froidement pendant que sa copine oblique de sa trajectoire et vient s'extasier sur la maquette de Brutus. Pleine de spontanéité, elle ne semble se soucier d'aucun regard sur elle.

– Magnifique, une tigresse du Bengale ! Hum… C'est moi ou, avec un détail en plus, ce serait parfait ? J'imagine une cicatrice, juste là, pour lui donner un air plus féroce et déterminé ? Ce n'est pas grand-chose mais cela pourrait changer la perception et… Oups ! Pardon. Ce n'est que mon humble avis qui n'a pas été sollicité, se ressaisit-elle.

Elle se redresse en réalisant qu'elle a peut-être vexé l'auteur de l'œuvre. Un connaisseur diplomate prend généralement des pincettes avec un artiste, ne sachant pas comment il supporterait une critique. Certains se braquent à la moindre suggestion, sont très imbus de leur personne et placent toutes leurs créations sur un piédestal. Brutus, lui, arque les sourcils, lorgne l'intervenante, puis son croquis qu'il cherchait il y a quelques instants à parfaire.

Silence dans le salon. On entend juste les Jackson Five, que Ryan avait envie d'écouter aujourd'hui.

Soudain, le visage du métis se fend d'un improbable sourire. On dirait que la blonde vient de gagner son respect.

– Une cicatrice ? Yeah !

– Tu devrais l'embaucher, s'insurge *Little Squirrel* en détaillant un peu trop la muse solaire du regard.

Celle-ci opine avec soulagement à la question de Brutus et lui rend son sourire, sous le regard renfrogné de Stella. J'ai failli l'oublier, celle-là. Un vrai pit-bull prêt à mordre pour défendre son bien.

Et putain Jamie on sature déjà, ne flirte pas avec elle ! Arrête de la zyeuter comme ça, mec.

– Bon, c'est pas tout, mais où est ma maquette ? J'ai un taf, moi, grogne la Black pour couper court à la petite connivence de sa nana avec nous.

Sait-elle au moins qu'elle se tape des gars dans son dos ?

– Comme tout le monde ici, figure-toi, Stella, lui répond sa petite amie, toujours gaie.

Fringuée en hippie moderne, elle est aussi libérée et naturelle dans sa garde-robe et sa manière d'être que dans sa vie sexuelle.

Non d'une pipe à crack, je m'égare sévère !

Jamie, très observateur, repère les échanges non verbaux entre nous – OK, mon air hébété surtout – et m'adresse un clin d'œil. Il m'a pris en flag, bloqué sur le profil de la superbe bohème, détaillant les tresses et les plumes dans ses cheveux. Je détourne la tête et devance le couple vers mon poste de travail.

Raide. Bordel, ouais, je suis pire qu'un piquet. Je ne veux pas croiser à nouveau son regard d'azur. J'y verrais le reflet de Logan et ce serait trop, beaucoup trop pour moi.

Je présente mes maquettes sur le comptoir.

– Ça donnerait ceci.

– Pourquoi il y en a autant ? m'attaque la Stella en me scrutant.

Bonne question. Pourquoi ai-je gaspillé tant de temps à reproduire de diverses manières le dessin déjà sublime de Milly ?

– Je suis un passionné. Un instinctif. J'aime que mes clients puissent choisir, qu'ils étudient les multiples possibilités de création à partir d'une idée de base.

Tendus, nous nous dévisageons.

Bordel, la Rocket, si t'as des doutes sur elle, sache que ce n'est pas moi qui m'envoie ta dulcinée !

Milly interrompt notre duel visuel.

– J'adore, Jayden ! Cela nous laisse l'embarras du choix, du coup.

J'ai un souci avec mon prénom dans sa bouche. Ça déglingue la passivité que j'essaie d'afficher. Stella plisse les paupières. Mais son téléphone sonne à cet instant, et elle est contrainte de décrocher.

La vache ! De l'air !

Fébrile, je retire ma casquette et introduis mon crayon dans ma bouche.

– Oui, Cruz ? Quel gang ?

Elle éloigne le téléphone de sa bouche et nous lance :

– Je reviens.

Franchement, je suis embêté de rester seul avec sa chérie. Bon, il y a toujours Ryan absorbé par son ouvrage et Brutus qui applique un calque sur l'avant-bras de mon pote écossais. Mais ils sont loin.

– Désolée pour le caractère de chiotte de Stella.

– Euh… il n'y a pas de quoi s'excuser.

– Moi, je préfère celui-ci, m'affirme mon nouveau casse-tête en me désignant la version que j'ai dessinée chez Alex après en avoir eu marre de m'abrutir d'alcool et des deux minettes que nous avions serrées.

Je ne pouvais pas reprendre la route pour rentrer, donc j'ai griffonné de diverses manières son fichu prénom. Avec et sans ornements. Des Milly à l'infini. Comme un pré-pubère le ferait dans un cahier de cours. La loose !

Je retire mon crayon mordillé de ma bouche et la fixe. Le camaïeu de bleus dans ses yeux me fait boire la tasse.

OK, tu vas t'autocensurer, Jayden ! Sinon, tu fonces droit dans le mur.

Rien à foutre d'elle, ni de sa vie sexuelle. De sa vie tout court. Mais elle est là, avec ce truc indéfinissable en elle, tout près. Elle sent si bon… Elle m'intrigue et s'est envoyée en l'air avec l'un de mes meilleurs amis ! Putain, retour de l'électrochoc ! Nickel, j'atterris.

– Donc tu… tu vas la laisser t'incruster dans sa peau ? Tranquille.

Merde, je n'ai pas pu la fermer ! Estomaquée, les yeux exorbités, Milly me regarde, jette un coup d'œil à sa copine à travers la vitre puis hausse les épaules.

– Je ne suis pas parvenue à l'en dissuader. Stella est très obstinée.

– Ah ouais ? Je suis persuadé que si elle apprenait pour Logan et toi, elle insisterait moins pour marquer indélébilement son amour pour toi.

– Oh putain !

Sa main se pose sur sa bouche avec un air ahuri.

– Comment tu as… Merde ! Logan ? Merde et merde !

Ouais, tu peux le dire. Au moins, tu ne nies pas, même si tu sembles véritablement choquée.

Je fourrage ma tignasse en faisant fi de la curiosité des gars de l'autre côté du salon. Dehors, Stella est en train de raccrocher. Milly me mate, paniquée, une expression suppliante sur le visage. Je bouillonne d'envies contradictoires : me défouler sur sa bouche, l'insulter, la jeter ?

– Tu couches avec Logan Prescott, et pour info, il est comme un frère pour moi. Ainsi que Diego Cruz, le coéquipier de ta chérie. C'est ma bande de potes, je lui révèle amèrement.

– C'est pas vrai ? Ah, la misère !

Putain, Jay, t'avais décidé de ne pas t'en mêler, de la rayer de tes préoccupations. Qu'est-ce qui t'a pris ?

Je fous les poings dans mes poches et y sens la breloque que je devrais lui rendre. Elle s'incruste fort dans ma paume, mais je ne l'extirpe pas de mon pantalon. Mes prunelles dérivent vers le poignet de la blonde, là où est accroché le reste de son bracelet. Ses mains tremblent. Intéressant. Du stress ? Des remords ?

– Jayden, on peut se revoir plus tard ? Pour en parler.

Sa demande me décontenance, mais je lui réponds :

– Non. Sans façon. Tes magouilles, ça te regarde.

– S'il te plaît, ce n'est pas ce que tu sembles croire… chuchote-t-elle prestement.

Elle est blême. Ses iris magiques me supplient encore quand Rocket approche dans son dos.

– Je garde le motif originel, celui de ma Milly, déclare la flic de but en blanc.

Leurs épaules se frôlent alors que la Black s'accoude au comptoir. La blonde sursaute imperceptiblement. Pour ma part, je tente de réguler ma respiration.

Qu'est-ce qui vient de se passer ?

Je suis dans le flou durant la suite de la discussion. Pro et concis, comme un robot. Incapable de la regarder encore. Je sais que j'ai son attention, que c'est elle qui ne me quitte plus des yeux. Malheureusement, ce n'est pas parce qu'elle ressent quoi que ce soit pour moi, mais uniquement parce qu'elle a peur que je cafte.

Et j'ai mal. J'ignore pourquoi. J'ignore comment je peux avoir aussi mal. Je veux qu'elles s'en aillent pour m'isoler et décortiquer mon merdier.

Un quart d'heure plus tard, je me barricade dans la pièce inoccupée où nous effectuons les piercings et les tatouages les plus intimes. J'ai mes planches, des fusains et un infernal souk dans la caboche. Je synchronise mon iPhone avec la sono. À fond sur *I Can't Get no Satisfaction* des Rolling Stones, je perpétue ce que j'exècre de plus en plus : je dessine Milly.

Encore.

Comme pour fouiller dans son âme.

Comme pour avoir des accès que personne n'a.

Comme pour déchiffrer une énigme passionnante.

Elle devient, malgré moi, ma muse, dans toute sa complexité et sa splendeur, qui me glisse entre les doigts.

Telle une fleur fascinante hérissée d'épines, Milly m'écorche. À vif, et j'ai pourtant l'habitude de saigner.

CHAPITRE 14

La bande de potes

♥♠♣

♦ Je ne sais juste pas quoi faire de moi.
Je ne sais pas quoi faire de moi.
Planifiant tout pour deux. ♦

I Just Don't Know What To Do With Myself,
THE WHITE STRIPES

Milly

Stella repart à la traque aux gangs avec Diego. Et moi, je ne parviens pas à me remettre dans mon train-train après ce passage au Jayden's Tattoo & Piercing. Sur le quai, je regarde le troisième métro que je laisse se refermer et démarrer sans moi.

Jayden m'a percutée.

Je réalise que, même dans ma fuite de relation stable, je crains viscéralement la solitude. De plus en plus depuis que mes défenses immunitaires m'en font voir de toutes les couleurs, surtout du bleu, d'ailleurs. Dans ma quête de chaleur humaine, je crois que je commence à faire n'importe quoi.

Punaise, Jayden est dans la fameuse bande BadASS de Logan ! Tout comme Diego, le coéquipier de Stella !

Je suis stupéfaite. Comment ai-je pu me foutre dans un tel bourbier ? Alors que je voulais justement de la simplicité et des gens qui m'oublieraient après avoir pris du bon temps, sans prise de tête. L'impression d'être prise au piège me cloue sur ce quai.

Cependant, je crois qu'il y a autre chose en plus de cela. Je ne sais pas pourquoi, mais l'opinion que ce ténébreux artiste a de moi m'affecte vraiment. L'air impénétrable qu'il arborait lors de notre première rencontre s'est transformé en une accusation frontale. Je devrais m'en moquer et continuer ma route. Ne plus revoir le gynéco, me remettre aux nanas. Je maîtrise mieux ainsi.

Alors pourquoi les iris émeraude déçus de ce type qui ne sait rien de mon existence et à propos de qui j'en sais encore moins me hantent-ils ?

Je grimpe finalement dans une rame qui passe et extirpe mon mobile de ma poche. Comme pour justifier mes choix, je m'attèle à mon journal virtuel. Celui-ci est ludique : même lorsque j'y écris des souvenirs douloureux, je conserve humour et autodérision.

En pianotant sur mon écran, je repense à la fillette que j'étais. Avec une maman pudique, dévouée à son mari. Mae Clark, ma mère, suivait les préceptes auxquels elle avait été biberonnée : ceux des Amish, dont elle faisait partie jusqu'à son coup de foudre pour mon père qui, lui, n'en était pas un.

⁂Je me doute bien que mon style de vie n'est pas précisément celui que tu aurais voulu pour moi, maman. Mais je sais aussi que tu m'as aimée si fort que tu essayerais au moins de me comprendre. Au fond, je me sens incomplète, comme une chaussure qu'on a oublié de confectionner en paire. D'accord, c'est peut-être ridicule ce que je dis. Quelqu'un vient de m'embrouiller l'esprit et je divague…
Bref, c'est à toi que je désire ouvrir mon cœur. Tu me manques tellement. Je crois que je te manque aussi. Tes petites empreintes – ton héritage sur ma peau – me confortent dans l'idée que tu as envie de revoir ta fille. Je n'ai plus peur, maman. Je vais m'éclater, emmagasiner beaucoup de belles choses et je serai prête le jour où tu me tendras la main. Je ne manquerai pas ce rendez-vous-là. Promis.
Et tu sais quoi ? Je vais y retourner, je vais aller m'entretenir avec celui qui vient de me bouleverser. Je n'arriverai pas à aller de l'avant, sinon. Des bisous tout plein, maman.⁂

Je me déconnecte, range mon smartphone et inspire. Je n'ai plus qu'à descendre et reprendre le métro en sens inverse.

♥♠♦♣

Dans la rue, une fillette s'extasie sur ma coiffure. Je m'arrête pour qu'elle puisse toucher mes torsades, mes plumes et j'en retire une pour la lui offrir.

– C'est trop beau, on dirait une plume de fée ! Merci beaucoup.

– Avec plaisir, ma puce.

Sa grande sœur me gratifie également d'un sourire. Je fais quelques pas, essayant d'agencer mes idées en monologuant tout bas.

– Écoute, Jayden, je suis navrée que tu sois indirectement mêlé à mes pérégrinations affectives et charnelles… Mais… Argh !

Pourquoi lui fournir des explications ?

– En fait, hier soir, Logan m'a parlé brièvement de sa bande et je te jure que je n'ai pas fait le lien avec toi ou même avec Diego. Comment aurais-je pu ? Et puis… Punaise !

Je farfouille dans mon fourre-tout, débusque mon casque audio et me terre dans la musique. Je parlerai selon mon feeling : ça ne sert à rien de préparer un speech. Et si Jayden campe sur ses positions et me voit comme une traînée fouteuse de zizanie entre ses amis…

– Eh bien, tant pis ! Je prendrai mes distances et c'est tout. Il s'agit de *mes* choix. Je n'ai aucun compte à lui rendre.

Dans ce cas, pourquoi je ne rebrousse pas tranquillement chemin ? Je pourrais peindre, danser, rire, dormir ou faire la fête. Éventuellement tenter l'une des discothèques LGBT fréquentées par Stella. Elle et ses copines me tannent toujours pour que je les y rejoigne.

OK, on y est ma grande. C'est le salon du tatoueur sombre et intense. Tu entres, vous avez une conversation civilisée et tu t'en vas plus légère.

Plantée sur la devanture, je l'aperçois. Il a son petit tic super sexy, voire attendrissant : triturer ses piercings à l'oreille, pleinement concentré sur un tatouage. Ce matin, il en avait un second : mâchouiller son crayon, qu'il glissait inconsciemment dans sa bouche. Une photo de lui illustrerait à la perfection une couverture d'*Urban Ink* ou de tout magazine dédié à cet art qu'il pratique.

Ténébreux, canon, unique et tatoué jusqu'au cœur.

Comment a-t-il choisi ce métier ? C'est sa passion, j'imagine. Il l'incarne. Et j'ai soudain la trouille d'aller me frotter à nouveau à son avis déplorable sur ma personne. Ce qui est complètement ridicule. Des gens comme lui doivent être blasés du jugement d'autrui, et donc, à l'inverse, se taper de ce que fiche le commun des mortels.

Sauf que là, il est question de sa troupe, de mecs qui lui sont proches. Il a même précisé qu'ils étaient des « frères ». C'est dire combien ses amis ont de la valeur pour lui. Et il m'identifie comme une menace.

– OK, voilà ! Je vais lui expliquer que je n'en suis pas une et retarder le projet de tatouage de Stella jusqu'à ce qu'elle y renonce.

Tout sera réglé et *bye*, l'énigmatique artiste !

Mince, mon portable sonne. Je le sors et déplore le mauvais timing en voyant que c'est Logan au bout du fil. D'un autre côté, je suis soulagée de retarder mon retour dans l'antre du dieu de l'encre.

– Allô ?

– Salut, comment tu vas ce matin ? Tu as mal quelque part ?

– Je vais bien, Logan. On avait dit qu'on ne s'appellerait que pour se voir.

– Ouh là, tout doux ! Je m'inquiétais juste de…

– Oui, bah non. Du sexe et rien de plus, souviens-toi. T'inquiéter pour moi ne fait pas partie du deal, me braqué-je en sentant le regard de Jayden sur moi.

Oui, j'ai fini par boire des coupes de champagne et me détendre dans le Jacuzzi de Logan. Il a été entreprenant, attentif à mes attentes, et ce qui devait arriver a bien eu lieu. Sauf que mon corps m'a légèrement trahie après la jouissance… D'où l'éveil de l'intérêt du médecin et non de l'amant. Je déteste fortement cette variation dans nos rapports balbutiants.

– Je peux juste me comporter comme un être humain qui prend des nouvelles de la femme avec laquelle il a passé la nuit ? parlemente-t-il sans se démonter.

Je me radoucis et soupire.

– Désolée. J'ai eu une matinée… spéciale… Je dois arranger un truc, je te fais signe après, si tu veux ?

– D’accord. Tu as le bonjour de Son Altesse Princière, me chambre-t-il.

Je me déride difficilement tant les billes vertes de Jayden me fixent intensément à travers la vitre.

CHAPITRE 15

Confidences et incidences

♥♦♣

♠ La confidence est contagieuse. ♠

Lucile VALLIÈRES

Jayden

Mon dermographe ronronne sur l'épiderme de mon petit écureuil. C'est moi qui fignole son tatouage, à sa demande.

Je suis dans mon élément. Zen. Happé par la réalisation. Aucune interférence, si ce n'est le bruit de fond constitué d'échanges drôlissimes entre Jamie et mes collègues, ainsi que du concert des Rolling Stones diffusé par les enceintes. La matinée est maintenant bien avancée et j'ai repris la maîtrise de mes émotions.

– Je suis fan de votre idée, les gars ! La cerise sur le gâteau, c'est que mon ex souffre de zoophobie, nous annonce *Little Squirrel.* Donc je prends grave mon pied à recouvrir sa tronche par celle d'un animal.

– Elle va adorer, je le sens, le raille Brutus de son timbre tonitruant.

– Et pour fêter ça, tape-toi une bombasse féline ensuite, ajoute Ryan.

Ils rient à gorge déployée. Je soulève mes aiguilles et pose mes yeux moqueurs sur mon pote.

– Tiens-toi bien, l'écureuil, ou ton *tattoo* ressemblera surtout à une tigresse travestie en Lady Gaga.

Ça ricane de plus belle.

– Excellent ! En mode *Bad Romance*. On prendra la ville d'assaut ce soir, Jay-Jay. Toi, moi, mon félidé travelo qui sera plus bonasse que celle qu'il remplace… et vous deux aussi, si le cœur vous en dit, ajoute-t-il en faisant un signe de tête à Ryan et Brutus.

Amusé, je secoue la tête. Mordillant ma lèvre, je reprends mon ouvrage. Mais je cesse d'un coup d'entendre les voix des gars : surprise, l'enchanteresse est de retour ! Merde ! Je croyais qu'après son départ avec Stella elle se serait arrangée pour annuler ce tatouage absurde et m'aurait définitivement évité. C'était un peu mon but, d'ailleurs. Qu'elle m'aide à me décrocher d'elle en s'éloignant d'elle-même.

Je ne suis pas un donneur de leçons, je suis même très joueur à condition que tous les participants sachent à quoi ils jouent. Avec Milly, j'ai été abject tout à l'heure parce que j'ignore à quoi elle s'amuse, elle. Toutefois, ayant recouvré mon sang-froid, j'admets qu'elle ne me doit rien. Néanmoins la voici, en train de me sonder à travers la façade transparente. Elle discute au téléphone et me semble aussi mal à l'aise que lorsque je lui ai jeté son histoire avec le Doc à la figure.

Squirrel a suivi mon regard, car il commente :

– En parlant de bonasse, celle-ci est un spécimen trop frais !

– Bordel, pas touche, Jamie ! m'irrité-je sans réfléchir.

Mes doigts se crispent sur mon dermographe.

– Merde alors ! C'est quoi, ça, mon Jay-Jay ? s'étonne mon ami en me dévisageant.

Rien. Rien du tout. Putain, je m'enfonce !

Le tintement de l'entrée m'incite à poser mon instrument et retirer mes gants sans répondre à Jamie.

– Rebonjour, lance Milly à la ronde en triturant machinalement ses bracelets.

– Salut, miss. On te manquait déjà ? taquine Brutus.

– À vrai dire, je voulais revoir certains points avec Jayden.

Je me recouvre de chair de poule.

– Jamie, je reviens. Brutus, tu termines à ma place, s'il te plaît ?

– Ouais, mec.

Avant que l'un d'eux ne rouvre sa boîte à blagues graveleuses, j'entraîne Milly vers la pièce close. Elle cache mal son appréhension. Elle a raison : moi non plus, je ne sais jamais comment je vais réagir en sa présence. Elle a le don de court-circuiter mes neurones. Je ferme la porte et croise les bras.

– Il semblerait que tu tiennes vraiment à t'expliquer, Milly.

Elle pince ses lèvres… Je les fixe. Putain, cette bouche…

STOP, Jayden Graham !

– Oui. Je confirme pour Logan et moi. Est-ce lui qui t'en a parlé ?

Wow, wow, wow ! Elle est gonflée de me balancer ça façon interrogatoire à l'envers ! Sa meuf déteint sur elle ou quoi ?

– Logan ne m'a rien dit. Il ne sait pas que je suis au courant. Et avant que tu ne prennes trop la confiance, sache que c'est toi qui m'imposes cette discussion. Donc arrête d'essayer de me cuisiner, s'il te plaît.

Elle acquiesce puis s'assoit dans le fauteuil pivotant. Je décroise mes bras et enfonce mes mains dans mes poches arrière. Putain, elle est trop belle et trop proche pour mon bien.

– Bien. Que souhaites-tu savoir, Jayden ? murmure-t-elle.

Je soutiens son regard. J'ai chaud, froid, je gèle, je bouillonne.

– Rien. Tu ne me dois rien. Je note juste que tu couches avec mon pote alors que celle avec qui tu es en couple s'apprête à effectuer un truc symbolique et quasi irréversible pour toi.

J'aurais pu m'imaginer qu'elles forment un couple libre, sauf que sa Stella suinte la possessivité. Logiquement, elle ne la partagerait pas de son plein gré. Milly ferme ses paupières. Mon pouls s'emballe. Nous y sommes.

T'es l'une de ces nanas qui jouent au baseball avec les sentiments.

On dit généralement que les hommes peuvent être des salauds. Néanmoins, il existe aussi des femmes appartenant à la même catégorie nocive. Elles lancent, rattrapent, frappent ton cœur avec une batte, font le tour du terrain et le rattrapent au vol. C'est tellement amusant et flatteur pour leur ego qu'elles en oublient que ça cause un mal de chien à l'autre, celui qui ne joue pas, lui. L'autre, qui le vit vraiment, comme Chris Jenkins après sa grosse déception amoureuse… Celle qui l'a fait devenir un BadASS.

Le silence se prolonge. Les yeux de Milly me tuent, les miens lui expriment mon ressenti.

Je me suis gouré sur toi au départ, je t'ai crue spéciale. Dis juste que t'es l'une de ces filles dont je n'ai rien à foutre.

– Parle, putain ! Tu voulais parler, Milly, alors réponds-moi, bordel !

Elle sursaute face à ma colère. Son aveu est presque inaudible.

– Stella n'est pas ma petite amie.

QUOI ?

– Elle aime les filles, moi aussi… mais nous sommes uniquement colocataires et amies.

– Waouh ! Vous êtes… ? Tu es… ? Vous me semblez très fusionnelles, pourtant… OK. Cet énorme tatouage rime à quoi, alors ?

– Nous sommes fusionnelles, oui… C'est plus profond qu'une amitié quelconque. En fait, nous fréquentions le même groupe de soutien avant sa mutation dans le New Jersey.

Je fronce les sourcils et tire sur mes piercings à l'oreille, tout ouïe.

– Explique-moi.

Elle regarde le plafond, expire longuement. Ses billes azur se redirigent vers moi. Comment me remue-t-elle jusqu'aux confins de mon âme rien qu'avec ses prunelles ?

– Un groupe pour ceux qui subissent les conséquences de maladies incurables… J'ai perdu quelqu'un de très cher… je l'ai vu s'éteindre à petit feu. J'étais jeune et… le jour où cette personne est… morte, je n'étais pas présente.

Bordel, je ne m'attendais pas à ça. Et je ne suis pas sûr de comprendre où elle veut en venir.

– Ce souvenir est incrusté en toi ? Tu discutais de ce genre de souffrance avec des gens qui ont vécu des situations similaires, c'est ça ?

– Oui. La petite sœur de Stella était atteinte d'une forme rare et virulente de drépanocytose.

Je commence à reconstituer le puzzle, je crois.

– Stella a perdu sa sœur, alors ?

– Oui. Elle travaillait le jour de son décès… Il fallait régler les frais exorbitants d'hôpital. C'était important pour moi d'être là pour cette fille qui mourait seule… puisque je ne l'ai pas été auparavant pour la personne que j'ai perdue, et que je m'en voulais terriblement pour ça. Stella a déjà un tatouage de sa frangine, son unique famille. Il est devenu primordial pour elle dernièrement de me graver moi aussi dans sa peau.

– OK. T'es au courant qu'elle est amoureuse de toi, quand même ?

Silence soudain entre nous. Nos yeux se soudent.

Quoi ? L'amour de Stella saute aux yeux de tout le monde, à mon avis.

– Oui, j'ai fini par le comprendre récemment. Je ne veux blesser ni Stella ni Logan. J'aurais préféré que ce dessin ne soit pas si grand ou qu'elle y renonce… À la rigueur, une de mes créations aurait suffi. Mais si j'insiste trop, je devrai lui révéler pourquoi…

CHAPITRE 16

À fleur d'elle

♥♦♣

♠ Je suis le fantôme qui s'égare,
je suis l'étranger à ton cœur. ♠

Le Chemin, KYO

Jayden

Merde, mes constantes partent en cacahuète ! Cette intimité nouvelle entre Milly et moi génère des tas d'images cochonnes dans mon esprit. Très cochonnes. Et absolument déplacées dans ce contexte.

Focus, Jayden, de quoi a-t-elle peur de parler à sa flicaille de copine ?

– Milly, tu caches quelque chose d'autre à Stella ?

Elle se relève. Sa nervosité est palpable. Elle pose les mains sur son visage. Mon regard avide se promène sur toute sa silhouette. Mauvaise idée :

réaction immédiate dans mes veines et dans mon bas-ventre.

Être confiné avec elle ne te réussit pas, Graham. Quel camé, concentre-toi sur elle, pas sur ton froc !

OK. Ses tremblements s'accentuent. Je me décolle de la porte fermée et marche vers elle en me demandant pourquoi une telle émotivité tout d'un coup. J'ai envie d'écarter ses paumes pour mieux la voir et scanner ses prunelles, mais je n'ose pas la toucher. Elle n'ose pas me regarder non plus. Aimanté, j'effectue deux pas de plus. Son odeur, putain de merde ! Je souffle, m'approche encore. J'effleure le fameux bracelet. Milly ne bouge plus. Mes caresses subtiles évitent sa peau. J'essaie de me mettre des garde-fous… sans résultat. Plus les secondes s'égrainent, plus cette fille m'hypnotise.

Doucement, elle dévoile enfin son beau visage. Ses doigts dérivent vers ses tempes. J'expire. Putain, j'avais retenu mon souffle comme un faiblard afin d'emprisonner le parfum de cette nana dans mes poumons !

Elle recule un peu et observe mon index sur ses perles. Moi, c'est elle que j'observe.

– Ce bracelet est ton préféré ?

– Oui. C'était un collier de ma mère, un peu d'elle qui me suit partout, murmure-t-elle.

C'est plutôt mignon. Je la redessinerai ce soir, avec son bijou fétiche et tous ces détails que j'admire de si près. Ses cils extraordinaires… et bordés de larmes.

Merde. Elle va chialer ?

– Ta mère ? répété-je.

Elle acquiesce, me piège définitivement dans les profondeurs bleues de ses yeux. Je lutte pour ne pas m'y noyer. Ou est-ce pour y rester ?

– Mince ! C'est elle que tu as perdue ? déduis-je tout bas en me rapprochant un peu trop. Beaucoup trop.

Nos souffles s'entremêlent. Son odeur me captive, un truc de fou. Pour être franc, ce n'est pas que son odeur. Plus bas, mon pénis pète une durite.

– Oui.

Je caresse ses bijoux. J'ai de plus en plus la trouille de dériver sur sa peau. Mon palpitant se dérègle. J'ai peur du désir violent qui monte en moi. Peur de ne pas être correct, mais bordel, je ressens un flux phénoménal d'électricité statique d'intensité ingérable dans cette pièce. Ébloui par la pureté de ses traits que j'imagine déjà sous mon crayon, mes doigts effleurent toujours les petites babioles sur son épiderme.

– Tu veux me parler d'elle, Milly ?

Ma voix, cassée de nature, est devenue plus rocailleuse, trahissant les émotions qui me traversent. Un voile de tristesse envahit son visage.

– Non. Oui. Je ne sais pas. Jayden, tu…

– Dis-moi, s'il te plaît…

Sa manière de me fixer est en train de rétrécir mon boxer, ça craint !

– En fait, c'était anodin au départ. Ma mère semblait aller bien. Il y a eu des ecchymoses qui apparaissaient sans raison, insignifiantes… Je n'ai pas imaginé une seule fois que ces simples bleus étaient des symptômes. Qu'elle s'éteignait à petit feu.

Bordel de merde ! Je saisis brusquement la valeur sentimentale de son bijou et me dégoûte d'en avoir pris un bout en douce. N'en pouvant plus, je frôle son poignet. De la chaleur se diffuse instantanément dans mon corps à ce contact. J'encercle l'autre, la tiens fermement. Elle est pâle et hyper attirante.

Inspire, Jay, tu oublies de respirer, pauvre con !

Mes phalanges s'entremêlent avec les siennes. Mon cœur joue du hard rock dans ma poitrine et je crève de chaud.

– Je suis désolé, Milly, je m'en veux, m'excusé-je dans un chuchotis en serrant ses doigts sans pouvoir me résoudre à lui avouer la raison de mes remords.

Comment le lui dire ? « Ne flippe pas, mais je t'ai piqué un morceau du souvenir laissé par ta mère décédée et je ne parviens pas à te le rendre, maintenant » ?

– Ne le sois pas, Jayden. J'ai compris ta réaction. C'est normal que tu veuilles t'assurer que je ne sois pas néfaste pour ton ami. Tu protèges ceux auxquels tu tiens… Je fais pareil avec Stella, même si ma méthode est nulle.

– Il n'empêche que je n'aurais pas dû m'en mêler. Je ne suis pas un modèle moi non plus.

– Tu es tout pardonné.

Silence absorbant. Je déglutis, humecte mes lèvres. Trop envie de goûter aux siennes. Et mes synapses ont fait naufrage dans ses iris.

– Tu m'en veux, Jayden ? Pour Stella et Logan ? Il est au courant que je vis avec une nana, enfin, sans plus, mais que je voudrais rester discrète pour ne pas la heurter.

– Je… Non, je ne t'en veux plus. C'est ta vie.

– Certes. Mais je t'autorise à être curieux, puisque j'ai involontairement interféré sur la tienne. Demande-moi ce que je crains de dévoiler à Stella, pourquoi je la laisse lâchement faire ce tatouage, cette folie.

Arf ! Non.

– Je ne suis pas sûr de vouloir le savoir, Milly. Je n'ai pas à fouiner dans tes affaires.

Nos regards se rivent l'un à l'autre. Putain de merde, j'aurais dû rester en dehors de tout ça et je vais lâcher ses mains pendant que j'y suis au lieu de les serrer désespérément et d'enchevêtrer mes doigts aux siens.

– Je crois que tu l'as deviné, affirme-t-elle.

Je suis suspendu à ses lèvres et troublé comme un pathétique puceau qui ne contrôle plus ses hormones.

J'ai deviné quoi ? Dois-je lui préciser quelle partie de mon anatomie est la plus active en ce moment ? Sûrement pas mes méninges.

– Je veux protéger Stella autant que possible, même si cela implique que je lui mente. Ce n'est pas beau, je sais. Mais je refuse qu'elle souffre une deuxième fois par ma faute.

À l'aide ! Où s'est taillé tout l'oxygène ? Et que fabrique mon cerveau à buter sur chaque syllabe ? Qu'est-ce qu'elle me raconte ?

Milly soupire et retire gentiment ses doigts.

– Bon, je vais y aller, alors.

Campé devant elle, je ne me résous pas à dégager le passage.

– Jayden…

Bordel, non, je ne veux pas que tu partes ainsi ! Il faut que j'y voie plus clair dans ce foutoir qui me donne des migraines !

– Reste… Je t'en prie, reste, Milly.

CHAPITRE 17

YOLO (You Only Live Once[6])

♥♠♦

♣ On ne vit qu'une fois. Mais on peut mourir
de tant de manières et tant de fois
au cours de cette seule vie… ♣

Jayden GRAHAM

Jayden

Ma requête a fusé avec une intonation si vibrante que Milly en est étonnée. Je partage d'ailleurs sa surprise. Pourquoi je ne la laisse pas disparaître ? Je me connais, je sais que je m'engage sur une pente glissante, que cette nana pourrait être un toboggan susceptible de me faire dégringoler dans le vide. Mais je suis subitement envahi par un besoin insensé de la retenir, si pressant qu'il se change en souffrance.

Reste, Milly. Parle-moi.

---

6 On ne vit qu'une fois.

– Explique-moi tout, s'il te plaît.

Elle soupire, hésite. Il se passe un truc dans cette pièce. Une sorte de connexion. Ou alors, je perds juste tout sens rationnel. Malgré Logan, Stella, les codes BadASS, mes doutes et ma frousse, je me sens incapable de lâcher l'affaire. Je veux tout savoir de cette muse, cette bohème pétillante qui a irradié mon salon en y déboulant maculée de taches de peinture. Ni apprêtée, ni intéressée, sans chichis, parfaite à mes yeux. Je veux voir ce que personne d'autre n'a vu d'elle, l'apprivoiser. Ou qu'elle m'apprivoise.

Mais putain, qu'est-ce que je débite comme idioties ?

Milly me regarde attristée, résignée, et mon trouble s'intensifie.

– Ce n'est pas la peine, Jayden : tu as lu entre les lignes. Et puis, tu m'as fait réfléchir… Mentir n'est peut-être pas la meilleure option…

Elle essaie de me contourner, je suis ses mouvements de gauche à droite en bougeant avec elle.

– Non, attends ! J'ai sûrement compris de travers, Milly.

Obnubilé par ce que tu déclenches en moi, je ne peux pas avoir saisi le sens de tes mots.

Non mais t'es dingue, Jay ? Tu ne vas pas lui avouer cela, ça ferait « crève la dalle hyper chelou », comme dirait Alex.

OK, il est temps de remobiliser ce qui me sert de matière grise.

– Ce que je crois avoir saisi, c'est que tu… crains de faire revivre à Stella ce que vous avez déjà traversé toutes les deux. Ta mère… Sa sœur… L'impuissance face à une maladie grave. Je me plante ?

– Non, murmure-t-elle.

Et mon armure, si durement constituée au fil des ans, se craquèle. Pour la deuxième fois. La première fissure s'est formée quand je l'ai aperçue au parc, auréolée de ce halo indicible qui me chamboule.

Putain, j'aimerais tellement me tromper...

– Si, dis-moi que je n'ai rien pigé.

– Tu as pourtant compris, Jayden.

Donc cela signifie que...

– Tu tiens tellement à elle que tu balises qu'elle puisse tomber amoureuse de toi car tu…

Je ne peux pas dire ça. Impossible. Crie-moi que je me plante, Milly ! Qu'en fin de compte je n'ai pas si bien capté, abêti par mes hormones en ébullition.

Mais elle complète calmement ma phrase :

– Je la protège car j'ai les mêmes petits bleus que ma mère. Stella a paniqué en les décelant un jour où elle m'a vue sous la douche. D'ordinaire, je les recouvre de fond de teint pour les camoufler… et certains finissent par s'estomper.

Je ne parviens plus à respirer. Ni à émettre aucun son.

– Je lui ai expliqué qu'ils venaient de mon initiation ratée au roller derby. Mais hier, un deuxième symptôme a surgi quand j'étais avec Logan…

– C'était quoi, ce symptôme ?

– J'ai saigné après que… enfin, tu vois, conclut-elle, gênée.

Je visualise précisément le Prince Albert de mon pote entrer en elle, et je hais cette image qui se tape l'incruste. Milly me sourit faiblement. Je reprends ses mains dans les miennes. Je ne peux tout bonnement plus faire autre chose que la dévorer du regard.

– La peur de perdre un être aimé gangrène aussi sournoisement que la perte elle-même. Je ne veux pas que Stella soit alourdie du poids de ma maladie. Et de mon côté, je veux vivre à fond chaque jour qui vient comme un cadeau supplémentaire… YOLO.

Les mots ricochent dans mon crâne sans que je sois disposé à les analyser. Ses magnifiques prunelles sont larmoyantes. Je me fige en entendant sa voix trembler, à l'instar de ses mains emprisonnées dans les miennes. Ma bestiole frémit en écho.

Fais taire ton pénis et concentre-toi, Jayden. C'est pas le moment de triquer, putain !

– Garde ça pour toi, s'il te plaît. Repousse l'échéance pour Stella. Je te le demande comme un immense service. En échange, je partirai de cette ville quand il le faudra. Je te promets qu'avec Logan les choses sont claires. Et si elles cessent de l'être… Je sortirai de son existence. Je ne suis qu'une passade pour lui. Je le cache à Stella par égard pour elle : elle peut encaisser que je repousse son amour tant qu'elle ne me sait pas dans les bras d'un autre.

Allez ! Dis un truc, Jay. Dis-lui quelque chose, merde !

J'ouvre la bouche, mais aucun son n'en sort. Je presse si passionnément ses doigts que je vais les briser, c'est sûr. Mon cœur palpite : c'est lui qui balaye tous les discours dérisoires que j'essaye de formuler.

Soudain, sans trop savoir comment, mes lèvres se collent à celles de Milly. Prise au dépourvu, elle se raidit, ne réagit pas… Puis elle ouvre la bouche. Mes pulsations ralentissent. Je lâche ses mains malmenées pour lui saisir la tête. Elle fait de même, fourrage ma tignasse, s'y accroche en gémissant.

Putain, je vais clamser !

Ma poitrine est au bord de l'implosion, et pourtant, pour rien au monde je ne pourrais m'arrêter de savourer la bouche de Milly. Sa langue m'ensorcelle. Son odeur, la douceur de sa chevelure dorée… Et surtout, tout ça est réel. Je l'embrasse. J'embrasse ma muse, la ravissante bohème de mes fantasmes ! Comme si ma vie ne tenait plus qu'à elle tandis que la sienne s'effrite. Comme si je pouvais lui insuffler ma propre essence vitale.

Elle va manquer d'air, Jay, laisse-la reprendre son souffle, sale petit égoïste !

Je me fous des coups de pied mentaux pour me ressaisir et renoncer à ce fruit défendu. Je fouille ses pupilles. Nous chancelons tous les deux.

– Désolé, Milly, mais t'étais où, bordel ? T'étais où pendant tout ce temps ?

Elle cligne des paupières.

– J'errais, Jayden, j'errais et j'ensoleillais les murs. J'errerai jusqu'au bout. C'est ce que je maîtrise le mieux : ne me fixer nulle part et peindre mes rêves en couleur grâce au *street art*.

Mon front touche le sien. Nous respirons bruyamment tous les deux et je lui confesse :

– Maintenant, tu erres aussi dans mes rêves, tu le sais, ça ?

CHAPITRE 18

Écorche-moi

♠♦♣

♥ Le jour où la joie des autres devient ta joie,
le jour où leur souffrance devient ta souffrance,
tu peux dire que tu les aimes. ♥

Michel Quoist

Jayden

Si j'avais un super pouvoir à la Marvel, je suspendrais le temps, là, maintenant, le front contre celui de Milly, son visage en coupe entre mes paumes tremblantes.

Mais je n'ai aucun don particulier et elle se soustrait brutalement à mon étreinte et recule. Passant frénétiquement les doigts sur sa bouche marquée par notre baiser.

– Oh mon Dieu ! Ça, ce n'était pas prévu.

– On s'en fout, c'est arrivé spontanément et j'ai…

– J'ai eu tort, Jayden, je n'aurais pas dû revenir. Je m'en veux de t'avoir dévoilé tout ça en vrac.

– Il n'y a pas de souci, je t'assure. Je te remercie de l'avoir fait.

– J'ai une fâcheuse tendance à me confier plus facilement aux inconnus qu'à mes proches… Et voilà que je t'implique dans mes saloperies… Il faut que je parte d'ici. Pardon…

Elle se précipite à l'extérieur avant que je ne percute. Ma réaction survient en différé, beaucoup trop tard. Je finis par briser mon immobilité et sortir en trombe.

Quel con ! Mais quel con !

– Tout va bien, Jay-Jay ? me questionne Jamie lorsque j'émerge.

– Non. Où est-elle ? Dans quelle direction est-elle partie ?

Un coup d'œil circulaire me permet de confirmer que Milly a quitté mon salon. Brutus m'indique sa droite avec un air compatissant et fureteur. Je suis pitoyable, mais je m'en bats les steaks dans l'immédiat : il faut que je la rattrape ! Je cours vers l'extérieur. Avec ses fringues colorées ainsi que les plumes et tresses dans ses mèches blondes, ce ne sera pas si compliqué.

Mais mon regard balaie la rue sans la détecter. La poisse, elle n'est nulle part ! Je ratisse jusqu'au bout de la rue passante. Toujours rien. Je rebrousse chemin, dépité.

– Hey, beau gosse ! m'interpelle soudain une voix féminine tandis qu'une main se pose sur mon coude.

Mon cœur effectue un rodéo. Je me retourne vivement et sourcille.

– Comment tu vas ?

Ce n'est pas elle, putain !

– Hein ? je lâche, tout en continuant à scruter les piétons.

– J'ai appris par Alex que tu travaillais par ici. J'adorerais me refaire tatouer.

Elle m'est vaguement familière, mais j'ai un trou. Et puis merde, je m'en balance, ce n'est pas ma bohème !

Où es-tu, Milly ?

La miss me retient toujours, avec un sourire aguicheur qui m'irrite passablement.

– Je suis Betty. Tu te rappelles ? On s'est vus ce week-end grâce à votre défi B.

Eurêka ! La tranche de jambon préférée du sandwich charnel des Jenkins. Ils se la tapent dans toutes les positions physiquement possibles, cette gonzesse. Elle n'a pas arrêté de me brancher vendredi dernier… Et maintenant, elle déboule sur mon lieu de travail. Super ! Note à moi-même : massacrer Alex quand je le reverrai.

– Ouais, c'est vrai… Betty. Navré, je dois y aller.

– Je…

Je ne l'entends plus : je l'ai plantée pour courir, car j'ai aperçu la robe liberty de Milly sortant d'une cabine de toilettes publiques. Un signe du destin ?

– Millyyyyyy ! Milly, attends !

Elle me repère, secoue la tête et se hâte en direction de la station de métro la plus proche. Je m'époumone :

– Bordel, ne pars pas comme ça ! Milly !

On me dévisage, et alors ? Piquant un sprint, je la rattrape. Mon regard éperdu se darde sur elle. Merde, elle a pleuré ? Putain, elle a chialé ! J'ai remué le couteau dans la plaie au lieu de me mêler de mes oignons. Résultat : la nana joyeuse qu'elle est normalement a disparu.

– Laisse-moi tranquille, Jayden.

– Non.

– Ne sois pas stupide.

– Trop tard : stupidité chronique. Je dois avoir chuté de la table à langer étant bébé, je suis complètement ravagé du casque depuis.

Ma tentative pour la dérider fonctionne. Elle se mord la lèvre pour réprimer un petit sourire.

– Tu ne peux pas vider ton sac et te volatiliser, ma belle.

– Si. Enfin, non. J'ai commis une erreur. Ces trucs ne concernent que moi.

– Peut-être que j'ai envie qu'ils me concernent aussi.

Qu'est-ce que je branle, putain ?

Ça cogne dans ma poitrine. Un pli barre le front de Milly. Elle me jauge.

– En fait, tu as dû chuter aussi de ta poussette. On s'est vus quoi ? Deux fois ?

Ah ouais, ça aussi… Comment lui dire sans paraître encore plus chelou que ça fait plus de deux fois pour ma part ? Que j'ai même subtilisé un bout du collier de sa mère ?

– Deux ridicules fois, et tu me racontes que tu rêves de moi ? C'est surréaliste, enfin ! Je suis condamnée ! Et peut-être une tueuse en série, va savoir !

– Eh bien, je veux quand même mieux te connaître, Milly.

Elle lève les yeux au ciel. Je tiens toujours ses épaules : j'ai peur de la voir détaler dans la première rame de métro qui s'ouvrira si je la libère.

– Je suis peut-être barré, mais tu me dois une discussion. Je t'ai écoutée, moi.

Elle soupire. Son regard devient légèrement agacé, comme lorsqu'un adulte s'efforce de raisonner un enfant récalcitrant. Et je campe sur ma position de sale môme borné.

– Que veux-tu, Jayden ? finit-elle par demander.

Très bonne question…

– YOLO : on ne vit qu'une fois, comme tu l'as clamé après tes confidences, balancé-je.

– Mais je parlais de moi ! Pas de toi, même si cela vaut pour tout le monde… Tu mènes ta vie comme ça te chante, je n'ai rien à voir là-dedans.

Si. Je mène justement ma vie, là. Mon instinct me pousse vers toi.

Je ne sais pas ce que je veux exactement. Ce que je sais, cependant, c'est que je ne veux pas laisser tomber. Surtout maintenant que nous avons partagé ce moment dans mon salon.

Ses yeux s'écarquillent. Ils me coupent sans cesse la respiration. Je voudrais lui demander un jour comment elle me fait cela. Ainsi qu'une foule d'autres détails sur elle. Alors je persiste lamentablement :

– Eh bien, je crois que… c'est assez chouette d'être devenu ton journal intime. Je sais qu'on ne se connaît pas encore mais je voudrais le rester.

La mélancolie entache ses traits, que j'ai maintes fois réinterprétés au fusain. Ce sentiment confère une nuance particulière à ses iris. Mes poumons se vident. Encore une fois.

– Jayden, écoute…

– M'envoie pas valser, je t'en prie. Le YOLO me va. Je ne te demande pas de relation dégoulinante de guimauve. J'ai compris, tu n'as pas besoin de ça, et je suis incapable de te l'offrir de toute façon. Je ne serai pas un boulet accroché à tes pieds.

Elle m'effleure la joue, l'oreille. Impossible de reprendre mon souffle. Elle tire sur mon écarteur, exactement comme je le fais lorsque je suis angoissé. Sans le savoir, elle effectue ce geste à ma place précisément quand j'en ai besoin…

– Jay…

– Milly…

– T'es un sensible. Tes airs de dur n'y changent rien…

– Putain, dis pas ça !

– Si.

Bordel ! Il ne pourrait pas arrêter de me coller à la peau, ce qualificatif ?

CHAPITRE 19

Déjà écorché

♥♠♣

♦ La sensibilité de chacun, c'est son génie. ♦

Charles BAUDELAIRE

Jayden

Sensible, merde ! Cette étiquette me rappelle trop le Boot Camp… et le Général. Surtout avec le passage de Jamie dans le coin. Le revoir me bouffe plus que je ne l'aurais cru. Les émotions qui remuent en moi vont me tenir éveillé des nuits entières devant mon phœnix tout sang tout flamme. À vouloir exorciser mes démons à coup d'hémoglobine et de nuances chaudes.

STOP, Jay !

Je refoule mes souvenirs et enfouis mes doigts dans les épis blonds de Milly.

– En tant qu'artiste, j'écoute mes émotions. Tu connais ça, non ? Mais sinon, je gère.

Et je déteste qu'on me taxe de « sensible ». La société en a fait une putain d'insulte quand c'est adressé à quelqu'un qui n'a pas de vagin ! Ça, je l'ai appris très tôt.

Milly a une moue sceptique. Et si je lui roulais une seconde pelle, pour qu'on passe à un autre sujet ?

– Tu m'as embrassée avec l'intensité d'un mec qui est tout le temps à fleur de peau. Tu ne pourras pas rester détaché, je te ferai souffrir, plaide-t-elle.

Milly, je ne suis pas à fleur de peau, juste à fleur de toi.

Je gomme mes intentions de deuxième baiser et me tais. Comment j'embrasse, merde ? Avec les coups passagers, je zappe toujours cette étape-là par manque d'envie. Par contre, mon baiser avec Milly, je l'ai ressenti dans toutes les fibres de mon être. Elle me le reproche ? C'est moins insultant venant d'elle, mais son discours ressemble tellement à un autre, que j'exècre aujourd'hui encore…

Trop sensible ? Bordel, non, je ne le suis plus !

Est-ce que je m'en bats les steaks qu'elle soit malade ? Non plus. Seulement, je sais gérer.

Soit. Tout est fouillis dans ma tête actuellement. En revanche, je suis sûr d'une chose : je ne parviendrai plus à agir comme si elle n'existait pas. Maintenant, c'est mort. Je cherche la formulation la plus potable pour l'exprimer, mais ne la trouve pas. Interprétant mon mutisme, Milly ajoute :

– Il est préférable que je te tienne à l'écart, comme Stella. Logan, lui, m'a paru être un collectionneur de plans d'un soir, de ceux que l'on appelle quand on a le blues et besoin de s'oublier dans un orgasme.

Non, pas « orgasme » et « Logan » dans la même phrase, putain ! Pourquoi me refoutre cette image dans le crâne ? J'en sais plus qu'il ne m'en faut là-dessus.

– C'est ce que je tente de te démontrer : Logan et moi, nous sommes pareils.

– Sûrement pas ! Qu'est-ce que tu racontes ?

– Faire des expériences débridées, se taper des filles et les jeter après. Ne jamais se laisser engluer dans un piège. Le Doc n'en a pas le monopole.

Je prône le même credo que mes meilleurs potes : pas d'amour, pas de serments et jamais de routine, notamment en fin de semaine.

Milly enlève ses doigts de ma peau en secouant la tête. Les paupières closes, elle soupire. Elle me prend pour un mytho, maintenant ?

– Milly, regarde-moi, s'il te plaît. Je voudrais juste qu'on se revoie… en dehors de ce cadre.

– Très mauvaise idée, Jayden.

Jouons le tout pour le tout.

– T'as d'autres confidents ? D'après ce que j'ai noté, tu ne peux pas avec Stella. Avec Logan vous parlez ?

– Pas vraiment. Il ne connaît pas mon état de santé dans sa globalité. Juste l'aspect gynécologique, et je vais bien de ce point de vue-là.

Il l'a auscultée ? Pourquoi ça me mine ? C'est juste son job.

Ouais, mais il l'a sautée après, cet enfoiré !

– OK, mais Prescott n'est pas idiot, c'est même un toubib très doué. Il finira par te poser un diagnostic tout seul à force de…

Te culbuter, te faire jouir, se goinfrer de toi.

Argh, putain !

La bouche sèche, je mordille ma lèvre pour museler ces pensées. Nous nous fixons, je reviens en terrain moins miné émotionnellement pour moi.

– Bref. Dans mon taf, certaines séances s'apparentent à une session chez le psy… Les clients se confient, racontent leurs histoires – joies, drames et peines –, des choses très intimes, la signification de leurs tatouages, les raisons qui ont motivé leur choix… Je sais écouter, Milly, et toi, tu as besoin d'une oreille, et même d'une épaule de temps en temps…

Elle rouvre ses yeux, et ses lèvres s'étirent. Elle sourit, presque tendrement.

Oh merde, elle sourit ! Bon signe, non ?

– Non et non. Je conçois parfaitement que les gens t'ouvrent leur cœur pendant que tu les tatoues, tu as un truc en toi qui les convainc que cela restera entre vous, mais non merci. Quant à Logan, je m'interroge aussi… Ce n'était pas une idée brillante, je crois… Bon, j'ai un gros retard sur ma fresque, il faut vraiment que j'y aille. Tu veux bien me lâcher ? On a tout clarifié toi et moi.

– Ta fresque ? On peut aussi discuter *street art*, Banksy et consorts, si tu préfères. T'as remarqué que j'en suis ?

– Jayden, n'insiste pas… me réprimande-t-elle.

Je retire mes mains et les lève, en mode désarmé. Je reconnais avoir montré à Milly une facette très relou de ma personnalité. Celle que j'abhorre moi-même. Je m'oblige à rétablir une distance respectable entre nous.

– Vous avez ma carte de visite, Stella et toi. Tu sais comment me joindre si tu le souhaites. Je ne m'imposerai pas.

Elle n'émet aucun commentaire, m'adresse un dernier sourire en demi-teinte et tourne les talons. Je l'observe s'éloigner sans un regard. Elle est avalée par le métro. Je fixe le vide qu'elle a laissé en essayant de faire barrage aux échos qui remontent.

– Un jour, tu rencontreras une gentille fille, Jay.

– Tais-toi, putain ! avais-je hurlé, assis à même le sol, essuyant mes larmes de rage du dos de la main.

Sans cesser de la dévisager, j'avais réalisé que polémiquer ne la ferait pas changer d'avis.

– Tu sais à quel point tu me déçois, Meg ?

– Jay, s'il te plaît, tout cela ne compterait plus autant pour toi si tu y mettais du tien. Tu ne m'aides pas en prenant les choses tellement à cœur. Tu es trop sensible et…

– Bordel, non ! Ne finis même pas ton speech de merde ! On parle du guerrier sans cœur de mes couilles, là !

STOP ! Je me frotte le visage. Ouais, décidément, revoir Jamie me flingue, surtout combiné à l'effet muse. Une petite voix me susurre que Meg pourrait avoir vu juste. J'ai toujours pensé que cette fille spéciale qui rendrait mon passé moins oppressant n'existait pas. Mais je ne m'étais pas réellement intéressé à une femme depuis une éternité. Milly déglingue ma carapace…

La sonnerie de mon téléphone me ramène à la vie urbaine ambiante. Alex tombe à pic, lui et son fantasme de me transformer en mâle aussi facile que lui, baisant tout ce qui est à portée de sa queue. Il ne comprend pas que je sois plus sélectif. J'inspire et décroche…

♥♠♦♣

Plus tard dans l'après-midi, je m'efforce de suivre le travail effectué par Brutus sur Jamie, en silence. Je me repasse dans mon esprit le baiser échangé avec ma boho, pour le savourer encore et encore.

Le tatouage de mon ami s'annonce classe, les discussions habituelles vont bon train. Dans les enceintes, Norah Jones chante *Don't Know Why*. Quelqu'un déclare qu'il a envie d'un son plus entraînant. Le blues m'imprègne, pourtant je ne proteste pas. Ryan nous fout du Iron Maiden tandis que je me lève pour aller fumer. En palpant mes poches, je me rends compte que mon paquet de clopes est vide. Je décide donc de faire un tour au tabac du coin avant mon prochain rendez-vous et visse ma casquette sur mon front.

Appelle-moi, Milly. Appelle-moi, ne serait-ce que pour papoter sur la moumoute et les idées régressives de Donald Trump.

Mon portable sonne pile à ce moment-là. Je ne suis évidemment pas télépathe, et je vais être écœuré de voir que ce n'est pas elle qui m'appelle. Je laisse ma messagerie se déclencher. Sûrement l'un de mes potes pour le rassemblement BadASS dans quelques heures. C'est déjà à ce sujet qu'Alex m'a appelé tout à l'heure, complètement surexcité. Je n'en suis pas encore à ce stade, mais je sens que je vais me défoncer aux sensations fortes, cette nuit. De la baston, pas de cul.

Après avoir racheté des cigarettes, je m'assois sur le bord du trottoir devant mon salon afin d'en entamer une. J'extirpe mon téléphone et mate qui m'a appelé pour causer défis en bande organisée. Et surtout, convaincre mes frères de rester exceptionnellement entre mecs, histoire que je puisse me recentrer.

Le numéro est non enregistré dans mon répertoire. Mon palpitant déraille.

Bordel ! Bride ce ridicule organe dans ta poitrine, Jay, ce n'est pas elle. Elle a été catégorique en te rejetant.

J'inhale ma nicotine et écoute le message :

Allô Jayden ? C'est Milly. Désolée de te déranger. Je voulais savoir si… et zut ! Pardon pour le dérangement.

J'exhale et réécoute son timbre altéré par les pleurs. Des pleurs que j'ai causés. Mon cœur ne se calme pas du tout. Il devient carrément cinglé, même.

Je la rappelle, ça sonne, cependant le sang bat si fort à mes tempes que je peine à l'entendre quand elle me répond :

– Allô ?

Oh putain !

– Oui, Milly ? C'est moi, Jayden. J'ai manqué ton appel.

Et je suis fou de joie d'avoir ton numéro.

CHAPITRE 20

Boot Camp

♥♠♦

♣ De la discipline […].
Le seul antidote au désordre de l'existence. ♣

Douglas KENNEDY

Jamie

Je regarde Jay-Jay tandis que les aiguilles de Brutus picotent mon avant-bras. Assis devant le salon de tatouage, il est au téléphone, et je suis rassuré de le revoir souriant.

En le retrouvant, j'ai eu l'impression qu'il avait la même dégaine qu'avant, hormis la phénoménale quantité d'encre qui lui recouvre l'épiderme désormais. Au fond, il est resté le mec mélancolique et taciturne qui avait déboulé au camp de Phoenix, en Arizona, deux mois après moi. Le petit nouveau, rapidement devenu la cible. Nous avions seize ans. Je suis projeté dix ans en arrière…

Il était cinq heures du mat'. Nous étions debout sous la flotte. Raides dans nos t-shirts beiges trop légers, nos treillis militaires et nos rangers mouillées pesant une tonne, nous écoutions le sergent-chef Ridley vociférer :

– VOUS SAVEZ POURQUOI VOUS EFFECTUEZ CE PARCOURS PHYSIQUE AUJOURD'HUI, BANDE DE MERDEUX ?

– OUI, MON SERGENT-CHEF ! avons-nous clamé, le regard fixé droit devant nous.

Il se posta devant le bleu. La pluie martelait nos crânes rasés. Personne ne bronchait, ne serait-ce que pour éternuer.

– VOUS REMERCIEREZ ENCORE UNE FOIS GRAHAM D'AVOIR FOUTU TOUS SES CAMARADES DANS LA BOUSE ! DITES : « MERCI GRAHAM ! »

– MERCI GRAHAM ! nous sommes-nous exécutés.

– À CE RYTHME, IL N'Y AURA PAS DE PERM' POUR LES MÉRITANTS CE WEEK-END ! LUI S'EN BAT LES COUILLES DE VOUS PÉNALISER PUISQU'IL NE RENTRE PAS CHEZ LUI !

Il postillonnait à la gueule de l'intéressé en lui vrillant les tympans. Cela faisait exactement deux semaines que ce brun était là. Complètement renfermé, il ne desserrait jamais les dents.

D'un côté, savoir la boucler et ne pas discuter les ordres était apprécié dans cet endroit infernal : jouer au caïd était le moyen le plus rapide de se faire briser. Les anciens militaires du baraquement calmaient rapidement ce genre d'ardeurs. Aucun de nous n'avait tenu quinze putains de jours.

Cependant, à mon avis, le bleu ne résistait pas pour faire son intéressant. Il ne parlait juste pas. On n'entendait le son de sa voix que lorsqu'il hurlait, tous les soirs à la même heure, quand deux gradés le tiraient de force jusqu'à l'infirmerie à vingt heures tapantes. Sinon, rien : il étouffait ses pleurs le reste de la nuit.

Mais d'un autre côté, son mutisme jouait contre lui. Cela agaçait nos supérieurs. Les mecs l'avaient mauvaise de se manger des sanctions disciplinaires constantes à cause de ce Graham. À chaque silence de sa part, on nous punissait en nous précisant que c'était à cause de l'insubordination de notre camarade. Autant dire qu'il n'avait pas beaucoup de sympathisants.

Dès qu'on nous en donna l'ordre, nous ramassâmes nos sacs à dos à nos pieds. C'était le début d'une nouvelle galère physique et mentale, dans laquelle nous devions rester groupés et nous entraider. Comme si nous étions vraiment des recrues de l'armée, des frères d'armes. Ce jour-là encore, nous étions forcés de maintenir notre cohésion malgré l'envie collective de nous venger de celui qui était responsable de la punition : Graham. En courant, je tentai de le rejoindre et caler ma foulée sur la sienne.

– Hey ! lançai-je.

Sans surprise, pas de réponse.

– Graham ?

Muet comme une tombe.

– Écoute, je ne te veux pas de mal… C'est juste que tu devrais commencer au moins à répondre aux questions de nos bourreaux pour entrer dans leurs bonnes grâces.

Toujours rien. Il accéléra, je le rattrapai.

– Cracher un « oui » ou « non, mon sergent-chef » ne te tuerait pas, mec.

Je soupirai d'impuissance devant son silence persistant.

– L'écureuil rouquemoute ! Arrête de roucouler avec Ducon et magnez-vous ! me serina l'un des meneurs de notre troupe. Et toi, Gueule d'ange, si je loupe ma perm', je te démolis à l'extinction des feux dans le dortoir ! Même ta môman ne reconnaîtra plus ta tronche de boys band de merde !

Les autres surenchérirent en menaces. Du coin de l'œil, je vis Graham encaisser sans rétorquer. Ses yeux verts évitaient de croiser ceux de quiconque.

J'espérais pouvoir communiquer avec lui, comprendre pourquoi il était ainsi : son comportement n'aidait personne.

Le parcours du combattant se révéla encore plus sadique que le précédent, et nous crachions nos poumons en atteignant la ligne d'arrivée trois heures plus tard. Puis la journée se déroula comme d'habitude. Les cours, la bouffe, refaire au carré les lits qui avaient été défaits dans la matinée rien que pour nous emmerder, les cours, le sport, les devoirs, la bouffe, les corvées. Et l'heure fatidique :

à vingt heures, hurlements déchirants de Graham avant son passage forcé chez le toubib.

Les gars ricanèrent, s'étendant en suppositions débiles sur ce qui lui arrivait là-bas. Je tuai le temps en me plongeant dans un bouquin d'histoire en attendant son retour. Car moi non plus, je n'avais pas de potes, et son traitement spécial m'intriguait. Ce garçon ne ressemblait pas aux petites frappes et autres délinquants juvéniles habituels qui venaient dans ce camp pour un redressement en règle. Pourtant, il en bavait comme s'il payait pour un truc. Mais quoi ?

À son retour dans le dortoir, il me semblait moralement anéanti. Je retentai une approche amicale quand il partit s'isoler, et restai assis à ses côtés de longues minutes sans parler. Puis je lui demandai :

– Ils te font quoi là-bas, mec ?

Ses mâchoires se crispèrent.

– T'es pas tout seul, finis-je par lui souffler en regagnant mon pieu. On peut se serrer les coudes.

Je n'eus pas droit à un mot de sa part ce jour-là. Ni celui d'après… Et aujourd'hui encore, Jay n'est pas le plus bavard des hommes. Mais là, en ce moment, il a l'air de l'être avec la personne à qui il téléphone. Et il sourit, putain !

– J'ai loupé un épisode ? Il se trame un truc entre la lesbienne et notre pote ? demande soudain Brutus, faisant écho à mes pensées.

– Non ? Tu crois que c'est avec elle qu'il jacte ? s'ébahit Ryan, l'Amérindien.

– J'en mettrais ma main à couper. Quelqu'un l'a déjà vu réagir ainsi ? rétorque le Métis.

Moi non. Même le soir où je l'ai aidé à s'évader du camp pour tenter de rejoindre une nana, je n'ai pas vu cette lueur sur son visage. Mais les circonstances étaient bien différentes…

CHAPITRE 21

Carpe Diem

♥♦♣

♠ Le moment présent a un avantage
sur tous les autres :
il nous appartient. ♠

Charles CALEB COLTON

Jayden

Sa voix, purée ! Ressaisis-toi, Jay, ce n'est qu'une conversation téléphonique.

– C'est gentil de me rappeler, bredouille Milly.

Continue de respirer...

– T'avais envie de me parler ?

– Oui. Il m'arrive des trucs étranges depuis que je suis dans le New Jersey. Mince ! À haute voix, ça paraît dément. Laisse tomber, j'ai l'air d'une idiote paranoïaque, maintenant.

– Pas du tout. Je ne te jugerai pas. Dis-moi où je peux te retrouver.

– Je suis censée travailler, mais tout ça me perturbe trop pour que j'y parvienne…

Elle réprime un sanglot. Bordel, qu'est-ce qui se passe ? Je l'ai déprimée à ce point ?

– Je viens te chercher, Milly. Tu peux partir ?

– Du boulot ? Oui, je suis responsable de mon planning.

– Alors file-moi l'adresse. Je prends un casque supplémentaire, on va faire un tour.

Je l'entends renifler. Un trop long silence s'installe. Je n'ose pas l'interrompre. Je serre mon téléphone en tripotant mon autre oreille. Puis je craque le premier :

– Milly ?

– T'es sûr de vouloir ça ?

– Putain, ouais. J'en suis certain.

– OK. Attends-moi à l'angle de ta rue dans environ vingt-cinq minutes.

– Je peux venir plus vite, je suis à moto. T'es où ?

– Non. Vaut mieux pas.

– Pas de souci. Je t'attends.

Elle raccroche. Mon téléphone devient un trésor à mes yeux. Elle m'a contacté. Putain de bordel de merde ! Je vais la revoir ! Seul à seul !

– Qui c'était ? La mignonne blondinette aux yeux de ouf ?

Je sursaute en découvrant Jamie derrière moi.

– Si on te le demande, tu dis que t'en sais rien, fouineur ! je lui lance, un sourire en coin.

– Arf ! Je le savais ! jubile-t-il.

Mon Squirrel, *n'essaie pas de me tirer les vers du nez ! Je suis de bonne humeur, bien ancré dans le présent, et je veux que rien ne vienne me contrarier.*

– Mêle-toi de ton boule, le rabroué-je sans pouvoir m'empêcher de rire bêtement en pensant à mon futur tête-à-tête avec Milly.

Mon rouquin glisse une cigarette dans son bec et m'adresse un clin d'œil. Je vérifie son avant-bras en guise de diversion.

– Vous faites une pause ? Montre-moi.

– Change pas de sujet, Jay-Jay. Elle te plaît ?

Je ne me départis pas de ma gaieté toute neuve.

– Bon, c'est pas que je m'ennuie avec toi, mais j'ai des coups de fil à passer pour reporter mes engagements de l'après-midi.

– Ouais, c'est ça. N'avoue rien à tonton Jamie ! Mais fais gaffe, vérifie qu'elle est vraiment hétéro avant de te bouffer un râteau : elle est en train de te tatouer en profondeur, cette miss ! Remarque, vous avez des points communs. Vous êtes tous les deux des artistes.

– Merci pour cette brillante analyse et ces conseils avisés non sollicités, *tonton*. Maintenant, *bye* ! J'ai des trucs importants sur le feu, tu vois ?

– Mouais, des trucs ! claironne-t-il dans mon dos tandis que je rentre dans le salon.

Je préviens Ryan et Brutus :

– Les gars, je dois sortir. L'un de vous pourra fermer la boutique ?

– Pas de problème.

Je règle quelques détails puis descends chez moi, sous mon salon de tatouage, afin de récupérer un blouson et un casque pour Milly. Je chope mes clefs et pars chercher ma bécane.

Trente minutes après son appel, ma bohème sort du métro, des traces de couleur un peu partout sur elle. Naturelle. Lumineuse, même les yeux bouffis. Elle accepte ma veste en cuir patiné avec un sourire reconnaissant. En la voyant enfiler une fringue qui m'appartient, je me sens con d'être heureux pour si peu. Elle attrape le casque, qu'elle met sans manières. Que ses cheveux soient en bataille ne l'embête pas et ça la rend encore plus sexy à mes yeux.

– Re, l'artiste.

– Re. J'aurais dû te prendre aussi un pantalon, fais-je remarquer en contemplant ses jambes nues.

J'essaie d'occulter le fait qu'elles sont sublimes et que je crève d'envie de les caresser…

– On s'en sortira sans. Merci, Jayden.

– Pourquoi ?

– Pour tout. D'être là. De donner sans rien demander en retour.

Mais c'est toi que je veux en retour...

Ouh la ! Du calme !

Je lui souris, mets mon casque. Elle saisit sa robe fleurie entre ses cuisses et enfourche ma Harley, une main sur mon épaule. Elle se rapproche, entoure ma taille.

– T'as pas peur en moto ?

– Je commence à m'y habituer, et puis j'adore les sensations grisantes, répond-elle.

– Tiens tiens, c'est bon à savoir, miss.

Actuellement, tu es la plus enivrante des sensations, pour moi.

Pense-bête : si je survis à ce trajet avec Milly cramponnée à mon dos, ses cuisses contre mon jean, je réclamerai un monument à mon effigie. Pour acte de bravoure. Parce que putain, je tremble tellement que je doute de pouvoir conduire correctement.

– Où m'emmènes-tu ? me demande-t-elle.

– Dans mon refuge. Tu t'y sentiras bien, j'espère.

– J'ai hâte, alors.

♥♠♦♣

Dans la circulation, Milly crochetée à mon corps, j'essaie de savourer l'instant présent. Cependant, avec le retour de Jamie, le passé resurgit comme un boomerang.

Phoenix, Arizona.

Je ne comptais plus les semaines. Après mon énième isolement dans le mitard, ils ne se contentaient plus d'effacer mon tatouage, ils m'en ont gravé un nouveau. « Plus viril », d'après ces connards, afin que je rentre enfin dans le moule imposé par mon père. Ce traître m'avait largué au camp comme un déchet à recycler pour flinguer ma sensiblerie et mes velléités d'artiste. Que je devienne un dur, un vrai !

Cadeau de sortie du trou, on m'avait consigné aux corvées en cuisine.

– La gentille petite pute pacifiste Graham va faire à manger pour les gars ! m'avait craché à la gueule le sergent-chef.

Les autres s'étaient fendu la poire. Je me suis retrouvé avec une quantité astronomique de patates à éplucher, après avoir été obligé de récurer le sol souillé par des godasses boueuses. À croire qu'ils en avaient rajouté exprès pour me pourrir, me brimer. Pour que je craque et accepte de troquer ma personnalité contre celle que le paternel attendait de moi.

Comment avait-il pu faire ça à son gamin, qui peinait déjà à se remettre d'un douloureux coup du sort ?

Je ruminais cette question, plein de ressentiment. Le rouquin arriva à ce moment-là. Sans un mot – il savait que je n'étais ni un phraseur, ni très sociable –, il s'est muni d'un couteau et a attaqué les pommes de terre à mes côtés. C'était sa journée off, et pourtant il n'en profitait pas pour glandouiller avec l'attroupement de crevures. Lui venait s'enterrer avec moi. C'était quoi son problème ? Il avait le syndrome du héros ou quoi ?

Une demi-heure et je ne sais combien de kilos de pelures plus tard, sa langue se délia :

– Tu pourrais me remercier, au moins.

Il avait un accent européen. Un *British* ?

– Merci Jamie, t'es le meilleur ! s'est-il autocongratulé, constatant que je ne répliquais pas. Un jour, mon pote, nous serons inséparables toi et moi, libres et majeurs… On les enverra tous valser.

D'où on était potes, lui et moi ?

– Ah putain ! Ça y est, je t'ai arraché l'ombre d'un sourire ! *Yes*, je suis vraiment le meilleur ! s'extasia-t-il tout seul comme un blaireau.

Je réalisai alors que, ouais, il avait réussi à m'amuser. Pour la première fois depuis un bail.

– Et si ça t'a effleuré l'esprit : je ne suis pas gay, juste ton futur meilleur ami. Je savais qu'il y avait de la lumière quelque part en toi, s'exclama-t-il.

Je me suis rembruni aussi sec. Non, plus de lumière. Celle-ci s'était éteinte en Israël… Il ne me restait plus que mon machiavélique de géniteur dans un monde glauque, cruel. Et bordel, je n'avais même plus de cocktail pharmaceutique ou de drogue d'aucune sorte pour l'occulter !

♥♠♦♣

Putain, le présent, Jay, le présent !

Ma blonde hypnotique occulte la cruauté de ce monde, elle. Comme un astre brillant au bout de mon tunnel.

Elle reçoit un SMS au moment où je me gare. Elle n'a pas idée des noirceurs que je m'exhorte à barricader pour lui sourire. Tendu, je la vois extirper son smartphone de sa poche et lire son message.

On est à Troy Meadows, un écrin de faune et de flore préservé au cœur du New Jersey. J'ai pensé qu'elle serait dans son élément, elle qui adore les couleurs gaies, immergée dans ce paradis de verdure et fleurs luxuriantes, seule avec moi dans la partie du parc fermée au public à laquelle j'accède toujours grâce à une vieille technique pas vraiment légale. Durant le petit moment d'escalade des grillages couverts de plantes grimpantes, je fais la courte échelle à ma complice d'effraction. J'ai le plaisir illicite de reluquer ses cuisses et jambes fuselées, ainsi que son postérieur délicieusement rebondi dévoilé par sa robe qui s'est soulevée. Mes mains s'attardent sur elle et je n'ai plus la volonté de la lâcher. Je la chambre pour cacher qu'elle m'a troublé :

– T'as ton diplôme de voyou ! Je suis fier de toi.

– C'est ce qui arrive quand on traîne avec un vilain garçon qui a de l'encre plein les veines, me taquine-t-elle, espiègle.

Nous sillonnons paisiblement les allées ombragées. Je la mate à la dérobée, désireux de partager une foule de choses avec elle, de passer mon bras autour de ses épaules. La toucher encore, bordel, ça m'obsède ! La nature est sublimée par tout ce que cette fille dégage. Les bruissements, le chant des oiseaux, la brise dans les feuillages qui se balancent conversent à notre place. Mais la curiosité me pique :

– Le texto était de Logan ?

– Oui, confirme-t-elle, évasive.

OK. Relax, Jay.

Milly m'attire grave, mais je tiens à Logan. Lui et l'ensemble des BadASS m'ont ramené à la surface. Après le camp, j'ai mal tourné. J'aurais clamsé dans un caniveau, sans eux. J'ai déjà partagé des tas de filles avec chacun d'eux. Techniquement, je ne devrais pas être affecté qu'il soit sur le coup. N'empêche que ça m'oppresse que ma bohème pense au Doc alors qu'elle est avec moi. Ouais, ça me fait carrément chier, en fait.

Je l'observe encore dans sa robe liberty, mon blouson trop grand pour elle sur ses épaules. Je m'astreins à garder un ton léger :

– Si tu n'es plus disposée à t'épancher en paroles, tu peux t'y prendre autrement, tu sais !

Bordel, je deviens de plus en plus pathétique ! Elle va encore me jeter.

Elle me regarde, amusée. Mon plan n'était peut-être pas si pourri que ça, finalement.

– Hey, t'as pas fini de me dévergonder ? Qu'es-tu en train de me proposer exactement, Jayden Graham ?

Je confesse en la fixant avec un demi-sourire :

– De me sauter dessus de ton plein gré… et plus si affinités ?

Heureusement qu'il n'y a pas de témoin. Alex se foutrait de ma gueule pour les onze ans à venir s'il assistait à cette scène. Milly s'arrête et me lance, railleuse :

– Waouh ! Tu veux que je te saute dessus ?

– Ouais, pour valider ton diplôme de bad girl, mention « encre et fluides ». Le must !

– Mais bien sûr, pourquoi n'y ai-je pas pensé ? Ça ne t'ennuie plus que cela soit incorrect vis-à-vis de Stella, Diego ? Et Logan, tu en fais quoi ?

Ouais, Cruz péterait un câble de savoir que deux de ses potes tournent autour de la meuf dont la Rocket est dingue. C'est vrai qu'elle déclenche un capharnaüm, cette Milly. Je zyeute ses lèvres. Tant pis, elle vaut le coup de se fourrer dans le tas de nœuds de convoitise autour d'elle.

– Je m'en cogne, Milly, tant qu'il s'agit d'un BadASS. Logan n'y verrait pas d'inconvénient non plus… enfin, je voulais dire… Merde !

Je vais trop vite. Il est temps que je la boucle et inflige des électrochocs à mon cerveau. Mon pénis tente de prendre le contrôle, là.

Penser avec mes neurones, penser avec mes neurones !

Et puis, elle était bouleversée et voulait discuter. C'est mieux qu'elle raconte sa vie. Ainsi, je pourrai lui prêter une oreille attentive et brider mon envie grandissante de fondre sur elle. Le trajet en moto m'a déjà mis dans tous mes états et je m'enfonce.

– Que veux-tu dire, Jayden ?

Plus question de reculer.

– Que Logan et moi, on…

Je m'emmêle dans les syllabes et opte pour des gestes éloquents. Mes mains plongent dans sa chevelure et inclinent sa tête en arrière tandis que ma bouche cherche sa clavicule. Son odeur me décalque. Elle est bonne à être sniffée. Pendant quelques battements frénétiques de mon cœur, elle devient une poupée inanimée entre mes bras. Je remonte dans son cou, le long de sa mâchoire… Mes lèvres atteignent la commissure des siennes.

Trop émoustillant. Va-t-elle me permettre d'aller plus loin ? Bordel, elle me repousse et me sonde, abasourdie.

– Attends ! Vous vous échangez les filles ?

Cellule de dégrisement brutal, privé du shoot sur sa peau. Obligé de verbaliser :

– Nous ne sommes pas exclusifs, soufflé-je en pesant mes mots.

Bouche bée, elle me dévisage.

– Dis quelque chose, Milly.

Je crois que j'ai dynamité sa matière grise... Bravo, Jay, tu marques un touchdown *au* Super Bowl *! Je m'en foutrais des claques !*

– Je t'en supplie, dis un truc. N'importe quoi, mais parle-moi.

– Je… enfin, pas exclusifs ? Alors que tu as mal pris que je fréquente Logan parce que Diego bosse avec Stella ?

– C'était surtout à cause de Stella que j'ai dit ça, pas à cause de mes potes.

– Tiens donc ! Comment ça ?

Merde, merde, merde ! Tu n'aurais pas pu te taire, Jay ?

CHAPITRE 22

Rien à perdre

♥♠♦

♣ Il y a bien des façons de passer à l'acte.
Se taire en est une. ♣

Jean-Bertrand Pontalis

Jayden

N'évoquons pas les Jenkins, fanas de triolisme. Ni les bars, les courses sauvages urbaines sur nos bolides, les bagarres pour le fun, et j'en passe. Milly est choquée. Bon sang, où avais-je la tête en larguant ça ? OK, elle exsude la liberté d'esprit et une tendance *Peace and Love*, mais ça n'en fait pas fatalement une fumeuse de bang adepte de baise à plusieurs façon hippie des années soixante ou une… comment s'appelle le jouet sexuel sur pattes des Jenkins, déjà ? Donc ouais, je réalise que cinq gars déchaînés, sexuellement ouverts à l'extrême, ce n'était pas forcément ce qu'elle avait envie de découvrir au premier rencard.

Non mais tu t'y crois trop, aussi, Jay, c'est même pas un rencard, t'essaies juste désespérément de l'emballer, nuance !

Je n'irai pas plus loin dans les explications. Inutile de lui parler de nos tirages de cartes, des thèmes de nos soirées…

– Jayden, est-ce que Logan m'a proposé ce plan dans le but que je termine dans vos bras à tour de rôle à un moment donné ? C'est ce que vous faites ?

Possible. Si le Doc te sent encline à accepter nos délires, ça pourrait déraper en câlin communautaire à la BadASS. Plus on est et moins on a de chance d'éprouver des sentiments bannis…

Putain, surtout pas d'orgie avec Milly !

– Non, tu n'y es pas, rassure-toi.

Je profite de sa perplexité pour lui caresser la joue, essayant de maîtriser mon stress autant que possible. J'ai les jetons qu'elle me rejette en bloc à cause de mon choix de vie. Cette voie volontairement débridée me protège. Elle renforce ma carapace. Mais je ne suis pas prêt à lui exposer les raisons qui me rendent cela indispensable. Je ne veux plus jamais aborder ce sujet. Que puis-je lui dire ? Son YOLO est une bonne option, non ?

Elle appuie sa joue contre ma paume, me laissant planer dans l'azur de ses yeux.

– Écoute, je ne suis pas un enfant de chœur que tu meurtriras, Milly. Voilà tout ce qu'il faut que tu retiennes. Je vivrai à fond le temps que tu voudras m'accorder, sans attache et indépendamment de mes potes. C'est mon offre.

Je l'effleure. Mon corps s'échauffe lentement, réclamant le sien. Sa bouche m'attire à ne plus pouvoir intégrer d'autres données.

– Ce que je voudrai t'accorder ? Y compris intimement, suppose-t-elle à raison.

Je reste prudent malgré mon euphorie à l'idée d'être si près du but.

– Oui. Si tu me veux, tu peux m'avoir. Ta philosophie de kiffer au jour le jour me plaît et toi, tu me plais. Physiquement.

Mon nez frôle le sien. Quand je me rive à son regard, je perçois un changement. Elle est sonnée, mais ne me voit plus comme un pauvre mec vulnérable. Pas totalement, du moins.

– Jayden, ça fait beaucoup d'infos… Et est-ce que tu le diras à Logan ?

Ah merde ! Ai-je envie de lui en parler à lui ?

– On n'a pas besoin de sa permission, mais je serai honnête avec lui.

– Vous ne prévoyez pas un plan à trois, non ? Je suis ouverte d'esprit mais pas adepte de ce genre de trucs. Je peux le concevoir pour d'autres, en revanche je n'y adhère pas personnellement. L'acte sexuel, pour moi, c'est une communion entre deux êtres. Un échange équitable. À deux, chacun est uniquement focalisé sur l'autre, lui renvoyant l'intensité qu'il reçoit. Je favorise cet équilibre naturel, un échange sans surenchère. Cela dit, chacun ses goûts, et ça reste un avis très personnel.

– Non, t'inquiète. Ta conception me convient absolument.

Mais c'est vrai que nous avons nos codes BadASS. Une garantie de ne pas me perdre : les gars mettront le plan de sauvetage en marche en cas de danger. Oui, en y pensant crûment, j'espère faire descendre ma bohème de son piédestal de muse en la sautant. Je n'attendrai rien d'une *Fuck Friend*, potentiellement condamnée, couchant également avec mon ami. Et elle, elle saura que je ne suis définitivement pas le sensible qui court après l'amour.

Putain, rien que ce monstrueux mot de cinq lettres me tord les boyaux !

Donc ma gaffe me sauve les miches, bien que sa manière de dépeindre la sexualité me parle davantage que les sandwichs et les gangs bangs avec mes frangins. D'instinct, je sens que je n'aurai jamais besoin ni envie d'une tierce personne pour m'épanouir charnellement avec Milly. Juste elle et moi, sans y associer un partenaire superflu. Merde, ses phrases se réverbèrent en moi, je m'y reconnais vraiment…

Mais putain, je suis sur une pente glissante : l'idée même de la partager en *live*, d'autres mains sur elle sous mes yeux, m'insupporte.

– Milly, je ne ferai pas de coup foireux dans le dos d'un frère de cœur, et c'est ce que Logan est pour moi. Je te propose du sexe librement consenti. À deux, évidemment. Mais sans promesses ni attentes particulières.

Déroutée, elle s'éloigne de quelques pas, arpente la berge du Whippany River. Je la mate un instant. Lorsqu'elle s'arrête, je viens entourer sa taille, ma bouche dans son cou. Instantanément, mon baromètre libidinal s'étire et durcit dans mon boxer. Je pivote Milly, cherche fébrilement ses lèvres. Allez, réagis, ma belle ! Persuasive, ma langue caresse sa bouche, la suçote entre deux baisers jusqu'à ce qu'elle s'entrouvre. Putain, c'est bon ! Mon érection échappe à mon contrôle, mon palpitant *idem*. Son gémissement s'infiltre en moi, faisant résonner l'écho d'un désir fou, indomptable.

– Punaise, non ! Mes idées ne sont pas claires dans l'immédiat, Jayden. Je voudrais rentrer, décide-t-elle abruptement.

Bordel, le crash !

– Réfléchis-y, d'accord ? tenté-je de négocier, le souffle court.

– Trop compliqué, je ne suis pas la nana adéquate pour vous, pour toi. Au pire, j'envisagerai de ne plus revoir ni l'un ni l'autre, car ce serait… j'en sais rien.

Eh merde ! Ne sors pas de nos vies, de MA vie. T'es la première et la seule qui me stimule ainsi en dehors de mes dérapages en meute. Sans mes frangins, sans alcool, sans drogue, c'est inouï que tu causes un tel bordel dans mon froc et dans ma caboche !

Je n'admettrai pas ça à haute voix, en revanche, ma peur qu'elle disparaisse me booste.

– Je te croyais prête à jouir un max de la vie, la titillé-je, la boule au ventre.

– C'est le cas, mais je sais aussi ce que je ne veux pas, ce qui ne me ressemble pas.

– J'entends bien et je respecte. Mais alors accorde-moi une nuit. On baise ensemble et si je ne parviens pas à te convaincre d'oublier tes soucis dans mes bras, à te convaincre que notre connexion sera ardente, je te lâcherai les baskets. Pour de bon.

Estomaquée par ma franchise indécente, elle passe les doigts dans ses cheveux.

– Waouh ! Tu devrais passer une IRM pour tes fameuses chutes étant bébé. Tu gardes des séquelles de dingue. Tu t'entêtes, Jay, alors qu'un garçon avec ton charisme et ton physique n'a qu'à claquer des doigts pour recruter des volontaires à la pelle.

– Mouais. Possible. Pourtant c'est toi que j'ai terriblement, insupportablement besoin de goûter tout entière. Me mêler à toi comme si je devais me désagréger juste après. S'il te plaît, t'as rien à perdre, moi non plus.

Mon racolage la fait réfléchir. Je me rapproche, humidifie mes lèvres, soulagé d'avoir révélé mes souhaits sans trop me compromettre. Au moins, mes intentions sont explicites. Impossible de lui cacher plus longtemps que je fantasme de la tenir nue entre mes mains. Qu'elle me sente si profondément en elle que cette existence merdique s'évapore et qu'on oublie tout pour un temps.

– Jay… susurre Milly en encadrant mon visage entre ses mains.

– Je ne suis pas ton genre ?

Looser *de mes deux ! Tu tombes dans les catacombes. Typiquement la question qui émascule.*

Putain, je crains ! Surtout que j'attends réellement sa réponse.

– Ce n'est pas ça. Tu es sexy, et tu ne te rends même pas compte à quel point… Ton attitude, ta sensibilité d'artiste, ton côté mauvais garçon absolument naturel, tes yeux, ton corps…

– C'est quoi le problème, alors ? Putain, Milly, pour une fois je vais le reconnaître et ce n'est pas parce que je suis imbu de ma petite gueule, loin de là ! Mais non, je ne cours pas après les nanas d'habitude.

OK, elle est canon, cependant à un moment faut savoir freiner, Graham. T'as ton ego de mâle, merde !

– Je veux bien te croire, m'affirme-t-elle.

Elle enfouit sa figure contre ma poitrine.

Je. Vais. Craquer.

Mes bras se nouent autour d'elle tandis que je m'évertue à réprimer les frissons qui me parcourent. Elle me serre, et la sentir lovée contre moi devient douloureusement intense. J'aurais dû l'inciter à discuter comme convenu au lieu de profiter de sa faiblesse actuelle. J'ai la trique et je culpabilise.

– Je suis désolé, Milly.

J'exècre ma voix trop rauque et ma queue raffermie dans mon boxer, qui se désolidarise de mes états d'âme.

– Je ne me taperai pas deux amis en même temps, ça c'est certain… Je m'imagine mal coucher avec Logan le lundi, avec toi le mardi et ainsi de suite, tente-t-elle avec un brin de dérision.

Là, j'aurais adoré répliquer : « Choisis, dans ce cas, lui ou moi. » Mais je ne suis pas persuadé d'être gagnant. Alors je la ferme, anxieux.

– Ce n'est pas que tu ne sois pas attirant ou que je n'aie pas besoin de réconfort, bien au contraire. Et je suis même flattée que tu t'intéresses à moi…

Pourquoi ce compliment semble-t-il précéder un énorme « MAIS » ?

– Jayden, écoute…

– Hum ?

– Me lâcher dans la frivolité, oui, mais ce n'est pas anodin pour moi de voguer d'un pote à un autre. Même s'il n'y a pas de sentiments en jeu et que tu m'attestes que vous n'avez pas de problème avec ça. Les triangles, ça craint. Je ne veux pas de complications ni de souffrance pour toi. Et peut-être pour moi non plus.

Pour elle, je comprends, mais pour moi ? Car je suis le sensible de l'histoire, évidemment ?

Je ferme les paupières et pose le menton sur le sommet de son crâne. Son odeur m'envoûte, me défonce comme une drogue dure.

– Je te veux quand même, Milly, et je t'assure que Logan et moi sommes suffisamment *open* pour ne pas en faire une affaire d'État… Laisse-toi porter…

CHAPITRE 23

Comment dissiper les ombres ?

♥♠♦

♣ Sauve-moi de ma peur. Ne me déchire pas. ♣

All I Need, WITHIN TEMPTATION

Jayden

J'enlace étroitement Milly, troublé par toutes les réactions qu'elle génère en moi au moindre contact. Ma suggestion reste en suspens.

Laisse-toi porter, s'il te plaît, laisse-moi entrer dans ta vie. Aussi courte soit-elle. Quitte à te partager.

– Dans d'autres circonstances, on aurait pu essayer, me dit-elle en relevant la tête.

La mienne se baisse à sa rencontre. Ses yeux me scotchent. Mes bronches se ferment.

Elle a raison, la situation n'est pas banale. Néanmoins, je l'attire. Je flaire une espèce de danger pour mon équilibre, mais tant pis.

– On sait à quoi s'en tenir tous les deux, dis-je tout bas. Moi, je prendrais le risque sans hésitation.

Je meurs d'envie de goûter à nouveau à ses lèvres, mais j'essaie d'avoir la classe de lui laisser le temps d'y réfléchir. Nous nous installons au pied d'un arbre, je m'adosse au tronc et Milly se cale entre mes cuisses. Elle sent forcément ma queue durcir, pourtant elle ne dit rien. Je m'enivre de l'odeur de ses cheveux sans la brusquer. Putain, c'est dur ! Pour être plus ou moins sûr de me comporter en mec cool, j'instaure le dialogue.

– Ton journal intime est ouvert rien que pour toi, Milly.

Ma voix est rauque de désir en lui susurrant cela. Elle soupire, je bande davantage, impossible de le cacher. Ma bohème entrecroise nos doigts.

– Je ne veux pas te saouler, me dit-elle.

– Tu ne me saoules pas, je ne serais pas là si c'était le cas.

Même si j'ai envie de plus, de tellement plus que de parler simplement, je t'écouterai quand même, le plus attentivement possible.

Son autre main se balade sur mon genou plié, mon mollet. Même avec l'épaisseur du jean, elle diffuse des frissons sous ma peau. C'est ouf !

– Je crois que quelqu'un m'épie… enfin, je n'en suis pas sûre, m'affirme-t-elle après un long silence.

Je cherche quoi lui répondre, pris de fièvre à cause de sa proximité, son parfum et ses caresses *innocentes*. Celles-ci n'ont pas pour but de m'exciter davantage : je crois que Milly me touche machinalement en discutant. Mais mon bas-ventre réagit et je rêve de baise torride sur l'herbe.

– Qui peut bien t'espionner ? Stella ?

Mais c'est vrai quoi, la fliquette est raide dingue de cette nana et est jalouse de n'importe qui posant les yeux sur elle.

– Tu crois ? doute-t-elle.

Non, j'essaie juste de triquer moins pour toi, histoire que tu ne me prennes pas pour un obsédé.

Sois son putain de confident, Jay ! C'est un honneur qu'elle t'ait choisi pour ouvrir son cœur, non ?

– Je ne sais pas. Peut-être que tu es juste chamboulée par les rebondissements dans ton existence, l'épée de Damoclès au-dessus de ta tête. Normal.

– J'y ai pensé aussi… mais parfois, j'ai réellement l'impression de sentir des yeux braqués sur moi… C'est flippant et j'ai conscience que cela paraît insensé.

Elle se crispe, ça m'interpelle et je resserre l'étreinte de mes bras et jambes autour d'elle. Mon nez se perd dans sa crinière soyeuse que je hume. Elle a besoin d'être apaisée. Moi aussi, je serais terrifié de savoir mon heure si proche.

– J'espère que personne ne t'observe en douce, ma boho. Non, j'en suis persuadé.

– Donc tu dis que c'est ma trouille de la maladie qui me fait délirer ?

– Probablement, oui. C'est peut-être ta peur de l'avenir qui se manifeste inconsciemment ?

OK, c'est alambiqué comme raisonnement, mais je suis bien placé pour savoir que notre psychisme peut nous jouer des tours, cristalliser les craintes qui nous minent et que nous ne voulons pas avouer. Milly m'a soutenu au salon de tatouage ne pas craindre la mort, accepter cette fatalité. Et si la personne dont elle sent l'intrusion n'était autre que cette angoisse qui se manifesterait par un moyen détourné ?

– En fait, t'es plus barré que moi, Jay ! Tu étais peut-être un hippie dans une autre vie. Ou alors, juste un psy du dimanche qui s'entraîne sur moi.

Elle rit, et sa joie est communicative.

– Ouais. Je t'ai déjà avoué mes pets au casque.

– Ah oui, la poussette et la table à langer.

Son rire cristallin s'échappe en cascade dans cet écrin de verdure, au milieu des chants d'oiseaux. Là, avec elle, j'assume mon grain de folie. Une âme fantasque sommeille en tout créatif. Et ce truc me lie à elle…

J'enroule des mèches blondes autour de mon index, elle continue de m'effleurer les jambes. Je la pousse à se livrer encore plus, avide d'en savoir davantage sur cette fille qui me déroute.

Lorsqu'elle commence à évoquer le gars avec qui elle a couché au lycée, à un moment où elle ne se croyait attirée que par les filles, je m'amuse moins, tenaillé par un sentiment désagréable. Ce mec était un peu devenu son confident quand sa mère est morte…

– J'étais jeune, en couple avec ma première petite amie, Jessa. Il a été le premier du sexe opposé avec qui j'ai couché. En fait, il a… nous l'avons fait à trois.

Putain, le veinard !

– Donc tu as fait du triolisme… Et vous êtes devenu une espèce de couple ensuite ? Comment on dit ça déjà, un trouple ?

– Ce n'est pas allé plus loin qu'une nuit, Jay. Et ensuite, je me suis cantonnée aux filles.

Son intonation se voile, son corps se crispe contre moi. Merde ! Ça a mal fini ? Son attitude me laisse supposer que son rejet des triangles amoureux est né de là. Cette expérience n'a apparemment pas été concluante.

N'empêche que je viens de débander, car cet enfoiré m'a l'air d'avoir salement profité de la situation et du chagrin de Milly. Elle venait de perdre sa mère, bordel !

CHAPITRE 24

Dilemme et confusion

♥♠♦

♣ Choisir, c'est renoncer. ♣

PROVERBE

Milly

Jay, Logan. Logan, Jay…

Je suis dans le flou. Je l'étais déjà en descendant de la monture motorisée du ténébreux tatoueur. Il avait envie de m'embrasser encore, je m'en suis bien rendu compte. Il voulait ma bouche et tout mon corps. La fièvre dans ses iris verts a plus influé sur ma température corporelle que celle de l'air autour de nous.

Liquéfiée sans vouloir l'admettre, je lui ai dit au revoir. Il s'est mordu la lèvre en serrant son casque et m'a regardée partir. Au boulot, j'essaye de peindre mais mon répit est de courte durée. C'est l'autre BadASS, le gynéco, qui revient à la charge maintenant :

Hey sexy blonde ! Chaleur infernale aujourd'hui, non ? Et si tu rendais une visite éclair au Prince ? Les pièces sont climatisées dans mon hosto et je crève la dalle… de toi, bien sûr.

Mon rouleau dégoulinant dans une main, j'éclate de rire.

Mais quel romantique ! Donc si je comprends bien, je dois payer en nature pour avoir droit à l'air conditionné ?

T'es pas perdante. Tu donnes de ta personne pour la clim ET Son Altesse. S'il te plaîîîîîît.

Nouveau fou rire. J'accroche mon outil sur le bord de mon pot de peinture et m'assois sur mon escabeau. L'instant d'amusement passé, mon cerveau se heurte à un dilemme. Le toubib, aussi anticonformiste à sa manière que son meilleur ami, a la faculté de me détendre très facilement. Mais Jayden me fait frémir, et je sens des trucs fourmiller en moi dès qu'il me regarde. Il est sombre, c'est le genre de mec qui ne laisse pas indemne. Alors que son pote est un amant fabuleux qui prend tout à la légère. Exactement ce dont je pensais avoir besoin.

Et puis, Logan a été le premier à me faire une proposition indécente, non ? Punaise, ça va devenir compliqué !

Sérieux, tu cogites, là ? Je vais me vexer après mes prouesses exceptionnelles pour te faire jouir, que dis-je ? Te foutre carrément en transe la dernière fois. Je m'attendais à un OUI plus enthousiaste.

Ho le prétentieux !

Ça va les chevilles ?

Crois-moi, ce ne sont pas mes articulations qui gonflent en ce moment. Avoue que mon entrejambe surclasse les godes ceinture de tes copines occasionnelles…

Je m'empourpre à la lecture de ces textos délicieusement présomptueux, taquins et… véridiques. Oh oui, il m'a donné des orgasmes avec sa bouche, ses doigts, puis son sexe au piercing magique. Rien que d'y penser, je me liquéfie. J'ai décidé que je n'aurai pas le bel artiste car j'ai eu son ami en premier. Pas de triangle malsain et inconfortable. Alors pourquoi me priver dudit ami, si grand connaisseur de l'anatomie féminine ? *A priori*, Logan ignore ce qui s'est passé… ou plutôt, ce qui aurait pu se passer entre Jayden et moi.

J'ai envie de toi et me dévouerai pour ta jouissance…

Il insiste, tentateur. Sourire en coin, je privilégie mon schéma de base. Aller vers le fun et la simplicité. Je suis libre et en forme, je compte en profiter.

Envoie-moi l'adresse… Racoleur, va !

Tssss ! Je n'avais même pas précisé que j'ai bandé toute la journée en repensant à tes lèvres moites et tièdes… Tu vas voir comment je racole.

Il m'envoie l'adresse dans un second message. Cramoisie, émoustillée, je pouffe devant la lubricité assumée de Logan. Tout est clair et licencieux avec lui : de la baise, point !

♥♠♦♣

En arrivant devant l'immense UH, je bipe Logan, qui m'indique où le trouver. Je le retrouve dans la zone réservée au personnel soignant fumeur : il converse avec un collègue. Sa blouse blanche est ouverte sur un t-shirt col tunisien. Son stéthoscope pend à son cou. Ses manches retroussées laissent entrevoir les tatouages sur ses avant-bras. Cela, additionné à sa silhouette athlétique, son jean et ses sneakers branchés, sa tignasse châtain rebelle et ses yeux gris qui me dévorent déjà… Je peux comprendre la nana qui le harcelait le jour où je l'ai rencontré. Il pue le sexe et la liberté, ce gars. De la tête aux pieds. Ce n'est pas Jayden. Il ne me prend pas aux tripes. Il n'y a pas d'émotions profondes, c'est physique. Et…

Merde, je repense à Jay, là ?

Logan me siffle et m'adresse un clin d'œil. Pourtant, je ne me suis pas changée : j'arbore la même robe que tout à l'heure à Troy Meadows, des éclaboussures de peinture en prime. Mais il me regarde comme si j'étais un Ange de Victoria's Secret en plein défilé. Son interlocuteur se retourne. Punaise, l'affiche ! Je souris et avance vers eux.

– Tu m'excuseras, Samuel, mais ma pause n'est pas extensible, badine-t-il sans prendre la peine de me présenter.

Ce qui me convient parfaitement. Il m'enlace et me roule une pelle, de celles qui t'étourdissent illico à en oublier ton prénom. Puis il fouille mon regard de ses pupilles dilatées.

– Allons directement à l'essentiel, tu veux bien ?

– Oui, tes pauvres chevilles doivent être sur le point d'exploser, lui chuchoté-je d'une voix que je ne reconnais pas.

Il éclate de rire et m'entraine rapidement à travers les couloirs et escaliers de service qui débouchent sur une chambre équipée de deux lits d'une place et d'un petit réfrigérateur. J'imagine qu'il s'agit d'une pièce de repos pour les médecins de garde, ou un truc du genre. Logan verrouille la porte et envoie valdinguer sa blouse. Un sourire carnassier aux lèvres, il extirpe son biper de sa poche et le pose en évidence avant de se délester de son jean. Le tombeur de dames dans toute sa quintessence.

– T'en as sauté combien ici ?

– On s'en fout… Viens jouer au docteur, jolie blonde.

Son timbre rocailleux m'euphorise. Il se rapproche, prend ma main droite, la pose sur la bosse qui déforme son boxer et se branle avec.

– Putain, tu sens comme tu m'excites ? grogne-t-il.

Il n'attend pas ma réponse, dévorant ma bouche et mes gémissements. Véloce, il commence à me déshabiller, me caresse, m'amenant déjà vers un ramollissement enivrant. Ses doigts, sa bouche vont partout, surtout aux endroits stratégiques, comme s'il avait étudié mes points faibles et la manière d'en tirer profit. Il sent le tabac et la luxure bestiale. Il a le goût du café et de la volupté. Ses dents cisaillent mes tétons, ses phalanges palpent et pétrissent mes seins et mes fesses. J'arrive dans un lit sans savoir comment. Logan s'active sur moi, ne me laissant pas le temps de réfléchir ou de parler. Son regard orageux revient se planter dans le mien tandis qu'il me titille avec le métal accroché à son gland. L'anneau frôle mon bourgeon, se balade dans ma fente humide. Connaissant nos tests sanguins respectifs et parce qu'il m'a dit avoir subi une vasectomie, nous ne mettons pas de préservatif, et c'est tant mieux. Ce serait un crime d'enfermer cet organe de dingue dans du latex. Il me fixe en souriant, salace et canon.

– Maintenant, Logan…

– À tes ordres, trésor, réplique-t-il en me pénétrant lentement.

Son piercing génital m'érafle merveilleusement en s'enfonçant en moi. Je m'arc-boute, cuisses écartées, genoux pliés, les orteils recroquevillés dans les draps. Mes doigts s'agrippent à la peau tiède de son fessier ferme.

– Oh punaise ! Ouiiii…

Il m'embrasse encore, imbriqué jusqu'à la garde. Il ondule du bassin, se retire en douceur puis m'envahit à nouveau. Parcourue de frissons, je me perds dans la contemplation de ses muscles bandés au-dessus de moi. Gravés à l'encre noire, les quatre symboles de cartes sur son pectoral gauche me scotchent avant qu'il ne s'introduise encore plus fort en râlant.

Les mêmes symboles que sur les mains de Jayden… Oh putain, ça s'amalgame dans ma tête… Des yeux verts intenses au lieu des billes grises de Logan percutent mon esprit embué. C'est lui qui a tatoué son ami, forcément…

Merde, pourquoi je pense à Jay alors qu'un pur spécimen de virilité sauvage me ramone ?

J'attrape la nuque de mon amant et m'acharne à me rendre amnésique par un baiser fougueux. Je m'immerge dans l'ivresse de l'instant présent. Plus de Jay. Je dois m'imperméabiliser à cette sensibilité poignante qui émane de lui.

Logan augmente le tempo, me fait frôler les astres à chaque coup de boutoir. Puissant, profond, le plaisir me prend en otage, en même temps qu'une culpabilité désarmante et incompréhensible.

Merde alors ! Qu'est-ce qui m'arrive ? Jayden, sors de mon crâne, beau ténébreux...

Je scelle mes paupières et glisse dans l'orgasme époustouflant que m'offre mon étalon.

♥♠♦♣

Logan est bipé quelques secondes après s'être déversé en moi. Il saute prestement dans ses vêtements. Un air satisfait plaqué sur son visage de mâle concupiscent, il me demande :

– Je dois filer, ça ne t'embête pas ?

– Non, vas-y, belle gueule, je vais essayer de retourner bosser moi aussi.

– On remet ça quand tu veux ! me lance-t-il en se précipitant vers l'extérieur.

Je me rhabille. Les derniers mots de Logan stagnent dans ma tête. Je ne suis pas certaine de remettre ça avec lui, même s'il est une tuerie charnelle. Car j'ai l'impression ingérable de m'embourber. Dans quoi, je l'ignore, mais ma première opinion était la bonne : ce serait trop compliqué de continuer d'avoir pour plan cul l'un des meilleurs amis du mec qui me hante de plus en plus…

♥♠♦♣

Retrouver ma légèreté, retrouver mon insouciance, retrouver les joies simples de mon quotidien.

Je ne veux plus encombrer mon esprit ni avec Jayden Graham, ni avec Logan Prescott dans les heures à venir. Je veux faire le vide et m'y emploie dans le bus, en couchant sur les feuilles de mon carnet de croquis des idées pour mes futures fresques. Toutefois, un artiste se nourrit de ce qu'il vit, de ce qu'il perçoit, de ce qui le dérange ou le fascine, et je sors des bras d'un amant au talent incontestable, qui a déployé son expertise sur mon corps. Il m'a fait atteindre la félicité, durant laquelle un être charbonneux aux yeux profonds et verts comme la forêt amazonienne a parasité mon laisser-aller et embrumé mes sensations. Je ne savais plus où j'étais. Il était juste là, de façon immatérielle, pendant que Logan s'activait en moi…

Argh ! Ce n'est pas pour rien qu'on nous juge timbrés, nous autres les artistes.

Ces pensées – sensualité, énigmes, plaisirs des sens et sensibilité – deviennent malgré moi les thèmes qui s'imposent dans mon esprit et déterminent mon inspiration du jour. Dans ma confusion créative, je ne cherche plus à démêler mon ressenti, me contentant d'assigner les deux mâles enchevêtrés dans ma tête au service de mon art.

Tant pis ou tant mieux. Cela m'empêche de prendre ma vie au sérieux et c'est exactement ce dont j'ai besoin.

Le bus roule, je me sens plutôt bien. Jusqu'au premier arrêt, puis soudain, j'ai l'impression que quelqu'un me fixe. Je lève la tête et parcours les usagers du regard. Puis je me morigène, me mets de la musique et replonge le nez dans mes esquisses et notes. Nous atteignons le deuxième arrêt.

Et si quelque chose clochait vraiment ?

Non… Je repousse ma petite pointe de paranoïa.

Quelques stops plus tard, mon sixième sens est étrangement exacerbé mais je n'ai rien décelé de suspect et j'ai atteint ma destination. En refermant mon calepin, je réalise que j'ai fait un exercice de style sur un trèfle, un pique et un carreau gravitant autour d'un cœur sombre, fissuré et enchaîné. Une interprétation libre des symboles tatoués sur les deux amis… Sur le pectoral de Logan et les phalanges de Jayden.

Que cache ce mec ? Pourquoi me captive-t-il aussi inéluctablement ?

CHAPITRE 25

Mes peurs les plus profondes

♠♦♣

♥ Seuls les artistes et les enfants
voient la vie telle qu'elle est. ♥

Hugo von HOFMANNSTHAL

Jayden

Paint It Black des Rolling Stones sature mes tympans. J'ai survolé le reste de ma journée. Bilan de mon après-midi hors du temps avec Milly ? Elle est venue, elle m'a vu et elle m'a vaincu.

Putain, je suis paumé. Elle a provoqué en moi des réactions viscérales et complètement inattendues après ma proposition crapuleuse. La conversation sur sa petite parano, et tout le reste, infeste mes synapses depuis que je l'ai quittée. Je me sens mal à l'aise. J'ai appris une multitude de choses sur la belle blonde et décelé, je crois, quelques blessures en elle. Même si son côté pétillant éclipse facilement tout le reste, j'ai entraperçu des trucs qui m'ont remué.

En sous-vêtements, les cheveux encore mouillés après ma douche, je mate le bazar dans ma piaule. Il y a des feuillets partout. Des saletés de feuilles blanches balafrées, grisées, que je ne peux plus voir. J'ai un sursaut de rage et de dégoût. Je les ramasse rapidement et les écrabouille pour les balancer dans la poubelle.

Ma frousse refait surface. Moins honorable et bien plus horrible que celle, bien légitime, de Milly. La mienne n'est pas due à la fatalité, mais à moi-même, au monstre en moi…

Putain de bordel de merde !

Je suis vanné après ma frénésie de dessin. Ma boîte gît au sol avec mon prélèvement de sang finalement inutilisé, car le brasier sur mon mur m'a moins happé que l'amas d'images que j'avais besoin d'extérioriser. Elles se sont brutalement imposées à moi quand je me suis cloîtré. J'ai vogué d'une phase à une autre. D'abord sous le coup de l'euphorie de l'intimité que j'ai partagée avec ma muse, j'ai ensuite savouré le plaisir de l'avoir presque convaincue de me donner plus, avant de sombrer dans un tourbillon merdique de réminiscences obscures. J'ai dessiné et dessiné, pour réaliser à la fin que le visage de Milly s'amalgamait avec *le sien*.

Merde, quoi !

Les craintes de ma bohème se mêlent aux miennes. Déjà que sa maladie, Stella et Logan corsaient la situation. Je suis nocif : avec moi, les choses s'empireraient pour elle. Je devrais lui foutre la paix. Hélas, je sais que je ne parviendrai plus à m'arracher à sa beauté simple et resplendissante. Qu'importe la galère dans laquelle je nous fourre, elle me… elle me…

BORDEL !

Je dois remonter à la surface, au sens propre comme au figuré. Les gars m'attendent là-haut pour le rassemblement BadASS. Je saute dans un jean bleu usé et les rejoins, un t-shirt blanc à la main. Ils racontent leurs journées respectives en buvant leur mousse et en clopant. Mon salon est envahi de volutes de fumée, les cartes sont prêtes, dans leurs enveloppes. Il me faut de la musique ! Je pousse la sono, sifflote machinalement sur *Born To Die* de Lana Del Rey. J'enfile mon haut et croise l'œil scrutateur de notre génie de l'informatique : Chris Jenkins.

Il a quoi à me regarder ainsi, lui ?

Je suis distrait par son frère, qui commence à jouer du *beat box*, les mains devant la bouche. J'augmente encore le volume de la musique, mais Alex intervient :

– Putain, tu plombes l'ambiance, Jay ! Bon *groove*, lèvres pulpeuses et excitantes, mais trop mélancolique, la meuf ! me chambre-t-il. À la limite je forniquerais bien sur ce titre, de préférence avec la chanteuse, mais sinon laisse tomber !

– C'est vrai qu'elle est bonne, Lana Del Rey, appuie le gygy.

Jenkins Junior et lui réussissent à me soutirer un petit sourire. Je switche pour *Water Fountain* de tUnE-yArDs. Les tambourins et les « *woohaw woohaw* » du morceau nous entraînent dans la gaieté. Alex a le sens du rythme, il est même très bon à la batterie et à la guitare acoustique… Il reprend son beat. Doc tape frénétiquement sur son accoudoir. Je me pose dans un fauteuil en bougeant la tête, entrant de plus en plus dans ma peau BadASS.

– C'est mieux, ma nouille ?

– Carrément, petite pute ! me répond Alex, aussi poli et amusé que moi. J'aurais dû amener un instrument pour ambiancer ton salon, tiens !

Durant les minutes suivantes, on se fait une espèce de bœuf joyeux. Cependant, j'ai une impression étrange, sans pouvoir déterminer exactement ce qui me gêne. Milly squatte mes pensées. Cruz, notre flic, écrabouille sa canette. Chris et lui échangent un regard qui me fait tiquer.

Soit il y a vraiment une tuile, soit tu psychotes à cause du sentiment de malaise laissé par ton tête-à-tête avec ta nouvelle muse, Jay…

J'inspire. La playlist enchaîne sur The Kinks, *You Really Got Me*, qui enchante encore Alex. Je décide de mélanger les enveloppes contenant nos as. Mon portable sonne, je le récupère en vitesse près d'un briquet et découvre discrètement que je viens de recevoir un message d'*elle*. Le cœur battant, je nourris l'espoir fou que Milly m'ait contacté pour me dire qu'elle veut qu'on aille plus loin tous les deux. Je jette un bref coup d'œil à Logan avant de lire :

OK pour ton invit'. Bouge pas. J'amène la pizza et à boire. Merci d'être là malgré tout, Jay.

Bug. Incompréhension. Panique.

Quoi ? Merde, elle rapplique ? Mais c'est quoi, cette invitation ? Je lui ai promis de lui laisser du temps pour réfléchir, je n'aurais pas fait le relou en lui demandant de venir me voir trois heures après. Mal à l'aise, je pianote pour la décommander. Putain, je ne perds quand même pas la boule. Tous mes potes sont là, elle ne peut pas apparaître pendant une soirée de défi. Je me crispe, incapable de suivre la conversation autour de moi. Je vérifie sans cesse mon téléphone dans l'attente d'une réponse.

Ne viens pas, Milly, ce n'est pas le bon soir. Tu serais comme un délicieux chaperon rouge qui ne tomberait pas que sur un seul loup mais sur une meute entière et affamée.

Chacun d'entre nous pioche une enveloppe. Je ne suis pas vraiment impliqué.

– As de carreau ! déclare le gynéco en posant sa carte.

Diego écrase son mégot dans le cendrier. Chris me fixe pendant que je montre la mienne. Putain, je ne suis pas bien et elle ne me fait toujours pas signe !

– As de trèfle, dis-je en soutenant le regard de mon pote.

– À toi l'honneur, ma couille, dit le lieutenant Cruz à Chris Jenkins.

Ma pression artérielle grimpe en flèche. À cran, je m'en grille une. Diego s'intéresse subitement à un suçon dans le cou d'Alex, ce qui me laisse respirer une grosse bouffée d'air. En fait, ce genre de marque sur notre étudiant sexuellement hyperactif ne choque personne, mais si ça peut être une source de blagues pour me détendre, je prends. Les yeux de Diego se plissent : lui est plus furax qu'amusé, on dirait. Chris nous rappelle soudain, comme pour faire baisser la tension :

– En tant que gagnant du dernier défi, je vous foutrai de toute façon un challenge d'anthologie dans la tronche !

– On a hâte, mec ! exulte Logan.

Je deviens imperméable aux plaisanteries et détails, incapable de suivre la conversation. Au point que je comprends à peine quand le keuf fonce sur Alex en l'accusant de se taper sa frangine, qui étudie dans la même fac que lui. Je ne vois pas comment il a tiré cette conclusion rien qu'en l'observant. Mais je crois qu'Alex en serait capable. Et notre lieutenant a un flair certain.

Mon stress atteint des sommets. Ce règlement de comptes me sert de diversion : je me barre dehors pour appeler Milly. Mais j'atterris sur son répondeur. La poisse ! Sur le trottoir, tandis que c'est l'agitation à l'intérieur, ma voix tremble légèrement.

– Milly, j'ai l'impression qu'il y a eu une erreur. Je meurs d'envie qu'on se matche, évidemment, mais le timing est très mauvais. Rappelle-moi, s'il te plaît.

Chris me hèle pour que je revienne parmi eux. Bon sang, je suis tendu à m'en rompre les ligaments !

CHAPITRE 26

Coïncidences ?

♥♠♦

♣ Plus on prête attention aux coïncidences, plus elles se produisent. ♣

Vladimir NABOKOV

Jayden

Dans la rue *hype* du Jayden's Tattoo & Piercing, face au paysage urbain de Jersey by night, j'observe les néons des enseignes voisines. Le barbier branché du coin, juste à côté d'un magasin de hipsters qui brise les tendances. Le nouveau resto vegan qui vient d'ouvrir attire les foules. Certaines clientes en sortent d'ailleurs pour fumer de l'herbe et causer non loin de moi.

Dans mon salon, le conflit entre Alex et Diego semble réglé. Enfin, je crois… Je me cramponne à l'observation des alentours pour éviter de rentrer et de louper Milly déboulant comme une fleur.

J'aimerais être froid et détaché, mais c'est mission impossible. Une brunette me lance une œillade décomplexée. Je n'y réponds pas et détourne mon attention vers les pavés sous mes vieilles Converse.

– Oh, la feinte ! s'exclame l'une des filles.

– Dommage que les plus mignons soient gays, commente une autre assez fort pour que je l'entende.

Peu importe qu'elles extrapolent. Je m'en cogne royalement, car je reçois enfin un SMS. Et merde, ce n'est que Jamie !

Hey mon Jay-Jay, on se la fait quand cette soirée ? Je crèche au motel Starry Night encore quelques jours.

Mouais, à voir… Je n'ai cependant pas le loisir de lui répondre, car Chris revient à la charge :

– Ramène-toi, Jay ! T'as pas d'urgence vitale à gérer au téléphone. Si ?

– J'arrive, mec !

En rangeant mon mobile, je caresse la babiole du bracelet de Milly dans ma poche. Mes ongles coupés ras grattent les lettres M.C. J'ai un bout d'elle avec moi en permanence, de la même manière qu'elle porte un souvenir de sa mère. Un lien charnel, émotionnel, spécial… OK, je me rends compte que ce fétichisme fait juste de moi un mec barré faisant une fixation sur elle. Comme avant le Boot Camp, quand j'étais obnubilé par la relation de… non, c'était complètement différent… enfin merde !

Bordel, la remontée des mauvaises ondes ! Bon, on souffle et on y retourne, Jay, en remettant tes neurones hors service.

Et dire que cette brillante idée de beuverie en pleine semaine est de moi ! J'ai paniqué à l'idée d'être un peu trop absorbé par mon inconnue du parc… qui n'en est plus une. Putain, j'aurais pu ne plus jamais la recroiser de ma vie, mais il a fallu qu'un concours de circonstances la remette sur mon chemin. À croire qu'elle m'aimante.

Est-ce que mes potes savent que j'ai plus ou moins flashé sur elle ? Non. Comment le sauraient-ils ?

Néanmoins, je devrais puiser en moi le courage de parler avec Logan. Ce serait déjà une belle avancée vers la transparence. À l'intérieur, les festivités ont repris. Le F est à l'honneur. Mes frères énumèrent nos futurs dérapages : *free fight* et autres frivolités. Je m'efforce tant bien que mal de participer.

– Distribution de coquards en perspective, le kif ! souligne Alex lorsque notre policier évoque des salles clandestines qu'il connaît.

Le Latino a bien amoché la bouille de sex-symbol d'Alex. Mais apparemment, sans rancune. « Qui aime bien, châtie bien », comme on dit. Entre mecs, il nous arrive de nous coller des pains pour régler nos différends et d'aller descendre une chope ensuite. Mais franchement, qu'est-ce qui lui a pris, à Jenkins Junior, de toucher à la seule nana prohibée dans la bande ? On craignait tous ça et on l'avait mis en garde quand Talia a terminé le lycée et intégré Princeton. Il est vrai que certains d'entre nous ont perdu la notion de « famille », surtout moi. En revanche, c'est quelque chose qui reste sacré pour notre poulet : personne ne louche sur Talia. Même le Doc, qui a grandi dans le quartier des Cruz, se cantonne à un rôle de grand frère avec elle, aussi canon soit-elle.

Quant à moi, ce sont eux quatre ma famille, celle que je me suis reconstituée, et j'espère que mon attirance pour Milly sera éphémère et n'entachera pas ce lien.

– Jay, t'es bien silencieux. Le F ne te branche pas plus que ça ? s'enquiert Logan en décapsulant une énième bière avec son briquet.

– Tu rigoles ? Qui dit *fight* dit que je vais enfin avoir une bonne excuse pour filer des trempes à Alex. Ce con a envoyé sa tranche de jambon favorite ici !

L'intéressé ricane, son majeur levé.

– J'adore le surnom que tu donnes à Betty et oui, niveau sandwichs, elle est rodée. Tu devrais la bouffer, elle te ferait du bien, mon grand.

– Le tatoueur tatoué éveille un côté stigmatophile chez Betty ? se marre le gygy. Mon pote, laisse-la faire joujou avec les piercings planqués dans ton froc !

Je déclare, un demi-sourire sur les lèvres :

– Qu'elle rêve !

Celle qui met mon pénis et ma fibre artistique simultanément en alerte n'a rien en commun avec leur poupée gonflable à double, voire triple contenance. Vraiment, non merci.

Je me représente le visage magnifique de Milly, cette allégresse qui émane naturellement d'elle, les couleurs, les motifs, les plumes, les perles qu'elle porte. Mes images mentales ne rendent pas justice à l'aura sensuelle qu'elle dégage. Peut-être posera-t-elle un jour réellement pour moi ? Putain, qu'est-ce que je kifferais !

Merde, je m'égare.

Pour l'heure je tente de me bercer d'illusions, en me persuadant que ma bohème a bien eu mon message et a rebroussé chemin. Je voudrais que nos parenthèses d'intimité nous soient propres, sans mes potes autour. Ils ont une conception du sexe à l'exact opposé de celle de Milly.

Toujours crispé, j'essaie de paraître détendu. Jusqu'à ce que mon cœur cesse de battre lorsque Christopher, doublement maître du jeu ce soir en tant que détenteur de l'as de pique, la carte à l'honneur aujourd'hui, et gagnant du dernier défi, débite :

– Bon, revenons à notre défi F. Voici ce que je vous propose : conviez vos FF, les gars, appelez vos *one-shots* actuels ! nous balance-t-il.

Son regard bleu oscille entre Logan et moi.

Putain de merde ! Il a découvert la cachotterie !? A-t-il aperçu lui aussi le Doc en train de galocher la belle blonde à la sortie de la salle de roller derby ?

Je triture le tunnel à mon oreille. Une boule se forme dans ma gorge lorsque je comprends que ce n'est plus qu'une question de temps avant que je ne doive tout avouer à mes potes.

– Qu'y a-t-il, Jay ? Un souci avec les *sex friends* ? me demande Chris.

– Ouais ! Non… Enfin, je n'en sais rien. Je dois repasser un coup de fil.

– Ce n'est pas très clair, ça, me raille-t-il en me sondant avec insistance. Décidément, tu aimes beaucoup ton phone aujourd'hui.

Une espèce d'accusation pointe derrière son ironie. Il a l'air de prendre tout cela très au sérieux. Pour une raison qui m'échappe.

Que se passe-t-il, bordel de nœuds ?

Chris plisse les paupières, puis baisse les yeux sur son portable en affirmant qu'il contacte sa FF. J'ai envie de disloquer mon écran contre le mur, car Milly risque de tomber dans la fosse aux lions si elle débarque dans cette atmosphère ouvertement électrique. Heureusement, Logan, qui se sent sur la sellette, s'insurge avant moi.

– Putain, Chris, nous prends pas pour des pions juste parce que tu as la main sur le jeu. C'est quoi ce challenge foireux ? Ce serait mieux de choper d'autres meufs au lieu de recycler.

– Moi, j'aime bien l'idée, affirme Diego, impassible.

Ça craint, là.

– Ça te pose un problème de nous présenter celle qui jouit de Son Altesse en privé, Logan ? suggère Chris.

Doc tente de rebondir quand la porte tinte. Comme dans un cauchemar apparaissent des cheveux blonds, des plumes et une rangée de perles pendant joyeusement sur une mèche. Milly pousse le battant avec son dos, tête baissée pour bloquer du menton ce qu'elle tient. Elle se retourne en parlant, chargée de pizzas et d'une bouteille de bourbon.

– Ils sont un peu contradictoires, tes messages, Jay, tu me dis de venir, puis l'inverse… J'avais déjà acheté les…

Elle voit soudain les BadASS et lâche ses affaires dans un sursaut.

CHAPITRE 27

Manigances

♥♠♣

♦ L'ignorance des faits n'en limite pas les conséquences. ♦

SOURCE ANONYME

Jayden

Catastrophe monumentale ! Milly a atterri au milieu des BadASS, qui parlaient justement de baiser des nanas en groupe. Les yeux de ma bohème s'arrondissent tandis que ceux de Chris Jenkins se fixent sur elle, carnassiers. La blonde devient blanche comme un linge. Je suffoque, statufié.

– Je… Qu'est-ce que vous… Vous, bégaie-t-elle en coulant un regard effaré vers chacun de nous.

– Bienvenue, miss. Nous sommes les BadASS, répond Chris en glissant ses doigts dans ses cheveux châtains. Milly Clark, c'est bien ça ?

Bordel de sa race ! Il connaît son nom !

Putain, mais quelqu'un va m'éclairer ? Tous paraissent avoir perdu l'usage de la parole, sauf Jenkins, notre génie des nouvelles technologies. Les yeux de Milly s'accrochent aux quatre symboles tatoués dans le cou de celui-ci. Notre signe d'appartenance à la même fratrie de cœur, joueuse mais fiable, complémentaire et unie.

– Comment… Pourquoi je suis là ?

– Comment ? J'ai simplement craqué le téléphone de Jayden et envoyé une invitation à sa place. Pourquoi ? Je crois que t'es pas bonne pour lui et nous ne voulons pas d'une petite intrigante dans notre sillage.

– Et autre raison, miss : je suis un peu tombé des nues quand ma coéquipière m'a expressément demandé de dire à mes potes que Milly n'est pas une nana pour nous. D'une, je ne te savais pas hétéro, et de deux, j'ignorais qu'il y avait le moindre contact entre la meuf de Stella et ma troupe ! s'outre le lieutenant de police.

Je me décompose. Logan *idem*, mais lui réagit plus violemment.

– C'est quoi ce délire, les mecs ?

– Mais je… D'abord, je ne suis pas « la meuf de Stella » ! s'offusque à son tour Milly en mimant les guillemets.

– Mouais, doute clairement Cruz.

Eh bah voilà ! Ma blondinette qui se croyait espionnée va penser que c'étaient mes amis, le génie de la technologie et le poulet qui la traquaient ces jours-ci. Tandis que Logan découvrira que j'essayais de serrer sa FF dans son dos sans lui en avoir parlé.

Putain de tuile ! Fait chier !

– Alors, t'es une joueuse, Milly ? Une insatiable ? T'as peut-être foutu tes pieds là où il ne fallait pas. Es-tu sûre d'être de taille à te frotter à nous ? Parce que c'est toi qui as ouvert la partie… Stella, Logan, Jayden… à qui le tour ? la provoque Chris, approuvé par son frangin, Alex, un sourire salace sur les lèvres.

Ma bohémienne reste un instant hagarde, puis me mitraille avec le regard d'une femme piégée. Mon cœur gèle instantanément. Elle chancelle, cherche à s'adosser contre ce qu'elle peut.

– Je ne suis pas… Ce n'est pas…

Merde, elle blêmit à vue d'œil. Le Doc et moi accourons pour lui prêter main-forte. Je bute encore sur le qualificatif « intrigante » que Chris a employé. A-t-il des raisons de penser que notre rencontre n'est pas fortuite ? Bien sûr qu'il s'agit d'une coïncidence ! Ce n'est pas parce que Jenkins a été berné par une nana et que ça l'a rendu parano que je dois douter de Milly. Du moins, je l'espère…

– Ne me touchez pas ! nous somme la belle en battant en retraite.

Elle est anormalement livide, sa voix est si basse que j'en oublie tout le reste. Elle ne va pas bien, et pas seulement à cause du choc de ces retrouvailles orchestrées.

– Milly, t'as besoin de t'asseoir.

– Non ! proteste-t-elle vaillamment. Personne ne pose ses sales pattes sur moi ! Vous me voulez quoi ? C'est ainsi que vous vous amusez ?

Elle panique un bref instant en cherchant la sortie du regard. Putain, on ne va pas la violer, ni la forcer à coucher avec toute la bande ! On n'est pas des mufles, en dépit de la situation merdique dans laquelle Chris et Diego viennent de la fourrer. En matant ceux-ci, je vois qu'ils froncent les sourcils comme s'ils ne comprenaient pas notre sollicitude. Pendant ce temps, les prunelles accusatrices de Milly sur moi me flinguent. Je pousse un râle de bête esseulée et blessée.

– Je suis assez grande pour m'occuper de moi, se défend-elle faiblement. Vous êtes fiers de votre guet-apens ? Quand j'y réfléchis… Logan, mon gynéco, qui me fait des avances… Diego qui mentionne Jay à son taf… en sachant que Stella cherchait un excellent tatoueur… Je suis votre proie, n'est-ce pas ? Ne me la faites pas à l'envers, c'était un putain de jeu malsain dès le départ et vous m'avez appâtée dans votre cercle !

Vu sous cet angle, c'est nous qui semblons suspects, ouais. Surtout sachant que nous ne sommes pas des enfants de chœur et que nous enchaînons les gangs bangs et autres débauches.

Soudain, la série de coïncidences trouve une nouvelle explication, parfaitement plausible pour elle. Et cela constitue un gouffre flambant neuf, un cratère qui se creuse entre elle et moi. Bon sang, pourvu qu'elle ne laisse pas sa paranoïa obscurcir son discernement ! Ce sont des saletés de hasards que tout le monde interprète mal en se méfiant de l'intrus. Je vais devenir fou, là !

– Je ne t'ai pas tendu de piège, Milly, je t'assure. S'il te plaît, regarde-moi. Nous n'agissons jamais ainsi, jamais ! je lui assure d'une voix enrouée.

– Pourquoi vous croirais-je ? Vous, vous m'accusez tranquillement, non ? Recule, Jayden ! Et toi aussi, Logan ! Je ne suis pas un jouet et ne serai pas votre défouloir sexuel commun… Je vaux mieux que ça, et je croyais qu'il y avait quand même de la sincérité entre nous.

– Je le croyais également, Milly, mais bon sang, tu te tapes Jay aussi ? riposte Logan, incrédule. Toi, la nana soi-disant non habituée aux mecs, tu te rattrapes pas mal, dis donc. Et si le piège, c'était toi ? J'en sais rien, moi… Tu venges une de tes copines qui a eu affaire aux BadASS en essayant de nous séduire séparément pour ensuite semer la zizanie ?

Oh non, Doc, pas toi ! On ne va pas s'en sortir à se fustiger réciproquement !

Milly secoue la tête, blessée par ces propos.

– N'importe quoi ! C'est toi qui m'as draguée, n'inverse pas les rôles ! Tu sais bien que sans cette Shelby au dispensaire, il ne se serait probablement rien passé entre toi et moi. Je me satisfaisais très bien avec des filles de passage…

– Shelby ? Shelby Wells, une brunette ? Oh bordel ! s'exclame Chris en l'interrompant.

Logan se tourne vers lui, le visage fermé.

– Je cauchemarde, là, me dis pas que tu la connais elle aussi, Chris ? T'as deux secondes pour nous expliquer ce guêpier, menace Prescott en s'avançant vers Jenkins.

– Sinon quoi ? On se défonce la gueule, mon pote ?

– Ça se pourrait, vieux ! Comment connais-tu cette meuf ?

Avant qu'ils n'en viennent aux poings, Alex s'interpose entre eux. Ils se séparent et chacun se met à tourner en rond comme un lion en cage.

– Au lieu de vous cogner, et si vous clarifiiez ce bazar ? suggère l'étudiant. Je n'y comprends rien.

Silence essoufflé et yeux qui s'accrochent les uns aux autres. Cerveaux qui turbinent.

La dénommée Shelby m'a filé des photos récentes de Milly avec Jay, Milly avec Logan, commence Chris. Et de Milly avec Stella… C'était louche, de prime abord, qu'elle soit partout.

– Que qui soit partout ? Cette Shelby ou Milly ? Parce que ça fait un brin obsessionnel quand même que la première se soit trouvée systématiquement partout où était Milly, munie d'un appareil photo. Il n'y a que moi qui trouve ça chelou ? souligne Alex.

En effet. Cependant, je comprends aussi que Chris ait fouiné et se soit méfié de ma muse.

– Non mais, des photos de moi ? Oh putain, Logan, TA Shelby me stalke depuis l'épisode du dispensaire ? s'effraie Milly, qui pâlit encore davantage.

– Qu'elle t'ait prise aussi rapidement et assidûment en filature est mauvais signe, ouais… Je crains que cela ne signifie qu'elle me stalke aussi, et depuis longtemps, pour savoir qui sont mes amis et t'avoir photographiée avec eux… Merde !

Largué, abasourdi, je me rends compte que ma bohème avait raison de psychoter. Une dézinguée suivait ses faits et gestes. Dézinguée que Christopher et Logan ont apparemment déjà rencontrée.

– Comment elle t'a envoyé ces images, Chris ? Elle t'a dit pourquoi ?

– Elle m'a contacté anonymement, mais vous vous doutez que ça a été un jeu d'enfant pour moi de remonter sa trace. Je suis allé la voir directement.

Notre invitée surprise est sonnée. Le gynéco *idem*. Je perçois son trouble, son armure qui se fissure. Je vis la même saloperie en temps réel, avec moins d'infos que lui.

C'est qui, cette informatrice fouteuse de merde ? Au final, on a d'un côté Stella qui s'inquiète qu'on alpague Milly, et de l'autre, une barge solitaire qui récolte des « preuves incriminantes » tous azimuts en suivant la blonde. Mais pourquoi, putain ? Quelle est sa motivation, à celle-là ?

– Shelby voulait me mettre en garde contre Milly car celle-ci lui aurait pris son fiancé et s'amuserait à rendre mes potes amoureux d'elle pour ensuite les embrouiller…

– Elle me fait passer pour une garce manipulatrice, quoi ! Et elle a dit son « fiancé » ? Elle parle de toi, Logan ?

Doc hausse les épaules.

– Elle semblait convaincante, expose Chris, et il y avait ces photos à l'appui… J'ai vérifié qu'il ne s'agissait pas de montages, et ça n'en était pas. La même blonde avec vous tous, c'était suspect. J'ai donc décidé d'agir pour protéger mes frères.

– Sans nous en informer ? s'enquiert trop calmement le gynéco.

– J'ai mis Diego au parfum. C'est là qu'il m'a parlé des craintes de sa coéquipière concernant sa copine. On en a donc déduit que Milly nous devait des éclaircissements…

– Et qu'on allait riposter en BadASS, complète Alex.

– Putain de merde ! Jay et moi étions des pestiférés ? Vous nous croyiez déjà fous d'elle, le cerveau en guimauve ? De la même femme, qui plus est ? s'énerve Logan.

Il se laisse tomber dans un fauteuil, ses prunelles allant de Chris à moi, et vice versa.

– Et toi, tu te fous de ma gueule depuis quand au juste, Jayden ? Milly et toi, sans rire ! La moindre des choses aurait été que tu sois franc.

Quelque chose me dégomme dans le sternum en soutenant son regard empli de déception. Diego, à proximité, me presse l'épaule. Sempiternel geste de soutien à deux balles, style « Jayden le fragile va craquer ».

– Me gave pas, Cruz ! Toi non plus, Doc ! Si j'ai bien suivi, cette Shelby joue les stalkers avec Milly par ta faute. Et Jenkins a comploté avec le poulet pour créer cet affrontement à la con ?

– Encore faut-il qu'elle soit digne de confiance elle aussi… Après tout, elle vous fréquentait en cachette tous les deux, puisque Logan semble ignorer que t'étais sur le coup, Jay, insiste Alex.

Ta gueule, Jenkins !

Irrité, je fais les cent pas. Mes pensées et émotions partent dans tous les sens. Milly intervient d'une voix faible, peinant apparemment à se remettre du choc :

– Vous ne voyez pas que je ne suis pas une menace pour votre sacro-saint contrôle de mâles sur vos vies ? C'est la harceleuse de Logan qui n'a pas digéré de me savoir proche de lui…

Cruz se dévoue pour l'inciter à s'asseoir. Prescott l'observe avec une inquiétude manifeste. Sa sollicitude n'est pas que médicale, et ça me gonfle. Elle vient d'affirmer qu'elle était proche de lui et il ne conteste pas. Ils sont plus qu'un plan cul ? La morsure de la jalousie me fait ruminer en silence.

– Cette Shelby harcèle Doc ? répète Diego, stupéfait.

– Ouais.

– Finalement ce n'est plus toi, mais autour de moi que rôde cette fille. Tu avais évoqué un psy auquel tu l'as recommandée. Suis-je en danger, Logan ?

– Elle a un trouble mental et fait une fixation sur moi… J'ignorais que ça se retournerait contre toi et prendrait de telles proportions. Je ne la laisserai pas te faire de mal, Milly, je te le promets, lui assure-t-il, vibrant de sincérité.

Une douleur sourde me broie la poitrine devant le regard complice que *le couple* échange. Pour la première fois depuis que nous sommes tous amis, j'ai envie de fracasser la gueule de l'un de mes frères de cœur. De plusieurs d'entre eux, même, mais particulièrement de Logan Prescott.

Bordel, je flanche ! Pour elle…

CHAPITRE 28

Cinq mâles, une intruse

♥♠♣

♦ La peur est une brume de sensations. ♦

Jules RENARD

Jayden

Milly, ébranlée, se relève du canapé sur lequel Diego l'a placée. Elle est anxieuse et Doc joue au héros. Le summum du supplice ! Putain ça me fait un mal de chien et je n'ai même pas le droit de le montrer ! Je déglutis, me retenant de surréagir.

– Je ne te demande pas de me protéger. Tes amis ne m'apprécient déjà pas, alors…

– Ils se sont gourés, et je suis désolé de t'avoir entraînée à mon insu dans des complications inutiles.

– Pas grave… Finalement, le New Jersey ne me réussit pas. Je devrais lever le camp.

– Je vais m'occuper du cas Shelby, je joindrai son psy.

La discussion entre eux deux se mue en brouhaha. Je ne vois plus qu'elle, l'intruse qui m'absorbe, qui parle de s'en aller définitivement. Cette perspective m'écharpe. En plus, sa pâleur extrême me tord les tripes. Instinctivement, je veux hurler ici et maintenant que je la protégerai moi aussi. Non seulement de la cinglée qui la suit, mais aussi de mes frères, des autres hommes. De la maladie, si j'en avais le pouvoir.

Je veux devenir ton putain de rempart contre tout ce qui peut te heurter, ma bohème.

Je voudrais lui hurler que, si elle part, je ne serai plus qu'un loup amoché solitaire s'efforçant de suivre une meute et de singer les autres. Mais si elle reste et s'attache de plus en plus à Logan, j'en crèverais aussi. La voir amoureuse de lui me serait fatal.

Je serre les poings, m'efforce de canaliser les peurs bouillonnant en moi. Mes iris se scotchent sur Milly. Putain, elle vacille, ses paupières papillonnent. Elle est rattrapée de justesse par Prescott avant de s'écrouler.

– MILLY ! m'écrié-je.

Terrorisé, je bondis vers elle.

– Merde ! Qu'est-ce qu'elle a ? demande Alex.

– Elle joue la comédie ? Ce n'est quand même pas cette histoire avec la timbrée qui la suit qui la met dans cet état ? soupçonne Diego. Doc, t'as une idée ?

Ce dernier prend son pouls. Je lui caresse le visage, son prénom en litanie sur ma langue. Je vois un bleu s'étaler sur sa jambe dénudée. Mon cœur fait une embardée. J'étouffe.

Non, elle est malade pour de vrai. Malheureusement.

– On se magne ! s'égosille Doc.

Il lui passe les bras dans le dos et sous les genoux, l'emporte et l'installe dans sa voiture, garée devant le salon de tatouage.

– Je la conduis à l'hosto le plus proche. Ses symptômes progressent plus vite que prévu, indique-t-il.

– Merde, qu'est-ce qu'elle a, Logan ? s'informe Chris, qui doit culpabiliser, maintenant.

– Une maladie orpheline auto-immune du sang. C'est très grave : son propre corps se retourne contre elle sans raison apparente, attaque son hémoglobine, détruit sa moelle osseuse. Et… putain, on n'a pas le temps pour un exposé détaillé !

Tout s'accélère. Jenkins prend le volant, le gynéco monte avec Milly sur la banquette arrière. Nous autres empruntons nos propres moyens de locomotion et filons aux urgences. Sur place, ma bohème est immédiatement prise en charge. Logan emboîte le pas aux infirmiers, connaissant curieusement sur le bout des doigts le dossier médical de la patiente. Pour un mec qui n'a eu qu'une consultation gynécologique avec elle, il s'est pas mal rencardé.

Planté dans le couloir, je fixe l'écriteau « Accès interdit au public » fixé sur les portes battantes à travers lesquelles ma belle vient de disparaître. Démuni, je pivote et remarque que mes potes semblent perdus eux aussi. J'ai besoin d'air. Je me précipite dehors. Les mains sur mon crâne, je marche. Complètement hébété.

Putain, je fais quoi si elle meurt ? On n'a eu le temps de rien et, paradoxalement, j'ai ressenti une panoplie d'émotions incomparables pendant les quelques heures que j'ai passées avec elle.

Anéanti, impuissant, je commence impulsivement à me défouler sur la Bentley de Jenkins garée à l'arrache. Mes mains pourtant ensanglantées par les débris de verre cognent non-stop. On vient m'enlacer : c'est Diego jouant au protecteur. Mais je me débats, m'époumone :

– NOOON ! Putain, elle DOIT survivre !

Douleur. Remue-ménage. Black-out. Je plonge.

Les heures s'égrainent, je ne sais pas ce que je fous entre-temps. Chacun part à la chasse aux infos en vain. Je crois qu'on fiche la trouille au personnel soignant, moi, principalement, avec mes poings rafistolés par les infirmières et ma gueule de déterré.

Logan ne répond pas à nos textos, ce qui m'effraie. Je pars à nouveau en sucette, cogne le mur. On me menace d'appeler la sécurité pour m'évacuer, je chois aux pieds d'une chaise. Apeuré, je pleure en silence et j'attends.

Ne meurs pas, Milly. Ne meurs pas, ma muse. Je ne peux pas revivre ça...

Une éternité après, Doc revient enfin, les traits tirés. Mes cordes vocales se nouent d'appréhension.

Je n'arrive pas à formuler la question que j'ai sur le bout de la langue. Cruz a le courage de s'y coller :

– Comment elle va ? On peut la voir ?

– Non, pas de visites. Elle a repris momentanément conscience, mais elle avait trop mal, ils ont dû la sédater. Ils effectuent une batterie de tests pour confirmer mes découvertes récentes sur son état.

– Elle va s'en tirer ? lui demandé-je en m'approchant.

La médecine a forcément progressé depuis le décès de sa mère, non ?

– Toutes les pathologies orphelines ne bénéficient malheureusement pas de beaucoup de recherches. Certaines n'ont même pas de nom et touchent un trop faible pourcentage de la population pour qu'on leur accorde les moyens et le temps nécessaires pour les combattre.

– Putain de merde ! Donc, si je résume, Milly a un truc qui ne se soigne pas parce que c'est trop rare ? Et elle va en crever ?

Doc frictionne sa mâchoire, éreinté, comme nous tous.

– Qu'est-ce qu'on peut faire ?

– Rien, Jay. Pour l'instant, attendre le verdict final des hématologues et laisser Milly se reposer cette nuit en chambre stérile. Demain, on aura plus de visibilité sur son état.

– Je propose qu'on aille se poser entre-temps, intervient Alex.

Diego me mate. Je sais qu'il a peur que je replonge dans les substances illicites une fois seul.

– Je ne bouge pas, m'obstiné-je néanmoins, désireux de m'enraciner dans cette salle d'attente.

– Jay, tu ne pourras ni la voir ni lui être utile en restant là. Rentrons et revenons demain matin, se permet de me conseiller l'aîné des Jenkins.

Sur les nerfs, je lui fonce dessus.

– La ferme ! T'aurais pas provoqué ta petite réunion de merde, elle ne se serait peut-être pas affaiblie à ce point !

– Calme-toi, mon pote. Je t'assure que la dégradation de son état n'est la faute d'aucun de nous, essaie de m'expliquer Logan.

– *Dixit* celui qui se l'envoie en connaissant sa santé fragile ! Lâche-moi et va jouer avec ton stéthoscope de mes deux, *docteur* ! me braqué-je.

Alex et le lieutenant s'interposent avant que ça ne reparte en couille. Il y a eu trop d'émotions cette nuit, et pas celles que la plupart espéraient en entamant le défi de ce soir.

– Je reste. Que l'un de vous cherche à me déloger, il finira sur l'un des brancards qui traînent, décidé-je.

Inimaginable de m'éloigner en sachant Milly entre la vie et la mort. Peut-être plus près de la seconde que de la première, d'ailleurs. La crainte que Logan éprouve pour elle des sentiments plus ou moins similaires aux miens me remue. Je hais cet environnement hospitalier, mais je voudrais qu'elle sente que je suis là, prêt à l'écouter, à entrer dans l'arène au besoin.

Alex et Cruz ne tardent pas à déguerpir. L'un a cours demain, le second une descente matinale. Les deux autres restent. Exténué et fou d'inquiétude, confus et désespéré, je n'ai plus envie d'être sociable. Le premier qui se la ramènera causera avec mes poings, le seul langage à ma portée en ce moment.

CHAPITRE 29

Affrontement viril

♥♦♣

♠ L'amitié finit où la rivalité commence[7]. ♠

Pierre-Jules Stahl

Jayden

J'abhorre les hôpitaux. À moins d'y être obligé ou d'avoir la vocation de sauver des vies, qui aime traîner dans un endroit pareil ? Certes, on y soigne, on y redonne de l'espoir à certains, mais tant d'autres y voient leur univers s'effondrer.

Je connais cet hôpital en particulier. J'avais mes habitudes deux étages au-dessus de celui où se trouve Milly, au service pédiatrique.

J'avais demandé à Logan de m'insérer dans l'un des programmes de bénévolat dont il fait partie. Donner de mon temps pour les autres est une

7 La citation complète est : « Chez les femmes, l'amitié finit où la rivalité commence. »

valeur qui m'a été transmise par ma mère quand j'étais plus jeune. Pendant des mois, j'ai arpenté les chambres et couloirs aux couleurs flashy de la pédiatrie. Donner des cours d'art plastique et de rue aux gamins malades me faisait provisoirement oublier que j'étais moi-même abîmé. Leurs sourires constituaient la part de lumière que je glanais pour rester lucide.

Je me souviens du petit Elliott, qui luttait contre une tumeur invasive. Nous avons accroché dès le premier jour. Super doué en dessin, taquin, malin, adorable. Il n'y a pas plus merveilleux et plus mature que les mômes qui affrontent la mort. En sursis, jour après jour, ils pourraient donner des leçons de vie aux adultes nombrilistes. On s'est éclatés à habiller les murs du palier de graffitis. On en a vidé, des bombes de peinture écolo. Aujourd'hui, le tag Lapin Crétin d'Elliott est toujours là avec sa signature, embellissant les lieux ; lui est parti embellir le ciel. Je n'ai plus jamais eu les *cojones* de remettre les pieds ici ensuite.

Je m'assois souvent sur un banc du parc qui jouxte l'UH[8]. C'est là que j'ai aperçu Milly pour la première fois. Mais je n'en ai plus franchi ce seuil jusqu'à ce soir. Pour Milly.

Dois-je y voir un signe ? Suis-je trop con et trop faible pour l'envisager ? Et si elle rendait elle aussi son dernier souffle après avoir passé l'après-midi

---

8 *University Hospital*. Équivalent en français : CHU (Centre hospitalier universitaire).

avec moi ? Une douleur fulgurante me traverse de part en part.

Logan me tire de mon errance dans cette nuée ténébreuse en posant un café près de moi.

– Il faut que j'aille pioncer, je prends ma garde dans trois heures.

– Ouais. Mais dis-moi, ça en est où ?

La pendule murale m'indique qu'il est deux heures trente du matin. Les infirmières de nuit se sont faites à notre présence. Elles ont même des sourires de compassion, maintenant.

– Elle s'est stabilisée, mais je ne te cache pas que les médecins tâtonnent quant au protocole à suivre. Elle est l'unique cas de sa maladie dans le coin et certaines données sont incomplètes dans son dossier. Du coup, ils consultent des confrères hématologues dans d'autres États.

– Et comment se fait-il que tu en saches autant sur sa santé, Logan ? T'es juste gynéco, toi, lui lance Chris.

J'en veux encore à Jenkins de nous avoir pris au dépourvu, mais je me posais exactement la même question. Nous scrutons donc ensemble Logan, dont les liens avec Milly mettent mes entrailles au supplice.

– Ouais, Doc, t'effectues pas une étude approfondie du dossier médical de toutes tes conquêtes, si ? rajouté-je.

Mal à l'aise, Prescott fourrage sa tignasse et soupire.

– Je me suis renseigné.

Laconique ? OK, on te fera cracher le morceau, enfoiré !

J'en ai ras le cul de broyer du noir et d'imaginer Milly frêle et agonisante. Le désarroi me ronge de seconde en seconde de la savoir sans défense, de me dire que je n'aurai peut-être plus l'occasion de mieux la connaître. Je me redresse, les jambes ankylosées.

– T'es son gynéco. Déontologiquement, t'es pas censé baiser tes patientes, non ? l'attaqué-je.

– Sois pas con, bien sûr que non ! Milly m'a consulté pour…

– Le hasard fait bien les choses, ironise Chris. Mais vas-y, poursuis, Doc.

Logan presse l'arête de son nez. Il va être cuit au travail. On ressemblera tous à des zombies, demain, *The Walking Dead* version BadASS.

– Milly voulait simplement un check-up gynécologique, c'est ainsi que je l'ai rencontrée.

– Et entre deux frottis, tu as eu le génie de la draguer, l'accuse Chris. L'ordre des médecins doit adorer les professionnels de ton acabit.

Son cynisme agace le gygy :

– Putain, tu vas me faire la leçon, là ? Un, ça ne s'est pas déroulé ainsi, et deux, je me casse ! Je suis sur les rotules et dois retourner au boulot sous peu.

– C'est ça, élude, mon gars ! lui balance Jenkins alors qu'il s'éloigne.

Prescott prend la sortie en lui décernant un doigt d'honneur. Mais je souffre des doutes de Chris : est-ce qu'il pense que Logan et Milly sont en passe de tomber amoureux ? Quelques minutes s'écoulent sans que nous ne nous calculions, plongés dans nos pensées respectives. N'y tenant plus, je darde mes prunelles sur lui.

– Ces images sur eux… tu… t'en as donc déduit que Doc fait plus que s'amuser avec elle ?

Je ne pourrais pas me sentir plus minable. Milly est entrée dans nos vies pour un instant peut-être trop court, et je n'ai pas compté pour elle. Car c'est l'un de mes meilleurs amis qui s'ancrait dans son cœur.

– Oublie-la, mec ! Je compatis à ses pépins de santé, mais de toute façon, elle va être source de problème, cette nana. Laissez-la partir quand elle ira mieux.

Piqué au vif, je me poste devant lui.

– Dégage-moi cet air condescendant, Christopher, et ne me dicte pas ma conduite !

– Sérieux, t'as vu dans quel état elle t'a déjà foutu, Jay ? s'énerve-t-il en se mettant debout à son tour. Doc la saute, Stella aussi, et c'est toi qui deviens complètement accro !

– Ta gueule, bordel !

Nous nous saisissons mutuellement nos cols, totalement échauffés.

– C'est la vérité qui te blesse, mon pote, pas moi. T'as rien à foutre ici, d'ailleurs, ni dans la vie d'une meuf qui n'en a rien à carrer de toi ! Ressaisis-toi, putain, avant de finir en lambeaux, réplique-t-il en serrant les dents.

– Comme toi après ta rupture ? Milly est différente.

– Pourquoi, Jay ? Tu es aveuglé parce que tu es en train de tomber amoureux d'elle, me contre-t-il, ses poings se joignant vers ma pomme d'Adam.

Les miens étirent son t-shirt et compriment sa gorge. Nos fronts se rapprochent, nos souffles se désorganisent, nos regards s'assombrissent. Le sien de colère, le mien d'un besoin irrationnel de marquer un territoire qui n'est même pas à moi, que je ne veux même pas admettre convoiter.

– Pas du tout ! Je me préoccupe d'elle comme tout être humain normalement constitué, basta ! m'obstiné-je.

– Mouais ! Et c'est pour cela que tu es abattu, aux abois ? Tu me dis que tu n'es pas en train de tomber pour elle, mais t'en montres tous les putains de signes. Tu bernes qui, là ?

– Tu sais quoi ? Dégage avant que je n'oublie que t'es l'un de mes frères et que je ne te fracasse le nez !

CHAPITRE 30

Réveille-toi, Bohème !

♥♠♦

♣ J'ai besoin de toi maintenant.
Ne me laisse pas tomber.
Je crois que je perds la raison. ♣

Don't Let Me Down,
THE CHAINSMOKERS

Jayden

Les iris sur elle, la gorge éraflée par mes pleurs, je fredonne pour la millième fois :

– *Ya'agob*[9]
Il se chuchote dans les cieux
Que je vais faire des envieux
Je sais, il a les faveurs de Dieu
Le cœur si pur qu'un rien l'écorche

9 Le prénom Jayden (comme quelques autres) dérive de l'étymon hébreu « ya'agob », qui peut se traduire par « celui que Dieu favorise » ou « celui qui supplante ». D'où mon inspiration pour les vers au début de ce chapitre.

L'âme si belle que la paix y ricoche
Il se murmure dans les cieux
Que rien n'égale l'émeraude de ses yeux
D'entre tous, c'est le plus précieux
Mon ténébreux Ya'agob

Bordel, qu'est-ce que je fous ? Mes larmes d'impuissance rendent ma voix plus affreuse sur le dernier vers de la vieille berceuse, réminiscence des origines israéliennes de ma mère. Je me la suis chantée des heures d'affilée durant plusieurs nuits, persuadé que ces paroles étaient dotées d'un pouvoir magique. Puis j'ai grandi, déchanté…

Putain, je sais parfaitement qu'une chanson n'a jamais ramené personne ! J'ai déjà essayé sans succès auparavant.

Merde, quoi, on va se relayer encore combien de siècles au chevet de Milly ?

Je me sens déboussolé, usé au bout de je ne sais plus combien de journées. C'est mon tour de veiller sur notre malade. Je la contemple dans cet environnement morbide. Mes yeux vannés d'avoir chialé et combattu le sommeil vont d'elle, alitée, à ces putains de perfs et branchements multiples qui épient les moindres réactions de son corps. Sa crinière soyeuse dont les infirmiers ont ôté tresses, perles et plumes est toujours éblouissante, même sans les ornements qu'elle y met habituellement. Et mon cœur cogne. Il cogne à tout rompre de la voir ainsi, car je ne sais plus comment survivre depuis qu'elle s'est écroulée.

Elle ne devrait pas autant compter pour moi, tout comme je ne suis personne pour elle. Et pourtant, j'ai mal, si mal pour cette fille fragilisée. Je me déteste d'en être réduit à ça !

Je me lève et gagne la salle de bain. Dans le miroir, mon reflet m'est méconnaissable. Pas à cause de mon œil au beurre noir, ça lui arrive de temps en temps à cause de mes week-ends mouvementés. En fait, j'ai les mêmes yeux verts, la même barbe naissante, les mêmes épis sombres ébouriffés, piercings et tatouages apparents que d'habitude. Ce que je ne reconnais pas en moi, c'est ce mec qui a frappé son frère de cœur pour une femme qu'il ne connait pas tant que ça. Le Jay qui s'est frité avec la lesbienne trop proche de ladite nana. C'est vrai, quoi, je n'avais jamais pensé à lever la main sur une meuf avant ça ! Est-ce que je perds les pédales ?

Je voudrais me ressaisir. La dernière fois où cela s'est produit, ça a été moche. Très moche.

– *Ya'agob !* Tu parles !

Je ne suis qu'une loque ! Si j'avais réellement droit à une quelconque faveur divine comme l'affirme la berceuse en hébreu, j'aurais osé formuler trois vœux.

Primo, que Milly se réveille. Les effets des sédatifs étaient censés se dissiper depuis un moment déjà, mais ses paupières sont toujours fermées.

Secundo, qu'on me foute la paix ! Les gars, Stella, que tout le monde me laisse respirer !

Tertio, le vœu plus irréaliste : que ma muse puisse un jour ressentir à mon égard ne serait-ce que le dixième des émotions incroyables qu'elle a fait naître en moi en si peu de temps et si peu de contacts.

En échange, je veux bien surmonter ma peine d'avoir perdu mon petit pote Elliott et retourner égayer les mini-pensionnaires en pédiatrie. Ou effectuer du bénévolat sous quelque forme que ce soit. Mais tout ça n'est que douleur et illusions. Elle ne se réveille pas, et je passe une nuit supplémentaire à la regarder dans son songe artificiel et à m'empêcher de sombrer moi-même, crayon et carnet de croquis entre mes doigts…

Aux aurores, mes écouteurs à bas volume crachent la musique de The Chainsmokers. Mes doigts amochés roulent mes dernières feuilles de *white widow*, de la beuh française, pour changer. Je lèche mon joint pour le fermer. Ma consommation d'herbe devient un peu trop fréquente, et je lutte pour ne pas passer à une substance plus lourde. Je vais à la fenêtre entrouverte, allume mon *joystick*. C'est la fin de *Roses* dans mon téléphone, le début de *Don't Let Me Down*.

Putain d'ironie, j'ai l'impression que la chanteuse dépeint mon humeur. Je gobe une longue latte, avec l'envie de m'étouffer avec. Que la « veuve blanche » tue mes idées noires, enterre les images affreuses qui se superposent dans mon esprit épuisé : celle de Milly aux portes de la mort, celle de ma baston contre mon ami, mon front percutant celui de Chris… Celle de Stella qu'on n'a pas pensé à prévenir et qui a déboulé d'elle-même à l'hôpital pour nous demander des comptes. Une ronde infernale dans ma caboche.

Ouais, j'ai récupéré certains de mes vieux contacts, de ceux qui me tirent vers les abysses, je me suis ravitaillé entre deux passages chez moi. J'ai pas encore eu les couilles d'ingurgiter les pires saloperies, mais je me questionne de plus en plus : est-ce que je reverrai les prunelles de ma bohème si je plane suffisamment ? Je suis avide des palettes d'azur qui s'y trouvent. Entendrai-je son rire ? Pourrai-je vivre avec elle un tas de moments que nous n'avons pas eu le temps de partager ? Qu'elle pose pour moi, par exemple… Ouais putain, j'adorerais créer une œuvre déjantée sur elle en taille réelle…

Je débloque totalement, putain !

Mes lattes s'enchaînent, si seulement j'étais complètement stone à ce stade, sans poudre ni cachetons…

– Réveille-toi, Milly ! Reviens à toi, reviens-moi, bordel de merde ! Je refuse que ça se termine ainsi !

Mon pétard touche à sa fin. Le noir que je broie est vivace, envahissant. Les bips réguliers des moniteurs ne sont pas totalement couverts par la musique. Ils se répercutent dans mes entrailles. J'espère que les toubibs savent ce qu'ils trafiquent avec ces médocs et poches de sang qu'ils lui injectent dans les veines. Parce que je ne perçois aucun résultat probant.

– Jayden ? Tu sais que tu vas te faire virer d'ici avec cette fumée ? entends-je soudain.

Je balance mon mégot dehors et me retourne brusquement. La vache, j'en suis déjà aux hallucinations auditives après un misérable joint ? Ma dealeuse ne s'est pas foutue de ma gueule.

– Hey, *Dark Lover* ? Ça n'a pas l'air d'aller, reprend Milly en gigotant doucement dans son lit, ses merveilleuses billes céruléennes rivées sur moi.

– Putain de bordel de kif ! T'es vraiment réveillée ?

CHAPITRE 31

Et maintenant ?

♥♠♣

♦ Le doute et le choix qui l'accompagne
sont les deux forces qui font vibrer
les cordes de nos émotions. ♦

Marc LEVY

Jayden

Je me fige tandis que mon cerveau mouline, n'osant pas y croire. Je la fixe intensément, finis par me ruer au bord du pieu.

– Oh bon sang ! C'est bien réel ? Je ne suis pas en plein *trip* ?

Mon organisme encaisse moins bien, on dirait. Elle a un rire léger. Putain, ce son ! Comment décrire l'effet de cette note cristalline sur moi ?

– T'as pris quoi, au juste ? me flique-t-elle gentiment alors que mes mains s'enfouissent déjà sous sa chevelure dorée et que mon nez plonge dans son cou.

Je m'agglutine à ce mirage. La chaleur de son corps, son odeur, même si celle du milieu hospitalier s'y mêle, rendent le timbre rocailleux de sa voix de plus en plus réel à mes yeux. Ma bohème est consciente ?

– Jay, tu me serres trop fort, gémit-elle.

C'est comme si Milly rythmait chaque pulsation en moi, qu'elle me ramenait dans la lumière.

– Tu me serres trop fort, Jay, susurre-t-elle à nouveau.

Je desserre mon étreinte fébrile et la tiens par les épaules en souriant, gêné.

– Euh, ouais. Désolé. Je n'arrive pas à réaliser. Tu te sens comment ?

– Courbaturée, et j'ai soif.

Je m'empresse de lui servir un verre d'eau avec une paille. Je redresse un peu le dossier du lit, la regarde boire une gorgée. Elle me rend le gobelet afin que je le pose sur la tablette de chevet. Elle esquisse un petit sourire, mes paumes se referment sur sa main libre.

Est-ce qu'elle flipperait si je lui avouais qu'elle m'a atrocement manqué ? Ouais, je vais me calmer.

– Tu m'as fichu la trouille, j'ai cru que tu ne…

Merde, ça m'a échappé ! Ma trachée se noue douloureusement, plus une bribe n'en sort.

– Je sais, j'en suis désolée. J'étais dans les vapes mais je sentais parfois l'activité autour de moi. Vous ne m'avez jamais laissée seule malgré la situation tendue entre vous. Logan a…

Je cesse de respirer à l'évocation de ce prénom mais Milly comprend illico et n'en dit pas davantage. Je lui explique gauchement :

– Il a fallu établir un planning, pas moyen que certains lâchent le morceau autrement. T'as créé un sacré binz, ma boho.

Elle bat des cils, se rembrunit. Je me retiens d'entrer dans les détails. De lui dire combien ça a été pénible pour moi de céder ma place à Logan ou la Rocket. Celle-ci, en véritable pit-bull, nous a non seulement tenu tête, mais nous a également menacés de se charger de nos gueules quand sa copine serait tirée d'affaire.

De toute façon, pour l'heure, ces merdiers n'ont plus aucune espèce d'importance : ma pétillante muse a repris des forces.

– Oui, je vais devoir y mettre de l'ordre, Jay.

Crispé, j'entrecroise nos doigts. Et si ce ménage impliquait de m'éjecter moi ? Putain, je n'encaisserais pas ! Silencieusement, elle examine nos mains, commence à caresser sur mes phalanges les marques violacées laissées par les coups que j'ai donnés. Elle poursuit prudemment :

– J'ai entendu quelquefois qu'on me parlait. Tu m'appelais « ma bohème », t'as même chanté, dans une langue étrangère. C'était tellement beau et poignant… Ta voix brisée et tout ce…

– Non. T'as dû délirer, je… Il faut que je prévienne l'hématologue, dis-je en cherchant à me lever.

Sa main non perfusée me retient. La poche est presque vide, d'ailleurs. Une infirmière ne va pas tarder à venir la changer.

Milly a repris des couleurs. Ou alors, c'est mon filtre visuel qui enjolive les choses. Il faut que je m'extirpe de cette piaule avant de débiter ou de faire quelque chose de stupide. Mais la blonde appuie là où ça fait mal :

– Attends, ne me fuis pas si vite, Jay. J'étais trop faible pour intervenir, mais j'ai perçu ta détresse. Cette chanson avait une signification pour toi, je me trompe ?

– Je n'ai pas chanté, je te dis.

Merde, qu'elle n'insiste pas ! Pas après avoir placé Logan dans la conversation dès son réveil. Je ne suis pas prêt. Je me sens pathétique et presse ses doigts en inspirant fort. Elle me sonde, je m'enlise dans ses yeux. J'ai envie de l'embrasser, de la supplier de me concéder une minuscule chance, d'effacer les autres. Mais c'est à elle de prendre sa décision, et pas par charité. Je ne veux pas de sa putain de pitié ! Tout sauf ça ! Je ne peux pas être un bouche-trou, je suis trop entier pour me contenter de miettes en la sachant accaparée par Logan. Ça me tuerait à petit feu.

– Jay, s'il te plaît… j'étais dans le coltard, mais je suis à peu près sûre que tu as aussi passé des commandes de pilules au téléphone, à quelqu'un qui n'est pas pharmacien.

OK, par contre, ça, ça ne te concerne pas du tout, miss.

– Ne t'y trompe pas. C'est toi qui as besoin d'être sauvée, Milly. Ta santé est la seule priorité pour l'instant.

– Tu te défiles, Jayden Graham. Au fond de tes yeux, je peux lire ton SOS.

Je me mords la lèvre inférieure en la fixant. Une foule de sentiments ambivalents m'assaille.

– C'était pour toi que je m'inquiétais, et rien d'autre. Ne serais-tu pas tombée de la table à langer petite, toi aussi ? Laisse-moi plutôt aller alerter la cavalerie, et ne retombe pas !

Comme elle est un brin amusée, j'en profite pour déguerpir. Mais pour aller où ? Pour faire quoi ?

J'ai du mal à concevoir l'après, à contrer la jalousie fulgurante qui me lamine malgré moi. On avait tout mis entre parenthèses en attendant qu'elle se réveille, mais les mêmes problèmes sont toujours présents et je la veux encore plus fort.

Elle me stoppe lorsque je tourne la poignée de la porte de sa chambre.

– YOLO, bel artiste. Plus que jamais.

Mon oxygène se raréfie brutalement. Qu'est-ce que ça signifie ?

– YOLO, ma muse, dis-je en me retournant pour la manger des yeux.

– J'ai failli partir, alors la moindre seconde compte dorénavant pour moi. Puis-je te proposer de devenir à mon tour ton journal intime, Jay ? Je sens que tu as besoin de te confier, toi aussi…

Frissons. Longue inspiration, multitude de warnings qui s'allument dans ma tête. Je me vois me perdre en elle. Fougueusement, comme si je devais crever avec elle la seconde d'après. Me perdre en elle dans tous les sens du terme. Je suis pris de fièvre, paniqué.

– Je ne suis pas un grand phraseur, Milly. Je sais seulement écouter. Mais si tu souhaites que je parle avec toi, je pourrais peut-être m'exprimer à ma manière.

Je retiens mon souffle. Ses sourcils s'arquent, je passe la main dans ma tignasse, elle me scrute plus ardemment.

– Oui, ça m'intéresse.

– Sérieux ? T'as aucune idée de la manière dont je m'y prends, la préviens-je.

– Montre-moi, alors.

Quelque chose vient juste d'imploser dans ma cage thoracique. J'en frémis.

– Mets d'abord de l'ordre, comme tu l'as dit. Il me semble qu'une discussion avec Stella et Logan t'attend, entre autres. Après, on avisera.

Le choix lui appartient. Je m'arrache difficilement à ses pupilles et sors informer le personnel soignant de son réveil. Puis, perturbé à mort, j'appelle mes frères de cœur.

CHAPITRE 32

Mes frangins de cœur

♥♠♦♣

♥♠ BadASS un jour, BadASS toujours.
Soudés à jamais. ♦♣

Jayden

Logan arrive le premier, les cheveux hirsutes. Il m'a encore apporté un café, que j'accepte avec gratitude.

– T'as une sale gueule, Jay, me charrie-t-il.

– La même, et je t'emmerde, mon loulou ! rétorqué-je en lui décochant un clin d'œil.

Nous échangeons l'ombre d'un sourire. Il a beau être une menace éventuelle pour les projets que j'aimerais faire avec Milly, j'ai beaucoup d'affection pour lui. Comme pour tous les autres membres de ma famille choisie. Bon, OK, avec lui c'est plus complexe, désormais. Je suis terriblement angoissé à la perspective de son futur entretien avec Milly. J'ai les jetons que ce soit devenu plus qu'une histoire de sexe entre eux, qu'un lien plus profond ne soit en train de se tisser.

L'envie me démange d'aller me défoncer : mes nerfs ne tiendront pas indéfiniment le choc, je le sais.

J'avale mon expresso, masse mon cou raide d'une main. Le front barré d'un pli soucieux, Prescott patiente avec moi dans le couloir que l'équipe de praticiens termine de vérifier les constantes de Milly. Cependant, Doc doit déjà détenir tous les renseignements sur l'état de ma muse. Je crains de le questionner sur ce qu'il ressent, si elle ne l'intéresse plus que d'un point vue strictement médical, voire éventuellement amical. S'il envisage de renouer leur relation charnelle une fois qu'elle sera sur pied…

Putain, si seulement je parvenais à prendre du recul et oublier cette fille ! La certitude s'ancre en moi qu'elle serait mon antidote et mon poison. Ma bouffée d'opium et mon asphyxie. Je le sens dans mes pores. Mais je suis là, incapable de réintégrer ce qu'était ma réalité avant elle.

– Tu l'as trouvée comment, à son réveil ? me demande Logan après un long silence.

– Je ne sais pas trop. Plutôt bien, vu les circonstances.

Il se frictionne le visage. L'intuitif en moi a un mauvais pressentiment. Bordel, il me faut un joint, ou même plus costaud ! J'ai la boule au ventre de devoir interroger Doc sur la progression de la maladie, mais j'ose enfin le faire, le palpitant en vrac dans ma poitrine :

– Ils ont un pronostic ? Une guérison est plausible ?

Mon ami soupire et s'adosse au mur d'un vert pastel déprimant.

– Ce n'est pas super encourageant. Ils vont évaluer une possibilité de greffe pour les organes qui s'essouffleront à terme, anticiper son inscription sur les listes d'attente. Pour la moelle, *idem*, mais cela dépend de plusieurs paramètres…

– Comme quoi ? Est-il possible de télescoper ces protocoles si l'un de nous peut l'aider directement ? J'effectuerai les tests de compatibilité. Je suis donneur universel, dis-je, déterminé et soudain saisi par une once d'espoir.

Bon, normalement, il existe un délai appelé « fenêtre sérologique » pour les tatoués, un temps d'attente après chaque encrage avant de pouvoir à nouveau faire un don de sang, par exemple. Au regard de la quantité astronomique de pigments sous ma peau, il est arrivé qu'on me refoule carrément des centres dédiés. Avec un « non merci, Monsieur, vous faites partie de la population à risque ». Mais putain, je prends toujours les précautions usuelles, autant pour bosser sur quelqu'un d'autre que pour moi. *Idem* dans ma vie sexuelle, et je me fais dépister tous les ans. Mon organisme est absolument sain depuis que je suis clean, malgré les apparences qui dérangent les bien-pensants de mes deux. Alors si je peux offrir quoi que ce soit pour sauver Milly, je n'hésiterai pas !

Logan m'observe, attristé. Je n'aime pas ce regard merdique du médecin qui n'y croit plus. Putain, il a été intime avec elle, il pourrait se montrer plus optimiste !

– On n'en est pas encore là, Jay, on tâtonne toujours. Et il y a de fortes chances qu'elle rejette les greffes si elle en recevait. De plus, il faut que son organisme se renforce un peu avant qu'il soit prêt à recevoir un corps étranger. S'il n'est pas assez solide…

Il ne termine pas sa phrase. Oppressé, je n'ai de toute façon pas envie qu'il me débite la suite.

Les autres nous rejoignent. Seul le petit frère Jenkins manque à l'appel. Rapidement, les interrogations à propos de Shelby fusent. Si nous avons monté la garde si fidèlement auprès de ma muse à l'hôpital, c'est en partie pour la protéger en cas de retour de cette timbrée.

– Est-ce que t'as essayé de grappiller des renseignements sur la barge qui te harcèle ? demande Cruz à Logan. Moi, je ne lui ai pas trouvé de casier judiciaire, pas même une petite contravention.

– Ouais, on va devoir s'occuper de son cas, renchérit Chris.

– Ça reste entre nous, parce que je trahis clairement le secret médical… mais vu l'impact plausible sur la bande… j'ai réussi à consulter le diagnostic du psychiatre auquel je l'avais adressée.

À cran, je stresse surtout pour Milly. Il est évident que la fixette de la groupie sur Prescott l'a mise en danger elle aussi. Cette folle l'a suivie, s'est introduite dans sa vie. Elle l'a photographiée et maladivement épiée. À croire qu'elle consacre tout son temps libre à farfouiller dans la vie de Logan. Et donc dans celle de la femme qu'il saute actuellement. Jusqu'où est-elle déjà allée ? Jusqu'où est-elle capable d'aller encore ?

– Alors ? dis-je, impatient.

– Shelby souffre d'érotomanie. C'est un trouble délirant aussi appelé syndrome de Clérambault. Cela se traduit par l'attachement excessif du malade à une personne, généralement d'un statut social plus élevé que le sien... Au départ, Shelby s'est imaginé que j'avais des vues sur elle. J'ai eu beau la rejeter et lui soutenir que j'étais simplement son médecin, sans plus, elle y croyait dur comme fer.

– *Mierda*, ça craint ! s'exclame Diego. Elle est déséquilibrée.

– Le psy la traite ? s'enquiert Jenkins.

– En fait, Shelby a longtemps stagné dans la phase dite « d'espoir ». Présumant que j'allais finir par admettre mes sentiments amoureux pour elle. Elle s'infiltrait quotidiennement dans mes rendez-vous, au centre de santé, à l'hosto, partout. Et j'ai redouté une vraie névrose, qui ne passerait pas sans une aide appropriée. C'est là que j'ai contacté un spécialiste.

Je l'interroge, pas rassuré du tout :

– Quelles sont les autres phases ? Car on dirait bien qu'elle n'est pas guérie.

– Ouais, de toute évidence, elle s'est empêtrée dans celle « de dépit » lorsque Milly et moi lui avons fait croire que nous étions en couple. Apparemment, elle commençait à montrer des signes de dépression et semblait quasiment suicidaire lors de sa dernière entrevue avec son psy.

Logan marque une pause, dépassé par tout cela et franchement navré.

– Tout porte à croire que l'ultime étape, celle de « la rancune », est arrivée rapidement… ça a débuté avec son obsession pour la femme qu'elle considère comme sa rivale : Milly. Shelby est désormais agressive et déterminée à abattre les obstacles entre elle et moi…

– Putain, on va partir du principe qu'elle a dû assembler pas mal de trucs durant tout le temps où elle était persuadée que tu l'aimais… Je pense que vu ce qu'elle a récolté sur Milly en quelques jours seulement, elle en sait beaucoup sur tous ceux qui gravitent autour de toi… commence Chris.

– Ouais, donc sur nous et notre style de vie, conclut Diego, le front barré d'un pli… Je me demande si elle a établi un lien entre Stella et Milly et contacté ma coéquipière aussi…

– En effet. Essaie de savoir si ta poulette a juste eu du flair et désire éloigner Milly de notre bande parce qu'elle a nourri quelques soupçons toute seule, ou si Shelby lui a fourni les mêmes images qu'à moi. Qu'on sache où on fout les pieds.

– Dans tous les cas, la tournure que le délire de cette fille a prise est problématique… Elle nous a espionnés, nous a servi Milly sur un plateau… En escomptant que les BadASS s'en débarrasseraient ?

– Probablement, en convient Logan.

Putain, même une folle a estimé que ma bohème comptait plus pour Logan que le paquet de filles qu'il s'est tapé ? Elle a dû le voir plus… *touché* par Milly, différent avec elle.

Alors que je me fais mal avec cette pensée, Chris me dévisage froidement. On en revient à son laïus à propos de Milly : « Elle va être source de problème, cette nana. Laissez-la partir quand elle ira mieux. » Mais cette option est à bannir pour moi : physiquement, mentalement et émotionnellement, il m'est impossible de l'envisager.

J'ose jeter mon pavé dans la mare en demandant avec nonchalance :

– Cette Shelby est donc potentiellement dangereuse pour Milly, toi et nous tous ?

D'un coup, tous mes potes se tournent vers moi. Bordel, je n'y tiens plus, mes nerfs sont en pelote.

– Ouais. Dans le pire des cas, l'érotomanie peut mener au meurtre, assène Logan.

Un froid polaire s'abat sur le groupe. La gravité de la situation se profile abruptement. Mon malaise s'épaissit.

– Je crois que je viens de prendre ma décision, leur annoncé-je.

L'animosité de Christopher à mon égard depuis notre dispute musclée de la veille se ravive. Diego, empêtré dans son rôle de grand frangin protecteur avec moi, scrute mes pupilles et ça me gonfle aussi.

Non, mec, je ne me suis pas shooté, mais je n'en suis pas loin !

Je ne veux pas basculer dans le vide, mais voir Logan être appelé à entrer seul dans la chambre de Milly me fout un uppercut dans les côtes. J'abandonne le lieutenant et le geek, qui échangent leurs hypothèses et évoquent les mesures juridiques d'éloignement à mettre en place contre Shelby. Au bout du rouleau, je m'isole dans les chiottes, extirpant de ma poche la poudre ainsi qu'une paille prise sur un charriot de nourriture, que j'ai découpée en prévision de ce moment. Je tombe à genoux devant la cuvette des toilettes, dont je baisse l'abattant. Je vide le sachet et trace des lignes avec ma carte de crédit. Les iris braqués sur la substance blanche, je ne contrôle plus grand-chose. Les jours de Milly sont comptés et après sa discussion avec Doc, soit elle optera pour lui, soit elle s'en ira.

Pas ça, Jay ! Tu n'arrangeras rien ainsi et ils ne voudront pas des organes d'un putain de junky si elle a un jour besoin de toi...

La tête entre mes paumes, les mâchoires scellées, je reste assis par terre. Les souvenirs de mon séjour au camp de Phoenix surgissent violemment, pile quand je suis au plus bas.

♥♠♦♣

– Il est vingt heures, Graham ! Le moment de ta visite adorée chez le toubib !

Je mate avec haine les deux larbins en treillis devant moi. Ces enfoirés se marrent, les trouducs d'ados autour d'eux aussi. Leurs séances de merde m'ôtent graduellement le goût de vivre. Mais ça, tout le monde s'en balance.

– Non ! Putain, j'irai pas ! protesté-je, poussé par la force de mon désespoir.

– On connaît la chanson, ferme ta gueule pour changer ! Ton paternel avait raison, t'es un vrai déchet mon gars. On te rend service, dit Bâtard n° 1 dans un rictus pendant que Bâtard n° 2 me saisit un bras.

Me voir me débattre tandis qu'ils me fichent des coups de rangers et me traînent de force est devenu la routine qui les fait bander. Je devrais tenter la docilité rien que pour ne plus leur procurer cette jouissance sadique, mais c'est viscéral, je crie :

– Nooon ! Lâchez-moi, fils de putes !

Ricanements et poings qui pleuvent. Je déguste. Je ne suis pas aussi costaud qu'eux et ils sont deux contre un. C'est un jeu d'enfant pour eux de me trimballer dans l'antre du médecin militaire.

– Même pas en rêve, Graham ! s'éclate le premier.

– Tu peux toujours sortir tes slogans contre les armes et la violence, comme dans tes manifs de merdeux, se bidonne le second.

– Ouais, vas-y, le rebelle pacifiste, on adore les tapettes dans ton genre !

Je me mange encore des coups et des propos de cet acabit sur le trajet jusqu'à l'extrémité du baraquement, tandis que je continue à m'époumoner. Ils s'arrêtent soudain. Quelqu'un vient de leur rentrer dedans comme une furie. N° 1 me libère, sonné par le coup qu'il a reçu dans le flanc. Je frotte mes yeux et découvre dans la pénombre une frimousse mouchetée, un air de kamikaze totalement inconscient du risque qu'il encourt et des cheveux roux. Bordel de merde ! Qu'est-ce qui lui a pris de s'en mêler ? Il s'appelle comment déjà, ce petit con qui vole encore à mon secours ? Il va dérouiller, le pauvre.

♥♠♦♣

Je souffle longuement et me rebranche sur le présent. Sur la connerie que je m'apprête à effectuer. Je frotte mon tatouage en *black-out*. Là-dessous est cachée l'inscription qui m'a été gravée de force au camp entre deux sévices : « Je porterai mes couilles avec fierté », associée au logo de la NRA[10] en dessous. Bref, la vision du monde de Graham senior et ses acolytes machos sanguinaires et barbares !

Je me redresse, balaie la poudreuse du dos de la main et la remets dans le sachet, que je vide dans l'eau. Je tire la chasse. Mon présent, c'est ma bohème. Pour elle, je me battrai malgré mes failles.

---

10 La NRA (National Rifle Association) est un puissant lobby politique aux États-Unis dont le but est de promouvoir les armes à feu et de défendre une interprétation non restrictive du deuxième amendement de la Constitution des États-Unis.

– JAYDEN ! Ouvre cette saleté de porte ! meugle tout à coup Diego à travers la paroi.

Je sursaute de surprise.

– Putain, barre-toi, Cruz ! Je vais bien !

– Bah ouvre, alors, qu'on constate ça par nous-mêmes, lance Christopher.

– JAY ?

C'est une blague ou quoi ? Rapidement, je m'assure que toute trace de mon presque dérapage a disparu, puis je déverrouille.

– Sans dec ? Il faut sauver le soldat Graham ?

Ils me fixent. Non, ils me scannent. L'un avec son intellect de petit génie, le second en poulet rompu à ce genre d'examen. Ils cherchent minutieusement le moindre signe révélateur d'une rechute. Mais moi, tout ce à quoi je pense, c'est que Logan est toujours fourré avec Milly…

CHAPITRE 33

Pérégrinations sexuelles

♥♠♦

♣ Les hommes portent leur cœur
dans leur sexe,
les femmes portent leur sexe
dans leur cœur. ♣

Malcolm De Chazal

Milly

Maintenant que je me rétablis plus ou moins, effectuer le tri dans ma vie pompe mon énergie et titille mes souvenirs. Pour moi, être lesbienne a toujours coulé de source. Mes premiers émois, mes premières attirances lorsque mes hormones se sont mises en ébullition à l'adolescence ont systématiquement été pour des nanas.

Non. Une nana en particulier. Jessa.

Un jour, après une tonne de questionnements sur ce que je ressentais, ce qui m'arrivait… nos bouches se sont collées en plein milieu d'une conversation. Nos mains se sont égarées sur les courbes de l'autre, et j'ai fondu…

Il a fallu assumer ensuite, le revendiquer, le vivre à fond. Ça, ce n'était pas gagné, mais dans mon bahut j'incarnais déjà la fille fantasque, l'artiste libre et délurée, et ma sexualité semblait correspondre à l'idée que les gens se faisaient de ma personnalité. Pour mes parents, ça a été plus complexe… Ils n'imaginaient pas leur enfant homo…

À présent, dans mon lit d'hôpital, je me dis que c'est étrange comme les priorités peuvent changer au gré des aléas. Certaines choses remontent quand on a frôlé la mort. Je me souviens de la Milly d'avant. Celle de mes dix-sept ans, dans le Massachussetts, où j'habitais. J'avais une coupe à la garçonne, une collection de sarouels et de bijoux ethniques, et j'étais ouvertement homosexuelle. J'ai testé un seul mâle à l'époque, par curiosité. Ça a mal tourné et je n'ai pas eu envie de réitérer l'expérience, jusqu'aux BadASS. Et maintenant, j'ai un choix cornélien à faire entre deux mecs. C'est dingue !

En parlant d'eux… Ma porte s'ouvre, et le beau gynéco apparaît. Cet étalon impertinent tellement différent de Jay, l'artiste torturé sur lequel mes yeux se sont ouverts tout à l'heure…

Que vais-je bien pouvoir te dire, Logan ?

♥♠♦♣

Logan

Milly et moi nous fixons. Rester unis comme les cinq doigts d'une main, c'était ce que nous nous étions promis, les gars et moi. Diego Cruz, mon ami d'enfance, venant des bas quartiers, comme moi. Les deux Jenkins, que j'ai rencontrés en *spring break* durant mes études et auxquels j'ai présenté mon Latino préféré à notre retour de beuverie. Entre-temps, Diego s'était pris d'affection à Jersey City pour son indic, un jeune camé en proie à ses démons : notre Jayden. Les liens entre nous se sont tissés naturellement, rien ne nous prédestinait à nous réunir, et pourtant, nos destins hétéroclites nous ont rassemblés.

Un sentiment d'appartenance vivace à un même clan est né et nous a durablement soudés. Chacun est arrivé avec ses blessures et nous les avons pansées ou anesthésiées ensemble…

Mais sommes-nous toujours si soudés ? Le resterons-nous après cette intrusion féminine dans notre clan de mâles ? Surtout alors que Jay oscille à nouveau entre ses ténèbres et la clarté du jour…

J'imagine que Cruz et Chris ne le lâchent pas. Tant mieux : je me sentirais coupable s'il redescendait aux enfers à la suite de cette histoire.

Maintenant, à l'intérieur de cette chambre aux teintes vertes tristounettes, je reste immobile l'espace d'un instant. Les mains dans mes poches, mon horizon réduit à Milly Clark. Sa vie est déjà en danger à cause de ses gènes ; je me haïrais si, par ma faute, elle l'était encore plus, en raison de l'obsession de Shelby Wells pour moi.

Les spécialistes s'activent autour de la jolie blonde. Elle a l'air en meilleure forme. Jay me l'avait affirmé, mais me rappelant sa sensibilité exacerbée, je m'étais psychologiquement préparé à ne pas voir les choses aussi belles que lui.

Penser à mon ami me refroidit. Son attachement évident à Milly a réveillé des trucs que nous avons eu un mal fou à canaliser quand nous l'avons adopté comme l'un des nôtres. Il était ravagé par son passé… Je culpabilise d'être indirectement responsable de sa rechute.

– Salut, entamé-je, troublé. Comment tu vas ?

– Salut, toi, me répond Milly. Bientôt prête à reprendre mes pinceaux. Et toi ?

– Cela dépendra de toi, beauté solaire.

Scotché à ses yeux sublimes, je remarque à peine que le personnel médical quitte la pièce. D'expérience, je sais que certains patients remettent leur vie en question après avoir failli y passer. Je n'ai donc aucune idée de ce que Milly va me dire. Envisage-t-elle de continuer à coucher avec moi quand elle se sentira mieux ? Et moi, le voudrai-je encore ? Ressent-elle toujours une alchimie entre nous ?

Putain, c'est insensé, mais je crois qu'elle m'attire toujours ! Et je mettrais ma main à couper que Jay n'a pas l'intention de lâcher l'affaire non plus.

CHAPITRE 34

Intraveineuse Milly

♥♦♣

♠ Je t'ai dans la peau, je t'ai dans l'âme… ♠

Paule SALOMON

Jayden

Des *shots* alignés devant nous, j'écoute Jamie s'extasier sur le physique des filles qui se trémoussent non loin. Rien ne m'éclate, je deviens un rabat-joie merdique. J'ai envie de me barrer, mais je sais que si je rentre chez moi ce sera pire. Je penserai à Milly, qui est rentrée chez elle avec Stella depuis plus d'une semaine. Je me torturerai avec l'idée que Logan et elle n'ont pas relégué leur relation aux oubliettes. Et de surcroît, je serai envahi par tout ce qui me hante.

Dormir ? Impossible, je cauchemarde. Rester éveillé ? Je n'arrête pas de m'imaginer avec mon hypnotique boho préférée. Me faire saigner et peindre, dessiner, taguer des murs, m'abrutir de boulot ne suffit plus pour me permettre de garder le contrôle sur mes émotions.

– Jay-Jay, allez ! m'incite mon rouquin, euphorisé par la Black sexy qui lui effleure l'entrejambe avec son postérieur en dansant sensuellement.

Des meufs viennent me tirer vers la piste. Des mains féminines se baladent sur mon corps, des ongles me frôlent, des courbes se rapprochent. Et bordel, je sature !

– Je vais cloper, balancé-je pour me précipiter vers l'extérieur.

Les rires, les allusions lubriques, les caresses trop entreprenantes, je n'en peux plus. Avant que mon écureuil d'Écosse ne revienne à la charge, je récupère mon blouson et mon casque au vestiaire.

Dehors, une cigarette dans la bouche, je tapote nerveusement mon téléphone. Je ne suis ni bourré ni déchiré, mais je me sens camé. Camé de rage. En manque d'elle. Je décide de passer cet appel, ce que je me retiens de faire depuis que j'ai commencé à me sentir mal il y a des jours.

Première sonnerie. J'aspire une grosse latte, que j'expulse par les narines.

Deuxième sonnerie. Je tripote un écarteur à mon oreille en bouillonnant.

Troisième sonnerie. Je trépigne, avale une autre bouffée. À tous les coups, je vais atterrir sur un lamentable répondeur.

Quatrième…

– Allô ? Ici le général Graham. Vous avez vu l'heure ?

Je décolle l'appareil pour vérifier : deux heures du matin. Nickel.

Trop content de te sortir de ton sommeil de guerrier de mes couilles !

– Ouais, j'ai vu et je m'en cogne !

– Jayden, c'est toi ? J'aurais dû m'en douter, merdeux de toxico !

Mâchoires crispées, je serre mon poing libre à m'en gonfler les veines. L'autre presse si fort mon smartphone que je risque de l'écrabouiller. Je fixe le paysage nocturne, la circulation dense et les minettes en tenues affriolantes qui défilent. Des bécoteurs dans un coin ne sont pas loin de baiser en pleine rue.

– Laisse-moi deviner. Tu es défoncé, perdu dans un squat miteux et tu planes tellement que tu ignores qui tu as appelé à l'aide, commente-t-il avec son dédain caractériel.

– Désolé de te décevoir encore une fois, mais non. Je suis parfaitement conscient de qui je viens d'appeler et tu vas m'écouter calmement, pauvre type !

– Baisse d'un ton, jeune homme ! ne peut-il s'empêcher de m'ordonner.

Commander est une seconde nature chez lui, grand seigneur dictateur avec une matraque à la place du cœur, ou une bombe spéciale conçue par la NRA.

– Ou quoi, général ? Je suis trop vieux maintenant pour que tu me fasses enfermer au fond d'une geôle en Arizona.

– Jayden, tu…

– NON, ÉCOUTE-MOI, BORDEL ! le coupé-je, tremblant de rancœur. T'arrives vraiment à roupiller peinard après avoir bousillé ton fils ? Nous avoir bousillés ? Ils décernent une médaille pour ça ? Parce que vois-tu, moi, je suis un putain de zombie qui essaie de pioncer, de redevenir un humain ! Mais mon paternel m'a déclamé un soir que je ne serai plus jamais celui que j'aspirais à devenir… J'essaie depuis… Putain, j'essaie sans succès, t'es heureux de l'entendre ?

Si je suis bancal aujourd'hui, c'est ma faute, mais aussi la sienne. Toutefois, je sais qu'il va se dédouaner. Je suis peut-être maso de lui tendre à nouveau le bâton pour me battre. S'il y a quelqu'un que je supporte encore moins que lui, c'est moi-même.

– Tu n'es clairement pas dans un état normal, je vais raccrocher, maintenant.

Normal ? L'ai-je jamais été pour lui ?

– Tu veux que je te raconte ce que tes gars me faisaient à Phoenix ? Ça t'aidera à retrouver Morphée et à te persuader qu'avoir un faible dégénéré comme moi pour rejeton est une injustice terrible.

– Tu sais quoi, jeune homme ? Augmente la dose et ne te loupe pas ! Vise le ciel cette fois-ci, tu le mérites !

Il raccroche, et je balance mon smartphone sur le bitume. Il est écrasé par la roue démesurément épaisse d'un 4x4 tuné. Génial ! Au moins, ainsi, je ne serai plus tenté de contacter ce connard.

– T'étais en ligne avec ton paternel ? me demande Jamie en surgissant derrière moi.

Ses yeux verts habituellement si malicieux me fixent comme ce soir-là, lorsqu'il s'est pris une raclée à cause de moi, pour avoir osé m'aider. Je ne veux pas chialer, je déteste me sentir faible. Chaque fois, c'est comme si je donnais raison à mon géniteur. Je ne veux pas qu'il puisse s'en réjouir, mais au fond de moi, l'incertitude est une plaie béante. Une part de moi craint qu'il ne se soit pas trompé sur mon compte…

– Va faire un tour, *Little Squirrel*, j'ai besoin d'être seul.

– Non, je ne crois pas. Tu t'es toujours isolé d'instinct avec tes blessures, mais ce n'est pas la solution.

– Putain, fais pas l'enculé de psy de comptoir ! Pourquoi vous mettez-vous tous en tête que vous devez me sauver ? Je ne veux pas être sauvé, je n'en vaux pas la peine. Joue pas à l'ange gardien, j'en ai déjà quatre, dont un keuf qui m'a fourré en désintox il y a quelques années.

Sans l'intervention de Diego, je me serais probablement fichu en l'air d'une overdose délibérée…

Jamie ne bouge pas d'un iota. Il me sourit.

– De nous deux, t'as plus l'air que moi d'un ange échoué parmi nous. Un ange sombre aux ailes brisées.

– Putain tu carbures à quoi, pour déblatérer autant de conneries dans une même phrase ? le rembarré-je.

Il me tape dans le dos, soupire.

– On est des frères de galère, Jay-Jay. Je suis certainement le seul qui sache vraiment ce que tu as enduré et pourquoi. Enfin, tes potes savent aussi, peut-être ? Pour l'avant et l'après Boot Camp ?

STOP ! Pas envie de parler de ce pourquoi. Ni maintenant, ni jamais !

– Jay, s'il y a un enseignement à tirer de Phoenix, c'est que l'union fait la force et que l'enfer est plus vivable accompagné qu'en solo.

– OK, Maître Yoda, sors de ce corps de rouquin ! Jamie, je préfère quand tu t'excites sur le cul et les nichons des nanas.

Il éclate d'un rire si communicatif que des tronches se tournent dans notre direction. L'une de ses admiratrices vient se coller contre lui. J'humecte mes lèvres et me ferme totalement aux tentatives de séduction de ses copines, qui se greffent à notre groupe.

– Je rentre, mec, informé-je Jamie en cherchant mes clefs dans ma poche.

Je caresse la babiole de Milly. Ses initiales forment des aspérités qui réconfortent la pulpe de mon pouce. Est-elle avec Logan ? En train de jouir pour se sentir revivre ? Merde, je n'aurais pas dû y repenser, ça fait un mal de chien !

– Patiente juste quelques minutes, Jay, propose mon pote écossais.

– Non, franchement, je ne suis pas en état de m'amuser.

Son expression devient plus solennelle.

– Ouais. C'est pour ça que j'avais subtilisé ton tél' pour chourer le numéro de ta radieuse artiste.

Hein ? Je me tends immédiatement.

– Qu'est-ce que t'as fichu ?

– J'ai appelé Milly et lui ai filé l'adresse de ce club. Elle ne va pas tarder, me raconte-t-il ne donnant pas l'impression de culpabiliser de s'être mêlé de mes oignons.

Furibond, je le dévisage sans trop saisir la portée de sa confession.

– Tu sais que tu me fais chier à toujours fourrer ton pif dans mes affaires, Jamie ?

– Moi aussi je t'aime, Jay-Jay. Si c'était à refaire, je recommencerais, car ce n'est qu'en présence de cette meuf que j'ai vu une vraie étincelle de vie en toi. Laisse-la l'attiser, petit con, au lieu de t'enfoncer dans l'obscurité.

Bordel ! Il n'a rien compris. Cette nana est en sursis. Elle roucoule avec l'un de mes amis. M'accrocher serait un plan à gerber.

– Tiens, la voilà ! jubile-t-il.

Je me tourne vers ce qui est dans la ligne de mire de Jamie : Milly. Elle me salue de la main.

Putain d'apnée !

CHAPITRE 35

Sweet Dark Lover #1

♥♦♣

♠ Nous appellerons émotion une chute brusque de la conscience dans le magique. ♠

Jean-Paul SARTRE

Jayden

Vissé au sol, mes pulsations prenant une cadence improbable, je réponds au salut enjoué de Milly. L'échange foireux avec le général n'est plus qu'une ordure que je barricade dans une zone insondable de mon esprit afin de me focaliser sur elle. Mes doigts se serrent sur son ornement au fond de ma poche.

Nom d'un bang à haschisch, elle est venue pour moi ? Est-ce qu'elle va bien ? Comment dois-je réagir ?

Milly regarde à gauche, à droite, puis traverse la rue. Elle est en sneakers flashy et jean déchiré avec des broderies hippies sur une cuisse. Ses cheveux tombent en cascade sur ses épaules dénudées. Sur son débardeur immaculé, un symbole *Peace & Love* est auréolé d'un maelström de fleurs multicolores. Les plumes et tresses sont de retour dans sa chevelure, ainsi que des tas de bracelets ethniques à ses deux poignets. Un puissant feu d'artifice d'inspiration brute.

Mortel ! Démentiel ! Torrentiel !

Cette meuf incarne la joie, le plaisir des yeux et la simplicité. Ainsi qu'un danger absolu pour mon arme de Jedi qui fait rétrécir mon boxer au fur et à mesure qu'elle s'avance. Mon sexe se raidit, s'étire de convoitise tandis que s'illuminent à fond tous les recoins de mes synapses qui influent sur ma libido. Comme si j'avais un alter ego ne se manifestant que face à cette femme.

Merde, sacrément flippant !

– Hé, mais tu souris, Jay-Jay ! cancane Jamie.

Putain, ouais, ça craint ! J'ai les chocottes, les boules et les dents dehors.

– Mets-la en veilleuse, maquerelle ! chuchoté-je, aimanté au visage de ma muse qui se rapproche. Va pas croire que j'approuve ton initiative à la con ! T'avais pas à faire ça !

– Je m'en fous ! Après avoir vu cette lueur en toi, je vais mieux profiter de ma soirée en charmante compagnie, se vante-t-il, plaqué contre la Black qui l'a émoustillé.

– Et si t'allais voir au Mexique si j'y suis, maintenant ? Non, mieux encore : va me chercher à Tombouctou !

Hilare, mon rouquin est fier de lui. Franchement, ils me gavent à contacter Milly à ma place. D'abord Chris, qui s'est permis de hacker mon téléphone après avoir reçu les photos de l'autre siphonnée. Et il n'a pas fait que ça : il a aussi cherché à repérer tous les mouvements et interactions entre Milly et les BadASS. Nos téléphones, GPS, cartes bancaires, le pass de métro de ma bohème… Il a tout passé au peigne fin avant de nous forcer à nous télescoper dans mon salon. La bonne nouvelle, c'est que maintenant Chris traque Shelby, et Diego a lancé une mesure d'éloignement contre celle-ci. Elle n'a plus le droit de s'approcher d'aucun de nous, et surtout pas de Milly.

Cela dit, je ne sais pas si la meuf respecte cette consigne, et ça me file une bouffée d'effroi. Je ne sais même pas de quoi elle a l'air. Il faudra que je demande une photo aux gars.

Pour l'heure, je peste contre Jamie, qui se met lui aussi à utiliser mon mobile à mon insu pour attirer ma muse. C'est une épidémie ou quoi ?

Ma désapprobation s'effrite quand ma blonde arrive devant moi. Elle a l'air en forme, mais l'est-elle vraiment ? Happé par ses prunelles, je ne sens plus que sa fragrance subtile. Putain, cette odeur me décalque !

– Salut ! On m'a informée qu'il y avait un grincheux tatoué dans le coin.

– Elle est géniale, cette fille ! intervient Jamie.

L'amusement de l'écureuil roux me rappelle qu'il se tape l'incruste avec sa nana qui pouffe à ses vannes nullissimes. Je les ignore et demande à Milly :

– Tu vas bien, toi ?

– Oui *Dark Lover*, et toi ?

Dark Lover. D'où vient ce surnom, alors qu'elle ne m'a pas eu pour amant et n'a pas encore sondé les profondeurs de ma noirceur ?

– Ouais, lui lancé-je, mais il semblerait que mes futurs ex-amis prennent trop leurs aises avec mon portable. Et Jamie s'en allait, maintenant ? N'est-ce pas, Jamie ?

Je m'arrache à la contemplation de Milly pour tourner la tête en direction de ce dernier. Mes pupilles le mitraillent. Cet enfoiré ne déguerpit pas, évidemment. Il trouve même le moyen d'infliger un câlin à Milly pour soi-disant se présenter. J'essaie de paraître détaché, comme si je n'en avais rien à faire qu'il la serre dans ses bras. Il exploserait de joie s'il percevait ma contrariété. Il la relâche enfin avec un air bien trop satisfait sur le visage. Jamie a mon âge, mais il partage avec Alex Jenkins tous les inconvénients d'un petit frère casse-pieds, sans les avantages. Ils aiment me courir sur le haricot. Sauf que Milly me perturbe déjà largement assez comme ça. Je m'efforce de rester calme pour qu'il dégage vite, mais il n'est absolument pas pressé.

Lorsqu'il prend enfin congé avec sa clique de minettes, pété de rire, je soupire. On y est. Je suis paumé, seul avec elle.

Je fourre une main dans ma poche arrière et comprime mon blouson de l'autre, absorbé par les billes azur de Milly, durant un temps interminable. Il n'y a que nous deux. Connectés. Incertains.

Dark Lover... Justement. Milly n'est-elle pas trop lumineuse et pleine de vie pour moi ? Resterait-elle si elle voyait l'étendue de mes ténèbres ? Pourquoi a-t-elle décidé de donner suite à l'appel de mon pote après le piège de Chris ? Certes, Jamie ne se comporte pas comme les BadASS face à Milly et moi. Contrairement à mes frangins de beuverie qui œuvrent pour m'éloigner d'elle et prônent le non-attachement afin de m'aider à canaliser ma sensibilité, le rouquin, lui, me pousse vers la blonde. Comme au Boot Camp, il veille sur moi à sa façon, en me soutenant que le bonheur existe, même pour une loque de ma trempe.

Néanmoins, je ne dois pas me vautrer dans son utopie. Mon adorable muse n'a pas besoin d'un type de mon genre. Hélas, mon sens logique fout le camp quand elle hausse les sourcils et rit doucement.

– Alors, Jay ? Tu ne sais tellement pas te détendre que Jamie se débarrasse de toi ?

– Et toi, tu t'ennuyais tellement de moi que t'as pas pu t'empêcher d'accourir ?

– Hey ! Je t'interdis de te la péter !

Un sourire en coin, je tente d'oublier que, depuis sa discussion en aparté avec Logan, nous n'avons plus été seuls tous les deux. Et que Doc correspond mieux que moi à ses attentes.

Milly éclate de rire, réduit l'espace entre nous, se hisse sur la pointe des pieds et me plante un bisou sur la joue. SIGNAL D'ALARME ! Son contact enflamme ma peau à l'endroit précis où elle m'effleure. Puis la chaleur se diffuse partout en moi, pareille à une onde de choc.

Merde, mon boxer rapetisse et mon cerveau se meurt !

Mon pénis prend le commandement avec une idée fixe : Milly, rien que Milly. Je secoue la tête. Impossible de réaligner correctement mes pensées. Les mots du gradé de mes deux de l'US Army résonnent dans mon crâne, me dévalorisant, m'humiliant, me trouant l'âme. Je tremble de crainte et me sens possédé par une impression de manque.

– Ai-je eu raison de te rejoindre, Jay ?

Et moi, ai-je raison de vouloir tant me shooter de toi ? En dépit de tout ? Égoïstement ?

– Jay ? répète sa voix suave.

La tuile ! Indécis, égaré entre le passé et le présent, je fixe ses lèvres, les imagine contre les miennes, sur mes marques, ma queue. Je m'oblige à remonter vers ses iris. Mauvaise idée : ils m'inspirent des images encore plus vibrantes. Je dois urgemment m'éloigner d'elle.

– Tu veux toujours savoir comment je m'exprime, belle bohème ? dis-je malgré moi.

Bordel, qu'est-ce qui me prend ? Je dois m'arrêter alors qu'il est encore temps !

Nouveau sourire de sa part. OK, c'est officiel, un truc en elle me dope. Mes chances d'être accro se maximiseront si je couche avec elle. Mais à l'instar du junky que j'étais avant, je sens ma volonté me déserter face à cette tentation irrésistible.

– Oui, susurre-t-elle quand ma bouche s'écrase sur la sienne.

Blouson et casque se fracassent au sol, mes paumes immobilisent sa tête.

– Tu vas probablement le regretter, grogné-je avant de mordiller la pulpe de sa lèvre.

– On ne vit qu'une fois. Mais pas d'amour, *my Sweet Dark Lover*, j'ai juste besoin de frissons.

– OK. Putain, je peux t'en fournir, oui !

Nos langues se perdent dans une étreinte sauvage.

CHAPITRE 36

Sweet Dark Lover #2

♥♠♣

♦ Seul celui qui a vécu
dans les ténèbres connaît
et apprécie vraiment la lumière. ♦

Stephen LAWHEAD

Jayden

Pas d'amour ? Ouais, d'accord. Pas de guimauve à la con.

Ce n'est qu'une putain d'attirance physique passagère que je ne gère plus.

La lumière, une splendeur qui m'éblouit. Une fascination. Une nécessité primitive d'être avec Milly maintenant. En elle, si possible. En elle, impérativement, que mon cœur batte entre ses cuisses. Une alchimie qui s'estompera d'elle-même.

Mais pas d'amour.

Pas d'amour, pour un million de raisons.

Pas de saleté d'amour !

OK. Ça me va.

Qu'est-ce que j'ai chaud ! Une véritable fournaise m'engloutit. J'ai envie de plonger en elle, au propre, au figuré, d'y laisser ma raison, d'y puiser mes esquisses et créations à venir.

Avec avidité, je me presse contre elle, fourrage sa bouche tiède et veloutée. Je suis tellement bien, tellement mal que la frontière entre les deux se floute, s'évapore dans son souffle fruité que j'avale. Putain, l'embrasser me rend fou ! De cette folie que je cache d'habitude et qu'elle vient de me demander de lui montrer. Vais-je y parvenir ? Je ne m'aventure jamais aussi loin avec les femmes, d'habitude. Vu celles que je fréquente avec ma bande, zéro risque que j'atteigne ce stade critique. Mais là, bordel !

Me détachant d'elle à contrecœur, je colle nos joues moites. La respiration hachée, je lui murmure au creux de l'oreille :

– Ma muse… Tu m'inspires de ces choses, si tu savais… Mais je ne suis pas lisse. Il… Il t'est encore possible de changer d'avis.

– Non, halète-t-elle. Je suis venue de mon plein gré.

Ses mains s'infiltrent dans mes poches arrière, au contact de mes fesses. Elle me les empoigne, et la colonne rigide dans mon jean se presse contre son bas-ventre. Mes phalanges, encadrant son visage, se crispent.

– T'es sûre ? La première chose que tu dois apprendre sur moi est que… quand je m'investis dans un truc qui me fait vraiment triper, c'est à deux cents pour cent. J'aurais un mal fou à faire machine arrière.

– Jay…

J'avale le reste de ses chuchotis, buvant ses mots, ses plaintes, ses expirations. Je la sens se liquéfier. Jusqu'à manquer d'air. J'interromps difficilement notre baiser dévorant pour graver son image sur mes rétines.

– Tu comprends ce que je veux dire, Milly ?

– Tu es entier… Tu ne sais pas faire les choses à moitié, récapitule-t-elle, encore essoufflée par mon assaut sur sa bouche.

Je l'enlace longuement, dans le but utopique de contenir l'ardeur qui couve en moi. D'y aller crescendo.

– Ce n'est pas une *love story*, ma bohème. Tu me verras tel que je suis vraiment, à condition d'être entièrement toi-même avec moi. Et on vit ça au jour le jour.

L'une de ses mains quitte mon fessier pour effleurer mon menton.

– Oui, et pour éviter que toi ou moi ne nous attachions, on bannit l'exclusivité. T'es libre quand on n'est pas ensemble. Pareil pour moi. Je n'ai aucun droit sur toi, Jay, souligne-t-elle tout bas.

Je me raidis en dépit de l'excitation qui s'est emparée de mon être. Il n'y a pas que moi qui érige des remparts afin de ne pas me perdre.

Malheureusement, je suis certain qu'elle pense à Logan en me proposant cet arrangement.

– Donc tu envisages maintenant de voguer entre lui et moi ?

Une pointe invisible me perfore. Je darde mon attention sur elle. Il n'est pas utile que je spécifie à qui je fais référence. Le voile qui se dépose sur son regard me prouve qu'elle a compris.

– *Sweet Dark Lover…*

Bordel, ce qualificatif et sa manière de le prononcer ! Je m'efforce de réguler ma respiration, de museler des instincts que je croyais ne plus posséder.

– Quand on s'est expliqués à propos de Stella et de son projet de me tatouer sur elle, je t'avais prévenu que l'amour est la limite que je ne franchirai pas. Dans ma situation, je n'ai plus ni le temps, ni la force de tomber amoureuse ou de susciter ce sentiment chez qui que ce soit. L'exclusivité nourrit des illusions et de faux espoirs… Je veux absolument éviter ça.

Elle a toujours été limpide là-dessus. Au début, son rejet était d'ailleurs motivé par le fait qu'elle me trouvait trop sensible pour ne pas flancher. À moi de lui prouver le contraire.

– D'accord, déclaré-je, emmurant toute émotivité indésirable.

Est-ce que Milly va classer Doc dans la catégorie de Stella ? De ceux qui comptent tellement qu'elle les éloigne maladroitement pour les protéger ? Ou alors a-t-il gagné un statut spécial avec sa volonté de devenir son héros, son bouclier contre la traqueuse ?

Qu'est-ce qui serait le pire pour moi ? Dans les deux cas, cela prouverait qu'elle lui a succombé. Non, je gère. Je suis capable de passer outre. J'essaierai de passer outre. Il le faut.

– Tu le verras en parallèle ?

– J'en sais rien. Depuis que je suis sortie de l'hôpital, je peins beaucoup… Je veux finir mes fresques avant de… de ne plus pouvoir. Je ne me suis pas pris la tête avec cet embrouillamini. Purée, tu te rends compte que vous me donnez du fil à retordre ?

Merde, elle n'a pas choisi ! Malgré sa pincée d'humour et son sourire mutin, j'ai un pincement dans la poitrine. Je me martèle qu'elle ne veut que du purement charnel. Strictement, uniquement et voracement charnel. Voire amical, car elle se confie à moi. Mais surtout rien d'autre. Elle a raison : je dois me protéger de mon côté.

Préférant changer de sujet, j'observe ma muse de plus près, oubliant dans le bleu de ses iris tout ce qui n'émane pas de sa lumière. Je ne vois plus qu'elle, et cette tension sexuelle qui stimule ma créativité.

– Tu poserais pour moi, Milly ?

– Ce soir ?

Je ne réponds pas, largué dans un fourmillement d'idées et de désir. Mes doigts s'enfouissent dans ses mèches blondes. Ils s'y attardent plus que nécessaire. Je coince les plus rebelles derrière ses oreilles, frôlant ses lobes. Mordillant ma lèvre, je penche la tête. La finesse de ses traits, son grain de peau, les nuances… et pas de piercing. Pour une fana de bijoux fantaisie, c'est plutôt surprenant. À la réflexion, je n'ai pas vu non plus de tatouages sur elle. Merde, mes pensées se désinhibent à une vitesse vertigineuse ! Un millier de possibilités agitent mon inspiration : mes motifs s'étalant sur son épiderme, mon encre coulant sur elle… Putain, ça m'excite davantage ! Je me rive à ses pupilles dilatées, l'imagination partant en vrille. Je veux la voir sans artifices, un support éphémère de chair et de courbes. Me ressaisissant tant bien que mal, je la questionne :

– T'es pas branchée tatouages et piercings, ma bohème ?

Elle frôle mon écarteur, des frissons sillonnent mon échine. Mon pénis palpite.

– Si, j'aime l'art sous toutes ses formes et je trouve les tiens fabuleux.

Échange de sourires.

– C'est vrai ? Je te remercie.

Je ramasse mes affaires par terre, entrelace nos doigts, embrasse les siens et la guide vers ma moto.

– Tu n'en as pas, toi, n'est-ce pas ? demandé-je en marchant.

– Non. Médicalement, c'est compliqué, murmure-t-elle.

Merde, c'est vrai ! Piqûre de rappel sur son état. Je déglutis et m'arrête pour me lover contre elle.

– J’adore, mais je ne peux pas en arborer, poursuit-elle.

– J’en ai suffisamment pour deux. T’en as pas vu le dixième, lui précisé-je, la voix rauque.

– Hum, hâte de mater toutes ces merveilles…

CHAPITRE 37

Sombre désir

♠♦♣

♥ Je boirai ce qui coule de toi.
Je fumerai tes soupirs. ♥

THE PRETTY RECKLESS

Jayden

La curiosité piquée, Milly m'accompagne. Elle ignore ce qui l'attend.

Je lui ai prêté mon blouson Redskins. Une marque de cuir française que j'ai découverte, à l'instar de plein d'autres trucs importés de France, grâce à…

Merde, non !

Ses bras se nouent autour de mon abdomen, ses cuisses nues m'enserrent. Ses doigts fripent mon t-shirt, sa tête portant mon casque épouse mon dos. Ma paume délaisse le guidon pour s'égarer sur le satiné de son épiderme, sur son genou puis plus loin… De ce point d'union, un flux remonte le long de mon bras, s'étend à tous mes autres membres. Je bascule légèrement vers elle, appuie ma nuque contre son front. Le moelleux de ses seins écrasés contre mon dos me grise. Elle frissonne. Non, putain, je crois que c'est moi qui frissonne.

Je me redresse, elle suit le mouvement, m'imbriquant étroitement contre elle. Nous slalomons entre les voitures, les kilomètres s'enchaînent sur l'autoroute. J'accélère, la vitesse exacerbe mes sens déjà au paroxysme de leurs capacités. La magnifique passagère qui s'accroche à moi m'aliène lentement mais sûrement avec sa chaleur corporelle. L'air chaud de Jersey nous fouette, mais c'est de la fièvre Milly que mon sang bouillonne. Elle fusionne si bien avec moi sur ma monture que mes poils se hérissent. Le rugissement de ma Harley et ses vibrations érotisent le plus infime de nos gestes. La moindre manifestation de sa présence me fait l'effet d'un préliminaire, j'en suis dingue. Conduire dans cet état renforce mon trip. De l'adrénaline dans mes veines, de la bohème, la bonne, la pure, dans mes pores. Au dernier virage, nos flancs se rapprochent du bitume, son corps du mien. Putain, je rallongerais le trajet si je le pouvais rien que pour prolonger à l'infini cette communion indescriptible entre la route, ma monture, elle et moi.

Nous marchons en silence du parking à mon salon de tatouage. Je ne suis pas en mesure d'ouvrir la bouche sans la coller à la sienne, lui ôter tous ses vêtements et me terrer en elle.

Pris de tremblements, j'introduis ma clef dans la serrure. Nos doigts sont entremêlés. Bordel, je suis à la limite de l'implosion ! À l'intérieur, je n'allume pas, mon établissement vide bénéficiant de l'éclairage externe grâce à sa baie vitrée. Je suis toujours incapable d'aligner deux mots sans trahir le tumulte qui fait rage dans ma tête. J'ai peur de libérer le vrai Jay, ce mort-vivant qui se saigne pour se prouver qu'il n'a pas crevé à Phoenix, ni après. Je crains d'effrayer mon invitée. Connaissant les lieux par cœur, je tâtonne et saisis la télécommande de la sono. J'enclenche la musique. Rag'n'Bone Man : *Human*. Cette chanson m'a fait chialer à la première écoute, crachant dans mes écouteurs les griefs que j'aurais pu jeter à la gueule de mon paternel et ses larbins. Là, tout de suite, je ferme les paupières, emporté par le son, les paroles, Milly, moi, l'impossible. Mes pulsations calquées sur le beat.

Je ne suis qu'un humain, après tout, seulement humain. Je fais ce que je peux. Ne me blâme pas.

Je cherche à convoquer cette étincelle de vie que Jamie a soutenu avoir décelée en moi ce soir, mais je me sens monstrueux, différent des gens normaux.

– Jay ? amorce Milly.

Je suis statufié au milieu de la pièce. Elle touche timidement le dos de ma main moite. Je respire de plus en plus vite, m'empare de ses phalanges.

– Ça va mon *Dark Lover* ?

– Je… puis-je te demander un service ?

– Bien sûr.

– À partir de maintenant, ne me pose plus de questions, s'il te plaît. Pas ce soir… Quand je serai prêt… si je le suis un jour… j'essaierai de m'ouvrir à toi mais là, putain, je…

Elle ne commente pas. Merde ! Est-ce déjà un fiasco ? Aussi tétanisé que la première fois où j'ai été propulsé dans le cabinet du toubib au Boot Camp en ne sachant pas ce qu'on comptait m'y faire, je me concentre sur mon organisme qui part en couille. Elle va me juger. Je devrais me mettre sur la fréquence BadASS, imiter mes potes. Afin de cacher que je suis trop *borderline* pour le commun des mortels. Me transformer en simple queutard arrogant passerait mieux.

Non, pas avec elle.

Plus que quelques malheureux pas et un escalier pour entrer dans ma tanière. Je peux le tenter. Cependant, mes pieds pèsent des tonnes, ma cage thoracique est emprisonnée dans un étau familier. Finalement, c'est Milly qui bouge, tirant doucement sur mon bras.

– Juste une dernière, alors : veux-tu que je m'en aille ?

Non, ne me lâche pas !

Je la soude subitement à moi, lui chuchote d'une voix étranglée :

– Toi seule décides… T'es libre de partir ou de rester.

Sa bouche est dans mon cou, son souffle se saccade. Je sais qu'elle s'oblige à respecter ma requête alors qu'elle aimerait savoir pourquoi on est figés là, contre quoi je me bats. C'est principalement contre moi afin de la laisser percer mon intimité.

– Je ne pars pas, m'affirme-t-elle finalement.

Il me faut un certain temps pour comprendre ces quatre mots. Un autre pour les accepter. Puis je bouge enfin et me dirige vers les marches. À l'aveuglette, car je n'ai toujours pas allumé, je les descends et guide cette fille lumineuse qui n'a rien à faire ici dans ma chambre.

Ai-je conscience de son stress ? Complètement. Il s'infiltre en moi, attise le mien. Je dois maîtriser cette saloperie de trac pour pouvoir la rassurer. On arrive dans ma piaule. Dans l'obscurité, je passe derrière elle, mon pénis durcit contre sa croupe. Je déplace ses cheveux sur un côté. Sa tête se penche naturellement, elle gémit. Mon nez la frôle lentement, de haut en bas, sans hâte. Telle une plume qui apprend d'abord à appréhender le modèle qu'elle va s'approprier. Du bout des doigts, je dessine les contours de sa silhouette. Elle frémit, ahane lorsque mes dents mordillent la chair tendre de son épaule. Je trace un chemin de baisers vers son oreille. Son cœur tambourine sous ma paume. Mon érection gonfle.

– T'as envie de moi, Milly ?

– Oui, susurre-t-elle dans une plainte délicieuse.

– Et t'as la trouille ? la sondé-je en commençant à lécher et à embrasser la zone que j'ai dégagée.

– Oui… aussi, reconnaît-elle, le timbre guttural. Une peur excitante… curieuse…

Elle est saisie de petits spasmes et immergée dans MA réalité. Le noir, la frousse, le calme, les questionnements, l'instinct de survie qui décuple les sensations, l'acclimatation à un environnement anxiogène puis une putain de montée d'adrénaline. Car elle me veut avec la même violence que je la veux. Délicatement, j'attrape le bord de son débardeur, le retrousse, caresse la bande de peau que j'expose progressivement. Son ventre, ses côtes… Mes doigts s'insinuent à la lisière de son soutien-gorge sans toucher les dômes qui se tendent. Je dégrafe sa lingerie, la fais coulisser. Toujours derrière elle, je me mets à genoux, déboutonne son jean, le roule vers le bas sans me presser. Ma bouche goûte chaque carré de peau mis à découvert. Quand vient le tour de sa culotte, Milly tient à peine debout.

CHAPITRE 38

Sombre intensité

♠♦♣

♥ Réveille-moi de l'intérieur.
Appelle mon nom et sauve-moi de l'obscurité. ♥

Bring Me To Life,
EVANESCENCE

Jayden

J'ai l'impression de prendre vie. Milly m'insuffle ce fluide dont je suis dépourvu. Ma langue parcourt sa peau. Mes dents jouent avec le galbe de ses fesses. Mes doigts la pétrissent très lentement. Ses halètements m'enflamment, me shootent. Agenouillé devant ma muse nue, je la fais pivoter. Dans les ténèbres, mon visage se pose instinctivement sur son pubis. Bordel, le trésor ! Je suis en mode défonce avant même d'avoir touché à cet écrin. Mes baisers se font plus délicats sur cette fente humide dont la douce senteur m'enivre.

– Mon Dieu, Jayden, j'en peux plus… geint-elle lorsque j'écarte ses pétales intimes.

Putain, son goût dans ma bouche me fait péter les plombs ! Mes bras s'enroulent sur ses cuisses, je la porte tout en maintenant son sexe frémissant sous ma dégustation. Elle s'agrippe à ma tête, je la hisse, me relève et avance vers le lit. Elle tombe à la renverse, moi la surplombant ou plutôt accroupi sur son entrejambe. Je deviens bestial, affamé.

– La vache ! La lumière, Jay ! Je veux te voir, miaule-t-elle en se cambrant.

Elle se cramponne à ma tignasse, ne contrôlant plus le séisme qui secoue son corps. Je continue de la dévorer, de plus en plus avide. Je la suçote, la lape, la couvre de baisers. Ses spasmes s'intensifient, elle tire si passionnément sur mes cheveux qu'elle risque de me les arracher, mais ça m'excite de la sentir perdre les pédales. D'entendre mon prénom emplir mon souplex.

– Jay, Jay, Jay, oh punaise !

Elle se raidit de longues secondes, plus un bruit, arc-boutée contre moi. Comme si la parole et la respiration lui avaient été soudainement coupées. Je poursuis le cunni, juste parce qu'elle me rend insatiable. Puis je panique. Est-ce qu'elle a fait un malaise ? Putain de merde ! Je me redresse.

Elle reprend alors brutalement son souffle et se met à trembler. Ma figure retombe sur l'épicentre de son orgasme. Mon inquiétude se transforme en hilarité et j'embrasse son petit bourgeon tendre.

Bordel j'ai eu chaud ! Ce n'était que l'intensité de sa jouissance qui l'a déstabilisée.

– Purée, Jay ! C'était…

Envoûté, souriant, j'attends qu'elle remonte à la surface en traçant des arabesques imaginaires sur son bas-ventre et l'intérieur de ses cuisses. Plus tard, essoufflée, elle gigote, essaie de me ramener vers son visage. Je m'exécute dans le noir et m'allonge sur le flanc près d'elle, un bras plié pour soutenir ma tête. Impossible de retirer l'autre de son corps.

– Ô. Mon. Dieu ! Tu méritais le petit nom que t'ai donné, *Sweet Dark Lover*. Je veux voir tes superbes yeux, maintenant ! s'anime ma drogue humaine.

– Pas d'éclairage, belle bohème, je réponds, tendu malgré mon désir pour elle.

– Laisse-moi juste admirer ta bouche. Qu'a-t-elle de si magique pour m'avoir fait décoller de la sorte ? négocie-t-elle en se lovant contre moi, qui suis toujours tout habillé.

– Je ne préfère pas… S'il te plaît, la stoppé-je.

Nouveau silence, meublé par nos inspirations et expirations jumelées. Mon ventre se tord d'appréhension. Au loin, j'arrive à entendre ma chaîne Hi-Fi tourner là-haut. J'ai oublié de l'éteindre. Je fixe l'oiseau mythologique de feu et de sang sur le mur d'en face. Même s'il fait sombre, je sais qu'il est là. Symbole de tout ce que je suis désormais. La rigidité de mon sexe refuse néanmoins de diminuer.

– Jay ?

Milly s'interrompt, se souvenant que je ne veux pas qu'elle me pose de questions.

Et voilà, imbécile. T'as tout foutu en l'air.

Dépité, je décide de m'excuser d'emblée.

– Je suis désolé, ma muse, vraiment déso…

Elle me coupe d'un baiser. À califourchon sur moi, elle enfièvre ma bouche avec la sienne. Ses mains s'aventurent sous mon encolure puis glissent vers le bas. En l'embrassant à en perdre haleine, je soulève mon torse, lève mes bras en l'air afin qu'elle éjecte mon t-shirt par-dessus ma tête. Elle s'écarte pour ce faire, et je suis déjà en manque. Je bloque son visage et fonds sur elle. Nos langues se mêlent, Milly ondule sur moi. Mon pantalon me dérange, j'ai besoin de sa nudité enchevêtrée dans la mienne. Je brûle, je meurs, impatient, bandant à en avoir mal.

– Sexy bohème, attends. Bordel, tu veux me tuer avant que je sois en toi ?

– Nan ! Surtout pas.

Son rire rauque jaillit au creux de mon cou, ses cheveux parfumés cascadant sur moi. Je la décale avec précaution, soulève mon bassin pour me débarrasser à la fois de mon jean, de mon boxer, et de mes chaussures. Milly m'aide à dégager mes jambes. Alors que je palpe pour dégoter une capote, ses mains et sa bouche affolent mes sens et mon rythme cardiaque. Lorsque ses doigts se referment sur ma queue, je pousse un râle, abruti par l'explosion de phéromones entre nous. Je me mords la lèvre, les yeux clos. Elle caresse le bout de mon membre, déniche les bijoux alignés de mon *foreskin* sur lesquels elle s'attarde. Je pète un câble.

– Putain ! Tu vas m'achever, me plains-je.

– La vache, Jay ! T'as des piercings génitaux, toute une rangée !

– Ouais, mais t'inquiète…

J'en ai aussi sur les pectoraux, on s'en tape dans l'immédiat. Je ne peux plus patienter. J'unis nos bouches et déchire l'emballage du préservatif en l'embrassant. Je guide sa main, l'incitant à me l'enfiler. Sa maladresse dans l'ombre me désarme. Enveloppant ses doigts, je lui montre comment étirer la protection sans être gênée par mes ornements en titane et l'encourage :

– Tu t'en sors très bien, ma muse.

Elle déroule la membrane, cajole mes bourses en les atteignant, resserre son emprise sur mon sabre de chair érigé.

– Milly, tu me, tu me… Argh, misère !

Je la place en dessous de moi. Mon coude soutient mon poids, je chemine vers son buste, happe un de ses tétons en roulant l'autre du pouce et l'index. Elle se cambre, ses seins me cament. Je les tète, les mordille, les lèche. Quand ses tremblements redoublent, je me fraie un passage dans sa douce moiteur, d'abord du bout d'un doigt. Elle râle, ahane. Je remue en elle, effleure sa perle intime.

– Viens en moi, je t'en prie, soupire-t-elle.

Mon gland et mes bijoux se promènent le long de sa fente, autour de son bourgeon. Je la titille, fou de sentir à quel point elle mouille. Nos gémissements se combinent. Nous menons ensemble mon pénis en elle. Millimètre par millimètre, suspendu à ses réactions que je perçois avec chaque fibre de mon corps, je m'emboîte dans ma bohème. Enfoncé jusqu'à la garde, je m'égare dans un début de transe. Le temps qu'elle s'habitue à mon invasion, qu'elle se distende et s'adapte. Ses parois m'encerclent, m'étouffent de plaisir. Inondé de sensations inouïes, je n'ose plus effectuer un mouvement. Même respirer accentue ce putain de trip !

– Jay… J'adore, me souffle Milly.

– Moi je plane, je vis.

Avant le crash, je goûte à nouveau sa langue en entamant un va-et-vient fougueux.

CHAPITRE 39

Redoutable lumière

♠♦♣

♥ Je meurs encore. Je m'enfonce sous terre.
Me noyant en toi. ♥

Fallen, EVANESCENCE

Jayden

Nooooon ! Ne pas redescendre !

Qu'on m'accorde l'éternité plus une nuit noire supplémentaire à planer avec elle. Je tremble de partout, j'ai des frémissements dans des parties de mon corps que je ne connaissais pas jusque-là. De la folie furieuse.

– Milly, tu me fais quoi, bordel ? Je flotte, qu'est-ce que tu me fous ?

Les membres de ma nouvelle drogue s'enroulent autour de mon corps moite de sueur. Désorienté, en pleine extase, j'approfondis notre baiser. Mon bas-ventre se contracte, mais je me retiens d'éjaculer. Je n'en ai pas assez d'elle. Mon aine monte et descend inlassablement. Revenant encore et encore en elle, la faisant gémir dans ma bouche. Me faisant gémir dans la sienne. La tuile, je crois que je suis foutu ! La sentir se tordre sous moi et m'accueillir dans ce putain de nirvana qu'est son sexe m'exalte au-delà de mes rêves les plus flous. Ses lèvres m'aspirent, me cocoonent, me tuent. Je lui creuse les reins sauvagement. Plus mon plaisir crève le plafond, plus je flippe de relâcher la pression. Je bande, transpire sous le supplice érotique qu'elle devient pour moi.

– Je vais jouir, Jay, me prévient-elle en ondoyant.

– On a un souci, ma bohème, hachuré-je, soudé à ses hanches.

Son souffle chaud et fruité échoue près de mon oreille, qu'elle lèche. Je la sens sourire. Un truc sexy entre l'amusement et un couinement plus torride.

– Quel souci ?

– Je vais craquer si tu enserres encore une fois mon sabre…, tu vois le topo ?

Elle me fait perdre l'équilibre, me sort d'elle et remonte sur moi.

– Ton sabre ? C'est de ça que tu parles ? dit-elle en l'attrapant fermement.

Oh bordel de kif, elle s'empale suavement dessus. Impossible de m'exprimer autrement qu'en l'attrapant par la nuque pour la ramener à ma bouche.

– Une merveille, ton sabre… avec sa rangée de billes qui me frôlent là-dedans, chuchote-t-elle contre mes lèvres en remuant comme une tortionnaire.

À bout, je lui mords la lèvre puis l'absorbe voracement. Mes doigts migrent vers sa taille et je l'incite à me prendre au ralenti. Qu'elle sente mes piercings autant que je la sens autour de ma queue. Elle coulisse en geignant, s'accroche à mes épaules. Quand elle remonte, je manque de souffle. Quand elle redescend, ma poitrine menace de se désagréger. Je tripe à fond, mieux qu'à ma première prise de MDMA lors d'une cuite.

– C'est trop bon, Jay, me déclare-t-elle, m'obligeant à fondre encore sur sa langue pour me forcer à me taire.

Ne pas répliquer, juste savourer. Je pousse Milly à accélérer ses va-et-vient. Au moment où elle se cambre et se raidit, je prends mon envol vers les étoiles avec elle, ébloui par l'éclat qui me traverse, m'électrifie, me secoue de sensations bien trop fortes. La lumière que Milly irradie annihile mes ombres. Putain de vol plané ! Je me répands en elle en criant, comblé. Je l'étreins de toutes mes forces en déversant mon plaisir en elle.

Euphorique, je demeure longtemps allongé sur le dos avec ma muse dans mes bras. Pourtant, je me referme lentement, envahi par ce satané capharnaüm dans mon cerveau. Maintenant, je redoute le crash. Milly me caresse, m'offre des baisers que je ne pense pas mériter. Sa respiration frénétique s'apaise, sa tête se pose sur mon torse là où mon cœur tambourine.

– *Ya'agob*… c'était ça je crois, prononce sa voix ensommeillée.

Je me statufie. Elle ne va pas me réclamer des confidences sur l'oreiller ? Des putains de blablas post-coïtaux ? Mâchoires serrées, j'ai presque envie que ma bohème cesse de m'effleurer sensuellement pour me tailler d'ici. Sauf que je ne peux pas fuir : on est chez moi.

– Je n'ai aucune idée de ce qu'il signifie, mais c'est avec ce chant que tu m'as donné des frissons pour la première fois… me murmure-t-elle sans se formaliser de mon mutisme.

Ma bouche sur ses cheveux, je me contente d'imbriquer nos doigts. Milly s'endort. Sournoisement la douleur reprend ses quartiers dans mon esprit. Je sais pertinemment que ma nuit sera blanche. Parce que cette femme touche mon âme, et que cela me désarçonne. Parce que si je sombre dans le sommeil, ce qui adviendra dans mes songes va l'interpeller. Alors je compte à rebours dans mon crâne à partir de cent. Mais la souffrance ne me lâche pas. Je n'y tiens plus : je roule sur le côté et quitte le lit.

Dans ma salle de bain, je me nettoie. Sous les jets, je me frotte partout, durement, à l'aide de mes ongles et du gel douche. Ensuite, je me plante face à mon reflet, en lutte contre mes vieux démons. Ils sont aussi chamboulés que moi : j'ai ramené une gonzesse dans mon abri souterrain. Bordel de dérapage ! Même mes potes ne foutent pas les pieds dans ma chambre. À poil, telle la saleté de zombie que je redeviens naturellement, je tourne lentement les talons. M'orienter dans les ténèbres m'est facile. Dans ma chambre, je récupère ma boîte cabossée, puis je reviens sur mes pas et m'enferme dans la salle de bain.

La suite est mécanique : le garrot, la seringue neuve, la fiole. Je me pique, gonfle mes bronches en sentant l'aiguille entrer dans ma veine, hypnotisé par mon sang qui coule. Je m'en pompe plus que d'habitude. Je tente de me convaincre que tant que j'ai encore ce liquide merdique en moi, je suis un survivant. Un putain de survivant brisé.

Mon prélèvement terminé, je range le kit, garde la fiole remplie. Je regagne ma chambre. Inenvisageable de m'attaquer à mon phœnix à l'aveuglette. Cet empêchement distille en moi une dose grandissante de panique et de désespoir, que je m'efforce de contenir. En vain. Je dois utiliser coûte que coûte cette hémoglobine, ou je vais perdre la boule devant ma muse…

Les heures s'écoulent au compte-gouttes. La lumière blafarde de l'aube offense mes iris ayant fixé l'obscurité sans discontinuer. Des rayons de soleil percent mes lucarnes, caressent ma bohème dans mon lit. Mèches dorées et plumes multicolores sont éparpillées dans mes draps gris. Les traits de son visage sans maquillage ni chichis, son buste partiellement dénudé, son bas-ventre… Putain, est-ce normal que j'aie envie de m'enterrer à nouveau en elle, là, tout de suite ? Ses jambes fuselées s'exposent à ma vue. Assis par terre, à l'endroit où je suis resté prostré durant une grande partie de cette nuit, je la contemple en rêvant d'immortaliser cet instant. Cependant, malgré la tentation, je ne dessine ce nu artistique que dans ma tête. Sans oser la rejoindre, je mate les traces sur elle. À ses quelques petits bleus s'ajoutent mes motifs ensanglantés.

CHAPITRE 40

Réveil teinté

♥♠♦

♣ Les regrets, ce n'est que de la rature :
on n'efface pas. ♣

Armand SALACROU

Jayden

À l'instant T, je me hais, me dégoûte et suis tétanisé.

Je me déteste d'avoir transformé ma bohème en exutoire d'urgence, en toile pour remplacer mon volatile. Mon sang est sur sa peau, bordel de merde ! J'avais la frousse de l'effrayer dans mon sommeil, mais dans la veille, j'ai franchi la ligne rouge. Celle au-delà de laquelle ma carapace se disloque, me montrant tel que j'ai honte d'apparaître. Après ce pathétique constat, je m'efforce de me résigner, sans détacher mon regard de celle qui m'a consumé des heures auparavant.

Milly gigote, s'étire langoureusement. Mon sabre fait de même dans mon bas de jogging, unique fringue que j'ai sur le dos. Mes muscles se tendent, ma bouche s'assèche. Elle bat des cils dans un grognement qui m'aguiche, s'infiltre en moi et ravive mon désir en dépit de ma peur des conséquences de mon dérapage nocturne.

Ses paupières clignent, elle me cherche à tâtons à ses côtés en grommelant :

– T'es incroyable. Je suis tout engourdie mais j'ai encore env… et zut, c'est déjà le matin ? On a à peine dormi.

Si seulement elle savait que je n'ai pas fermé l'œil !

Elle continue de me chercher en tâtonnant. Ses paumes ne rencontrent que du tissu froissé, l'obligeant à ouvrir à demi ses beaux yeux. J'ai un bref aperçu de l'azur le plus érotique de la Terre. Mais elle ferme aussitôt ses paupières en posant son bras replié sur son visage et marmonne :

– T'es là, Jay ? Pour quelqu'un qui n'aime pas la lumière, ta chambre est bien servie, dis donc.

Oui, je suis là, et la lumière c'est toi. Tu vaux tellement mieux que moi…

Putain, j'ai envie de hurler d'impuissance ! Ou de me comporter comme un gros salaud, histoire de prendre les devants et de la virer avant qu'elle ne commence à me regarder d'une manière que je ne pourrai pas encaisser. Mais je ne peux pas. J'aurais pu agir ainsi avec l'une de ces *one-shots* qu'on chope dans les discothèques, les bars, dans la rue ou mon salon de tatouage. L'une de ces minettes qui fondent pour ma façade d'artiste renfermé.

Milly, elle, a ce quotient émotionnel en commun avec moi et ceux de notre espèce. Souvent incomprise, elle détecte des choses cachées derrière la beauté ou la laideur. Elle est dans le ressenti, comme moi. Je m'en suis vite rendu compte.

Alors, muet et immobile, j'attends péniblement la minute fatidique. Quand elle va complètement s'éveiller et confirmer mes craintes. Qu'elle a commis une erreur en couchant avec un fêlé.

Bordel, je n'ai pas réussi à me tenir à carreau ! Elle voulait juste du fun, de la légèreté, et je m'étais démené pour qu'elle croie que je correspondais à ses attentes. Foutaises à la con ! Sans l'effet de groupe avec mes potes, je suis précisément le contraire du mec insouciant et joueur. Ce sont les BadASS qui créent et animent l'autre Jayden.

Ma superbe artiste à l'esprit aérien n'a pas besoin des ondes négatives du véritable moi. Le monstre du général Graham. Qui voudrait d'un déglingué de mon genre ?

Aïe ! Elle change de position. Le linge qui la couvrait m'en dévoile plus que je ne saurais supporter. Stupide pénis dans mon froc ! Même dans ce merdier, il ne se gêne pas pour prendre du volume, en manque de contact avec celle qui l'a grisé.

Voilà que les prunelles de Milly se rouvrent, éclipsant le soleil, et me captent instantanément.

Je me hais, me dégoûte et ai mal de n'avoir pas su me contrôler. Je vais la perdre sans l'avoir vraiment possédée.

– Hey, pourquoi t'es aussi loin ? s'étonne-t-elle en se redressant.

Son sourire me déchire les entrailles.

– Tu regrettes, mon doux et sombre Jay ?

Des regrets ? Je ne peux plus rien effacer. D'ici peu, tu te réjouiras sûrement de la distance que j'instaure. Et ce surnom est un crève-cœur.

Pas besoin de l'exprimer à voix haute. Ses sourcils se froncent, puis elle jette un œil à mon environnement. Spacieux, sobre, viril, mais sans vie. Meubles en ébène. Murs de briques grises. Quelques tableaux en noir et blanc signés Miss Tic ou Banksy. Une œuvre du Diamantaire à base de miroirs de récup reflète les rayons du soleil dans un angle. Un rameur dans un coin pour me défouler le matin avant le taf. Des vêtements méticuleusement rangés, tout comme l'intégralité de la pièce, séquelles d'un conditionnement militaire. À défaut de pouvoir organiser correctement le bordel dans ma tête, j'ordonne tout autour de moi.

Unique touche de couleur, immanquable : un immense phœnix qui s'étend sur le mur en face d'elle. Enchaîné, en larmes, les ailes déployées dans les flammes, ses couleurs chaudes détonent avec la bichromie qui domine partout ailleurs. En dessous s'étale, dans un graffiti d'hémoglobine, un prénom : MÉGANE.

Même fluide sur Milly qu'elle n'a pas encore vu. Obnubilée par l'oiseau mythologique, la belle a le souffle coupé. Je peux quasiment voir les interrogations germer en elle.

– Mégane ? Qui est-ce ?

Elle se lève, se dirige vers le phœnix, se penche, le touche. J'ai la sensation d'être disséqué sous un microscope. Je me mets debout à mon tour, fourre mes poings moites et tremblants dans mes poches. Rien ne me prépare au choc des iris de ma bohème quand elle pivote vers moi. Ma gorge se noue, mes boyaux se broient, je perds mon oxygène. Fuyant l'examen auquel elle me soumet, je fixe sur ses hanches et ses cuisses les M et autres dessins que j'ai tracés sur elle. Certains se sont brouillés avant de sécher, d'autres sont plus ou moins déchiffrables. En tout cas par moi.

Milly, qui ne pensait plus à sa nudité, baisse la tête sur son corps et pousse un cri affolé.

– OH MON DIEU ! C'est quoi, ça ? Oh non, pas ça, oh non ! J'ai saigné ? panique-t-elle en se palpant. Qu'est-ce qui m'arrive ?

Ses beaux yeux vont de moi à elle, puis vice versa. Elle s'inspecte, pétrifiée.

– Jay, je me sens bien pourtant… Je… Je n'ai mal nulle part ! Pourquoi j'en ai partout ? Il faut que j'aille à l'hôpital ?

Je passe mes doigts dans mes épis bruns, triture mon écarteur.

– N'angoisse pas… Tu n'as pas saigné, ma bohème, lui avoué-je dans un chuchotis coupable.

– Il faut que j'aille à l'hôpital ! Oh merde ! persiste-t-elle, affolée.

– Ce n'est pas ton sang, ma muse…

Elle me dévisage, yeux en soucoupes, bouche bée. Ses pupilles observent le prénom sur mon mur, puis migrent sur elle, et enfin me reviennent.

– D'où ça sort, alors ? Il se passe quoi, là ? s'inquiète-t-elle.

Silence atroce.

– C'est pas du *body paint*, ça n'a pas l'aspect d'une peinture. Qu'est-ce que… ? demande-t-elle entre peur et incompréhension.

– J'ai peint sur toi dans ton sommeil avec…

Mes lèvres se scellent de terreur.

– Du sang ? comprend-elle. Punaise !

– S'il te plaît…

– OH PUTAIN !

– Milly, je suis désolé.

Ma voix, mes illusions et ce qui me sert d'âme, tout se fissure.

– Mon Dieu ! J'avais bien senti qu'il y avait une fêlure en toi. Je craignais de l'aggraver, annonce-t-elle en reculant.

J'avance, lui tends une main tremblante qu'elle esquive.

– Mais quelle conne ! J'aurais dû m'en tenir à ma première impression, la simplicité avec Logan et ne plus t'approcher.

Je suffoque.

– À cause de ma maladie, je suis devenue une sorte de punition que tu t'infliges ou un truc du genre ? Une espèce d'expérience bizarre ? conclut-elle en hyperventilant.

– Milly, je…

– Il faut que je sorte d'ici ! assène-t-elle en ramassant ses habits à la hâte.

– Milly ! Milly, je t'en supplie…

CHAPITRE 41

Phoenix

♥♦♣

♠ L'enfer est tout entier dans ce mot : solitude. ♠

Victor HUGO

Jayden

J'ai seize ans et les pilules « récréatives » que j'avale ne suffisent plus, alors j'ingurgite un cocktail chelou dans lequel il y a même des somnifères. Dormir, ouais, ce serait pas mal... Dormir enfin. Et avoir moins mal.

Je m'embourbe dans un sommeil comateux, vanné, esseulé et fou de chagrin.

– Maman...

Putain, j'ai l'impression de me dédoubler, de ne pas être celui qui a poussé ce râle.

– Maman, Ya'agob... Je veux que tu...

Je m'enfonce. Extinction des feux dans ma caboche grésillante. Mes paupières alourdies se ferment... Je revois les images de guerre de la télé... les débats, les commentaires des journalistes sur le conflit israélo-palestinien... ça n'en finissait pas, pourquoi tant de violence, de haine ?... Je voulais apporter ma pierre à l'édifice, militer, marcher, sauver des gens... Papa ricanait, il me trouvait trop naïf...

Puis, je revois les toiles et œuvres de ma mère... Myriades de couleurs et elle, si belle. Elle pensait, raisonnait comme moi... Ses longs cheveux bruns virevoltaient, elle se dépêchait pour ne pas rater son avion. Son rire cristallin enchantait mes oreilles... Elle m'envoie des baisers de sa main, puis disparaît...

Maintenant, Mégane, concentrée sur ses cours. Je me sens seul... La douleur ne s'estompe pas... Moi, je n'y parvenais pas... Ouais, maintenant j'ai seize ans... Et les cachetons pour refuge... Le K.O... Le noir. La paix dans de petits grammes de pilules. Cette putain de paix à laquelle maman croyait... Elle y a cru avec ferveur. À la vie, à la mort...

Je sombre vers un sommeil que je désire de plus en plus éternel. Tout à coup :

– BIENVENUE AU CAMP DE PHOENIX, RECRUE GRAHAM ! SORS TON CUL DE CE VÉHICULE !

Oh bordel de merde ! Qui me nique les tympans, m'arrache à mon coma chimique ? Je me redresse en sursaut. Mon crâne heurte brutalement le toit de... Putain, je suis dans une bagnole ? Comment suis-je arrivé là ? Soudain, on m'extirpe rudement de l'habitacle.

Mon palpitant se met direct en branle. Je ne suis pas en plein cauchemar dans mon pieu. Non, c'est pire, je le sens, je suis à l'entrée de l'enfer. Son nom s'étale en lettres lugubres dans la pénombre devant moi :

Juvenile Boot Camp of Phoenix, Arizona.

Ouais, je suis en enfer, et c'est mon propre père qui vient de m'y livrer avec cette recommandation sèche et péremptoire :

– Faites-en un homme, vous avez carte blanche. Et effacez ce satané tatouage qu'il s'est fait !

– Comptez sur nous !

– Putain, mais qu'est-ce tu fabriques, papa ? Comment tu m'as traîné là ? Hey ! Reviens s'il te plaît ! Lâchez-moi ! Je t'en supplie, papa ! Qu'est-ce qu'elle penserait de ça ? Qu'en penserait maman ? Lâchez-moi, putain ! PAPAAAAAAAAAAAA ! PAPAAAAAAAAAAA !

Ils me tiennent fermement, et le paternel ne se retourne pas. Sa voiture s'éloigne, le lourd portail se verrouille. Je me débats, impuissant, terrifié. Un goût de trahison et d'abandon se mêle à la saveur âcre de la bile dans ma bouche desséchée. Mon propre géniteur m'a planté un couteau dans le dos en me gerbant au milieu de nulle part. Oui, mon seul parent vivant me trahit sans états d'âme pour me conformer à ses idioties d'idées toutes faites sur l'homme que je dois devenir maintenant. D'accord, je suis un ado « difficile » qui se shoote et ne se relève pas de la perte brutale de sa mère. Je sèche les cours ou y pionce sur ma table, gavé de cachetons, renfermé sur moi-même. Elle est morte, putain ! Ça fait trois ans que maman est morte et je me noie dans une souffrance infinie.

J'ai mes torts, je déçois mon père par ma faiblesse, mais sa décision est trop radicale. C'est le commencement de ma destruction. Pire que ce que je me fais avec mes substances illicites.

Je me débats encore, et je prends ma première branlée. Ils me défoncent littéralement la gueule. Je ne saisis pas encore jusqu'où ils vont me faire descendre. Mon séjour débute dans le cachot, à l'isolement. Le temps d'un sevrage à l'arrache, sans aide, à en vomir mes boyaux. En même temps que mes drogues, c'est mon humanité, tout mon respect et mon amour pour mon géniteur qu'ils m'enlèvent.

Désintox à la sauvage et tabassage à volonté, le nec plus ultra pour pousser des testicules ou crever comme une bête terrassée.

♥♠♦♣

Je secoue vivement la tête. Flageolant, j'allume mon ordinateur dans un état second. J'ai merdé avec Milly. Mes ténèbres sont bel et bien de retour. Je vais sur Skype et contacte mon parrain. Nous nous parlons peu depuis que nous sommes parvenus au constat que l'art parvenait à me servir d'échappatoire. J'avais trouvé ma béquille pour avancer, clean, un jour après l'autre. Nous échangeons cependant ponctuellement sur l'abstinence, la vie, les banalités. Dans les cas d'extrême nécessité, il est joignable et m'aide à résister à la tentation, à ignorer l'appel des drogues.

– Salut filleul, ça fait un bail.

– Ouais, salut.

Assis à son bureau, un mug de café « super papa » à la main, il me scrute avec perspicacité. « Super papa »… Cette espèce-là existe donc, et il a réussi à en devenir un.

Mon parrain est un exemple pour moi. Il connaît la force de l'addiction, a cerné mon fonctionnement et va à l'essentiel en trouvant les mots justes. Lui a récidivé une fois après sa première désintox, mais cela fait une vingtaine d'années qu'il n'a pas replongé. C'est un vétéran de cette guerre perpétuelle contre soi-même et contre l'attrait des poisons de prédilection.

– L'heure est grave, à ce que je vois.

– Je tangue, ouais.

– Il s'est passé quoi ?

– Une fille.

– Tu me parles d'elle ?

Je soupire, frotte mes yeux rougis.

– Elle est blonde, elle pétille de joie, je perds la boule…

CHAPITRE 42

Culpabilité

♠♦♣

♥ Je souhaite effacer toutes les choses que j'ai faites et qui t'ont blessé… ♥

Regrets, James BROWN

Milly

Dans ma douche, je me frictionne non-stop. Le savon mousse sur ma peau et enlève les traces. Je regarde le liquide rose, à mes pieds, mélange d'eau tiède et de résidus de sang. Le sang de Jayden.

Il est plus meurtri que je ne le pensais… Il est… Mon Dieu !

– Coucou, bichette ! lance Stella derrière la porte de la salle de bain. T'as passé la nuit à peindre ?

Non, je m'envoyais en l'air, dans l'obscurité, avec un artiste écorché. C'était exceptionnel, fabuleux, magique. Et ce matin au réveil, j'ai mesuré l'ampleur de ses fêlures.

Bien sûr, Stella n'a pas besoin de savoir cela, même si ça m'embête de lui mentir. Je me souviens que Diego a dit que sa coéquipière lui avait ordonné d'éloigner sa troupe de moi. Donc elle se doute mais ne m'en parle pas non plus… Je n'ai pas la moindre envie d'en discuter avec elle dans l'immédiat. Jay m'a trop chamboulée pour que j'aie la force d'affronter, ce matin, une bornée de l'acabit de ma fliquette, qui croit certainement devoir me protéger.

– Yep ! Et toi, avec tes heures sup' pour cette enquête en cours, tu dois être exténuée.

– Grave ! Je vais m'écrouler dans mon lit d'ici trois secondes avant de repartir bosser, bâille-t-elle.

– Dors bien alors, bichette !

Clouée sous les jets, je ne peux plus en sortir. L'eau ruisselle sur moi, des larmes s'y mêlent sur mes joues. Mes émotions sont confuses, mon cœur serré. Les yeux fermés, je vois ceux verts aux reflets dorés de Jay me fixer. Si poignants, complètement perdus…

Que lui est-il arrivé ? Que m'est-il arrivé ?

♥♠♦♣

Pendant que ma coloc' dort, je m'éclipse pour aller travailler. Je ne suis capable de papoter avec personne après le choc que j'ai encaissé chez Jay. C'était trop étrange, déstabilisant et révélateur. Je m'abrutis de musique – *One Way or Another* de Blondie à fond –, décapsule mes pots de peinture et tente de me déconnecter de Jayden Graham en swinguant sur les notes.

J'essaie de cogiter sur autre chose. Même à ma maladie ou à cette harceleuse qui fait une fixation sur Logan, et par conséquent sur moi. En vain. Rien n'efface le bel artiste torturé.

Il est là, recroquevillé, amoché, ses iris verdoyants et mordorés braqués sur mes pensées.

Il est là et il me bouleverse beaucoup trop.

Ce n'est pas bon, pas bon du tout, Milly.

Empêtrée dans mes remords et interrogations, je suis presque heureuse que mon portable sonne. Puis, durant une fraction de seconde, j'ai peur que ce ne soit *lui*. Qu'il veuille s'excuser encore. Je ne saurais pas quoi lui répondre. Je ne veux pas, je ne peux pas lui parler dans l'immédiat. Mais j'espère également que ce n'est pas Logan, trop paumée pour gérer l'un ou l'autre.

Heureusement, c'est le prénom de Jamie qui s'affiche sur mon écran. Je décroche en soupirant. Pourtant, malgré mon soulagement, je ressens aussi une pointe de déception insensée. Ensuite, mon cœur s'emballe à la perspective qu'il vienne en médiateur. Mais non, je suis ridicule ! Son pote n'est pas du style à faire des confidences intimes, ça m'étonnerait qu'il l'ait mis au courant. J'inspire et le prends.

– Allô Jamie ?

– Coucou miss ! Tu vas bien ?

Honnêtement ? Non.

Néanmoins, je tente d'être aussi enjouée qu'à mon habitude…

Plus tard, en rentrant fatiguée chez moi, je simule cette même gaieté avec Stella, qui me propose une soirée cinéma. Je ne parviens pas à me concentrer sur quoi que ce soit et me gave de pop-corn.

– T'es sûre que ça va, ma bichette ? me demande ma fliquette.

Elle se penche et pose ses lèvres sur ma joue. Je me crispe. Le sent-elle ?

– Super bien.

J'esquisse un faible sourire. Ses paupières froncées me mettent mal à l'aise. Elle me sonde. Les publicités se terminent enfin et les lumières s'éteignent, annonçant le début du film. Stella n'insiste pas. Cependant, l'obscurité de la salle ne m'aide pas à penser à autre chose qu'à ce matin. Les souffrances tapies en Jayden polluent mon cerveau et mon cœur. Me poussant à imaginer tout et n'importe quoi. Punaise, ça craint ! Au lieu de savourer le blockbuster sur l'écran, ce sont d'autres images qui saturent ma tête.

Nos corps enchevêtrés. Son goût sur ma langue, la sienne parcourant mon corps, délicatement, attentivement, jusqu'à me rendre dingue. Les orgasmes époustouflants…

Puis l'horreur, le désarroi.

Stella chuchote des commentaires dans mon oreille à propos de l'actrice principale. Je frémis, comme prise sur le fait, et acquiesce sans l'écouter.

Égarée, je m'inquiète pour l'artiste tatoueur tourmenté, je me réprimande aussi.

Punaise, ce que je m'en veux, Jay ! Mais je ne t'approcherai plus jamais. Pour ton bien et pour le mien.

CHAPITRE 43

L'amitié, la vraie

♥♦♣

♠ Beaucoup de gens entrent et sortent de ta vie, seuls les vrais amis y laissent leur empreinte. ♠

SOURCE ANONYME

Jamie

Hey Jay-Jay ! T'as dû te procurer un nouveau portable, non ? Ce numéro est toujours valable, donc je suppose que tu reçois mes SMS. Donne-moi des *news*, bordel ! Ça a donné quoi avec ta blondinette ?

Je range mon téléphone en me demandant si je ne vais pas le pourchasser. Il s'est écoulé cinq jours depuis ma soirée avortée avec mon ami. J'ai été occupé ces jours-ci et je l'ai loupé l'unique fois où je me suis pointé à son taf. Monsieur a repris le bénévolat, d'après Ryan et Brutus. Donc, quand il ne tatoue pas, il traîne dans les quartiers défavorisés et y tient des ateliers d'art urbain pour les jeunes.

Je sors d'un entretien d'embauche. J'ai décidé de rester dans le coin. Avant, je rêvais d'habiter dans la Grosse Pomme. Mais le New Jersey est à côté, et beaucoup font la navette entre les deux pour le boulot. Avec ma vie de baroudeur, je n'ai d'attaches nulle part. Rien que des racines ici et là, qui ne comptent plus depuis que la justice m'a laissé le choix entre la taule et le camp pour mineurs d'Arizona lorsqu'elle a mis un terme à ma carrière de petit branleur doué pour le *car-jacking*.

Au Boot Camp, j'ai rencontré un frère, celui que je n'ai jamais eu. Et Jay, lui, s'accoutumait petit à petit à m'avoir dans ses basques. Avant qu'il n'arrive, j'étais l'unique ado mal intégré dans le groupe de délinquants juvéniles. Le rouquemoute avec un accent écossais, qui prenait plaisir à répliquer aux vannes et attaques de brutes par des piques spirituelles. Les gros barbares n'aimaient pas les mecs trop futés, dont l'intelligence les faisait se sentir cons. Ça les rendait plus brutaux. OK, j'adorais me la ramener aussi. Provoquer. Ridiculiser.

Rendre des coups et végéter dans n'importe quel habitat, avec n'importe quels spécimens, je savais faire. J'avais appris à m'adapter dans la multitude de familles d'accueil foireuses à qui j'avais été confié. En revanche, trouver un véritable ami, un frangin donné par la vie, je n'y croyais pas trop… Jusqu'à ce que Graham déboule.

De nature, j'étais jovial, bavard, un éternel optimiste. Lui, c'était mon parfait opposé. Ça m'a tout de suite plu. Et puis, j'adorais les énigmes et ce garçon était entouré de mystères…

– Si je te parle de mes plaies, tu me calculeras un peu plus, tu crois ? lui ai-je proposé un week-end, pendant que les autres se préparaient pour leur perm'.

Lui et moi étions encore consignés, condamnés à des corvées sadiques.

Il ne me répondit que par le silence. Néanmoins, j'ai entamé pour lui un inventaire de mes chtards et cicatrices, en lui racontant fièrement comment j'avais écopé de chacun d'eux : coups de pseudo-parents ou de pseudo-frères et sœurs, bagarres pour m'imposer et me faire respecter dans la rue, bastons pour des nanas aussi, et j'en passais. Tout ça dans l'espoir qu'il s'épanche sur ce qu'on lui faisait subir dans le cabinet du toubib et sur les raisons de sa présence parmi nous…

Bien sûr, je n'obtins que dalle. Enfin, jusqu'à ce qu'on se fasse emmerder par d'autres gars, qui rassemblaient leurs affaires dans le dortoir.

– Hey les trouducs, comment allez-vous occuper votre week-end quand le baraquement se videra ?

– Ils s'astiqueront mutuellement. Non, Poil de carotte va sucer Dark Vador de mes deux ! Il lui colle au train depuis son arrivée, s'est marré son doublon, fier de sa vanne pourrie.

– Ça te file la trique d'imaginer cette scène ? Ajoutes-y ta sœur. Elle, elle astique vraiment bien mon sabre, a renchéri le nouveau à la surprise générale. Cela dit, il paraît que c'est de famille.

– Oh putain, Graham t'a démoli, mec ! s'est exclamé un gueulard.

C'était tellement inattendu et bien envoyé de la part de quelqu'un qui ne décrochait jamais un mot, hormis ses insultes et hurlements à vingt heures, que tout le monde a d'abord été sidéré, puis a explosé de rire. Quant aux deux imbéciles, ils ont eu du mal à se retenir de lui foncer dessus, au risque de perdre leur droit à la permission de sortie.

À cet instant, Graham et moi avons échangé un regard de connivence. Esquissant un demi-sourire, il m'a murmuré ensuite :

– T'excite pas, on n'est pas en train de devenir des potes, toi et moi. J'aime plus les gens, de manière générale.

– Ça tombe bien, je suis une carotte poilue, d'après Ducon. T'aimes pas les gens, mais tu kiffes les légumes ?

– Ce semblant de discussion devient très chelou. Non, je t'assure, mec, débande maintenant.

Un sourire nostalgique aux lèvres, je me rappelle qu'à partir de là il lui a été impossible de revenir en arrière et de faire son muet impassible avec moi. La glace était brisée. Il ne parlait toujours à personne. Sauf à moi.

Alors, aujourd'hui encore, je n'abandonnerai pas Jay, mon frère. On ne jarte pas un camarade d'armes sur le bas-côté quoi qu'il en dise. Il a fait de même pour moi et n'hésiterait pas à recommencer.

Il est dix heures quand j'entre dans le *IHOP*[11] et balaie les tables du regard. Milly me fait signe. Mon plan B tant que Jay jouera à cache-cache. Cinq jours de silence radio, putain ! Un sourire fend mon visage quand je me dirige vers elle.

– Salut miss !

– Coucou Jamie. Alors, ce rendez-vous pro ?

Je la prends dans mes bras. Elle sent vachement bon. Je m'installe sur la banquette en face d'elle et saisis la thermos de café à volonté sur la table pour me servir.

– J'ai bien accroché avec l'équipe, mais ils avaient encore d'autres candidats à voir.

– Jay sait que tu restes ? me demande-t-elle en jetant un coup d'œil pensif vers l'extérieur.

Je la sonde. Elle a la panoplie de la nana gaie et lumineuse : un foulard africain bariolé qui retient ses cheveux coulant en un flot de mèches claires dans son dos, une robe ocre et des bracelets ethniques aux couleurs vives. Mais son sourire a un truc qui cloche. Comme s'il n'arrivait plus à gagner ses yeux.

– Et si on parlait de lui et toi, ma belle ? T'étais réticente à me revoir. Depuis que je t'ai appelée en douce pour que tu viennes l'autre soir, je n'arrive plus à joindre Jay, entamé-je en lui piquant un bout de son *french toast*[12], qu'elle n'a pas l'air de vouloir toucher.

---

11 IHOP : International House Of Pancakes est une chaîne américaine de restaurants spécialisée dans les petits déjeuners.

12 Pain perdu.

Elle me fixe et hausse les épaules.

– Jamie, écoute, t'es son ami et lui et moi… c'est fini, murmure-t-elle.

Eh merde ! Mon Jay-Jay s'applique encore à se barricader. Je croyais qu'avec sa bande actuelle il avait trouvé un équilibre dans une existence dissolue et joyeuse. Il m'a raconté il y a un moment au téléphone qu'avec ses quatre acolytes il vivait enfin ce qu'il avait raté durant son adolescence. J'avoue qu'il m'avait paru convaincant.

– Puis-je savoir pourquoi ça n'a pas marché ?

Ma question met Milly mal à l'aise. Connaissant le mode de fonctionnement de Jay-Jay, la miss aura besoin d'un décodeur dans un premier temps. Mais je ne peux pas trahir les secrets que j'ai moi-même galéré à obtenir pendant des mois.

La blonde soupire et touille nerveusement son café.

– Il a besoin de plus que je ne suis en mesure d'offrir, m'affirme-t-elle en dirigeant un regard franc vers moi.

La serveuse débarque pour prendre ma commande, je prends la même chose que Milly, puis concentre à nouveau mon attention sur cette dernière.

– Quoi ? Il t'a proposé du sérieux ou un truc du style ? lui demandé-je, plutôt choqué.

Je visualise mal mon ami partir dans un délire d'engagement avec une femme. Au fond, c'est un solitaire qui sélectionne les personnes avec lesquelles il a réellement envie d'être. Mademoiselle

Peps ici présente se trouve être la seule nana suscitant chez lui cet engouement depuis le camp. À ma connaissance, en tout cas.

– Je t'aurais bien dit que tu n'as pas à te mêler de mes affaires, mais je comprends que c'est pour Jayden que tu t'inquiètes, commence-t-elle prudemment.

Ouille ! Une nuance dans son ton et ses prunelles m'indiquent qu'elle a eu un aperçu du Jay ravagé. Sinon, elle ne serait pas si conciliante. Est-ce qu'il va plus mal qu'il ne le montre ?

– C'est clair que ce ne sont pas mes oignons et qu'il a horreur que je m'occupe de ce qui ne concerne que lui, mais… il semble se sentir bien avec toi. Ce qui est suffisamment rare, voire inédit, pour que j'essaie de donner un coup de pouce.

Milly secoue la tête, repousse sa tasse dans laquelle elle n'a même pas trempé ses lèvres.

– Mes jours sont comptés : je ne suis pas sûre d'être encore là à Noël. Alors je crois que ce ne sera pas bénéfique pour lui de me fréquenter.

QUOI ? Le bug... Elle est condamnée ? J'ai raté combien d'épisodes au juste ?

Voyant ma stupeur, Milly me sourit avec douceur. Cette fois-ci, son visage s'égaie entièrement. J'aperçois ce qui fait craquer Jay-Jay. Il y a entre eux une espèce de complémentarité claire-obscure… Mince, qu'est-ce que je déblatère ?

– Je suis désolé, je l'ignorais.

– Oh, tu n'y es pour rien, et ce n'est pas un sujet tabou. J'ai hérité d'une maladie orpheline hématologique, j'ai dépassé le stade du déni. Quelque part, je suis un peu plus chanceuse : ma mère en est morte, les deux premiers enfants qu'elle a eus avant moi aussi. À vrai dire, je tente de profiter au lieu de me morfondre. J'ai ma petite devise : YOLO. Ce n'est pas la durée qui compte puisque je n'ai aucune prise là-dessus, mais la qualité de vie que je voudrais.

OK, c'est définitif : je valide cette nana ! Elle m'épate pour une foule de détails. Je m'adosse et lui rends son sourire, peiné pour elle.

– Putain, je ne sais pas comment Jayden a fait pour te débusquer, mais je vois parfaitement pourquoi tu ravives la flamme qui s'était éteinte en lui.

Elle se rembrunit immédiatement.

– Non, pas ça, Jamie. Ton ami est en souffrance. Je ne veux pas être celle qui l'anéantira davantage après cette Mégane.

Mon dos se remet droit comme un I.

Nom d'un chien ! Il lui en a parlé ?

– Il s'est confié là-dessus ? l'interrogé-je aussi nonchalamment que possible.

– Non, tu penses bien… Mais j'ai une pathologie incurable du sang et je crois que cette femme exacerbe un côté torturé et sanguin en lui, littéralement. Notre lien est néfaste, pour nous deux. Et ses potes sont eux aussi source de complications.

Le bourbier !

CHAPITRE 44

La vérité dans l'art

♥♠♦

♣ La douleur est le terreau de l'artiste. ♣

DALIDA

Jayden

Dans l'arrière-cour du local associatif, on baigne dans les bruits de fond de la rue. Des fillettes jouent au *double dutch* à quelques mètres de moi, s'esclaffent sans cesse en sautant et chantent en chœur du Alicia Keys. Des effluves de plats porto-ricains embaument l'air. J'ai si chaud que j'aurais enlevé mon jean élimé, mon t-shirt kaki et mes baskets si j'étais chez moi.

Je termine d'étendre du film plastique étirable entre deux arbres. Voilà, ma toile est prête pour l'initiation des mioches au cellograff, une nouvelle technique inventée par des Français[13]. Je veux

13 Par Astro et Kanos.

leur montrer combien l'art urbain est dynamique et en perpétuelle évolution. La cellophane permet de transporter les graffitis presque partout, de s'exprimer où l'on veut sans rien détériorer. Il y a là une notion de respect de l'environnement et de créativité adaptable aux autres qui ne leur est pas systématiquement inculquée dans la misère et les violences de leurs blocs d'habitation.

Je m'évente en agitant le tissu de mon haut et les questionne à la cantonade :

– Alors, savez-vous ce qu'on appelle un tag ?

Les gamins qui m'encerclent me toisent avec insolence. Je m'en amuserais presque si je n'avais pas le moral six pieds sous terre. Néanmoins, ébauchant un sourire, je secoue ma bombe de peinture en soutenant leurs regards.

– Si vous voulez pouvoir vous éclater sur ce nouveau support, va falloir participer, vous savez ? Ou je m'amuserai tout seul. Alors, le tag, vous savez précisément ce que c'est ?

– Bah ouais ! Tout le monde sait ça, se vante un petit métis à tresses. Je parie qu'on déchire mieux que toi, mec !

L'autre adulte présent rigole. C'est l'un des Frères Franciscains du Bronx, qui ont créé cette association dans le quartier de Broadway, une zone démunie du New Jersey. Il a l'habitude de côtoyer ces garnements. C'est génial que sa communauté ait exporté ses méthodes dans cette ville. J'ai aménagé mon planning de travail afin d'animer régulièrement des ateliers ici et à Fairmount.

J'adresse un clin d'œil au mini-caïd qui fanfaronne.

– Vas-y, mon gars, balance-moi une démo de ton talent. Tu m'apprendras peut-être des ficelles.

Dégoulinant d'assurance précoce, il ajuste son maillot Iverson et choisit un aérosol bleu. Cette putain de couleur qui me fait aussitôt triper sur les iris de ma muse. J'inspire et m'efforce de garder l'esprit clair.

– Yo Oumar ! Montre au prince des *tattoos* comment on gère à Broadway ! l'encourage sa clique.

Je croise le regard amusé du prêtre qui supervise l'atelier. Assez jeune, en sneakers et soutane, il retrousse l'une de ses manches pour me présenter un tatouage sur son bras. Il est *hype,* l'homme d'église, je me demande quelle était sa vie d'avant.

Je reporte mon intérêt sur Oumar, qui se la raconte. Il essaie de m'impressionner, contournant le van blanc qu'on a à notre disposition, il se lance dans une retranscription de son prénom sur la toile en film étirable. Je ne l'interromps pas : au contraire, je m'adosse au véhicule pour scruter sa technique. Il n'en est pas à son coup d'essai. Ce môme, qui a probablement déjà vandalisé un certain nombre de biens publics, s'adapte rapidement et efficacement à cette nouvelle texture. Son OUMAR se dessine en bleu sur un coin de la cellophane. Pour les finitions, il opte pour du jaune qui, mélangé à l'azur, donne des dégradés de vert par endroits.

– Yo le prince ! Tu peux baver, maintenant, se vante-t-il en reculant.

Il effectue un dab, reproduit en chaîne par sa clique qui le siffle.

– Classe, mon pote ! le félicité-je pour qu'il se la pète trois secondes. Sauf que là, ce n'est pas un tag au sens strict.

– Tu déconnes, mec ! proteste-t-il, à la fois vexé et sceptique.

Je remue énergiquement ma bombe noire et me penche pour effectuer une démonstration.

– Ceci est un tag. Le mien est JAY ou JY, suivant mon humeur. C'est la signature de l'auteur, la marque qu'il appose sous ses œuvres. Mais dans les dimensions et remplissages que tu viens de faire, ça s'appelle un *throw-up*.

Sous les huées de ses copains, il me traite de mytho. En fin de compte, il me met au défi d'imiter sa création à ma sauce.

– Non, sérieux ? Tu doutes encore de mes capacités ? rigolé-je.

Les autres jurent que je n'ai certainement pas de style, car les meilleurs proviennent de leur ghetto, selon eux. Je me tourne vers le van immaculé, fade, trop conventionnel. Un échange de regards avec le prêtre me fait comprendre que j'ai carte blanche pour l'embellir. Me retrouvant dans mon élément, je me lâche. Au début, c'est juste pour le fun. Je suis bercé par les sons de la rue, l'ambiance hip-hop. J'improvise au fur et à mesure, me penche, m'accroupis, me relève, mordille ma lèvre, me concentre sur chaque détail. Je ressens les coloris, pulse avec les pschitt des aérosols. Lorsque je termine, signe avec mon JAY et fais un pas en arrière, mon souffle se bloque dans ma cage thoracique.

Merde ! Qu'ai-je fichu ?

– Grandiose ! entends-je dans mon dos.

Re-merde ! Je reconnais cette voix. Raide et déstabilisé, je pivote et constate que ce fouineur de Jamie a retrouvé ma trace. Et bien sûr, au pire moment possible, car je ne me suis pas contenté de calligraphier mon prénom sur le van : bordel, j'ai carrément dessiné en grand le visage qui me hante !

– La vache, c'est ta meuf ? s'extasient les jeunes en s'approchant.

– Il l'a peut-être imaginée ?

Je suis assailli par leurs commentaires et appréciations, mais je suis incapable de leur répondre. Mon rouquin me fixe avec une saleté de mine réjouie.

– Elle est entrée dans ta moelle, cette nana, c'est fichu ! débite cet idiot en s'allumant une clope.

Je me gratte la nuque, persuadé que c'est cuit : je ne peux plus faire bonne figure après ça. Pourquoi faut-il que toute ma putain d'inspiration tourne autour de Milly en ce moment ? Une torture !

– C'était juste… et puis zut ! Laisse couler !

L'écureuil rit en exhalant sa fumée.

– Ouais, vaut mieux. Tu mens de moins en moins bien, tu sais ?

– Ta gueule ! Qu'est-ce que tu fous là, Jamie ?

– On surveille son langage, jeune homme ! me tanne le prêtre, qui invite les jeunes à aller déguster une collation avant de poursuivre l'atelier.

En tête à tête avec mon pote, j'embrase également une cigarette.

– Genre tu passais dans le coin ? le fliqué-je pour la forme.

– Absolument pas ! J'ai tiré les vers du nez de Brutus pour qu'il me donne ton emploi du temps.

– Tu me rappelleras de le virer, celui-là ?

– Toi et moi, on va mettre cartes sur table, Jay-Jay, déclare Jamie en campant devant moi.

Je repense à ma nuit avec Milly. La magie précédant le réveil de dingue dont elle a écopé dans ma piaule. Mon désarroi. Aucune envie d'aborder cela avec l'Écossais. Sans façon !

– Tu peux aller te brosser, mon gars ! Achète-toi une vie privée et zappe-moi, tu veux ?

J'aspire une latte. Il plisse le front, ça m'exaspère. Je sens qu'il n'abandonnera pas, ce qui me gonfle royalement.

– Tu sais avec qui j'ai mangé, ce matin ? s'obstine-t-il en effet.

Rien à branler.

Minute ! Il change de tactique ? Je me méfie illico. Ma curiosité s'accroît. Elle est quasi aussi intense que mon angoisse de deviner la suite.

Ne me dis pas que t'as harcelé Milly !

Mon espoir est vain, puisqu'il arbore la tronche du type content de lui-même.

– Merde, t'as pas fait ça ?

– Si. Et j'ai appris complètement par hasard… OK, j'ai fureté jusqu'à ce qu'elle me dise qu'elle se rend à un concert de plein air ce soir. Tu vois un peu ?

– Non mais sérieux, dégote-toi une chérie, Jamie ! Mes relations te font un peu trop rêver.

Cette info m'obsédera, maintenant. Bordel, je vais gaspiller ma soirée à imaginer ma bohème en train de danser ! Avec Stella, Logan ou un autre. Ça va me miner. *Little Squirrel*, lui, se marre.

– Je te dis où c'est ?

CHAPITRE 45

Dans mes veines

♠♦♣

♥ Tu es dans mes veines.
Et je ne peux pas t'en faire sortir. ♥

In My Veins, Andrew BELL

Jayden

L'idée de Jamie est moisie, mais ma détermination à ne plus importuner Milly s'effrite lamentablement. Ce casse-burnes est fier de lui, car mon graff me trahit. Je l'ignore et tiens une heure supplémentaire avec les mioches avant de céder.

Bordel, oui, je veux l'adresse, je veux la voir, je la veux elle !

La tatouer sur mes rétines, me dézinguer les neurones avec le dérèglement hormonal qu'elle provoque dans mon corps. Chaque fibre de moi la réclame, physiquement, mentalement, artistiquement. Comment le nier ? Et surtout, comment le lui cacher, à elle qui repousse ceux qui s'attachent trop à elle ?

De plus, sortir une excuse bidon à mes potes pour me défiler ce week-end m'embête. Entre les inquiétudes à propos de Shelby et leur crainte que je me came, ils risquent de ne pas bien prendre ma défection. Je les aime, mais j'ai du mal à me remettre dans l'état d'esprit du groupe. Je sens un fossé se creuser entre eux et moi depuis que j'ai rencontré ma muse.

Dans la voiture de location de *Squirrel,* nous allons à Camden pour l'*XPoNential Music Festival*. Rien qu'en me remémorant la manière dont Milly a pris la tangente en catastrophe lorsqu'elle a découvert mon œuvre singulière peinte sur son épiderme, ma cage thoracique se comprime. Son air effaré m'a pourchassé jusque dans mes cauchemars. Ce matin-là, j'ai voulu lui expliquer, mais je n'ai pas pu. Fou de douleur, je lui ai misérablement suggéré de prendre une douche pour effacer mes traces avant de sortir de ma vie désastreuse. Hélas, elle a filé sans même passer par ma salle de bain et je me suis senti terriblement toxique.

Je me suis cloîtré vingt-quatre heures avec son odeur idyllique sur mes draps avant de pouvoir me remettre en état de marche. Pour ne pas admettre que mon psychorigide de géniteur continue de me gangrener et qu'il a raison sur toute la ligne : je suis une merde !

Putain, NON !

Je me concentre sur le paysage pour éviter d'être englouti par le passé. Cela fait deux heures que nous roulons. Jamie sifflote sur Twenty One Pilots, *Heavy Dirty Soul*. Ouais, mon âme à moi est lourde et sale aussi, et je ne sais pas s'il reste quelque chose à sauver en moi, mais je veux essayer avec Milly…

Jamie a le tact de ne pas trop bavasser, pour une fois. Il fait beau, je m'accroche à ça. Soudain, je tilte sur un truc et emprunte le portable de mon pote pour appeler Diego. Il décroche rapidement.

– Cruz, c'est Jay, ça roule ?

– Salut ma couille ! Ça va, et toi ?

– Je fais aller… Dis-moi, tu peux localiser Shelby Wells ? Je veux dire… On sait toujours où elle est exactement, histoire de ne pas être pris au dépourvu ?

– Ouais, nous nous sommes organisés pour la surveiller. Chris a fourni les moyens technologiques, je les ai installés discrétos et Logan est entré en contact avec elle pour la ramener en thérapie. Elle a accepté de coopérer, à condition qu'il assiste à une ou deux séances avec elle et le psy.

– Waouh. OK.

Putain, il donne de sa personne, le Doc. Est-ce pour impressionner et séduire Milly ? Non, je suis dégueulasse ! Il est médecin et ne laisserait pas tomber une patiente en détresse. Surtout que sa propre sécurité reste en jeu.

La bonne nouvelle, c'est que cette folle ne sera pas dissimulée dans la foule ce soir avec des envies de meurtres envers ma muse.

– Je te remercie, mon gars.

– Pas de souci. Attends, Jay… Tu te fais rare. Ça va vraiment ? Je suis là, tu sais.

– Je sais. Merci, Diego. Éclate-toi plutôt que de t'inquiéter pour mon derch. Faut roder ton bijou, tu vois ?

– Je m'en occupe, mon pote.

Il rigole et je fais mine d'être aussi détendu que lui, histoire de ne pas montrer l'étendue de mon mal-être. Lorsque je raccroche, pétri de reconnaissance et d'affection pour ma famille de cœur, mes frères BadASS, Jamie et moi sommes arrivés à destination. Il y a du monde, un melting-pot de tous âges. Nous cherchons longtemps une place pour nous garer, l'accès à certaines rues ayant été fermé pour l'occasion. Celle que nous finissons par débusquer est assez éloignée du lieu du festival. Nous nous mettons en route à pied, une clope en bouche.

– Elle n'a aucune envie de me revoir, débité-je sans le vouloir.

Mon angoisse grimpe en flèche lorsque j'aperçois la scène immense du concert. Ma muse est quelque part parmi ces gens amassés le long de la rive du fleuve Delaware, joyeuse, et je vais plomber sa soirée.

L'Écossais ne bronche pas. Je sonde son regard, la boule au ventre. Merde, elle lui a spécifié que j'étais *persona non grata* et il m'a quand même traîné jusqu'à elle !

– Putain, j'aurais pas dû venir ! tranché-je en me figeant.

– Me fais pas ce coup-là, mec !

– Je respecte juste son choix, Jamie. C'est si difficile à imprimer ? m'énervé-je en fourrageant ma tignasse.

Il se tourne vers moi et me regarde droit dans les yeux.

– Non. Mais le choix ultime appartient à miss Peps. Mate comme c'est bondé : même avec un super radar, tu ne la trouveras pas miraculeusement si elle refuse d'être vue.

Ouais, c'est pas faux. Les synapses en panne, je n'y avais pas réfléchi. Elle pourrait m'apercevoir de loin et se planquer. Elle a été très claire en quittant mon appart : je n'ai plus rien à espérer.

– Super ! C'était ça ton plan ?

– Je lui envoie un texto : ce sera à elle de statuer si elle est OK ou pas. Au pire, nous savourerons la musique et picolerons comme des trous, juste nous et une sexy minette à la peau chocolat.

– C'est que t'es un génie de l'organisation, toi ! me moqué-je amèrement de son programme.

Je sais qu'il adorerait suivre ça à la lettre, cet emmerdeur a une prédilection pour les filles black. C'est simple, je ne l'ai jamais vu collé à un autre style de nanas. Il se marre, dégaine son iPhone, et je repense à Milly reculant devant moi dans ma chambre. Putain, qu'est-ce que je fous là ? Je tente une nouvelle fois de le convaincre de ne pas contacter ma muse :

– Laisse tomber, mon pote.

Suivant une jolie Noire des yeux, il ne m'écoute pas et appelle carrément Milly.

– T'es vraiment chiant ! lui dis-je alors qu'il gesticule pour m'indiquer qu'elle a décroché.

– Hello, Rayon de soleil, c'est Jamie.

Je lui présente mon majeur, rallume une cigarette. La conversation est succincte. Je simule le détachement malgré mon stress. OK, Milly me manque, mais j'ai conscience de l'avoir échaudée. Mon pote ne mentionne pas mon nom, faisant comme s'il était seul. Ce que je n'apprécie pas : j'ai l'impression de tendre un piège à ma bohème. Un de plus, après celui de Chris.

– À toi de décider si tu m'accompagnes au point de rendez-vous, me lance-t-il après avoir coupé la communication.

Il frotte sa barbe de trois jours en m'observant. Je balise, pèse le pour et le contre, me triture un écarteur.

– Jay, je sais que tu préfères gérer ta vie à ta façon. Je voudrais juste te voir heureux, pour une fois… en guise de remerciement pour ce que tu as fait pour moi.

Je me suis juste servi d'une grande partie de ce que j'ai touché à la majorité, avec l'assurance-vie de ma mère, pour le sortir d'une situation merdique. Le reste a financé ma formation et mon salon de tatouage. Pas grand-chose et je le referais s'il trouvait à nouveau dans le besoin. C'est ma conception de l'amitié, de la loyauté.

– Je te déteste, tu le sais, ça ?

Il ricane. Ça finit en étreinte fraternelle et tapes dans le dos.

– Si elle me jette, je rentre et tu me promets de rester t'amuser. OK ? m'assuré-je.

Il opine, m'épargne un *yes* triomphal. J'inspire longuement mais me sens toujours oppressé.

– Putain, je me serais bien grillé de la *white widow* pour calmer mes nerfs.

Jamie me sourit, saisissant combien Milly me fout dans tous mes états. Nous dépassons des stands d'activités diverses et des marchands ambulants en nous faufilant parmi les festivaliers. La musique sono nous environne : un orchestre interprète un medley de Queen. Mon pote fredonne en distribuant des œillades à deux ou trois gonzesses. Impossible pour moi de suivre son exemple. Plus je sens que la distance s'amenuise entre ma muse et moi, plus mes mains s'humidifient. Mon trouillomètre passe en alerte rouge. Tout à coup, je l'aperçois, les animations autour deviennent de la figuration. Punaise, j'ai l'impression de faire un AVC ! Elle est rayonnante dans une espèce de blouse blanche, un short déchiré en jean et des boots camel ajourées, et ses jambes sublimes sautillent sur le tempo. Les plumes de paon autour de son cou et dans ses tresses volettent. Et je perds le contrôle de ce maudit organe qui battait inutilement en moi jusqu'à ce que je la rencontre. Palpitations, difficulté à respirer. Merde infinie !

Des imbéciles me la masquent partiellement. Jamie lui envoie un SMS pour lui dire qu'il la voit. Après lecture, Milly scanne la foule autour d'elle. Soudain, elle me découvre. Son regard interloqué ne me quitte pas. Elle se fraie un chemin vers nous, rivée à mes prunelles.

– Préviens-moi avant de t'évanouir, Roméo, me charrie Jamie.

– La ferme, tête à claques ! chuchoté-je.

Pourvu qu'elle ne m'éjecte pas. Je ne ressens plus qu'elle à des kilomètres à la ronde.

CHAPITRE 46

Drogue humaine

♠♦♣

♥ La fascination qu'exerce un être sur un autre
ne provient pas de ce qu'exhale sa personnalité
à l'instant de la rencontre.
C'est de la somme de tout son être
que se dégage une drogue puissante
capable de séduire et d'attacher. ♥

Anaïs Nin

Jayden

Focus, Graham ! C'est la loose, ton mode « junky accro à sa nouvelle addiction », ne l'affiche pas, putain !

J'essaie, mais en vain.

Relax.

Ne plus lui paraître trop vulnérable : c'est ma seule chance pour qu'elle accepte de remettre le couvert après l'échec cuisant de la première fois.

Lui donner envie de m'accorder une seconde chance, m'efforcer d'être tempéré.

Jamie jacte, aucun son ne franchit la bulle euphorisante dans laquelle Milly me plonge. Mains dans les poches, je frôle mon talisman chapardé de son bracelet. Vais-je me reprendre un râteau ?

– Bonsoir, nous salue-t-elle, sur la réserve, ses splendeurs céruléennes braquées sur moi.

Est-elle déçue, furax ? Son attention bifurque vers mon rouquin, qui la décolle du sol et lui claque une bise sur la joue. Putain de charmeur ! S'il compte être aussi tactile avec elle tout le temps, ça va vite me gonfler.

– La forme, miss Peps ?

Putain, un petit nom rien que pour elle, en plus ? J'en déduis qu'elle lui a fait bonne impression et j'en suis ennuyé sans raison valable. Il s'agit de mon pote, il ne me fera pas de coup bas. Mon véritable ennemi n'est autre que moi-même. Je me débrouille pour foirer les choses tout seul, comme un grand !

– Ça va, et vous ? répond Milly lorsque *Little Squirrel* la repose.

Elle a la gentillesse de ne pas émettre de reproches. Je replonge dans ses billes fabuleuses et déglutis. C'est la première fois que nous nous voyons depuis cette nuit-là et ma gêne culmine. C'est l'entracte sur scène, du coup, les boum-boum de mon cœur s'amplifient. Je refrène mes bras qui souhaitent la coller contre moi.

– Plutôt bien, surtout maintenant qu'on t'a avec nous… Et n'étant pas faux cul, je ne dirai pas que je suis désolé de vous foutre l'un en face de l'autre, dit l'écureuil, tout sourire, en lissant sa barbe de tombeur branché.

Ma muse hausse les épaules.

– J'aurais dû m'en douter, Jamie… Je t'avais pourtant dit que… Bref. Sinon, tu vas bien, Jay ? demande-t-elle en pivotant vers moi.

Je me frotte la figure et expire. C'est elle qui devrait répondre à cette question. C'est elle qui importe.

Moi, de toute façon, je vais mal. Avant, j'avais ma bande et une dynamique pour réapprendre à me sentir quasiment vivant. Maintenant, je suis perdu, les cartes sont redistribuées. Je suis statufié devant ma came de substitution.

Aussi absurde que cela puisse paraître, je me sens comme en désintox forcée : ça me démange, me gèle, me tenaille de me fondre en elle. Me shooter d'elle. Je souffle longuement.

– Ouais, je pète la forme, mens-je, lapidaire, en reprenant un ersatz de contrôle.

Elle est plus que jamais ma muse. Je peux juste retarder le jour où elle se rendra compte de la force de mon attirance pour elle. Endiguer momentanément le flot avant que nous ne soyons tous deux submergés. Car j'aspire à une overdose d'elle et elle n'est qu'éphémère ici-bas. Pendant un court instant de flottement, j'ai presque envie de le reconnaître à voix haute. Lui proposer une alternative. Hélas, je n'en ai pas. Paumé, je la contemple, la musique me revient en sourdine. Mon ami se penche sur mon oreille.

– Hey, Ange déchu, on dirait que ce sont les plumes de tes ailes brisées qu'elle collecte et recolore. Elle en a toujours sur elle, dingue, non ? me chuchote-t-il.

Mouais, n'importe quoi.

Ma sexy blonde plisse le front, je toussote. Mon pote s'absente en prétextant un achat de bières, sans attendre que je réplique. Je me serais moqué de ce rôle d'entremetteur auquel il s'assigne, seulement, son analogie est troublante. La chevelure dorée de Milly sublime les plumes qui y sont enchevêtrées. Angélique. Magique.

On a une occasion d'être seuls tous les deux : Jamie ne va pas se repointer de sitôt. Je lui en suis reconnaissant, mais je suis pétrifié.

– Jay, je… débute Milly.

– Pardonne-moi, j'ai salement merdé, la coupé-je.

Elle se fige. Hésite-t-elle à me blesser avec ses mots qui seront létaux quoi qu'il arrive ? J'empoigne mes tifs, pousse plus loin mon *mea culpa :*

– Je ne disjoncte pas ainsi d'habitude, mais quand on a couché ensemble, t'as touché un truc en moi et je…

Bordel, je m'embrouille ! Je me frictionne le visage. Elle ne m'aide pas, à me regarder ainsi sans parler : ça m'oblige à me mettre à découvert.

– Dis quelque chose, je t'en supplie, murmuré-je de ma voix qui s'enroue.

Les yeux dans les yeux, nous restons silencieux et immobiles. J'en ai mal au ventre tant c'est pénible.

– Le sang représente quoi, pour toi, Jay ? me demande-t-elle, ce qui me prend au dépourvu.

Il représente Mégane baignant dans le sien... Moi... Entre autres.

Pas d'interrogatoire, s'il te plaît !

Je tremble, frémis de l'intérieur.

– *My Sweet Dark* Jay ? Toujours zéro question, hein ?

Elle sonde mes pupilles, met mon âme à nu. Dans cet endroit grouillant de monde, je suis seul face à elle, ne m'autorisant pas à m'exprimer autrement qu'en lui ouvrant ces fenêtres.

– Le sang ? C'est la vie, affirmé-je avec difficulté, sans m'étendre.

Elle s'approche. Elle ne m'effleure pas, mais c'est tout comme. Mes sens sont conquis.

– Cet abîme en toi, Jay... Je n'arrête plus d'y penser et Dieu sait que je... Punaise, je t'avais dit ce dont j'avais besoin pour ne pas flancher ! souffle-t-elle en levant ses iris au ciel.

Oui : de la lumière, de la chaleur, des couleurs, de la joie et des frissons. Elle a besoin d'un feu d'artifice semblable à celui qu'elle cause en moi. Ma gorge se serre. J'ai assombri son existence déjà limitée. Ça me bouffe de n'avoir pas su lui apporter uniquement le meilleur de moi. De ne pas lui avoir permis de jouir d'une somme de petits bonheurs avec moi, sans ma saleté d'abysse sanguinolent.

– Apprends-moi à savourer la vie, vu que j'ai échoué à éclairer la mienne pour toi, plaidé-je.

Elle secoue la tête plusieurs fois de gauche à droite. Une négation à l'infini qui me lamine à chaque rotation de son cou. Une douleur indescriptible me lacère. Sans le vouloir, je me sens devenir le faiblard dont les larmes perlent sur mes cils. Le putain de sensible indigne d'être appelé un homme, selon le général et sa définition archaïque et fermée de ce qu'est un vrai mâle. Malheureusement pour lui, je ne corresponds en rien à celle-ci. Plus je traverse d'épreuves et plus cela transparaît.

Maintenant je suis là à chialer pour une nana et à me répugner de retomber aussi bas. Le regard brumeux, je crois la voir se figer, retenir son souffle.

Vas-y, achève-moi, qu'on en finisse !

– Merde, Jay !

D'un bond, elle s'élance vers moi et entre en collision avec mon corps. Notre baiser est bestialement inattendu, conjuguant mon sanglot qui éclate et la passion qui déferle sur nous. Ma muse me propulse en orbite, et je m'y retrouve.

Désarmé. Dopé. Accro.

CHAPITRE 47

Shoote-moi encore

♠♦♣

♥ Aide-moi à démolir ma raison, aide-moi,
c'est ton sexe que je peux sentir. ♥

Closer, Nine Inch Nails

Jayden

Je la presse contre moi. Nos langues dansent la farandole. Je grogne, envahi par un putain de bonheur. Une défonce sous substance bohémienne. Milly gémit, me mord la lèvre inférieure en fourrageant fiévreusement dans mes épis bruns. Bordel, il faut qu'on bouge de là avant d'être embarqués pour atteinte à la pudeur.

– Ma muse, j'ai besoin de ta peau, ta chair, tes soupirs tout de suite, ou je vais perdre le nord, la préviens-je en me dessoudant d'elle à contrecœur.

Front contre front, nous haletons. Je ne souhaite pas la laisser cogiter et regretter. Si elle se montre sensée, elle me gerbera *illico presto*. Mais je tente de réfléchir aux possibilités qui s'offrent à nous pour avoir plus d'intimité. Jamie et moi nous y sommes pris à la dernière minute. Impossible de dégoter un moyen d'hébergement en plein week-end d'affluence sans avoir rien réservé à l'avance. On a une urgence, quitte à entrer par effraction quelque part.

– T'es OK ? Tu me veux ? la racolé-je en parsemant son visage et son cou de baisers.

Putain, j'ai besoin qu'elle me baise. Qu'elle me possède, me fasse payer de l'avoir effrayée.

– J'ai… une… chambre, murmure-t-elle avant que je ne fonde à nouveau sur sa bouche, mon érection plaquée contre son ventre.

Je m'arrache à elle et la contemple comme les sept merveilles du monde réunies en une.

– C'est loin ?

Elle pouffe, excitée, torride.

– Tu vas devoir te tenir, mon grand, on en a pour une heure de trajet.

– Arf, la galère ! Fous-moi à poil maintenant, au diable les autres ! la supplié-je, au bord du précipice.

Milly éclate de rire et plante un bisou sur ma mâchoire. Ce n'est absolument pas marrant. Elle n'a aucune idée de mon état. Je suis sexuellement et émotionnellement chargé à cause d'elle. Rien n'y fait, elle se bidonne. Ses joues rosissent et ses pupilles se dilatent : même son hilarité m'enflamme.

– Je te charrie, c'est juste à côté, me soulage-t-elle enfin en me tirant la langue.

Elle m'entraîne, je ne résiste pas. Nous zigzaguons en bousculant les festivaliers, guidés par notre impatience…

♥♠♦♣

L'humble hôtel dans lequel nous entrons ne paye pas de mine. Mais je m'en tape des menus détails, de la réceptionniste à l'ascenseur. Toutes les occasions sont bonnes pour sniffer, frôler, embrasser ou mordiller Milly. Elle m'électrise, m'incite au shoot. Je suis aux abois lorsqu'elle introduit enfin la clef pour ouvrir la porte de sa chambre, mes mains sur ses hanches et ma bouche dans son cou. Nous claquons le battant derrière nous, titubons, balançant nos fringues. Bientôt, ma muse est en tenue d'Ève sous mon regard qui l'idolâtre. Nimbée des rayons persistants de cette soirée estivale.

– Putain, que t'es belle !

Elle me sourit en reculant, les prunelles incandescentes.

– Et toi, t'es une œuvre d'art, rétorque-t-elle, me faisant prendre conscience de ma nudité.

Oh bordel ! Je n'ai plus que mon boxer noir et je suis en pleine lumière. Je voudrais tirer les rideaux, fermer les volets, mais il est trop tard. Statufié, j'essaie d'encaisser son examen visuel.

Mes muscles se bandent d'appréhension. Elle va tout remarquer ? D'autres questions vont surgir ?

Elle avance lascivement. Du bout des doigts, elle trace lentement les contours de mes tatouages, les étudiant de plus près. Ma respiration est anarchique, la sienne aussi. Nous ne sommes plus qu'une somme de tensions. Sexuelle. Sensorielle. Nerveuse. Sur mon phœnix, ses caresses m'extirpent un gémissement. Dans les flammes aux reliefs artistiques masquant les cicatrices des sévices du Camp en dessous, sa bouche humide tente d'éteindre le brasier. Ou de le raviver. Je ne sais plus, je perds pied. Je sens son nez, ses mains et ses lèvres me parcourir. Une torture. Elle m'assassine et je dois être maso, car j'adore. Aérienne autour de moi, suivant les lignes d'encre, elle embrase les terminaisons de mes nerfs aux aguets. Elle me lèche la peau, m'embrasse, me palpe. Ses seins se moulent dans mon dos et elle fait tomber doucement ma dernière barrière : mon sous-vêtement. Sortant mon sabre tendu de son étui, elle me susurre :

– J'ai envie de toi.

Je l'aide à ôter le vêtement restant, me retourne et encadre son visage de mes mains.

– Fais de moi ce que tu veux, lui concédé-je dans un souffle, naufragé dans ses lacs bleus.

Elle se hisse sur la pointe des pieds, passe ses bras autour de mon cou et s'empare de ma bouche. Notre baiser est d'abord suave et tendre, puis nous pétons progressivement les boulons. Il devient avide : un ballet érotique de désespoir. Aussi bon que douloureux. Lorsqu'elle prend mon pénis en étau et commence à le caresser sensuellement de la base à l'extrémité, je grogne. Je l'attrape au niveau des fesses pour la porter jusqu'au lit. Je la pose délicatement malgré mes tremblements d'émotion. Je recule, et tandis que Milly me scrute en silence, je cherche des préservatifs dans mes poches.

En déchirant l'emballage, je la vois fixer ma queue. Elle ne rebondit pas sur ce qui est tatoué dessus, ni sur les motifs sur mon pubis. Je reprends ma respiration. J'ignorais que la peur me l'avait fait retenir. Elle se relève pour me rejoindre. Sans un mot, elle s'agenouille et me prend le latex des mains.

– C'est un peu tard, mais ça te dirait qu'on effectue des tests pour s'en dispenser ? la questionné-je, plein d'espoir.

Cela voudrait dire qu'elle envisagerait ne serait-ce qu'un petit avenir entre nous.

– Pourquoi pas ? répond-elle avant de donner un coup de langue sur mes piercings génitaux.

Je pousse un râle, elle empoigne mes fesses. Punaise, est-ce que le temps peut s'arrêter là ? Je sens sa bouche m'envelopper de chaleur et de moiteur. Ma tête bascule vers ma nuque, j'agrippe mes doigts à mes propres cheveux. Son prénom sort de mes tréfonds telle une prière gutturale. Ma muse m'enserre, coulisse sur la longueur de ma bête érigée, qu'elle dompte. Elle me ressort, en comprime le bas tout en cajolant l'extrémité. Aux bruits discrets de succion s'ajoutent de petits tintements occasionnels de ses dents sur mes billes de titane ébène.

– Bordel, ma muse !

Je vais éjaculer. Non ! Pas maintenant. J'essaie de repousser Milly afin de m'occuper d'elle, histoire de faire baisser un peu ma pression artérielle. Mais elle augmente le tempo. Mes orteils se crispent sur le sol et mes doigts dans sa chevelure dorée. Elle affole mes testicules en les aspirant, me branle en simultané, puis m'avale à nouveau.

– Merde, je vais… Oh, bordel, Milly !

Elle accélère, je gémis, la supplie, la remercie, raconte des conneries. Elle m'injecte une dose mortelle d'endorphines. Je plane, frissonne, hurle et implose, me liquéfiant en elle. Pendant un temps incalculable, je vole près des étoiles et touche des cimes de volupté. Quand j'atterris en douceur, je la redresse et m'écroule avec elle dans les draps. Elle se faufile dans la salle de bain. Décalqué, mon corps récupère ; mon esprit divague déjà sur mon prochain shoot au creux d'elle.

CHAPITRE 48

Juste accro

♠♦♣

♥ Avant de savoir ce qui me frappait,
tu coulais dans mes veines…
Je suis accro à toi. ♥

Addicted to you, AVICII

Jayden

C'est clair, maintenant : plus je « consomme » cette nana, plus je veux me défoncer davantage avec elle. Je m'exhorte à ne pas envisager le sevrage qui m'attend dans un futur proche ou lointain. En fait, j'éloigne toutes les ondes négatives, ma frousse qu'elle s'entête à creuser en moi incluse. Maintenant qu'elle m'a vu en intégralité, sa curiosité se réveillera forcément.

En attendant que Milly revienne dans la chambre, je gamberge. Mes ombres lugubres s'infiltrent à nouveau sournoisement dans mes entrailles. Je roule hors du lit et fouille mes poches à la recherche d'un pétard. Je ne dois pas dérailler !

Les mèches ébouriffées, ma radieuse muse réapparaît. Je ne me lasse pas de la dévorer du regard, de la dévorer tout court. Ouais, putain, son goût sur mon palais ! M'humectant les lèvres d'envie, j'allume un joint. J'entrouvre la fenêtre alors qu'elle m'entoure de ses bras, m'affriole avec ses courbes. Mon désir s'envole comme une fusée.

– Au fait, tu sais que, normalement, pour le sexe oral aussi il faut se protéger ?

– Ouais. C'est juste ma parole, mais j'effectue des contrôles réguliers, t'auras mes résultats dès qu'on en fera ensemble.

– OK. Cela dit, j'ai adoré te manger sans capote, mais je crois que le sperme, c'est pas mon truc, affirme-t-elle.

Je tousse de rire en recrachant ma volute de fumée. Je lui caresse le flanc et tire une latte. Je me souviens des commentaires salaces de Brutus et Ryan sur les lesbiennes le jour où Milly s'est engueulée avec Stella devant le salon.

– Tu pourrais changer d'avis, me moqué-je en captant ses prunelles.

– Finir par aimer avaler ça ? Hum, je vais m'entraîner sur toi, alors, rétorque-t-elle, la mine coquine.

– C'est quand tu veux, la chauffé-je, déjà émoustillé.

Elle rigole, je bande.

– J’en sais plus sur les filles que sur les mâles… Mais je n’ai aucun cours à te donner, ta langue est fabuleuse, conclut-elle sans fausse pudeur, tendant la main vers mon pétard.

Pour une novice en matière de mecs, elle a grave assuré. Qu’elle soit en phase avec sa sexualité est top, en revanche je me demande si ça ne me fout pas plus les boules de l’imaginer avec un connard qu’avec une meuf. Il paraît qu’on n’oublie pas les premières fois… Pense-t-elle toujours à son premier amant, qui l’a sans doute initiée à la fellation ? Et à Doc, qui l’a probablement aidée à se perfectionner ?

MERDE !

Vu que j’hésite à lui prêter ma fumette, elle arque les sourcils en souriant.

– C’est quoi le souci, Jay ? Que je clope avec toi ou que je sois bi ? Note que je n’ai pas fréquenté de nana depuis un bail.

Mouais, Stella rêve d’y remédier…

Putain, je ne vais pas me mettre à détecter des menaces partout ! Pas d’exclusivité, on s’est mis d’accord. Elle, elle respecte bien mes conditions, non ? Elle ne me bombarde pas de questions sur mes sombres penchants. J’inspire longuement et lui file le joint.

– Je ne savais pas que tu fumais.

– Je ne fumais pas, mais on m’a prescrit de la marijuana thérapeutique… Mon état de santé a au moins un côté fun.

Certes, cette pratique a été légalisée dans le New Jersey depuis 2010. En revanche, ce rappel qu'elle vit en sachant que son existence a une date butoir me lamine. Je la regarde aspirer.

– T'as mal quelque part ?

– Parfois, mes bleus et mes veines deviennent douloureux. Mais là, ça va.

Nous nous observons mutuellement. Persuadé qu'elle se demande si moi aussi, je vais bien, je récupère et écrase le mégot pour l'embrasser. Surprise au départ, elle abdique ensuite. Notre baiser se mue en quête de l'autre. Ses ongles disséminent des prémices de paradis sur mon épiderme, mes paumes pétrissent ses fesses, l'appuyant contre mon pénis gorgé.

– Putain, tu me rends fou, Milly, lâché-je en la soulevant pour l'allonger.

Ma langue se darde sur ses dômes voluptueux, s'approprie ses tétons dressés pendant que mes mains se promènent sur sa peau brûlante.

– Oh, Jay… miaule-t-elle en ondulant sous moi.

J'entreprends un voyage gourmand sur la totalité de son corps. De haut en bas. Avec mes dents, ma bouche, mes doigts, je tatoue mon adoration sur le moindre centimètre carré de sa peau. Elle se tortille, s'impatiente, mais je m'obstine à mémoriser gustativement chaque parcelle de son corps. À humer son odeur, de plus en plus cinglé. La lenteur de ma promenade sur ma muse raffermit ma queue. À bout de souffle, je me perds dans son sexe mouillé. Comme un pinceau, ma langue se trempe en elle pour mieux peindre son plaisir, sans hâte. De son bourgeon rose à ses parois secrètes, je sillonne, dessine, contemple. Jusqu'à ce qu'elle me refasse ce truc. Elle se cambre, cramponnée à mes cheveux, cesse de respirer quelques nanosecondes. Comme la dernière fois, mon palpitant part en live et la trouille qu'elle ne reprenne plus de bouffée d'oxygène s'insinue en moi. Soudain, elle se disloque en vagues de jouissance, de respirations saccadées et de frissons. Avidement, j'embrasse la source de son orgasme en lui chuchotant combien elle est exceptionnelle pour moi.

♥♠♦♣

J'effleure sa chevelure, elle paresse sur mon torse. Lui laisser le temps d'avoir à nouveau envie est un acte quasi héroïque. Si je ne devais écouter que mon sabre obsédé, je serais planté en elle. Enfoui au plus profond d'elle. Elle gigote et saisit mon pénis. Nos iris se joignent lorsqu'elle se redresse. Je serre sa prise sur mon sexe et réclame un baiser. La température remonte, ma bête s'humidifie et palpite sous les caresses que sa maîtresse lui prodigue. Mes doigts coulent sur ma bohème, entrent dans son écrin, jaugent son niveau d'excitation. Elle geint dans ma gorge, je bois son soupir. Ses mouvements sur moi sont enivrants. La sentant plus que prête, mon index s'enfonce, tournoie en elle. Elle ahane, m'encercle plus énergiquement le sexe. Mes paupières s'alourdissent, mon bas-ventre se contracte.

– Putain, j'ai besoin d'être en toi, marmonné-je.

Je la bascule, honore ses lèvres à en crever d'asphyxie. M'éloigner pour me gainer d'un préservatif attise mon manque. Je reviens sur elle, erre dans le nirvana de ses yeux.

– Je n'ai jamais rien vu d'aussi ensorcelant, lui dis-je en guidant mon érection vers son entrée.

Elle geint, frémit, ses membres m'enveloppent, nos bouches fusionnent et elle me happe en elle. C'est à mon tour de geindre, de frémir, mon membre glissé en elle, mes bras vacillants de part et d'autre de son corps. Je lui avoue :

– Flippe pas, ma muse, mais je crois que je deviens accro…

Je me baisse sur sa bouche, nos bassins toujours emboîtés.

– Tu me fourniras des doses de toi, des doses récurrentes et massives comme à un putain de toxico ?

– Oui, *Sweet Dark* Jay.

Mon aine entame un va-et-vient allant crescendo.

CHAPITRE 49

Descente

♠♦♣

> ♥ Elle m'aspire à l'infini dans un tourbillon de sensations enivrantes, elle me happe et je ne cesse de tomber en elle. ♥
>
> Jayden GRAHAM

Jayden

Je me suis abîmé en elle. Émotionnellement abîmé. Son corps me consume. Nos chairs moites, comblées, sont enchevêtrées. Je tangue entre la fin de mon trip et la chute dans les catacombes. Alanguie, ma bohème blonde m'invite à rester dormir. Sa tête sur mon cœur, son genou se plie sur moi. Son parfum délicat imbibe mes pores. Dormir avec elle serait un lâcher-prise suicidaire.

– Détends-toi, mon *Sweet Dark*… murmure-t-elle dans un bâillement.

Bientôt, son souffle se fait lent et régulier, et c'est le début de mon calvaire. Je suis fatigué, en carence de sommeil, mais il m'est inenvisageable de fermer l'œil. Putain, j'peux pas !

Je pars en couille quand je suis près de Milly. Elle m'émeut à un tel degré que cela ouvre mes vannes. Celles que j'ai verrouillées successivement à coups de cachetons, poudre, bagarres stériles, repli sur moi-même, débauche avec les BadASS. Celles sur lesquelles mon géniteur, à son tour, a foutu des cadenas il y a dix ans. Il m'a emmuré dans ma merde, j'ai sombré dans les dérives. La multiplication des tatouages et piercings sur moi en est une.

Je n'ai plus permis à aucune fille de me toucher réellement, gardant un semblant de contrôle. J'assouvissais un besoin primaire en compagnie d'une paire de nichons lambda puis j'étais dégoûté. Par elle. Par moi. Par une promiscuité qui finissait immanquablement par m'oppresser. Je me lavais ensuite à en avoir la peau à vif. Des fois, je craquais sous la douche et chialais comme un con. Ensuite, je m'apaisais à ma manière : en me faisant saigner. *Borderline*, écroué dans ma prison mentale. Même à mes potes, je n'ai jamais montré l'étendue de ma noirceur. Ils la devinent tout juste. Diego a eu droit à des bribes de confidences quand j'étais plus jeune, et stone à longueur de journée. Il a joué au bon Samaritain en me détournant des saloperies avec lesquelles je m'empoisonnais pour altérer ma réalité. Ensuite, il m'a présenté à ses amis, Logan et les frères Jenkins…

Milly bouge contre moi. La galère, je flippe de dérailler ! Cette femme tiède, câline, splendide et en confiance dans mes bras est en train de faire sauter mes putains de verrous ! Ses courbes et sa douceur anéantissent mes défenses. Je me sens acculé dans ce pieu. Je cherche un refuge en fixant le plafond, mais cela ne produit pas l'effet escompté. Je suis de plus en plus survolté à mesure que les souvenirs d'une autre époque se déversent dans mon crâne. Moches. Trop moches.

Et Meg… Bordel de merde !

J'ai besoin d'un exutoire, mais je n'ai rien pour dessiner ou peindre. À moins de réveiller ma muse pour m'envoyer en l'air, aucune solution ne se profile. Je ne permettrai plus qu'elle subisse mes failles. Je me suis promis de ne plus lui montrer que le Jay correct : il est donc temps que je me barre. Je peux encore retourner au festival et peut-être y retrouver Jamie.

Avec d'infinies précautions, je m'extirpe de l'éteinte de ma bohème. Elle se plaint dans son sommeil, je souris tristement. Je me rhabille sans faire de bruit puis la mate. Ça me torture de m'éloigner d'elle, mais il le faut.

Je cherche de quoi lui griffonner un mot, afin qu'elle ne s'affole pas à son réveil. Son carnet de croquis dépasse de son sac. Je l'ouvre à la lueur orangée du jour déclinant. Je reconnais le coup de crayon de ma muse, son style punchy, un brin bucolique, avec des lys et orchidées blancs perdant leurs pétales. Elle est douée. Je tourne les pages, intéressé par son travail. Je suffoque en lisant soudain :

☼⁂ JOURNAL D'UNE ÉPHÉMÈRE ☼⁂

Je déglutis, mes voies respiratoires s'atrophient. Pincement au cœur, mains tremblantes.

⁂Salut à toi qui trouveras ce carnet de bord. Pas de crainte, tu ne violes pas mon intimité, je me livre de mon propre chef. Pour laisser une trace de la fofolle que je suis. Peut-être te rappelleras-tu avoir lu ces quelques lignes ? Chaque jour, un pétale tombera…⁂

Nom d'une pipe à crack ! Je ferme fébrilement ce machin qui me brûle les doigts. Mon palpitant s'emballe. Mes yeux dérivent vers Milly endormie. Une beauté éthérée, tout en plumes et blondeur. J'empoigne mes cheveux, en plein dilemme. J'ai envie de tout savoir d'elle, mais je sens qu'il s'agit là d'un point de non-retour. Je tourne en rond, incapable de me décider. Groggy, je rouvre le cahier et me laisse choir par terre. Toute force m'a déserté.

⁂Tu peux retrouver ceci également sur le site FreeMinds sous le pseudo Colors, si ça te dit de continuer à mieux me connaître. Peut-être que personne ne tombera jamais dessus, mais ça m'amuse d'imaginer que je m'adresse à quelqu'un qui me découvrira, avec plaisir et curiosité, au fil de mes écrits. Alors, c'est parti ! Bon, je te préviens, ça ira certainement dans tous les sens, je ne suis pas une fille très conventionnelle, au grand dam de mon père.⁂

J'esquisse un sourire en lisant ces mots véridiques. Non, elle sort des clous et j'adore ça. Je poursuis.

⁂Figure-toi qu'il me prédestinait à un avenir fantastiquement sérieux en passant par la case MIT. Il ne pouvait pas savoir qu'en m'y traînant pour une journée portes ouvertes, le destin allait changer ses projets. Après tout, qui sommes-nous pour contrarier le destin ? Juste de minuscules plumes au gré du vent. À dix-sept ans et demi, j'étais en terminale. J'avais le malheur d'être plutôt bonne en maths et en sciences. Mon cher papa a donc tiré des plans sur la comète et m'a amenée visiter l'Institut qui façonne les brillants cerveaux du pays. Mais je rêvais de Beaux-Arts et de liberté. J'arborais une coupe garçonne et j'étais attirée par les nanas. J'avais d'ailleurs une copine. Zappons le passage sur l'homophobie de mes parents. Parce que c'est plus compliqué que ça. Je ne l'ai compris que plus tard.⁂

Respire, Jay ! Ou ferme ce truc, putain !

Je brasse de l'oxygène par à-coups et vérifie que Milly dort toujours.

⁂J'ai appris longtemps après qu'eux-mêmes vivaient un amour transgressif, alors une fille lesbienne, c'était

un peu trop pour eux. Ma mère était à l'origine amish. Tu vois cette communauté hors du temps, réfractaire au progrès, avec calèches, chevaux, longues robes, tabliers, grosses barbes et consorts ? Bingo ! Elle venait de ce peuple puriste et très pieux.
À ses seize ans, elle a quitté son petit nid anachronique, à l'instar de beaucoup d'ados amish, pour sa rumspringa, une période où, pour un temps, elle a pu tester la vie moderne et découvrir les « autres ». C'est ainsi qu'elle est tombée amoureuse d'un « English », nom donné à ceux qui n'appartiennent pas à leur communauté. L'amour de mes parents est né dans les larmes et le bannissement.
Revenons à ce fameux jour où un geek canon et blasé nous a accueillis pour la visite du MIT. Il s'ennuyait avec nous, c'était flagrant. Je m'en fichais, j'avais peur pour ma mère affaiblie. Papa est parti sans explications. Coincée avec cet étudiant, je pressentais que maman s'éteignait, que ma vie basculait. Esseulée, je me croyais encore gay à 100 %... ⁂

Bordel de merde ! La genèse, la première bite sur son chemin... J'aimerais castrer cet enfoiré.

Je suffoque, referme le carnet. Et si je me tirais de là au lieu de me torturer ?

CHAPITRE 50

Possessivité indomptable

♠♦♣

♥ Ce qui ne tue pas nous rend plus forts.
Mais moi, oui mais moi je suis déjà mort.
Et ça fait mal, crois-moi,
une lame, enfoncée loin dans mon âme. ♥

Je saigne encore, KYO

Jayden

Je suis maso, c'est définitif. Mes yeux larmoient en poursuivant ma découverte d'elle. Avide de n'importe quoi me soudant à ma muse, rétines dardées sur son *Journal d'une éphémère*, je comprends que le nombre de pétales sur les fleurs correspond à l'espérance de vie que les toubibs ont estimée pour elle ; mais également que cet étudiant l'a marquée.

Entier, passionné, je me donne à elle à fond. Mais ai-je le droit de la vouloir aussi ardemment alors qu'elle ne désire que du sexe ? Putain, ce truc unique et vital qui me prend aux tripes, ne le ressent-elle pas aussi ?

Je ne peux m'empêcher de lire afin de débusquer entre les lignes ce que ce type avait de plus que les autres pour l'avoir attirée.

⁂J'ignorais que ce garçon du MIT me ferait de l'effet dans les semaines qui suivraient la mort de maman. Ce soir-là, mes neurones n'étaient plus opérationnels, mon cœur partait en lambeaux.
Quand les visiteurs ont vidé les lieux, mon œil atterré a observé les étudiants vaquant à leurs occupations. Le soleil s'est couché et le calme s'est installé. Assise sur le gazon dans un coin, je me convainquais que si je retardais mon retour à la maison, maman vivrait encore un peu plus. Illogique. Affligée. Impuissante. Oui. Et tétanisée, par-dessus tout.⁂

STOP ! Raz-de-marée !

Je la contemple, faisant mienne sa douleur qui s'incruste en moi. Une larme s'écrase sur la page. J'étouffe un grognement d'animal blessé et essuie mes yeux du revers de la main. Putain, pourquoi je m'inflige ça ? Je poursuis pourtant.

⁂Le geek canon est réapparu à je ne sais plus quelle heure. Il était stupéfait que je sois toujours là. Je ne sais plus comment, mais je me suis mise à parler. À lui débiter les mots, mes maux. Il a proposé de me ramener et j'ai accepté. Devant la maison de mes parents, je suis sortie de mon silence afin de m'excuser pour le détour que je lui avais fait faire. Bien après, il m'a confié qu'il était revenu se garer de l'autre côté de la rue aussitôt après m'avoir laissée afin de s'assurer que je n'avais pas craqué en sortant de sa voiture.⁂

J'interromps ma lecture.
Fait chier !

⁂Je me souviens de sa voix virile quand il m'a dit :
– Pas de souci. Peux-tu juste me…
– Te confirmer pour maman ? ai-je complété puisqu'il n'arrivait pas à le dire.
La force de l'habitude, sans doute. Hors de la voiture de ce beau gosse prévenant, je me suis sentie frêle, accablée par la fatalité. Je me suis efforcée d'être forte, sachant que si mon père m'avait oubliée avec des inconnus et sans nouvelles, c'est qu'il devait être effondré. J'ai marché vers la porte. C'était atroce.
Dix minutes après, je me suis mise à la fenêtre de la salle à manger. L'étudiant du MIT n'avait pas démarré. Nous n'étions que deux étrangers l'un pour l'autre, rien ne l'obligeait à être si attentionné, mais il est descendu de son véhicule et m'a attendue. Le visage baigné de larmes, j'ai plaqué ma paume contre la vitre. Dessus, j'avais écrit « Elle est partie ».⁂

PUTAIN ! OK ! Je repose le journal, gorge et poitrine comprimées. Je ne pars plus. Je me déshabille, tire les rideaux et m'allonge près de Milly. Rester me fait mal, mais je ne peux pas m'en aller après ça. Je dois surmonter l'étape de la nuit en duo. Pour elle.

Ça m'écorche de ne pas pouvoir remonter le temps afin d'être celui qui a traversé cet enfer avec elle. Je voudrais égoïstement gommer le premier mec du tableau. Il était là au bon endroit au bon moment : c'est ainsi qu'elle l'a laissé devenir le premier homme à la connaître intimement…

Je voudrais être le seul homme à compter.

Voir plus loin en Milly dans ce carnet a fracassé les restes de barrière que je maintenais encore et, bordel, je ne gère plus ma possessivité. Je m'en cogne des embûches. Ce ne sera ni simple ni constamment rose entre nous, mais advienne que pourra ! Je la choisis elle.

Ma bohème ronronne, se pelotonne contre moi. Sa peau veloutée anime mes doigts baladeurs ; à sa senteur idyllique réagissent mes bas instincts, engourdissant mon cerveau dont les signaux d'alarme s'amoindrissent. Merde, je m'apprête à passer la nuit entière avec une femme, et ma raison me martèle :

Tu ne peux pas faire ça, Jay, va-t'en ! Tu ne peux pas faire ça, Jay, va-t'en !

Mais le courage, n'est-ce pas de ressentir la peur dans ses entrailles et d'être capable de la braver ? Les sadismes militaires et l'acharnement sur ma gueule au Boot Camp me l'ont appris. Le laser sur mon unique tatouage de l'époque, ce laser qui a effacé Meg malgré mon refus catégorique et les coups de rangers, me l'a enseigné. Ils s'évertuaient à la gommer, je m'entêtais et souffrais.

Mégane, Milly. Crise de panique, souffle raccourci.

Glacé d'effroi, je suis dans un état second. Je me bats pour ne pas déserter. Une main féminine se pose sur mon thorax ravagé par les battements de cœur. Je ne sais plus ce qui appartient au souvenir ou à la réalité, je sais juste que je ne devrais pas être là. Ses lèvres se posent délicatement dans le creux de mon cou. Sueurs froides, frémissements qui courent sur mon échine.

– Qu'est-ce que tu as, Jay ?

Respirer. Bordel, mon apnée revient !

– Jayden ?

Elle m'embrasse la mâchoire. Je frissonne. Elle me caresse. J'implose. Elle me chuchote des mots apaisants, gigote pour chercher la veilleuse. Je bloque sa main *in extremis*, me colle à elle. Putain, je tremble trop !

– Je t'en prie, n'allume pas !

Elle se fige, tentant de deviner le comportement à adopter. Je l'emprisonne, m'imprègne de sa chaleur.

– J'ai trop la trouille, ma bohème, dis-je tout bas, plus pour moi que pour elle.

Peur de te perdre, peur de moi...

Mais elle me répond.

– Parfois, j'ai peur aussi, mon *Dark Lover*.

Mes paupières se ferment dans la pénombre. Milly me serre dans ses bras. Je frémis de moins en moins, l'air rentre à nouveau dans mes poumons avec l'odeur dopante de ma muse. Mon être se régénère, puise de la vie en elle. J'ai besoin de cette femme. Plus qu'elle de moi. Ce n'est pas équitable. Je voudrais lui être aussi essentiel qu'elle l'est pour moi. Je voudrais tout… Son amour. Mais elle ne saisit que mon érection, alors je quémande dans ses mèches parfumées :

– Prends-moi, Milly.

Elle remue comme pour m'observer dans le noir. Son haleine fruitée balaie mon visage, gonfle mon cœur asséché. Elle se pose des questions. Trop de questions bien légitimes. Ma jauge de terreur atteint des sommets. Je reformule :

– Baise-moi, s'il te plaît, réanime-moi.

Elle se coule contre moi, paume sur mon sabre. Sa bouche me came, annihile mon mauvais trip. Je m'offre désespérément à elle. Si seulement elle pouvait me prendre en entier et se donner entièrement en retour…

CHAPITRE 51

Ses pétales, ma folie

♠♦♣

♥ L'espérance est la plus grande de nos folies. ♥

Alfred DE VIGNY

Jayden

J'aimerais vivre fougueusement ma folie d'elle. Cette aliénation dont elle est l'objet, le début et la fin. Putain, elle me manque en permanence.

Son peps. Son rire cristallin. Les plumes, tresses, perles et fantaisies multicolores dans sa blondeur soyeuse. Son naturel. Ses pupilles qui se dilatent pour me faire pulser de désir, pour guider la mine de mon crayon qui flirte avec elle de mille et une manières.

Ma muse. Ma dope.

Il s'est écoulé une semaine depuis mon mini-exploit : survivre à une nuit avec elle sans que cela ne dégénère. Je n'ai pas déguerpi ni cédé à mon rituel, cependant je n'ai pas réussi à m'endormir non plus. C'était trop risqué. À la place, j'ai épuisé ma source d'extase. Lorsque je m'enlisais entre nos étreintes passionnelles, sa voix suave s'élevait dans le noir. Me ramenant à elle, m'insufflant sa chaleur. Mais je ne peux clairement pas lui faire ce coup toutes les fois où elle me demandera de dormir avec elle. Ce serait aussi éreintant pour elle que pour moi, à la longue.

Mais bordel, ça fait sept jours chiants que je dilapide, me retenant d'être trop envahissant. Je me contente de nos échanges de textos et évite de remettre mon nez dans son *Journal d'une éphémère*. Mission ardue, en connaissant le nom du site sur lequel Milly poste ses « pétales journaliers » et son pseudonyme. Un million de fois, mes doigts ont pianoté l'adresse sur mon smartphone avant de renoncer. Pourquoi suivre ce décompte, alors qu'à chaque pétale qui se fane, chaque jour qui décline, ma muse resplendit à mes yeux ? Ce compte à rebours, déroutant tic-tac inaudible qu'elle émaille de poésie et de gaieté, m'étrangle de peur.

De surcroît, qu'a-t-elle pu écrire ces derniers temps ? Elle ne parlera certainement pas de moi. J'ai accepté de n'être qu'une distraction parmi d'autres dans son YOLO. Je ne figure pas dans les personnes et événements importants de son parcours. Je ne dois pas l'oublier, au risque de m'égarer dans un espoir interdit.

J'essaie de me reconnecter à ce qui m'entoure. Les appels loupés. Le groupe de rock Kyo découvert grâce à Meg, réminiscences musicales de sa France natale et hymne de mon adolescence, qui joue en sourdine.

– Belle gueule ? me tire plus efficacement ma cliente de mes divagations.

Je tapote le papillon que je retouche sur sa hanche dans la pièce au fond de mon salon. Le dessin s'étend jusque sur sa fesse. Pendant la cicatrisation, la demoiselle, pressée d'exhiber son lépidoptère, a gratté les croûtes avant que son derme n'ait eu le temps de récupérer. Très mauvaise idée. L'encre s'est barrée à divers endroits, rendant forcément le motif incomplet. Mon autre main gantée tenant mon dermographe, je lève les iris vers les siens qui m'ont l'air de me mater avec intérêt.

– Un souci ?

Elle humecte sa bouche avec une expression enjôleuse. Je me goure, ou la miss espère qu'avoir mis ses miches sous mon nez depuis un quart d'heure m'a donné des idées ? Pro et distant, j'observe mon œuvre et recule mon fauteuil.

– Je me demandais juste si ça rendait bien, minaude-t-elle.

Je vérifie mon travail et lui prodigue mes derniers soins pour protéger le tatouage. Je hoche la tête.

– Tout roule, maintenant, mais il faudra suivre mes consignes, ce coup-ci.

– Absolument, je serai sage comme une image, réplique-t-elle en battant des cils.

Putain, va tenter ça avec Ryan ou Brutus ! Je suis inaccessible, accro à ma came humaine. D'ailleurs, j'ai besoin de doses d'elle.

Je désinfecte mon appareil, le range, vérifie l'heure, retire mes gants jetables, puis lui dis :

– Nickel ! On a fini.

Avant qu'elle n'amorce quoi que ce soit, je me taille, la laissant se rhabiller seule. Brutus émet des sifflements lorsque je débarque dans l'espace principal. Il envoie des regards appuyés vers la porte close, me décoche un sourire salace. Comme s'il s'imaginait que la fille m'a mis le grappin dessus là-dedans. Je lui présente mon majeur en enfonçant un *joystick* entre mes lèvres.

– Putain, t'es un cas désespéré, Jay ! J'ai encore perdu à cause de toi ! m'accuse-t-il en filant un billet à Ryan.

– Je ne veux même pas savoir sur quoi vous avez parié, bande d'obsédés, rétorqué-je en me dirigeant vers l'extérieur.

– Et toi, Jay, consulte un ophtalmo ! T'as pas vu la bombasse qu'est…

Ma cliente entre dans la pièce, interrompant la description que mon collaborateur s'apprêtait à faire d'elle. Tandis que Ryan et lui la reluquent ouvertement, je vais sur le trottoir et profite de la vue imprenable sur la boutique de hipsters. La vie urbaine est une vraie source d'inspiration. Des mecs barbus et stylés en pantalons retroussés et nœuds pap déambulent. Mais aucun look ne titille ma fibre artistique, et je serais incapable de dire avec précision de quoi avait l'air la nana que je viens de tatouer. Mes gars n'ont pas tort, c'est peut-être grave en effet. Je devrais reprendre du service avec mes BadASS. Eux m'enracineraient dans le possible au lieu de rêver de l'impossible. Obnubilé par ma bohème même lorsque celle-ci n'est pas avec moi, je gobe une latte et m'adosse à un poteau.

Après mon escapade de la semaine dernière au festival, je me suis procuré un nouveau portable. Pour être toujours joignable, surtout pour ma muse. Je consulte ma messagerie en fumant et écoute la voix ravie du chef de la pédiatrie du Christ Hospital. Je lui ai proposé de reprendre mes activités artistiques auprès des jeunes malades. Il est temps que je me force à retourner là-bas malgré le fantôme de mon petit Elliott. Je dois réussir à dompter mes ténèbres. C'est une première étape pour y parvenir.

Je me hasarde ensuite à appeler enfin la belle qui accapare mes pensées. Au bout de deux sonneries, sa voix se fait entendre, me transperçant d'émotion.

– Mon *Dark Lover !*

– Salut sexy bohème, je te dérange ?

Un bruit métallique résonne, elle m'assure sur un ton joyeux :

– Mais non, voyons ! Je peins depuis une éternité, tu me permets de faire un break.

– Cool. J'adorerais admirer ta fresque.

Milly hésite une seconde de trop, bredouille. Changeant de sujet, elle me questionne sur la raison de mon appel. Merde, elle devine que je l'entraîne ailleurs et elle me freine. Mon joint entre les lèvres, je triture mon écarteur, ravalant un « c'était juste pour t'entendre ». Je ne veux pas qu'elle soit tentée de rétablir une limite qui me frustre de plus en plus.

– Je me rends au Christ Hospital à dix-huit heures et me disais qu'on… pourrait en profiter pour effectuer nos tests de dépistage ? lui proposé-je le plus innocemment possible.

À défaut de lui en demander plus, je lui en donne plus. Je m'ouvre en l'amenant avec moi chez mes artistes en herbe. Angoissé, je guette sa réponse quand une portière s'ouvre au loin, déversant un satané cauchemar ambulant dans mon bonheur balbutiant et fragile.

CHAPITRE 52

Qu'est-ce qu'un homme ?

♥♦♣

♠ On ne naît pas mâle, on le devient.
La virilité n'est pas donnée non plus au départ. ♠

Simone DE BEAUVOIR

Jayden

Toujours en ligne avec ma muse, je sens la nervosité me ronger.

– D'accord, je te rejoindrai là-bas. On dîne ensemble après ? poursuit-elle sans se douter que la vision devant moi me rend nauséeux.

La délicatesse de Milly est tout ce à quoi je me raccroche dans l'immédiat. Sans elle, je péterais les plombs en voyant l'homme traverser la rue et s'approcher de moi.

– Je serai ton dessert ?

Mes phalanges sont crispées sur mon *phone*. Je parle rien que pour l'entendre encore.

– Évidemment : dur, mais fondant et intense ! T'en connais un, meilleur ? me taquine-t-elle en gloussant.

– Oui, toi… murmuré-je, des défaillances dans mon intonation.

Mon visiteur n'est plus qu'à quelques enjambées de moi. Froid, fermé, il me toise, comme toujours. Je tente de rester connecté à ma bohème en dépit de la distance qui nous sépare. J'essaie d'utiliser son rire à l'autre bout du fil comme un bouclier face à la personne devant moi, pratiquement ma copie conforme, en plus vieux et plus exécrable.

Athlétique, élancé, brun quoique grisonnant sur les tempes, rasé de près. Pantalon classique, chaussures de ville, chemise blanche impeccable. Yeux verts intransigeants d'une froideur sidérale.

Le haut gradé Graham dans toute sa suprématie à la noix !

– Tu n'es qu'un vilain garnement qui s'emploie à m'exciter, *Dark Lover*, se plaint ma pétillante blonde.

Sa voix se voile d'un désir communicatif, mais bordel, elle est trop loin, et celui que je mate à l'instant me sert de douche froide.

– Tu me montreras à quel point lorsqu'on se retrouvera tout à l'heure ? Désolé… Faut que j'y aille, ma bohème, je t'embrasse.

– Compte sur moi ! Je t'embrasse aussi… sur ton beau sabre et ses piercings délicieux, ne peut-elle s'empêcher d'ajouter avant de raccrocher, m'arrachant un sourire.

Je glisse l'iPhone dans ma poche de jean, dont l'aspect troué et déchiré semble exaspérer le paternel qui me scrute. Il dégouline de désapprobation. Non, de déception, de dédain. Comme d'habitude, quoi.

– T'es loin de ta base d'enfoirés, non ? dis-je, passant illico à l'offensive.

– Toujours aussi poli, à ce que je constate, assène-t-il, redoublant de mépris à mon égard. Qui est cette pauvre demoiselle qui traîne avec un énergumène de ton espèce ?

Putain, il n'a toujours pas intégré que je n'ai plus l'âge qu'il ramène sa science ? Je scelle les mâchoires. Mes veines bouillonnent.

– Une camarade d'aiguille ? Est-ce qu'elle te ressemble ? Car ton apparence ne s'améliore pas, jeune homme, avec tes gribouillages et métaux disgracieux !

OK, son missile est chargé.

– Qu'est-ce que tu fous là, sérieusement ? T'avais personne à martyriser et tu t'es dit : tiens, allons emmerder ce qui reste de celui que j'ai engendré et démoli ?

Ses traits durcissent davantage. Nous nous fusillons du regard, avec autant de colère, de dégoût et de rejet de part et d'autre.

– La dernière fois que tu m'as contacté, tu étais stone et irrationnel. Je voulais établir l'état des lieux, estimer les dégâts.

– Je suis clean.

– Tu n'en as pas l'air, rétorque-t-il froidement. Tu pues l'herbe. Toujours trop faible pour décrocher.

J'empoigne mes cheveux, effectue un cercle enragé sur le trottoir. Il va encore s'insurger, faire semblant d'agir pour mon bien ? Pour faire de moi un mâle, un vrai ? Un putain de stencil, un clone de lui !

– Il y a un bail que j'ai cessé de croire que tu deviendras un homme digne de ce nom, mais que tu me déranges à pas d'heure pour pondre une nouvelle fois tes griefs infondés de junky méritait une mise au point.

CQFD, rien ne change.

– On en est toujours là, hein ? Ta sacro-sainte rengaine, me désolé-je en le fixant dans le blanc de l'œil. C'est quoi, un véritable homme, pour toi, général ?

– Un être solide qui ne pleure pas et qui se bat comme un guerrier ! Un être qui a des testicules.

Je ris jaune et le pointe du doigt.

– C'est pour ça que tu ne l'as jamais pleurée ? En bref, être un homme, c'est être TOI ! Non, parce que des balloches, j'en ai. J'en avais déjà ado, quand j'ai opté pour une association contre le lobby des armes plutôt que pour le stand de tir ! Quand j'ai participé à des manifestations pacifistes contre tes putains de *guns*, défendu mes convictions opposées aux tiennes ! Mais ça la foutait mal, le jeune Graham qui passait au journal télévisé et qui occasionnait honte et déshonneur pour son illustre conservateur de géniteur.

– La ferme !

– Non, toi, la ferme, haut gradé de mes couilles ! Il faut être profondément humain pour clamer être un homme. Un homme est humain avant tout, il a de la compassion. Il possède ce machin qui s'appelle un cœur et dont tu es dépourvu ! Il se soucie de son prochain, il a l'humanité de chialer car il a ses forces et ses faiblesses, le courage de tomber et se relever ! C'est ce qui le différencie d'un robot de guerre ou d'une bête sauvage. L'empathie, bordel de merde ! Il porte ses testicules, on est d'accord sur ce point ! Pas tes attributs de merde, mais les couilles de s'opposer à un idéal macho auquel il ne s'identifie pas.

– Jeune homme, tu dépasses les bornes, je...

– Tais-toi, bordel ! C'est chez moi ici, et je n'ai pas fini ! Un homme, un vrai, n'agit pas pour les médailles et les honneurs. Pas pour passer pour un héros. Il est juste fier de pouvoir se regarder dans une glace et de servir ceux qui ont vraiment besoin de lui. Ce n'est pas une question de sexe ou d'apparence : il y a des femmes avec ces qualités-là, des femmes comme maman, qui en ont plus dans le bide qu'une brute bombant son torse ! Un sacré scoop pour toi, n'est-ce pas ? Ton opinion réductrice et condescendante, tu te la gardes pour tes subalternes de l'armée ! Tu sais déjà que je préférerais crever plutôt que de te ressembler, je te l'ai juré en sortant de Phoenix !

Putain, je sors de mes gonds ! Et bien sûr, le général ricane et applaudit ironiquement.

– Ah, la fameuse hargne que tu avais dans ta phase de rébellion ! Tout ça pour me prouver que tu ne seras jamais celui que j'attends, bravo ! Mais dis-moi, quand est-ce que tu parviens à te regarder dans un miroir ? Lorsque tu es assez défoncé pour ne plus voir Mégane en sang ?

Saleté d'enflure ! Il est venu pour ça, m'enfoncer. Je suis étourdi par ma propre culpabilité, la possibilité que lui-même soit coupable, mes doutes sur ce flou autour de Mégane et ma colère noire contre ce traître ! Fulminant, je lui rentre dedans. Il aurait pu me neutraliser, mais subitement je trouve en moi une force que ses techniques de combat ne sauront réduire à néant. Je ne ressens rien d'autre qu'une souffrance qui m'abrutit, m'aveugle.

Meg ensanglantée, putain, par la faute de qui ?

Mes genoux, ma tête et mes poings s'abattent sur lui, encaissent ses ripostes. Mes gars accourent pour nous séparer. Et je m'époumone :

– Ça te fait kiffer que je continue de me détester chaque jour plus fort, hein ? Dégage, putain ! Sache que je te hais autant que je me hais ! DÉGAAAGE !

Essoufflé, un goût de métal sur la langue, je repousse brutalement mes potes qui me retiennent. Rien à foutre de l'attroupement qui s'est formé autour du héros de guerre de mes boules et moi. Je migre comme une furie vers la pièce au fond du salon et en claque la porte. Je tourne longtemps en rond, fracassant des trucs, et finis par choir par terre.

Tremblant, j'extirpe mon portable de ma poche, hésite puis écris :

Je coule, ma muse. Shoot bohémien d'urgence, s'il te plaît.

CHAPITRE 53

Toi, assurément

♠♦♣

♥ Ai-je perdu la raison ?
Je te respire jusqu'à ce que mon visage
soit engourdi… Pendant que ton corps
me redonne vie.
Et tu suffoques sous mes baisers. ♥

Bad Things, MACHINE GUN KELLY

Jayden

La réponse arrive en un rien de temps :

Ne coule pas, je plonge. Accroche-toi, mon *Dark Lover.* Ma main se tend, tiens-la fort !

Je suis tellement fissuré qu'elle se faufile à vitesse grand V dans mes interstices, s'immisce dans ma chair devenant plus que jamais à fleur d'elle.

– Je te tiens, ma muse, putain, je ne tiens plus que toi, marmonné-je dans le vide.

Je serre mon téléphone, scotché à son SMS, le relisant encore et encore pour remonter à la surface.

Ne pas sombrer. Pas cette fois-ci. Pour moi, pour elle. Parce que j'ai un putain de besoin qui recouvre mes erreurs, mes regrets et mes sales habitudes. Celui d'être avec Milly. Qu'elle scintille dans ma noirceur.

Le paternel me connaît. Il a compris que je me relevais et d'une unique phrase, un unique prénom, il m'a renvoyé six pieds sous terre. Avec Mégane.

Oh, s'il se doutait que, la plupart du temps, je me sens mort avec elle ! Que seule l'hémoglobine que je me pompe me prouve que je suis encore là et me permet, lorsque le poids est trop oppressant, d'en perdre pour elle…

– Merde, Milly ! Viens vite !

Apathique, misérable, cloué au parquet, ma vue se brouille. Le temps n'atténue rien, je me suis familiarisé avec la douleur et la culpabilité, en ai fait des colocataires à vie qui se nourrissent de mon âme. Ma bohème m'avait suggéré à l'hôpital de devenir mon journal intime. Mais certaines choses sont plus faciles à confier que d'autres.

Dans le flou, je perds la notion du temps, m'égare. Mes genoux se replient sous mon menton. J'y enfouis ma figure, torturé par le souvenir persistant de deux prunelles sans vie, d'un corps maculé de sang.

– Ma sublime muse, je t'en prie…

Je suis englouti, broyé, asphyxié. Je tombe en chute libre. Combien de secondes ? De minutes ? D'heures ?

Des éclats de voix retentissent. J'ai à peine conscience que la porte s'ouvre, que quelqu'un se précipite et s'agenouille près de moi. Je sens une odeur, la sienne, mélange de peinture et d'elle. Ses mains tendres me palpent et son timbre glisse dans mon oreille.

– *Dark Lover*, je suis là… Hey… Regarde-moi, Jay… C'est moi, je suis là.

Elle relève ma tête, écarte mes cuisses et se cale entre elles. Elle caresse mes joues humides. Sa présence est comme une bouée de sauvetage, pourtant je vogue encore dans des eaux troubles, souillées de pourpre. Mes paupières s'entrouvrent. Je reste pétrifié, sourcille en croyant revoir les yeux de Meg. Mon cœur s'arrête, comme ce matin glauque où j'ai haï la lumière lorsqu'elle m'a dévoilé ce tableau d'horreur. Si seulement la nuit s'était prolongée à jamais, elle serait encore vivante dans le noir.

– Jayden ?

Milly me secoue, dépose un baiser sur ma bouche. Elle ne cueille que le goût salé de mes larmes. Amorphe, je la fixe.

– Tes employés m'ont dit que ton père était venu. C'est cette visite qui t'a mis dans cet état ? Dis-moi.

Elle effleure ce qui doit être un chtar résultant de ma friction avec ce bâtard. Ses lèvres suivent mes meurtrissures visibles. Les plus graves sont cachées.

– Parle-moi, me supplie-t-elle en m'enlaçant.

– J'ai fait des choses horribles, Milly.

Tu me rayeras, non je ne peux pas.

La certitude qu'elle s'en ira si je lui racontais, que cela entacherait son opinion de moi, m'empêche de lui parler. Effrayé, complètement en *bad*, j'ai besoin d'une dose d'elle. Plusieurs. Qu'elle chasse ces infamies qui me perforent de partout. Mes doigts courent sur son épiderme tandis que je me presse maladroitement contre ses lèvres. Une nécessité vitale me guide. Sa langue s'offre à la mienne dans un gémissement. Bordel, oui, il n'y a que ça qui fonctionne ! Je la repousse légèrement afin de me redresser. Elle geint tant mon désir est violent. Je la dévore, mes mains s'affairent sous ses vêtements. Planer en elle devient plus qu'urgent. Je râle lorsque je parviens enfin à nous mettre peau contre peau. Nos habits s'éparpillent, nos respirations se hachent. Tandis que je malaxe ses seins nus, mon pénis gonfle contre son bas-ventre, notre baiser me consume. Je la hisse sur la table de tatouage, gardant ses jambes autour de mes hanches. Je dévie ma bouche vers sa joue, le lobe de son oreille.

– Il m'a dit que je n'étais pas un homme. Ce dénigrement, j'y ai eu droit toute ma vie, chuchoté-je à Milly. Je ne suis que le pauvre déchet qui n'a pas su protéger Mégane.

Stupéfaite, ma bohème se statufie et capte mes prunelles tourmentées. Elle m'analyse, fouille en moi pour savoir si le moment est opportun pour me soutirer plus d'infos ou si cette première ouverture m'a déjà trop coûté.

L'une de ses paumes se plaque contre mon cœur tandis que l'autre descend sur mon aine. Elle ne sautera pas sur l'occasion de satisfaire sa curiosité face à mes blessures laissées à vif par le général. Elle me saisit et affirme doucement :

– Alors c'est vraiment un gros imbécile.

Mon sexe enfle entre ses doigts. Elle coulisse, me masse, je suis déjà en transe : ses billes bleues dilatées surpassent tous les trips psychédéliques. Elles me rendent barge, relèguent ce qui n'est pas directement lié à elle au second plan. Mon ecsta, ma coke.

– Tu es assurément un homme, Jay, dans sa quintessence. À un niveau que ton père n'a jamais atteint, apparemment. Il est coincé dans l'idée grossière et poussiéreuse qu'il se fait du mâle.

Elle me fait effleurer sa moiteur délicieuse. Nos fronts se rencontrent.

– Merci, ma muse.

Sans attendre, je m'échoue en elle. Ma langue, mon sabre, tout de moi s'enfonce dans ses ensorcelantes profondeurs mouillées. Mes bijoux en titane la séduisent de l'intérieur, ses gémissements me placent en apesanteur. Mes coups de reins s'enragent, m'amènent inlassablement à elle. Ses ongles griffent mes tatouages et me marquent de cicatrices passionnées, couvrant celles de ma honte et de mes souffrances. Elle m'écorche, mais en bien. Je commence à flotter dans les nuages, à tutoyer les astres.

Milly me distille ses tremblements. Elle pousse de petits cris dans mon cou. Ma frénésie me soude à son corps, la table bouge, des affaires tombent. Nous sommes grillés : même un crétin déchiffrerait dans les bruits que nous émettons la déferlante charnelle qui nous ravage. Ma merveille m'absorbe, m'étreint, me tue d'une mort enchanteresse. Le plaisir grogne dans nos commentaires inarticulés, nos geignements qui augmentent. Ma faim d'elle me pousse plus loin. Je fracasse ce qui ne l'était pas encore au sol. Nos cris s'enchevêtrent, et en elle, je déverse ma semence, mon être entier dans notre orgasme commun.

CHAPITRE 54

Ma muse, mon arc-en-ciel

♠♦♣

♥ Amène-moi jusqu'à la lune.
Laisse-moi jouer avec les étoiles. ♥

Fly Me to The Moon,
Frank SINATRA

Jayden

Mes soubresauts de jouissance perdurent en elle. Je suis réconforté, emboîté dans ma muse. Elle trace des spirales dans mon dos, sa tête sur mon épaule. Je la tiens contre moi et savoure l'instant. Plus rien n'existe en dehors de nos corps transpirants et ne formant qu'un. Milly me mordille, sourit dans le creux de mon cou. Je me décale et darde mon regard sur elle.

– Qu'est-ce qui t'amuse, ma bohème ? lui demandé-je, la voix éraillée.

– Hormis qu'on ait créé un champ de bataille sur ton lieu de travail ? badine-t-elle en inspectant les lieux.

Merde, ouais ! Je viens de m'envoyer en l'air dans la pièce des tatouages et piercings intimes. L'endroit où mes collaborateurs emballent les clientes peu farouches. Ils ont parié que j'y viendrais à mon tour, bah voilà !

Ma muse pouffe en voyant mon visage dépité.

– Putain, je suis désolé, je n'avais pas prévu ça.

Enfin, il est clair que je ne peux pas vraiment l'être tant que je suis encore en elle. Sous son emprise. Je l'embrasse avidement et longuement, puis me dessoude d'elle à regret pour remettre de l'ordre. Entre ma colère et mon désir bestial, on dirait qu'un tremblement de terre a tout dévasté ici. Bordel, je vais devoir me préparer à affronter la bande de mâles jubilant forcément derrière la porte.

– Moi non plus, mais ton impulsivité d'écorché vif te rend inflammable, tu n'as pas idée. Ce regard d'émeraude empli de détresse m'allume, m'avoue-t-elle avec une moue lascive.

Je la contemple. Son corps, punaise ! J'ai envie de retourner me blottir en elle. J'essaie de me reprendre, sinon, je risque de remettre ça. Putain j'imagine déjà la tronche et les moqueries de Brutus et Ryan, et on n'est pas encore près de retourner dans mon souplex…

Milly saute sur le parquet, ramasse son top fuchsia. Des perles et ornements se sont enfuis de ses mèches ébouriffées. Je ramasse une plume, m'approche par-derrière et lui chatouille la nuque avec. Elle s'esclaffe, pivote et prend une expression faussement sévère. Je lève les bras en l'air en signe de capitulation, un sourire en coin. Je me sens provisoirement léger et… bien ? La vache, oui, je suis bien grâce à elle. Un tel degré de dépendance programme ma dégringolade. Pourtant, je ne souhaite pas fuir ni me protéger de cette chute. *Carpe diem*.

Nous restons silencieux, mais nos pupilles causent pour nous. Avant que nos synapses ne se remettent entièrement à analyser ce qu'on vient de vivre. J'ai l'impression que quelque chose a muté entre nous, que Milly m'observe différemment. Cela me fout la boule au ventre. L'air d'hésiter à lancer un interrogatoire, elle se recoiffe grossièrement après avoir remis son haut. Une autre forme de tension germe entre nous.

Je la mate à la dérobée en enfilant mon boxer, mon jean et mes sneakers. Torse nu, je tripote nerveusement le tunnel à mon oreille, concentré sur elle. J'ai peur de la perdre. Que je lui révèle ou non mon lourd secret, le résultat sera similaire. J'ai la sensation que, de toute façon, elle n'est pas vraiment avec moi, tout cela ne tient qu'à un fil qui se rompra. Me voiler la face rendra juste l'impact plus foudroyant. Tant pis, elle est la drogue dure infiltrée en moi, je m'y suis accoutumé.

Me mordant l'intérieur de la joue, je repère des ecchymoses de tailles différentes sur sa peau laiteuse. Certaines semblent être mes empreintes fougueuses sur elle. Douloureux rappel à l'ordre. Je déglutis car elle n'y accorde même plus d'attention. La gorge nouée, je la vois essuyer la preuve de mon plaisir s'écoulant discrètement sur l'intérieur de sa cuisse. Merde, j'ai éjaculé en elle ! Elle a une contraception ? On respire ! Je jure et me tape sur le front. J'ai oublié la capote. Mes yeux croisent ceux de ma came féminine, qui s'est apparemment fait la même réflexion.

– Un autre imprévu, *Sweet Dark Lover*, murmure-t-elle en se rapprochant de moi.

Je la love contre moi, frotte nos nez. Qu'ai-je fait ? Je lui caresse les cheveux.

– Rassure-toi, sexy bohème, tu auras la confirmation tout à l'heure à l'hosto que tout va bien.

Elle opine en silence.

– Et pour une éventuelle grossesse ? angoissé-je.

– T'inquiète, ma maladie a aussi des conséquences sur mes menstruations…

Les non-dits pèsent de tout leur poids sur nous. Milly soupire et finit de se vêtir. Lorsque nous sommes assez présentables et la pièce moins en désordre, je frictionne mon visage. Ma muse effleure le bracelet de sa mère à son poignet, perdue dans ses pensées. Je me rends compte que mon trousseau gît sur un meuble et qu'elle pourrait apercevoir la breloque accrochée au porte-clefs de ma moto. Je l'enfonce rapidement dans ma poche puis réduis la distance entre nous.

– Désolé de t'avoir appelée à la rescousse. Ce n'est pas ton rôle, mais sur le coup je… J'étais incapable de réfléchir, avoué-je, éperdu de peur.

Elle me fixe sans broncher. Ses paupières se ferment tandis qu'elle pousse un long soupir. Bordel, elle regrette la tournure que prennent les choses ? Elle m'en veut de l'entraîner dans quelque chose qu'elle n'a pas voulu au départ ? Elle va me plaquer ?

– Milly, non. Ne fais pas ça, paniqué-je en l'entourant de mes bras.

– Faire quoi, Jay ?

Ses prunelles m'hypnotisent. Le stupide organe qui bat la chamade en moi s'alourdit.

– J'en sais rien. J'ai l'impression d'avoir encore merdé.

– En fait, j'avais un truc à te di…

– Allô la Terre ! Vous avez survécu ou j'appelle les pompiers maintenant ? nous coupe la voix tonitruante de Brutus de l'autre côté de la porte.

– Merde ! Tu crois qu'elle nous l'a amoché davantage ? Il était déjà cabossé en allant s'enfermer, rebondit Ryan, qui se marre.

Qu'ils sont cons ! Je vais entendre parler de ce jour jusqu'à ce qu'ils deviennent des vieux croulants.

Les traits de Milly s'illuminent d'un sourire.

– Jay ? Tu peux ouvrir deux secondes qu'on vérifie ? On est déjà étonnés que les murs aient tenu le coup, la ramène Brutus.

Ma tête bascule en arrière dans un râle exaspéré tandis que Milly rigole. Elle récupère son sac et ouvre. Le métis nous dévisage, amusé, sans faire de cas du mec qu'il est censé tatouer.

– Ouf ! Rien de cassé ? insiste Ryan en négligeant sa cliente.

Putain, tous ces gens ont écouté mon plaisir en live ? L'affiche complète ! Et maintenant, ces voyeurs matent ma muse après l'avoir entendue jouir. Machinalement, je l'attire contre moi. Mais je deviens trop possessif, je le sens à sa crispation.

CHAPITRE 55

Plumes et traces d'ange

♥♦♣

♠ Nous avons l'art pour ne point mourir
de la vérité. ♠

Friedrich NIETZSCHE

Jayden

Je piétine devant le centre hospitalier en consultant régulièrement mon portable. Il est bientôt dix-huit heures. Le goût et la fragrance de ma muse me poursuivent encore et je suis stressé par ce qu'elle a failli m'avouer…

Elle a fini par se sauver. Même si elle a ri, répondu aux vannes et assumé notre partie de jambes en l'air, Milly est restée imperceptiblement tendue. Érigeant des grilles invisibles entre elle et moi.

Maintenant, j'attends sans grande conviction qu'elle s'implique dans une relation dont elle perd le contrôle.

Et si elle annulait ? Ou m'oubliait ? Pour ne pas me présenter en retard là-haut, je décide de monter. À l'ouverture des portes de l'ascenseur, la nostalgie me flanque un coup au moral. C'est exactement comme avant, quand Elliott se promenait dans les couloirs avec ses tuyaux respiratoires et sa super cape de Batman. Mon mini-pote pourrait presque réapparaître, l'air malicieux en dépit de sa pâleur et de sa tête chauve, pour me demander si j'ai apporté sa teinte préférée de peinture bio en aérosol.

C'est plus dur que je ne l'escomptais. Je m'efforce de marcher vers l'accueil. Chaque pas m'assène un uppercut dans les côtes, m'incitant à rebrousser chemin. Pourquoi suis-je revenu, déjà ?

Elliott a vécu une bonne moitié de sa courte existence en ces lieux. Il en était un peu la mascotte, le chouchou du personnel soignant. Ému, je m'arrête près de son graff, tentative de communion avec ce gamin parti trop tôt.

– Pffff, putain, je ne vais pas y arriver, maugrée-je en frôlant le tag de mon champion, minuscule signature figée dans le temps.

– Je me disais ça à mes débuts, après chaque perte, intervient celui qui m'a donné rendez-vous, le docteur Connors.

Il poursuit :

– La réalité est souvent dure à supporter, mais chaque jour, je réapprends le sens de la vie et des priorités grâce à mes petits patients et leurs familles.

Je penche la tête pour soutenir son regard. Il hoche la sienne, me tapote dans le dos. La quarantaine, les iris ambrés, une barbe entretenue, des cheveux longs en *bun* au-dessus du crâne et un industriel dans le cartilage de l'oreille : ce type a une allure sauvage plutôt déroutante de prime abord. Il paraît que dans son clan issu d'Afrique de Sud, tous les hommes ont cette dégaine de fauve. Sa blouse blanche est brodée à son nom dans des tons chatoyants, au milieu d'une myriade d'étoiles. Même son stéthoscope ressemble à un gadget cool de science-fiction, afin de dédramatiser les soins prodigués aux enfants. Cependant, les faits demeurent implacables : ces petits anges ne sont pas en vacances ici.

Mes cordes vocales sont obstruées par l'émotion : impossible de l'ouvrir. Le doc ne s'en formalise pas.

– Tu nous as manqué. Bon retour parmi nous, Jayden ! Je termine tout juste mes transmissions, on fait le tour du propriétaire pour que tu rencontres nos pensionnaires actuels ?

– Euh… Ouais. J'ai quand même une appréhension pour la chambre 207, lui signalé-je en triturant l'un de mes piercings.

Le médecin grimace gentiment et me rassure :

– Personne n'a oublié Elliott. Il était attachant, ce môme. Mais tu vas adorer notre nouvelle mascotte !

– D'acc !

Nous croisons des figures familières, que je salue. Connors fait les présentations le cas échéant. J'essaie de dépasser mon sentiment de malaise, entre les traces indélébiles d'Elliott et Milly trop présente dans mon esprit.

Quand mon téléphone vibre enfin, je l'extirpe, plein d'espoir, et lis :

Coucou, je suis là ! T'es où SDL ?

SDL ? Pour *Sweet Dark Lover* ? Réalise-t-elle que ce sont les mêmes initiales que le LSD et qu'elle me met dans un état de transe intense similaire ? Je lui réponds :

Au troisième, service pédiatrique.

Je monte. À toute !

Je ne m'aperçois de mon sourire que lorsque je lève les yeux sur le visage intrigué du docteur Connors.

– Je… J'ai proposé à ma… Euh… une amie artiste de me rejoindre ici, ça ne t'embête pas ?

Son intérêt se lit sur ses traits.

– Une amie ? Un projet créatif en couple ?

Je me gratte la nuque.

– Je ne sais pas… Pourquoi pas ? C'était surtout pour lui montrer nos œuvres.

– En tout cas, une figure féminine en plus serait tout bénef pour nous, affirme-t-il en m'accompagnant devant les ascenseurs.

Ma belle en sort, en grande conversation avec des inconnus qui poursuivent leur montée vers l'étage supérieur. Enjouée, le contact facile… et putain, qu'elle est sexy ! Du rose de son débardeur que je rêve de lui retirer encore à son jean couvert de taches de peinture, sans oublier ses multiples bracelets ethniques, les plumes et perles multicolores qui s'entremêlent dans ses mèches blondes… Les gosses vont la kiffer.

Je l'enlace, hume son odeur. Le raclement de gorge du toubib m'oblige à la relâcher pour la présenter.

– Voici Milly Clark. Milly, le docteur Tyler Connors, chef de ce service.

– Vous êtes donc l'amie de Jayden ? s'enquiert ce dernier en lui serrant la main.

Ma muse fronce les sourcils. Elle est incommodée par cette étiquette ? Perso, je préférerais la désigner différemment, mais bon…

Les salutations expédiées, notre guide nous escorte dans l'ultime chambre, la 207, avant que nous ne visitions la salle de jeux, dont nos artistes miniatures ont décoré les murs. Devant la porte, j'inspire et entrelace mes doigts à ceux de ma bohème. Histoire qu'elle comprenne ce qu'elle fabrique là au lieu d'être en train d'effectuer nos tests d'IST, je lui glisse dans l'oreille :

– J'enseignais l'art urbain ici. Je vais recommencer et j'ai pensé qu'on pourrait visiter la « galerie » que j'ai créée avec les gamins.

Elle se mord la lèvre en me fixant, entre contrariété et surprise, réticence et curiosité. Toute une palette d'émotions qui me font retenir mon souffle en attendant son verdict.

Je t'ouvre la partie éclairée de mon univers, explore-la s'il te plaît.

Notre lien visuel s'intensifie, l'oxygène se raréfie. Je ne peux que presser sa main dans la mienne avant que sa sentence ne tombe.

– Jay, je vois bien que tu veux plus. Je… me sens prise en otage dans une histoire d'amour naissante. Je me trompe, *Dark Lover* ?

De la merde en barre ! Mon échine est parcourue de frissons et ma raison me hurle que notre avenir entier dépendra de ma réponse. Les billes céruléennes de Milly m'emprisonnent dans ma peur de commettre un faux pas.

– Jayden, dis-moi que tu n'es pas amoureux, je t'en supplie, s'étrangle sa voix.

Bordel, je dois nier. Nier que je suis irrévocablement mordu, accro, raide dingue, à fond sur elle, et pas que sexuellement.

CHAPITRE 56

À 200 %

♠♦♣

♥ Aimer peut faire mal parfois.
Mais c'est la seule chose que je connaisse…
Tu sais que ça peut devenir compliqué parfois.
C'est la seule chose qui nous rende vivants. ♥

Photograph, Ed SHEERAN

Jayden

– Bonté divine, Jayden ! me gronde Milly en décroisant nos doigts.

J'essaie de la toucher, elle m'esquive, paniquée. Un état d'esprit que je ne lui connais que trop bien, maintenant.

– Vous venez, les artistes ? Une jolie princesse trépigne d'impatience à l'idée de vous rencontrer, nous remotive le docteur Connors, que l'on retarde.

– Oui, une minute, le fais-je patienter.

Je suis déboussolé par le regard abattu que ma muse darde sur moi. Au bord de la syncope, j'invoque les cieux, la galaxie ou ma bonne étoile, si j'en ai une, pour éviter l'impair.

Bordel, elle fait un pas en arrière !

– Ce truc dans tes yeux n'est que du désir, répète-t-elle, cherchant à s'en convaincre elle-même, je crois.

Ses lèvres tremblent, mes pulsations s'endiablent.

– C'est juste physique, tu ne m'aimes pas, ressasse-t-elle.

Ma bouche ne réussit pas à lui dire quoi que ce soit, cependant mon cœur lui répond :

Au fond, tu as compris, belle muse. Tu as besoin que je te mente pour alléger ta conscience. Ou te prouver que je suis une erreur que tu dois rectifier.

Je me sens comme une tache dégueulasse s'étalant sur la toile fabuleuse et flamboyante de sa vie. Une tache qui s'incruste et dont elle souhaite se débarrasser.

– Pourquoi tu fais tout ça, Jay ? m'admoneste-t-elle comme si je la trahissais par mon silence. T'étais censé me démontrer que tu sais faire comme Logan et tes autres potes joueurs et frivoles. On en était convenus !

Jouer à ses dépens m'est impossible, lui cracher des bobards idem. Je pense aux hommes sans scrupules, capables de parler d'amour sans le ressentir juste pour obtenir ce qu'ils désirent. Si je faisais l'inverse, ce serait bien moins grave, non ? Si je niais mes sentiments pour garder ma muse ?

Pourtant, je n'y arrive pas. Ses pupilles bloquées sur moi, elle s'éloigne progressivement. Ma carapace déjà défectueuse s'émiette, mon âme s'effrite. Je me retrouve sans armure, sans faux-semblants, sans d'autre horizon qu'elle qui me fuit.

– Je veux être avec toi, Milly, revendiqué-je. Je te veux TOI.

– Non ! souffle-t-elle, battant toujours en retraite.

Son intonation chevrotante m'indique qu'elle est aussi désemparée que moi. Pas pour les mêmes raisons cependant.

– Si, affirmé-je en me rapprochant.

OK, pas de déclaration, elle restera là ! marchandé-je en me tapant la poitrine. Mais bon sang, ne me demande pas de débiter le contraire !

Affolés et bruyants, nous brisons la quiétude des enfants, et les gens commencent à nous le faire remarquer. Je ne m'en formalise pas. J'ai trop, beaucoup trop à perdre. C'est comme si nous étions brusquement seuls au monde. Ma survie aux épreuves que j'ai endurées, mes efforts pour aller de l'avant ne me serviront plus à rien si Milly me rejette. Elle représente plus que de l'amusement. Plus qu'une source d'inspiration. Plus qu'une fille de passage.

– Ce n'était pas ça, notre marché, bordel ! m'accuse-t-elle en refoulant son chagrin, qui se répand sur moi.

Quelqu'un nous signale que nous devrions censurer notre langage devant le jeune public.

Qu'ils nous expulsent si ça leur chante ! Je serai égoïste pour une fois, ne penserai qu'à Milly et moi.

– On avait un deal, Jay ! Tu m'avais promis ! persiste-t-elle.

Elle recule de plus belle. Je lève mes paumes en signe de reddition. Nous parcourons ainsi le couloir, qui se peuple de curieux. Tant pis si je grille mes cartouches devant les parents. Dans l'immédiat, il n'y a que mon trésor précieux en train de m'échapper qui compte.

– Je sais, ma bohème. Notre accord m'interdisait de t'aimer.

– Alors dis-le ! Dis-moi que tu n'es pas amoureux de moi ! me défie-t-elle, plantée entre les ascenseurs et la porte des escaliers de secours, au bord de l'hystérie.

– Je ne peux pas, admets-je, impuissant.

– C'était si dur que ça de t'en tenir à mes conditions ? Pourquoi tu gâches tout ?

– Parce que je ne peux pas commander mon cœur, putain de merde ! L'avenir, cette saloperie qui t'abîme, les aléas du sort, la plausible réaction de mes potes… Je m'en cogne de tout ça, Milly ! Rien ne me terrorise plus que le gouffre que tu entretiens volontairement entre nous.

Ses billes d'azur s'écarquillent, larmoyantes. Je suis une merde de l'affecter ainsi ! Elle recule jusqu'à percuter le mur en m'intimant par sa gestuelle de ne plus la suivre. Je lui obéis. À chacun de ses pas, mes espoirs s'effondrent un peu plus tandis que mon cauchemar prend forme.

– On devrait arrêter. Je suis désolée, déclare-t-elle, lasse, fragile.

Ma trachée se ferme, mes dents se serrent, je me disloque en mille morceaux. Milly tâtonne à l'aveugle et appuie le bouton d'appel de l'ascenseur. Elle s'essuie le visage, la respiration saccadée.

– Non, non ! Ma bohème…

Elle secoue tristement la tête, soupire et prend à témoin le plafond, puis le public qui s'est amassé dans l'allée. Puis, enfin, elle tourne vers moi ses prunelles voilées.

– Tu ne comprends pas. Je voulais te le dire tout à l'heure dans ton salon… Mon état se dégrade. Mon dernier check-up est mauvais, Jay. Le traitement expérimental qu'on m'administre depuis mon hospitalisation ne fait plus effet, et c'est le seul qui existe à ce jour.

Merde ! Je me sens blêmir, faiblir.

– OK. La science évolue et je t'accompagnerai étape après étape, m'obstiné-je.

– Punaise, STOP ! Je ne suis pas la nana à présenter fièrement aux personnes que tu côtoies ou avec laquelle te projeter, même à court terme. Les phases suivantes que tu évoques, je les connais. Ma mère les a subies, mon père ne s'en est jamais réellement remis.

J'hyperventile, est-ce vraiment la fin ? D'elle ? De nous ?

– Tu es trop pur pour souffrir à cause d'une fille comme moi. En m'amenant ici, tu me confirmes que je suis la méchante qui anéantit un mec qu'elle ne mérite pas. J'ai intégré ma fatalité, je ne l'imposerai à personne. Rappelle-toi pourquoi je repoussais Stella.

– Je n'ai pas oublié.

– Bien.

Persuadée que son monologue a tout réglé, elle appuie encore sur le bouton, renifle, évite de croiser mes iris braqués sur elle. Je la retiens *in extremis* à l'ouverture de la porte, la coince entre le mur et moi.

– Toi, te rappelles-tu que lorsque je m'implique, c'est à 200 % ?

– Jay, non… me supplie-t-elle après une seconde de surprise.

Je m'abaisse sur elle.

– Oh si. Imagine un peu combien je t'aime, Milly. Ce putain d'amour que j'éprouve pour toi va au-delà de tout entendement. Tu crois pouvoir m'arrêter ?

Je profite de son ébahissement pour sceller nos lèvres.

CHAPITRE 57

Trente pétales de moins

♠♦♣

> ♥ Je suis prêt à tomber et trouver l'amour
> qui m'était destiné. Tu m'as sauvé,
> je t'ai sauvée. ♥
>
> *Miracle*, Julian PERRETTA

Jayden

Elle s'est enfuie. Dans la clameur de ceux qui ont assisté à mon extrême vulnérabilité face à elle. Entre applaudissements et huées des mioches surexcités, sans doute par la scène de déclaration d'amour et de baiser enflammé de cinéma.

Enivré, j'ai agi en mode kamikaze qui joue le tout pour le tout. L'entrelacement de nos langues accentuait et exprimait ma terreur de la perdre. Pas uniquement la peur découlant de l'épée de Damoclès au-dessus de sa tête, mais également et surtout celle d'être contraint de me séparer d'elle sur-le-champ en prévision des mauvais jours à venir. Car Milly ne veut pas avoir à partager le pire avec qui que ce soit. Surtout pas avec moi, qu'elle ne juge pas suffisamment solide.

Cela fait exactement un mois qu'elle m'a planté dans le couloir de la pédiatrie. Elle m'a embrassé avec la ferveur d'un adieu. Sur le coup, je me suis expliqué son élan par de l'émotion, voire des sentiments émergeant pour moi. En confiance, j'ai espéré et cru qu'elle capitulait. Mais elle a rassemblé ses esprits et m'a échappé précipitamment. Avec un :

– Non, Jayden, on ne peut pas, on ne peut plus.

Dans ma course pour la rattraper, elle m'a sommé de la laisser tranquille.

Et voilà.

Depuis, elle a soustrait trente putain de pétales du « bouquet de vie » de son *Journal d'une éphémère*. Elle ne me mentionne jamais dans ses écrits. Il y a Stella, une autre meuf, le gars d'avant, et Logan. Elle n'emploie pas leurs prénoms, bien sûr, mais des détails permettent facilement de les reconnaître.

Cela aussi me travaille. Qu'ils y soient tous sauf moi. Je suis insignifiant pour elle, je ne suis pas sorti du cadre du plan cul dans lequel elle m'avait cantonné. Ce fait accablant me pousse à l'épier assidûment à travers son journal en ligne. Pas présentement, car j'essaie de redevenir un BadASS dans un club débauché de la ville. Je participe, suis le groupe, agis par mimétisme afin d'éviter de paraître à la masse. Me faisant violence pour ne pas succomber à la douleur qui a élu domicile en moi, le soir, quand je n'ai plus personne devant qui simuler un bien-être de façade.

– Jay, il y a une salle clandestine de poker au sous-sol. Diego négocie l'entrée pour nous cinq, s'extasie Alex Jenkins en atterrissant sur la banquette que je squatte loin de l'éclairage tamisé.

Ses cheveux longs, son piercing lingual et sa gueule de beau gosse déconneur lui valent toujours autant l'attention des minettes. Chris et le Doc s'amusent également. Comme si Milly n'existait plus. Ou alors, ils ont cette faculté phénoménale de savoir s'éclater entre potes en mettant leurs tracas entre parenthèses.

Putain, j'aimerais en être capable aussi. Mais cette soirée s'annonce comme un échec cuisant. J'ai estimé qu'en fuyant la solitude aux heures sombres de la nuit je serais moins mal. Erreur monumentale : même ainsi, elle me manque trop.

– Cadeau de la maison. Efface-moi cette tronche de déterré ! me brusque Logan en me filant un joint.

Il sent le whisky. Je devrais en boire, non ? Entre la fatigue due à mes insomnies et mes prélèvements réguliers de sang pour alimenter les flammes de mon phœnix, j'écope d'une allure de junkie sans l'avantage d'être déchiré. Malgré la fournaise, j'endure un t-shirt manches longues pour couvrir mes bras qui prêtent aisément à confusion. Je glisse le pétard entre mes lèvres, imperméable à l'effervescence des fêtards, m'efforce de zapper Milly et ce qu'elle a écrit cet après-midi. D'oublier qu'elle ressort désormais avec des filles. Des aventures sans lendemain et à sa portée. Elle a décrété que « gérer les mecs était trop complexe pour elle qui ne sait pas s'y prendre avec eux ».

C'était censé être un trait d'autodérision, ça m'a juste mis en pièces de n'être que l'un de ces mecs à ses yeux.

Quatre semaines interminables !

J'allume le joystick et tire dessus. Le goût est spécial. Elle est chargée en quoi, cette bouse ? Bah, tant que ça m'aide à tenir… J'acquiesce et grimace de temps en temps pour donner le change. Chris et Doc annexent la piste, notre étudiant ingurgite du bourbon au goulot. Je me retiens encore d'y toucher. Je ne crains pas de virer alcoolo, ce n'est pas mon poison de prédilection. Non, le souci, c'est que j'ai l'alcool triste. Au bout de quelques verres, je serai tellement au fond du trou que je prendrai la voie express vers les drogues dures. Et je niquerai ainsi sept ans d'abstinence, de taf fourni sur moi-même pour gagner cette bataille. Je retomberai dans l'engrenage des shoots à répétition, à la recherche d'un black-out que seules mes premières consommations m'ont permis d'atteindre. Les nombreuses qui y ont succédé ne servaient qu'à courir après cet état de grâce. Alors les doses ont augmenté, aussi infructueuses que dangereuses. La dépendance s'est infiltrée, bouchant un cratère béant en moi, ce vide que ma bohème avait récemment comblé sans le savoir.

Je ne tarderai pas à revenir à la case départ, avec pour destination l'autodestruction entamée après la mort de Mégane.

Je descends une rasade d'eau sans aucun plaisir. Ce joint est dégueu et reste *light* pour moi, mais j'aspire. J'ai une bouffée de chaleur subite en apercevant une nana qui ressemble incroyablement à ma muse. Je frictionne mon visage. Putain, ça craint ! Elle me rend dingue !

Je lève à nouveau les yeux. Bordel, elle se ramène par ici ! Ses splendides billes bleues braquées sur moi. Chevelure en cascade, tunique rouge magnifiée par ce corps auquel je n'ai plus droit. Putain, je débloque ! Je détourne la tête, fébrile. C'est vraiment elle. Je ne crois pas pouvoir survivre à une confrontation de plus. Pourquoi rapplique-t-elle ici ?

Mon regard esquinté se scotche à elle, mais je n'ai pas le cran de me relever, pas pour qu'elle nous fracasse à nouveau.

Alex se barre aux chiottes sans l'avoir remarquée, une chaudasse à ses basques. Moi, je balise grave face à Milly, qui se campe devant moi. Mon cœur fait le saut de l'ange sans parachute, hérissant mes poils et obstruant mes bronches. Elle est radieuse, sans autres artifices que ses incontournables perles et plumes.

– Jay ? Je ne m'attendais pas à te trouver là. Ce club fait fureur, on dirait.

Je n'ai pas encore ouvert la bouche pour lui répondre que la Rocket surgit dans son dos et l'enlace affectueusement en me fusillant du regard. Merde, c'est quoi ce délire ? Elle va s'afficher avec d'autres pour que je décroche ?

Stella saisit le cou de Milly, pivote son visage de la muse visiblement consentante vers elle et l'embrasse.

Putain, je pars en vrille !

CHAPITRE 58

Soirée trouble

♥♦♣

♠ Je commence à être en nage,
alors serre-moi fort…
Je ne sais pas ce qui m'arrive. ♠

My Medicine,
The Pretty Reckless

Jayden

J'ai un goût de bile dans le palais. Tous mes muscles se tendent sans exception. Il ne s'agit pas d'un baiser innocent. Le ballet érotique de leurs langues ne laisse aucun mystère. Estomaqué, je les mate. L'enfer !

Milly effectue une semi-rotation contre la coéquipière de Cruz dont les mains la tripotent, lui pétrissant une fesse. J'aimerais cramer ces pattes de merde entre lesquelles elle s'abandonne ! Ses bras s'enroulent autour du cou de la *derby girl*, une chaîne incandescente et invisible s'enroule sur ma chair.

Pourquoi ? Elle est donc capable d'une telle cruauté ? Pourquoi en venir à une mesure aussi drastique pour me dégoûter d'elle ? Non seulement ça ne marche pas, mais en plus ça me fait un mal de chien, bordel !

Leur baiser s'approfondit, deux corps de femmes au diapason d'un désir flagrant. C'est loin d'être un fantasme pour moi. Là, j'ai tout bonnement des envies de baston. Je vois rouge, me redresse. Je tangue de fureur et d'incompréhension.

Putain, pourquoi, ma muse ?

Je me suis tenu à carreau, bien que sa décision m'ait flingué. OK, les premiers jours, j'ai lourdement insisté. J'ai débusqué l'adresse de Stella et hurlé sous leur fenêtre. Un mélange de suppliques et de promesses pour que celle qui m'a dérobé mon cœur bousillé revoie sa sentence. Elle ne répondait ni à mes appels ni à mes textos. Jouer au con de Roméo ou Richard Gere en bas de chez elle était ma seule solution. Mais la teigne de flic s'est montrée menaçante, et ma muse m'a ignoré. Après huit essais, j'ai lâché l'affaire.

Je me tue à la sortir de ma peau et elle, elle ne trouve rien de mieux que de s'afficher avec cette meuf qui vit avec elle ? Punaise, croit-elle que je ne me suis pas déjà torturé avec cette possibilité ? Que je ne l'ai pas imaginée craquant un soir dans les draps de sa coloc' ? Y puisant du réconfort et se persuadant qu'elle vit encore ? J'ai constaté dès notre première rencontre dans mon salon de tatouage que cette salope aime ma Milly, qu'elle rêve de se l'approprier depuis un sacré bail, qu'elle est prête à sauter sur n'importe quelle occasion pour ça, mais putain de bordel de merde, je n'ai pas à subir ça en live !

– Cassez-vous ! aboyé-je, les poings parés à l'attaque.

Malgré les prouesses du DJ, des visages s'orientent vers la provenance du cri du cœur. Le mien.

Les joues rosies d'excitation, les lèvres luisantes de leur échange de gloss, ma bohème me noie dans les lacs bleus de ses yeux. Une lueur fugace de tristesse traverse ses pupilles, bien qu'elle ne rompe pas son étreinte avec Stella. Celle-ci, fringuée en androgyne, avec sa coupe de cheveux déstructurée et rasée sur un côté, me nargue en me jetant un clin d'œil victorieux.

Tu ne la frapperas pas, Jay. Tu ne dégommeras pas une fille.

– Cette boîte se veut peut-être cosy et intimiste, mais il y a assez d'espace pour que vous me fichiez la paix toutes deux ! Barrez-vous, putain !

– Jay… entame Milly avant que sa meuf ne s'insurge.

– T'as aucun compte à lui rendre ! On bouge de là, dit Stella en caressant la clavicule de ma jolie blonde, qui m'adresse un sourire crispé.

Ne parvenant plus à respirer convenablement, je balaie l'intérieur du club du regard à la recherche d'un de mes gars, afin qu'il me serve de garde-fou. J'ai un besoin irrépressible de défoncer le rictus de la volaille. Là, tout de suite, tous mes principes se dissolvent dans la souffrance de voir Milly et Stella collées serrées devant moi. Je chancelle de rage. J'ai froid, je m'agite, tout va trop vite, mes pulsations, mon souffle.

La flicaille se marre. Ses doigts ne quittent pas la taille de ma merveille, un gouffre s'ouvre sous mes pieds. Ma vue se dédouble. Mes membres s'engourdissent. Je me couvre d'une fine pellicule de transpiration. Bon sang, c'est comme si…

Je récupère ma bouteille d'eau vide d'un air suspicieux, mais je perds l'équilibre.

Dans le brouillard, je vois encore Milly, lovée contre Stella, déposer un collier de baisers dans son cou. Quelque chose cloche : ma bohème repousse farouchement l'amour, celui de Stella y compris. Elle ne jouerait pas ainsi avec les sentiments d'une fille pour qui elle a de l'affection.

– Jay ! meugle la voix de Milly, qui se transforme en celle de Logan.

Bordel, bordel, bordel ! Où sont-elles passées ? On ne se volatilise pas ainsi, à moins que… Putain, non !

J'essaie de rassembler mes esprits… D'identifier la drogue ingérée grâce à mes sensations mais les capacités de… mon… cerveau s'altèrent. J'ignore… ce que… j'ai gobé… à mon insu… mais… je… PUTAIN ! Stella me fait un doigt d'honneur. Elle roule une pelle à Milly un peu plus loin… Non ?

Je ne distingue plus le faux du vrai. Mes yeux clignent, je découvre maintenant Milly énamourée dans les bras de Logan. Leurs traits se mélangent et… Extinction des feux.

CHAPITRE 59

Descente aux enfers

♥♠♦

♣ Lorsqu'une passion devient une addiction,
notre vie ne devient plus
que de la survie. ♣

SOURCE ANONYME

Logan

– LOGAAAAN ! crois-je entendre Chris me beugler.

J'abandonne ma conso et la gonzesse avec laquelle j'avais une touche.

– Poussez-vous ! Bordel, qu'est-ce qu'il a pris ? s'écrie mon geek préféré.

Merde, Jay a un souci ? Il est au sol, inerte, un éclat de verre de la table basse sur laquelle il s'est rétamé logé dans son arcade, qui saigne.

– Argh, où est le Doc ? LOGAN !

– Je suis là ! Reculez, on a besoin d'air !

Je vire tant bien que mal les badauds qui s'amassent. Jenkins Junior et Cruz nous rejoignent, stupéfaits. Je scrute les pupilles de Jayden sous ses paupières, que je soulève.

– Merde, il a replongé ?

La musique s'arrête. J'angoisse en cherchant un pouls. Il faut absolument le réveiller, ou il va sombrer dans le coma et clamser dans les minutes qui viennent ! Je débute un bouche-à-bouche, puis un massage cardiaque. Démunis, fous d'inquiétude, Alex, Diego et Christopher s'interrogent.

– Je croyais qu'il était clean, commente l'étudiant en agrippant sa tignasse.

– Pareil, il n'a même pas picolé, répond le keuf en se déplaçant pour sonder la foule.

Le lieutenant Cruz ramasse une bouteille, qu'il renifle. De mon côté, je m'active toujours sur les gestes de premiers secours.

Putain, reviens, Jayden !

– J'embarque ça pour analyser le contenu, décide-t-il.

– Il a aussi fumé un pet' avec Doc, expose Alex.

Jay ne ferait pas une overdose avec un pauvre joint ! Il s'est passé quoi, nom de Dieu ? Je m'acharne, le suppliant tout en persistant dans mes mouvements :

– Reste avec nous, mec ! Reviens, Jay !

Dans un réflexe tardif, Chris extirpe son smartphone et photographie tout ce qu'il peut. Quelqu'un demande si on a appelé une ambulance. Le cauchemar s'étire.

– C’est bon ! puis-je enfin exulter. Il a réagi ! Ta caisse, Cruz, à fond les sirènes !

Jayden gigote, tente de s’exprimer.

– J’ai pas… articule-t-il, vaseux.

– On est furax que t’aies lâché les rênes, mais on te tient, mon pote, le sermonne Alex.

Nous lui adressons tous des paroles d’encouragement, tout en échangeant des regards. Nous ne le disons pas devant Jayden, mais avons conscience d’être face à un cas de force majeure. Qui va nous obliger à nous occuper très sérieusement de celle qui a poussé l’un des nôtres dans la déchéance.

Le hic, c’est que cette Milly est attachante, différente. Je ne désire pas briser une femme dont la vie est déjà bornée par une *deadline* et qui ne nous veut visiblement pas de mal. Seulement, Jay s’écroule à cause d’elle. Et ça, nous ne pouvons pas le laisser faire.

CHAPITRE 60

Flou artistique

♥♠♦

♣ Tu ne peux pas briser cette fixation.
Tu seras ma mort. Je ne te laisserai
pas assassiner ça. Nous manquons de temps.
Je ne te laisserai pas enterrer ça. ♣

Time Is Running Out, MUSE

Jayden

Je suis à côté de mes pompes. Expérimentant diverses phases de voyage, je plane puis retombe plus ou moins. Ma lucidité se bat en duel contre des hallucinations visuelles et auditives. Oui, j'en suis certain, quelqu'un m'a refilé de la dope à mon insu.

Le sale bâtard !

Un refrain de Muse prend mon oreille interne d'assaut. Une infirmière affriolante baigne dans une espèce d'aurore boréale, surplombant le lit. Je crois que c'est moi qui suis dans ce lit. Pas sûr, j'ai l'impression d'être dissocié de mon enveloppe corporelle, sensation de taré ! Ça fait tellement longtemps. Nom d'une pipe à crack, c'est quoi ce trip ? De l'oxy ? Non, ça ne donnerait pas un résultat pareil. Je serais juste assommé, pépère… Kéta, alors, ou peut-être LSD ? Je n'aurais pas détecté ce dernier dans ma bouteille d'eau. Pas de goût, indétectable à l'odeur ou à l'œil nu. Ou dans le pétard. L'un ou l'autre ? Bordel, mon organisme n'est plus rodé, ça me bouffe direct !

– Mais qui aurait intérêt à le droguer ? entends-je.

Ha ha, j'ai de super détectives de mes deux qui enquêtent avec leurs loupes ? Les sons, les lumières et les objets partent en couille. Si ça se trouve, tout ceci ne se déroule que dans ma tête. Putain, je crois que je redécolle. On m'a donné une dose de bête ou quoi ? Substance coupée ? Artisanale ? Surdosée ? Croisée avec d'autres ? Une saloperie de chimiste !

L'infirmière se penche sur moi. La vache ! C'est Milly ? OH PUTAIN, MA MILLY ! Qu'est-ce qu'elle est belle ! Est-ce que je lui ai déjà dit que je suis raide, mais raiiiiiiide dingue d'elle ?

T'es pas restée avec la garce de keuf ! C'est moi que tu as choisi pour de vrai, ma muse ?

Elle me sourit. Bordel, je ne touche plus la planète bleue ! J'ai envie d'elle, de glisser mes doigts sous cet uniforme blanc, il lui va trop bien. Frôler ses dômes. Sentir son cœur battre contre ma paume avec son téton pour seul rempart. Rouler son bout de sein entre mon pouce et mon index, le goûter, le téter… Il faut que j'introduise mon autre main entre ses cuisses, vers ce joyau palpitant qui m'obsède. Qu'elle se liquéfie, murmure mon nom et s'ouvre à moi. J'adore quand elle implose de plaisir : elle décuple le mien. Ça y est, je bande mortellement. L'intérieur de son corps me fait grave triper.

– Tu sais que tu m'excites, délicieuse bohème ? Pire encore.

J'ai l'impression de parler bizarrement, mais on s'en fiche. Je la veux !

– Wow wow wow ! C'est mon matos que t'essaies de palper, mec ! proteste une voix grave.

Il sort d'où, lui ?

– Jay, je t'adore, mais si tu t'aventures encore vers ma braguette, tu manges mon poing, grogne sévèrement un con.

– T'es qui, toi ? On se connaît ?

Je fronce les sourcils.

– Jennifer Lawrence, et tu ranges tes mains baladeuses, mon gars !

Bingo ! C'est Logan qui jacte, il me triture le creux des bras, les pupilles, enfin tout, quoi. Merde, j'ai des marques de piqûre, bonjour les conclusions hâtives !

– Yeah ! C'est la Jennifer des *X-men* et des *Hunger Games* ? Je crois que je kiffe les blondes comme elle… Naaan ! Je suis fan d'une en particulier qui porte l'arc-en-ciel et des plumes sur elle. Et putain, le sexe avec elle, c'est juste phé-no-mé-nal !

J'ai un fou rire incontrôlable. Doc secoue la tête, dépité je crois. Ce qui est drôle, c'est que je ne parviens à capter personne dans les yeux. Je me concentre sans succès. Mes pupilles sont trop dilatées ?

Je flotte à donf et tout est tellement plus canon. Même ce gobelet m'inspire un graphisme de ouf. Des images fragmentées, au ralenti comme des effets spéciaux de science-fiction et cette chanson… L'instant est figé, pailleté, scintillant, stroboscopique. Magique !

Où est Milly ? Elle me prodiguait des soins, il faut que les gars dégagent, je veux faire l'amour à mon ange. Je veux voir sa peau nue nimbée de ce prisme de couleurs qui nous environne.

– Diego creuse. Il a emporté les vestiges du joint. T'en as fumé aussi, Doc ? résonne la voix de Chris.

– Non, j'en avais deux, j'en ai proposé un à Jay.

– Tu te les es procurés où ?

– Bonne question, c'était soi-disant offert par la maison…

Moi, je cherche Milly. Ma respiration est bruyante, mon cœur pulse sur la musique qui ne s'arrête pas. Une femme me place sous perfusion, ses gestes sont délicats. Ma lumineuse bohème est de retour !

Mais quelle bouse ! Pourquoi j'aperçois le visage d'une brune à la place du sien ? Deg !

Un couplet du morceau s'amplifie dans ma tête, se répète en boucle. Je redescends, j'ai envie de gerber !

Oh oh, ce n'est pas mon pieu, pas ma piaule… Pas ma Milly. La réalité est pervertie par la cochonnerie que j'ai avalée. Tiens, peut-être du PCP ? Une saloperie qui ne me réussit pas. Je parie qu'ils croient que je me suis vautré dedans tout seul. Prévoient-ils des représailles contre Milly ? S'ils lui font du mal, je…

Palpitations, sueurs froides, perte de contrôle, secousses.

– MERDE ! IL CONVULSE !

Trou noir… Des flashs du passé jaillissent quand je me stabilise.

♥♠♦♣

Il caille. Je rentre de la manif la gorge éraillée d'avoir trop scandé des slogans à propos des fusillades de jeunes. Le major général – qui court après les deux galons qui lui manquent pour obtenir le grade de général tout court, un être suprême de l'US Army – pétera encore un boulon si ma tronche a été capturée par un cameraman, photographe de presse ou même un type lambda qui voudrait diffuser les vidéos de la marche. J'aurai droit au sermon habituel : deviens un homme et cesse de vouloir ressembler à maman. Elle a été tuée à Gaza lors d'une manifestation quand j'avais treize ans.

Engagée, elle militait aux côtés des pacifistes pour apaiser le conflit israélo-palestinien. Pour faire honneur à ses origines juives et parce qu'elle était sensible à la souffrance d'autrui. Hélas, sa participation à un projet d'art réunissant des participants d'Israël et de la Palestine aura été son dernier voyage...

Là, j'ai seize ans, et mon paternel n'a toujours pas imprimé que mon but est d'accomplir des choses par moi-même, de suivre la voie qui me correspond. Du coup, dès qu'il revient à la base – heureusement, il est souvent absent –, je me tape des entraînements intensifs avec insultes et humiliations diverses.

Je grimpe dans ma chambre, retire et balance mes Converse, puis mon t-shirt. En déboutonnant mon jean, je me rends compte que Meg s'est endormie par-dessus ma couette. En souriant, je me rapproche et lui ôte l'un de ses écouteurs. Je suis convaincu que c'est ce groupe de rock français avant même d'atteindre mon oreille. Elle les écoute tout le temps, et à force, j'ai retenu les paroles et leur traduction.

Je m'allonge à côté d'elle. Paupières fermées, je fredonne Le Chemin *en imaginant Paris. Mégane m'a vendu du rêve à propos de Montmartre. Ma mère aurait adoré ce genre d'endroit, la maison de Monet à Giverny aussi...*

CHAPITRE 61

Substituer les plaisirs

♥♠♣

♦ Le plaisir n'est pas un mal en soi, mais certains plaisirs apportent plus de peine que de plaisir. ♦

ÉPICURE

Logan

Il me fallait un exutoire après ma journée de garde d'aujourd'hui. Ça aurait pu être de la baise. Appeler Milly m'a même effleuré l'esprit, parce qu'aucune nana ne m'excite actuellement. Pas aussi fort qu'elle, avec sa fraîcheur et son naturel. Du fun à l'état pur. Mais bordel, il y a Jay, qui complique tout !

Le mode de fonctionnement habituel du groupe est perturbé depuis que notre pote s'est effondré dans le club, il y a six jours. En temps normal, je ne me pose pas de question quand j'ai besoin de décompresser en m'envoyant en l'air. Je suis mon instinct, lève l'une des nanas réceptives que je croise ou j'appelle ma FF du moment. Là, nada ! Je bifurque vers le club de boxe et abandonne l'idée de corps à corps torrides. Penser à Milly et Jayden me gonfle. Je souhaite juste m'aérer l'esprit en cognant pendant une petite heure.

En sortant de ma séance, je bloque car je remarque une silhouette près de ma moto. Chevelure blonde, look coloré…

Et merde ! C'est Milly ?

Figé, je pèse le pour et le contre. Mon ami est au plus mal, et secourir Jay est plus important que tous les plaisirs que j'ai pris et pourrais encore prendre avec cette meuf. Les frères BadASS avant ma queue. J'inspire et avance. Elle se retourne, je m'arrête net.

– Oh putain !

– Salut, mon gygy préféré.

Je cligne des yeux, éberlué. C'est quoi ce délire ?

– Shelby ? Qu'est-ce… tes cheveux… ?

– Je les ai teints, vous aimez ? Je vois bien que vous préférez les blondes aux brunes, maintenant.

Non, ce n'est pas simplement une question de teinture. Elle s'est travestie en Milly, presque tous les détails y sont. Mon sang se glace, ma main se crispe sur mon casque.

Agir méthodiquement. Je dois me souvenir des explications et conseils de son psy.

– Alors, ma nouvelle coupe vous plaît, Docteur Prescott ? Vous me trouvez sexy ? roucoule Shelby en s'approchant doucement.

Seuls ses yeux noirs échappent au déguisement. Ceux de Milly sont bleus et pétillants de malice, alors que les siens rivés sur moi ont une lueur démentielle. Depuis quand me suit-elle ? Je déglutis et jette un regard rapide autour de nous, avant de la scruter. Et si elle planquait une arme quelque part sur elle ? A-t-elle fait du mal à sa prétendue rivale avant de venir ici ? Compte-t-elle m'en faire également ? La peur s'empare de moi. Je retire lentement mon portable de ma poche arrière. Mon pouce se balade fébrilement sur l'écran sans que je quitte la jeune femme du regard. J'appuie sur la touche d'appel, faisant sonner le dernier numéro que j'ai utilisé ce soir. Celui de Diego.

Réfléchis, Logan, ne commets pas d'erreur.

– Tu es magnifique, Shelby, dis-je d'une voix basse, masquant ainsi mes émotions. Mais dis-moi, comment es-tu sortie de la psychiatrie ?

Mon ancienne patiente se met à rire, surtout satisfaite du compliment, je crois. Elle se rapproche encore, j'ai un haut-le-cœur en reconnaissant l'odeur du shampooing de Milly. Putain, elle est vraiment siphonnée ! Elle a épié la jolie artiste au point de vouloir tout copier sur elle, même les plumes.

– Je me suis arrangée… Plus personne ne nous séparera désormais, m'assure Shelby dans un murmure.

Des frémissements courent sur mon échine. Ça veut dire quoi, ça ? Mon cerveau commence à imaginer le pire. Est-ce qu'elle a… supprimé

Milly ? Jay en crèverait, et je ne m'en relèverais pas non plus, car ce serait indirectement ma faute.

– Vous me manquiez trop. Ce n'est pas de médicaments dont j'ai besoin, je ne les prends plus. C'est vous que je veux.

Re-merde !

– Tu… D'accord. Moi, je meurs de faim, on peut aller manger un morceau ensemble ? tenté-je histoire de faire diversion.

Le restaurant d'à côté est fermé. Il est tard et nous sommes en pleine semaine, il n'y a donc presque personne aux alentours. J'espère que Cruz écoute la conversation et que la cavalerie va rappliquer.

– Un dîner en tête-à-tête ? Oh oui ! J'en rêve depuis tellement longtemps, s'extasie-t-elle.

Elle se love contre moi, je cesse de respirer. Elle semble si déconnectée de la réalité que je n'ose pas lui poser la question qui m'angoisse, à propos de Milly. Je suppose que tant que je jouerai son jeu, elle restera inoffensive.

– Je suis heureuse qu'il n'y ait plus d'obstacle entre nous… Logan.

Je me raidis davantage. C'est la première fois que Shelby emploie mon prénom, et cette phrase sonne étrangement. Le sang pulse dans mes tempes quand je sens un objet sur elle lorsqu'elle se presse contre mon corps.

– Embrasse-moi… C'est moi ton unique trésor, n'est-ce pas, Logan ?

Elle ferme les paupières, me tend ses lèvres. Brutalement, l'instinct de survie s'empare de moi. C'est maintenant ou jamais ! Je lâche mon casque et retourne Shelby d'un coup sec. Mon bras s'enroule autour de son cou. Elle pousse un petit cri de surprise. Je comprime ses artères carotides avec une pression suffisante pour qu'elle s'évanouisse. Très vite, elle se ramollit contre mon torse et je reprends enfin mon souffle.

Putain de merde !

En tremblant, je la traîne et l'adosse contre un mur, puis saisis mon portable. Au même moment, une sirène retentit au bout de la rue.

– Allô ?

– Ouais, mec, j'ai tout entendu. Une patrouille n'est pas loin et j'arrive aussi.

– Ça marche. Elle a perdu connaissance, je crois qu'elle est armée…

En parlant, je palpe et déniche en effet un couteau dans sa poche. Les choses allaient dégénérer.

– Enlève-lui l'arme et éloigne-la d'elle.

– OK. J'appelle aussi l'hosto et son psy.

– Ouais, à toute !

Bientôt, des bagnoles de flics pilent près de nous. Mon palpitant est toujours en branle, mais je suis soulagé de voir mon pote et que des spécialistes des urgences psychiatriques prennent Shelby en charge.

♥♠♦♣

Le lendemain, mon état de choc s'est un peu dissipé. La menace que constitue mon érotomane est neutralisée. Par chance, elle ne s'en est pas prise à Milly. En revanche, est-elle pour quelque chose dans ce qui est arrivé au club ? Une semaine s'est écoulée depuis l'épisode stone de Jay et les interrogations demeurent.

Était-ce une consommation de drogue intentionnelle ? La machination d'une personne malintentionnée ? Le thérapeute de Shelby m'a dit au téléphone que celle-ci assure n'avoir rien tenté contre qui que soit dans mon entourage. Je continue donc de me poser des questions…

En clopant, j'en discute avec Cruz.

– Bah, primo, c'est sur toi que cette barge est à fond, pas sur Jay. Secundo, je peux éventuellement concevoir qu'elle nourrisse une jalousie maladive contre Milly, parce que tu te l'es tapée. Mais de là à déraper de façon aussi imprévisible ? s'étonne-t-il au bout du fil.

Nous établissons des hypothèses en attendant les résultats de la toxicologie sur les joints et la bouteille d'eau de Jay. Le labo de la police a été débordé, d'après notre lieutenant, ils n'ont pas encore pu s'en occuper.

Néanmoins, il est également envisageable que Jay ait tout simplement replongé.

– Ouais, j'en suis surpris aussi. Mais bon, Shelby est psychologiquement secouée, alors sa logique n'est pas forcément la nôtre, lui réponds-je. Elle était hyper flippante hier soir, déguisée en Milly.

– J'avoue que c'était *space*. On peut supposer que Shelby ait pu délirer et voulu te droguer toi, si elle était dans la boîte de nuit… Ou alors… il est aussi possible que Jay ait été spécialement ciblé… voire même par quelqu'un d'autre. Non ?

– Son enfoiré de père, par exemple ? Il semble avoir une emprise malsaine sur Jay…

– Le général Graham a un profil de suspect, ouais. On le met sur la liste, on va revérifier aussi que ta timbrée n'y est pour rien, pourquoi ne pas chercher également du côté de nos anciennes partenaires de jeu ? Et si l'une d'elles avait regretté et était en train de manigancer contre nous, ou une connerie du genre ?

– Putain, là, ça ouvre le champ ! Mais enfin, nous nous sommes toujours amusés uniquement avec des minettes majeures et consentantes. Nous n'avons causé de tort à personne… Je ne vois pas pourquoi l'une d'entre elles deviendrait vindicative.

– Bon, cogitons et creusons encore. Je te tiendrai au courant, à plus ma couille !

– Ça marche, mon Latino !

Chacun ayant ses talents particuliers, nous fouinons individuellement, recouperons les infos au fur et à mesure, les analyserons ensemble et aviserons. Pour notre tranquillité d'esprit à tous. Nous comptons bien continuer à nous défouler en meute. Ce n'est pas une interférence extérieure à la con qui va nous soumettre au conformisme !

Et ce n'est pas une fêlée qui va m'empêcher de prendre mon pied. En parlant de ça, je repense à Milly, malgré moi. J'en apprends de plus en plus sur elle en explorant son dossier médical, mais j'ai aussi effectué un petit tour sur la Toile. Il faut dire qu'elle ne se cache pas spécialement. Les œuvres qu'elle a réalisées sur commande dans différentes villes du pays, ses projets en cours dans le New Jersey, ses moments de divertissement avec ses amies, dont Stella, tout est sur le web. Dans son *Journal d'une éphémère*.

La jolie rebelle bohémienne du Massachusetts déverse son petit grain de folie, sa sensibilité et sa sincérité artistique autant dans ses coups de pinceau que dans les mots de son blog. J'ai dévoré son carnet de bord virtuel, dans lequel elle consigne des détails sur elle, sa vie, ses émotions… moi. Ça me fait un putain de truc, surtout que, curieusement, elle ne parle pas de Jayden…

CHAPITRE 62

Juste l'instant présent

♠♦♣

♥ La vie est trop courte pour la passer
à regretter tout ce qu'on n'a pas eu
le courage de tenter. ♥

Marie-Claude Bussières-Tremblay

Jayden

Sur ma moto, je fonce, slalome et distance ceux que je double. Les vibrations de mon bolide et la griserie de la vitesse me portent. Je me sens libre, je me sens vivre, comme un conquérant. Car j'ai décidé de me tailler du centre de désintox. J'ai rusé et profité d'une brèche dans la sécurité pour prendre la tangente, sauter dans un taxi jusque chez moi. Il me reste encore des résidus de leurs saloperies de substitution dans le corps, mais je ne pouvais pas laisser le putain de général Graham exploiter cette tuile pour me foutre à nouveau en cage.

Me décrédibiliser, m'infantiliser afin d'usurper des droits sur ma chienne de vie !

Même pas en rêve !

Est-ce lui qui m'a dopé ? Je ne vois pas pourquoi il en arriverait à des mesures aussi impitoyables. Enfin si, peut-être bien…

De toute façon, reprendre mes esprits pour le découvrir installé dans un fauteuil en face de moi a été pire qu'un mauvais *trip*. Seul avec moi dans une chambre monacale, barreaux aux fenêtres, avec un personnel strict me rabâchant que je suis un toxicomane ayant besoin d'aide.

Il m'a balancé des remarques acerbes. Il s'y est trop cru, le blaireau. Je sais que je n'ai pas replongé, tant pis si personne n'y croit, même pas mes potes.

Certes, je vais à nouveau morfler du manque. Mon organisme alléché brutalement par ce venin auquel il carburait va recommencer à m'en réclamer. J'ignore comment gérer cela en solo. Néanmoins, qu'ils enfoncent leur charité là où je pense ! Tout ce dont j'ai réellement besoin en ce moment, c'est de Milly.

Donc je m'engage dans une course effrénée contre le temps, défiant les aiguilles de ma montre. Chaque seconde avec elle comptera triple. Parce qu'il n'y a plus que du gâchis s'il faut qu'elle traverse les jours et les heures sans se laisser aimer. Qu'elle se défende contre l'amour en entretenant son bouquet de vie qui flétrit. Putain, non ! Elle va composer avec moi.

Je me gare non loin du logement qu'elle partage avec Stella. Il est tôt, je guette le moment où la hargneuse ira bosser dans son poulailler et où ma bohème se préparera à aller embellir des murs.

Je retire mon casque, allume une clope. La fourmilière s'éveille lentement. La boulangère d'à côté ouvre ses portes au public lorsque Stella part au boulot. Tirant une latte, je suis soulagé qu'elle ne m'ait pas repéré. Si elle a appris pour le club, elle s'imagine probablement que je suis bloqué maintenant en désintox, défoncé par des produits de substitution ou suppliant pour une ultime dose. Clairement, me transformer en loque humaine devait faire partie de la stratégie de la personne qui a voulu que je replonge.

Je patiente encore quelques secondes pour m'assurer que la flic ne revient pas, puis me dirige vers la boulangerie.

– Bonjour, Monsieur. Que prendrez-vous ? me demande-t-on dès mon entrée.

– Bonjour, Madame.

Je bugue. Argh, je n'ai jamais pris de petit déj avec Milly. Qu'est-ce qu'elle préfère ? Indécis, je suis mon instinct en jetant sans cesse des coups d'œil à l'extérieur. Ce serait con de la rater. Je règle puis ressors. Sur une impulsion, je choisis d'aller à elle au lieu de patienter. Elle m'a dit qu'elle gérait son temps de travail à sa convenance : je n'ai aucune idée de son programme. Je me faufile derrière un mec sortant de son immeuble. J'ai du pot, pourvu que ça dure. Mes mains deviennent moites et mon rythme cardiaque insensé une fois à l'intérieur. Son nom et le numéro de l'appartement sont indiqués sur la boîte aux lettres. J'inspire et m'élance dans les escaliers, mon casque calé sous un bras et les viennoiseries dans une main.

Et si je repartais bredouille ? Si elle avait découché ? Envisager qu'elle soit avec quelqu'un d'autre est terrible. Coup de chaud. Je croise mes doigts libres et sonne. Il est quoi ? Huit heures ? J'attends, puis sonne à nouveau. Dort-elle encore ? Merde, je fais quoi ?

La porte s'entrouvre. Je ne vois rien derrière. On m'a juste ouvert, comme ça. Je me gratte la nuque puis entre. Bordel, je tremble. Je claque le battant et renonce à réguler mes constantes euphorisées.

– T'as oublié un truc ? marmonne sa douce voix féminine, rendue rauque par le sommeil.

Rien que ce son m'envoûte. Milly retourne se coucher sans savoir que ce n'est pas la Rocket qui est revenue sur ses pas. J'espère d'ailleurs que ça n'arrivera pas. Ce serait un carnage si elle me chopait dans sa baraque.

Je me dirige vers la pièce où ma muse a disparu dans la pénombre. Je feinte de justesse un coin de meuble et réalise que si je ne décline pas mon identité maintenant, je lui flanquerai la frousse.

– Ma bohème, c'est Jay, annoncé-je doucement.

Silence absolu. Elle s'est déjà rendormie ? Ou saisit-elle sans bruit la seconde arme de service de son amie ? Planté là comme un idiot, je scrute les ombres pour la trouver.

– Milly ?

Une lampe s'allume. Je découvre ses yeux arrondis. Assise dans le lit, elle serre les draps sur sa poitrine, l'air terrifiée.

– Qu'est-ce que… Qu'est-ce que tu fais ici, Jayden ? articule-t-elle avec difficulté.

Le plan improvisé le plus débile de l'histoire. Il faut que je mette le holà à ma tendance à l'alarmer, ça craint !

– Désolé, ma bohème… Je ne voulais pas t'effrayer. Je…

Elle se lève. Ce bout de satin noir à bretelles fines sur elle, sa poitrine tendant le tissu… Oh punaise, j'en perds mes mots !

– Va-t'en, murmure-t-elle.

– Non.

Toi, le sabre dans mon froc, si tu pouvais arrêter de grossir, ce serait sympa. Mon cerveau peine déjà à assurer.

La main dans sa chevelure, Milly soupire. Je coince ma lèvre entre mes dents.

– Tu ne peux pas débouler ainsi.

– Si.

Elle commence à s'enflammer. Je dépose mon casque et la boîte que je tiens sur la surface la plus proche, et j'ôte mon blouson.

– Purée, non, Jayden !

– Si, Milly. Puisque tu prends des décisions unilatérales à propos de NOUS, je ferai de même, lui assené-je sans me démonter.

Mon toupet m'étonne moi-même, car je suis submergé d'émotions. Cela dit, malgré ma trouille au ventre, je sais ce que je veux. Elle cille.

– Il n'y a pas de « nous », affirme-t-elle.

Son intonation est déjà moins assurée, elle croise les bras pour masquer ses tremblements. C'est encourageant. Je m'approche, elle recule.

– Il y a moi, en manque de toi, incurablement fou de toi, et il y a toi qui souhaites vivre des choses époustouflantes, à fond.

– Et alors ?

– Alors pourquoi c'est toi qui fiches des barrières entre ces trucs intenses et nous ? Lâche-toi, bordel !

Le souffle saccadé, elle humecte ses lèvres et fuit mes prunelles. Mais je ne lâcherai pas.

– Écoute, le temps est précieux pour toi et tu es précieuse pour moi. Tu désires vraiment qu'on gaspille tout de cette manière ? M'éviter pendant que je te courrai après, encore et encore ?

Je me soude à elle. Mes paumes se plaquent sur ses fesses. Elle respire de plus en plus vite.

– Non, ce n'est pas ce que je désire, chuchote-t-elle.

OH YES !

– Que désires-tu ?

– Toi. Dans tes bras, je me sens vivre.

– Dans ce cas, use-moi, Milly, sans états d'âme. Baise-moi comme si tu ne savais plus vivre autrement qu'avec nos sexes emboîtés, nos corps se fondant l'un dans l'autre.

Éperdu, j'espère la convaincre. Nos prunelles se jaugent comme si nous étions en guerre. Une passion animale me rend combatif et elle le lit dans mes pupilles dardées sur elle.

– OK, abdique-t-elle.

Je n'en crois pas mes oreilles.

– Quoi ?

– J'ai dit OK, *Dark Lover*.

Ma bouche s'empare de la sienne avant même que mes neurones n'aient saisi ce qui se passe. Je suis parcouru d'électricité. Putain, elle pénètre mon âme ! Fébrile, ma muse déboutonne déjà mon pantalon pour caresser mon pénis gonflé à travers mon boxer. Je frôle la lisière de sa lingerie, sa peau de pêche rivalise de douceur avec la nuisette. Milly gémit dans ma bouche affamée.

– Oh, toi… soupiré-je.

Mon doigt s'insinue en elle. Je geins avec elle en titillant son bourgeon. Elle empoigne ma bête, je grogne.

– Sors-la, donne-toi du plaisir avec, la convié-je, mes mains pressant les siennes sur mon sexe.

– Je la veux en moi, Jay.

Ensemble, nous enlevons mon jean. En quelques baisers avides, plaintes fiévreuses, attouchements ciblés, je suis à poil. Je retrousse la nuisette de ma bohème afin de la hisser sur moi. La calant contre un mur, je lui confesse :

– J'ai tellement envie de toi, Milly… Putain, j'ai tellement envie de m'enfoncer en toi…

Elle se contorsionne, cajolant mon sexe de sa chaude moiteur. Elle capture mon grognement, sa langue me poussant dans mes retranchements. Ondulant du bassin, je la laisse s'empaler sur mon érection.

– T'enfoncer ainsi, mon *Sweet Dark Lover* ?

Je craque, agrippe fermement ses cuisses pour finir de nous imbriquer. Elle me coupe le souffle d'extase. La philosophie des BadASS prend tout son sens en Milly. Mieux que nos courses sauvages en milieu urbain, mieux que nos soirées débridées et nos défis extrêmes, elle seule me procure cette putain d'apnée intense que j'ai tant cherchée. Perdu dans le nirvana bleu de son regard, je bouge lentement en elle, dans son humidité de velours qui m'absorbe avec mes piercings. Plus désireux de son orgasme que du mien, car le mien ne vient que par elle. La félicité nous prend au dépourvu. Dans une exclamation gutturale, je ne peux retenir ces mots :

– Bordel de merde, je crois que je t'aime un peu plus chaque fois.

♥♠♦♣

Alangui, je tiens ma bohème silencieuse. Ma déclaration la ronge ; cependant, je ne parviens plus à simuler la décontraction avec elle. Je n'ai jamais vraiment réussi à le faire, d'ailleurs. Je voudrais qu'elle s'y fasse. Que nous ayons la force d'accepter ce que nous ne pouvons changer, comme tout *addict* l'apprend dans les réunions anonymes.

Un long moment plus tard, elle s'assoit dans le lit.

– Tu veux bien m'aider pour mes prochaines fresques ? On gagnera du temps pour…

Je la chambre en m'asseyant à mon tour :

– Pour recommencer plus souvent ce qu'on vient de faire ?

– Obsédé ! Je pensais à plein d'autres trucs également, rigole-t-elle.

OK, elle évite le sujet des sentiments, en fin de compte. Bon, cela dit, c'est déjà une sacrée avancée qu'elle ne me rejette pas encore une fois.

– Si t'as envie de m'inclure dans ces trucs, je suis plus que partant. Et j'adorerais peindre avec toi.

Dans un sourire triste, elle m'offre ses lèvres.

CHAPITRE 63

Dripping en duo #1

♠♦♣

♥ Ce qui importe par-dessus tout
dans une œuvre d'art,
c'est la profondeur vitale de laquelle
elle a pu jaillir. ♥

James JOYCE

Jayden

J'observe Milly choisir sa « tenue de travail », un muffin au chocolat blanc coincé dans sa jolie bouche. Elle a moins de bleus aujourd'hui, c'est peut-être fluctuant ? Je referme ma braguette, extirpe mon paquet de clopes de ma poche. On vient de savourer une douche crapuleuse, et ses cheveux sèchent naturellement dans son dos. Elle est uniquement vêtue d'un short et les fossettes au-dessus de sa chute de reins me donnent envie de me perdre en elle en levrette. Punaise, elle a raison ! Je deviens insatiable. Même le repos nécessaire à ma bête pour récupérer ne s'éternise pas.

L'épaule appuyée contre la porte, j'en oublie de remettre mon haut.

– Jayden Graham, rhabille-toi ! m'intime ma muse sans se retourner.

– Si tu crois que je te matais en t'imaginant dans le premier rôle de mon porno perso, tu te trompes, miss ! affirmé-je mi-taquin, mi-émoustillé.

Elle pivote et enfile un t-shirt maculé de peinture trop grand pour elle. Putain, j'ai eu le temps d'avoir un aperçu de sa poitrine dans son soutif un brin transparent. Je m'efforce de remonter à ses yeux et de m'y cantonner. J'embrase une cigarette en la fixant.

– C'est ça, oui ! Sache que le vert de tes iris a une teinte très particulière quand tu as des idées lubriques, mon cher !

– Merde ! Moi qui me croyais impénétrable et hyper mystérieux.

Elle pouffe et mord dans son gâteau. Je marche vers elle, m'incline et en croque un bout. Nos lèvres sont proches, les siennes me paraissent plus appétissantes que la pâtisserie. L'espace d'un instant, j'hésite à l'embrasser. Mais si je commence, je ne pourrai pas m'arrêter, et Milly a une date butoir pour honorer son contrat avec la ville… Je l'ai déjà suffisamment retardée. De plus, c'est aussi chez Stella, ici, donc pas l'endroit idéal pour des galipettes toute la journée. Je déglutis et me redresse.

Peu après, nous quittons l'immeuble. Je prête mon casque à ma passagère. Avant qu'elle n'y cache sa frimousse, je ne résiste pas à l'envie d'échanger un long baiser avec elle.

Conduire avec Milly accrochée à moi me produit toujours le même effet, en plus intense. Car maintenant, elle n'est plus simplement un fantasme dont je ne connais pas la saveur réelle. Elle est mon aimant érotique permanent.

À l'adresse qu'elle m'a indiquée, je me gare et lui emboîte le pas. Je me tais, mais suis ému d'avoir enfin droit à ce pan d'elle. Voir et partager son art. Pour elle, ce n'est certainement que pour pallier l'urgence. Mais pour moi, cela représente un nouveau degré de fusion.

Putain, t'es carrément au summum de la sensiblerie, Jayden ! Ressaisis-toi !

Elle m'entraîne dans une vaste cour. Nous sommes dans un complexe public flambant neuf, non inauguré. Une immense bâche est étalée sur le gazon. Un support rectangulaire assez conséquent y trône, avec divers pots de peinture et du matériel. L'antre provisoire de Milly.

Je m'accroupis sur le support pour contempler les subtilités du dessin qui s'étend sur fond blanc. Les visages me parlent… Une femme en pleurs, serrant contre elle une gamine apeurée. Pourtant, au-delà des larmes, j'ai l'impression de déceler du réconfort sur les traits de la maman.

– T'en penses quoi ? me demande Milly.

Ce n'est qu'en la voyant se dandiner sur place que je mesure son stress à l'idée d'avoir mon opinion.

– Elle voit enfin le bout du tunnel, d'après ma perception. C'est comme si tu voulais montrer à la fois ce qu'elle a enduré avec sa gosse et la fin de son calvaire. On peut imaginer le chemin parcouru, quel qu'il soit… C'est superbement retranscrit.

Elle me fixe, surprise, puis me sourit.

– Alors j'ai réussi, susurre-t-elle d'une drôle de voix.

Je me relève pour me placer à ses côtés. Nous sondons ensemble ce couple mère/fille. Mes doigts frôlent les siens, qui s'y agrippent instantanément. Décharge électrique de mon bras à mon cœur.

– Tu connais la fondation LILAS ? me demande ma muse, le timbre vacillant.

Cela me dit quelque chose, mais je note surtout les émotions qu'elle dissimule mal.

– Non ? Le cinéaste Steen Hood, tu vois qui c'est ? insiste-t-elle.

– Hood ? Ouais, je l'ai déjà tatoué, figure-toi. Cet homme a la fibre militante, ils ne sont pas nombreux à en être dotés à Hollywood. Ton œuvre est en rapport avec son dernier film docu pour lequel il a sillonné l'Afrique ? Elles y sont, ces deux-là ?

– Exactement ! Je n'en reviens pas que tu sois son tatoueur. Ce bâtiment a été construit et offert par la fondation LILAS. Il y en a d'autres en cours. Ce seront des refuges pour les enfants et mères en difficulté. Le nôtre portera le nom de cette dame en pleurs.

Je me tourne vers ma belle blonde, subjugué non pas par son talent, même s'il saute aux yeux, mais par sa sensibilité. Il en faut une sacrée dose pour transmettre autant de choses à travers son art.

Je crois que mon regard sur elle dégouline un peu trop d'amour, car elle me repousse gentiment, se déchausse et se dirige vers ses récipients.

– OK, c'est parti ! Je t'explique : je voudrais une finition en *dripping*. Tu sais faire ?

Encore immobile, je tente de m'adapter au nouveau muret qu'elle érige entre nous. J'inspire, expire, puis retire mes baskets pour la rejoindre sur la toile. Je l'interroge en l'aidant à soulever les couvercles :

– Quelle technique, ma bohème ? Tu perces le fond des boîtes ou tu y vas au pinceau ?

– Selon ton feeling, Jay, me répond-elle, trop distante à mon goût.

Elle chope un élastique dans la poche de son short et rassemble ses cheveux en queue-de-cheval. Je souffle lentement. Ma muse sort son portable, enclenche une playlist, met le volume au maximum et recroise enfin mes prunelles.

– Je ne t'impose rien, Jay, à toi de voir.

Une phrase sibylline qui concerne moins la peinture que notre relation.

Avec désinvolture, Milly choisit un pinceau. Bien ! J'ôte mon t-shirt en feignant de ne pas remarquer son étonnement, puis je me débarrasse de mon jean.

– Euh… Tu vas peindre en sous-vêtements ? s'étrangle-t-elle.

Je prends une mine sérieuse.

– Ouais. Il fait chaud et je ne veux pas salir mes fringues. Et puis, il n'y a que nous ici.

– D'accord, répond-elle, troublée.

Je prends mon pinceau avec un sourire indolent. Elle remarque mon érection naissante mais n'y fait pas allusion et s'attaque à ses coulées de couleur.

Que du sexe et des frissons ? Alors à 200 % aussi, mon ange.

CHAPITRE 64

Dripping en duo #2

♠♦♣

♥ Un moment sentimental dans tes bras,
c'est comme le tir d'une étoile directement
dans mon cœur. ♥

One Year of Love, QUEEN

Jayden

De l'indigo dégouline de mon pinceau vers les tuniques des modèles de Milly. Il sillonne et entrelace le nacarat de ma bohème. Nos couleurs se chevauchent, se cherchent, s'écoulent sensuellement. Onctueuses, sublimes, elles racontent leur variante de la destinée de l'Africaine sur la fresque. Peut-être y ajoutons-nous aussi la nôtre, l'histoire d'amour à sens unique de Jayden Graham pour la lumineuse Milly Clark. Nous en laissons des traces pour la postérité…

Avec Jain en fond sonore, ma binôme irrésistible entame un déhanché en changeant de teinte. Je la regarde retirer un couvercle et remettre une mèche folle derrière son oreille avec ses doigts tachés de pourpre. J'adore les éclaboussures qu'elle arbore.

– Ça va ? me demande-t-elle en surprenant mon regard amusé sur elle.

– Ouais, et toi ?

Je me déplace pour attraper une clope et mon briquet. Je pivote lorsque je sens des gouttes dans mon dos. La chipie, elle m'a aspergé ! Elle pétille de malice tout en jouant les innocentes.

– Nickel aussi, mais je meurs de soif. Tu veux bien me donner une bouteille ? dit-elle en me désignant une glacière. Le gardien de nuit me ravitaille tous les matins avant de partir.

J'en chope deux et m'avance vers elle, un sourire en coin. Je lui tends à boire et l'interroge :

– Tu m'as fait quoi par-derrière, ma bohème ?

Sa gaieté est juste contagieuse lorsqu'elle dévisse son bouchon.

– Moi ? Rien, voyons. Tu as un si beau corps, athlétique, tatoué de partout… et percé aussi, j'allais l'oublier ! Je me rince l'œil, c'est tout.

Je rêve ou elle me branche ? Putain, elle retourne ma méthode de déstabilisation contre moi ! Fière d'elle, elle se mouille la nuque, puis se désaltère. Je repense à son soutien-gorge en dessous de son haut, et bordel, mon boxer rapetisse ! Je me baisse, trempe mes mains dans le pot de peinture prune devant moi et en envoie sur elle pile lorsqu'elle finit de boire.

– Non, tu n'as pas osé ? me menace-t-elle, front plissé.

– Faut croire que si… Comment comptes-tu prendre ta revanche ? la provoqué-je.

Vive comme l'éclair, elle pose sa bouteille et se rue sur le seau le plus proche. Les mains couvertes de pigments liquides, elle s'approche de moi. Je ne bouge pas d'un iota, une lueur de défi au fond des prunelles. L'index ruisselant de Milly taquine mon torse. Suavement, scotchée à mes yeux, elle trace des lignes sinueuses. Ses caresses hasardeuses et taquines m'excitent autant que le désir que je lis dans ses billes bleues. Une envie folle de dessiner également sur elle me taraude. Après l'avoir délestée de son t-shirt, je commence dans son cou. Mes doigts tremblants patinent sur sa peau. Je la mate intensément. La chanson *Son of a Sun* nous enveloppe, nos soupirs se mêlent. Je mordille ma lèvre, mes iris rivés sur ceux de Milly. Elle m'illumine plus que les rayons du soleil. Sa chevelure d'or brille de reflets irréels. Mes empreintes partout sur son buste, les siennes partout sur le mien, elle m'encadre le visage, et je me penche à sa rencontre.

– Putain, Milly !

– Chut ! Je n'en peux plus de voir ton fessier dans ce boxer, susurre-t-elle.

Ses dents se referment sur ma lèvre, et elle comprime mon sexe de sa main. Je gémis dans sa bouche, la plaque brutalement contre moi, l'embrasse comme si l'apocalypse venait d'être annoncée. Nous échouons sur le plastique, qui se teinte de différents coloris dans un arc-en-ciel, un feu d'artifice, une apothéose de beauté. Fiévreusement, son short et nos sous-vêtements sont arrachés. Je plonge en elle puis me soulève légèrement pour la contempler.

– Bordel, que t'es belle !

Elle geint, se tortille et croise ses jambes sur mes fesses. Un va-et-vient frissonnant débute et me transporte vers des contrées que je n'avais encore jamais explorées. En elle, pour elle, avec elle jusqu'à une implosion violente et des spasmes qui nous secouent à l'unisson.

En sueur, je roule sur le dos, la respiration anarchique. La voix rocailleuse, je commente :

– On devrait peindre plus souvent ensemble, ma bohème.

– T'as raison, rigole-t-elle, les joues et la base du cou rougies.

Je nous rapporte de l'eau et extrais de mon blouson de quoi confectionner un pétard. J'interroge ma ravissante muse :

– T'en veux un ?

– Je préfère partager le tien, me répond-elle en se rallongeant.

J'enflamme le bout du joint et le file à Milly. Elle aspire, je me place au-dessus d'elle et inspire ce qu'elle exhale. Nous nous mettons sur le flanc, face à face, tête maintenue par un bras plié pour plus de confort. Je partage ses lattes puis on inverse, en silence et sans cesser de nous regarder.

Le mégot balancé, je l'embrasse, étirant cet instant de communion.

Lorsque nous nous relevons pour reprendre notre ouvrage, aucun de nous deux ne se rhabille. Ma pudeur et ma peur d'exposer intégralement mon corps ne tiennent plus. Pas avec cette femme.

Notre *dripping* me semble plus passionnel. Je me surprends à espérer que mes sentiments crient de vérité, telle une évidence pure, à tout observateur ultérieur. Que les personnes qui jugeront la toile de Milly sauront qu'un homme y a laissé son cœur, de son plein gré, et qu'il en est fier.

En fin de journée, nous nettoyons et rangeons le matériel.

– Qu'est-ce qu'on est crades ! se moque ma superbe blonde.

J'opine et boutonne mon jean.

– Voilà ce que ça fait de jouer quand il faut travailler, Mademoiselle Clark, l'accusé-je en enfonçant une clope dans ma bouche.

– Ah, parce que ça va être ma faute, Monsieur J'allume-Avec-Mon-Physique-De-Bombe-Atomique ? rétorque-t-elle, faussement outrée.

Nous éclatons de rire. Je saisis ses doigts, que je garde croisés aux miens jusqu'à ma moto. Là, elle enfile mon blouson et mon casque.

– Il faut que je rentre me laver. Tu fais quoi de beau, ce soir ? s'informe-t-elle.

J'aimerais bien passer à la douche avec toi, en fait... mais je serais trop collant.

– Je dois terminer des maquettes de clients. Ensuite, je verrai… Je ferai peut-être un truc avec Jamie.

– Il y a des chances qu'il m'appelle dans quelques heures pour que je vienne sur mon destrier blanc te sauver des griffes de la nuit ? pouffe-t-elle en m'effleurant les sourcils.

Mon cœur fait boum ! Un putain de BOUM dévastateur, car pour une fois, c'est elle qui réclame de me revoir. Non ?

– Ça te plairait, ma muse ? demandé-je aussi nonchalamment que possible.

– J'en sais rien, mais tu peux toujours tenter ta chance…

CHAPITRE 65

Dossiers cachés

♥♠♣

♦ La liberté ne peut s'embarrasser de suspicion. ♦

Amélie NOTHOMB

Milly

J'ai un coup de barre en rentrant. Après la douche, je grignote puis m'endors une petite heure, comblée par mes émotions du jour. Mon lit est imprégné par l'odeur de Jayden, et à mon réveil je me surprends à me demander ce qu'il fait. Est-ce qu'il avance sur ses maquettes ? Les a-t-il déjà terminées ?

Non Milly, pas ça… Fun, liberté et détachement !

La sonnerie de mon portable avive mes battements cardiaques. Est-ce mon *Dark Lover*… Non. C'est ridicule !

Salut sexy FF, on peut se voir ?

Logan, bien sûr. Ne sachant quoi répondre dans la minute, je me lève, mets de la musique et me dirige vers la cuisine pour me servir un verre. Je ne dois plus penser à aucun mec pour l'instant. Je suce un glaçon en tortillant du croupion sur du Shakira. Je découvre un post-it sur le frigo : Stella m'indique qu'elle rentrera tard et me demande si je peux faire quelques emplettes.

– À tes ordres, ma bichette !

Vu qu'elle n'est pas là, j'en profite. Stella n'est pas au courant de l'évolution de mon état et je préfère ne pas l'alarmer. J'ouvre les fenêtres pour aérer et pars prendre un joint dans ma cachette de marijuana thérapeutique, où je range aussi mes ordonnances et résultats d'analyses. Moins ma coloc' en sait et plus je me sens libre d'agir, d'aller et venir encore à ma guise sans surprotection. Sans crainte qu'elle souffre au quotidien de la dégradation inexorable et sournoise de mon organisme. Ça, c'est mon fardeau à moi toute seule, personne d'autre ne le portera…

J'embrase mon pétard et en tire une bonne bouffée. Il faut que je chasse le spleen qui essaie de s'installer dans ma caboche. J'augmente le volume de la musique. J'ouvre une bière et me détends sous les notes sensuelles et rythmées qui emplissent notre appart'. Je commence à mimer lascivement le déhanché de la bomba latina sur *La Tortura*. Petit à petit, la musique m'entraîne dans le lâcher-prise, me transformant en folle solitaire qui danse et danse et danse en rigolant. Ma tignasse s'agite dans tous les sens, mes hanches *idem*, ma voix s'additionne à celle de la chanteuse.

Je ne sais combien de temps plus tard, après m'être éclatée pieds nus, en débardeur et petite culotte, je tombe dans le canapé, joyeuse et essoufflée.

– Et la foule en délire ovationne Milly Clark pour cette performance ! Ouaiiiiiis ! pouffé-je.

Les paupières fermées, je savoure ce petit bonheur simple. Le fait d'être encore capable de bouger seule, de sautiller. Pour l'instant, mon corps coopère, mais ça ne durera pas.

– Oh non, pas de blues ma cocotte !

J'ingurgite une rasade bien fraîche de Budweiser, pousse un long soupir d'aise. Décidée à rester positive et à cueillir l'instant présent, je me plonge dans la relecture de mes échanges épistolaires avec mon grand-père maternel, avec lequel j'ai établi le contact récemment. À la perte de mon père, qui a traîné le chagrin de la mort de maman durant des années, je me suis dit qu'il était temps pour moi d'aller vers ma famille au sens large. Les Amish. Ça a été laborieux, mais finalement un échange de courriers a pu s'instaurer avec ces gens figés dans une autre réalité que celle dans laquelle j'ai grandi.

C'est avec un réel plaisir que, chaque semaine, je leur donne de mes nouvelles et prends des leurs. Où que je sois, je m'efforce de maintenir ce lien balbutiant entre les racines de ma mère partie trop tôt et moi.

J'écris ma lettre et la prépare pour l'envoyer demain. Puis mes yeux se perdent dans le vague. Après de longues minutes, je constate que ce que je ne veux pas admettre s'impose à moi : mon *Dark Lover* me manque. Et si j'allais les rejoindre, Jamie et lui ? Une petite surprise ! J'envoie un message au rouquin pour demander innocemment où ils prévoient de passer leur soirée. Je file ensuite vers la chambre de Stella afin de farfouiller dans sa garde-robe, chose que je ne fais pas habituellement. Nos goûts vestimentaires sont très différents, mais ce soir je veux être une autre, plus grunge, et m'amuser jusqu'au bout de la nuit avec Jay et Jamie.

– Tu me pardonneras, ma chérie, j'ai besoin de l'un de tes hauts de hard rockeuse pour les scotcher…

Dans ses tiroirs, je trouve rapidement ce que je cherche. Alors que je suis sur le point de refermer sa commode, j'aperçois le coin d'une enveloppe en kraft, ainsi que des papiers. Un dossier pour son travail ? Pourquoi planque-t-elle ça ici ?

C'est sans doute confidentiel, épineux, et ça ne te regarde pas !

Puis soudain, je détecte ce qui ressemble à la fin de mon nom de famille. Mon cœur fait une embardée. Poussant doucement la masse de minuscules hauts, je vois apparaître une par une toutes les lettres que je craignais de découvrir. Celles qui forment mon nom. Milly Clark.

Merde ! Comment...

Le choc m'empêche de réfléchir correctement. Pourquoi Stella rassemble-t-elle en secret des documents sur moi ? La bouche sèche, d'une main incertaine, je saisis le tas. Fébrilement, je le feuillette, puis m'arrête et lis, complètement abasourdie. Je réalise que si j'ai obtenu mon fameux contrat, celui qui m'a fait déménager dans le New Jersey… c'est parce que quelqu'un a rempli des formulaires et envoyé un portfolio détaillé de mes œuvres et formations afin de postuler en mon nom.

Stella m'a trouvé ce job, elle me voulait près d'elle après sa mutation ici. Elle a tout manigancé dans mon dos et n'a jamais mentionné quoi que ce soit quand j'ai débarqué, heureuse qu'on ait spontanément reconnu mon talent. Mais en fait, il n'y avait rien de spontané.

Dégoûtée et choquée, je parcours tous les documents avec une attention soutenue.

Bordel, il y en a tellement... Et c'est... Putain, un dossier sur Jayden ?

Celui-ci est plus consistant, truffé de points surlignés au marqueur et de notes dans les marges. Tremblante, les mains moites, j'ai l'impression dégueulasse de violer l'intimité de ce garçon si secret et torturé par son passé. M'engluant dans un mélange dense de colère, d'incompréhension, de douleur et de stupéfaction, je découvre des pans de la vie de Jay qu'il aurait sûrement préféré taire, ou du moins me révéler personnellement. Je ne voulais pas en apprendre davantage sur lui de cette manière. C'est nul !

Pourquoi, Stella ? Pourquoi as-tu fait ça ?

Elle s'est renseignée sur lui avec minutie, comme dans une enquête policière. Le cœur tambourinant, je découvre une adresse entourée en rouge : *Juvenile Boot Camp of Phoenix, Arizona*, et un simple mot écrit en dessous.

« Coupable ? »

Ma découverte aussi fortuite que dérangeante fait naître en moi un sentiment de malaise. Remettant tous les papiers en place, je ressens le besoin urgent de sortir de cet appartement. Non plus pour rejoindre le sombre tatoueur, mais surtout pour ne pas croiser Stella immédiatement si elle venait à rentrer. Il devient impératif que j'aille prendre l'air et que je réfléchisse à tout cela.

Il se passe quoi, exactement ?

CHAPITRE 66

Frère de cœur

♥♠♦

♣ L'amitié sans confiance,
c'est une fleur sans parfum. ♣

Laure CONAN

Jayden

Jamie bosse tard. Désœuvré après avoir fini mes maquettes, je fais un crochet à la maison de quartier. J'enchaîne quelques parties de cartes avec les enfants et le Franciscain, puis je traîne en solitaire. Mon téléphone en main, je fléchis et rédige un message :

Salut belle bohème ! J'espère que la peinture ne t'a pas causé de réaction allergique. Trop envie de te revoir.

Non ! J'efface et renonce à l'appeler aussi. Je ne dois pas me montrer envahissant, et plutôt la laisser venir à moi malgré mon envie de la contacter. De passer ma soirée avec elle, à faire n'importe quoi, tout ce qu'elle voudra.

Je commence à ressentir les effets du manque. Pas celui de ma bohème, celui-là est permanent, mais celui d'une merde plus nocive. Pour le moment, il reste gérable, mais je crains qu'il n'empire bientôt…

Un message de mon rouquin arrive, il me donne rendez-vous dans un pub à proximité de son nouveau boulot. Je le rejoins au billard, une bière à la main, en pleine conversation avec des types sûrement rencontrés sur place. Il m'apostrophe dès qu'il me voit entrer :

– Hey, Jay-Jay !

J'avance. *Hug* inévitable et tapes dans le dos.

– Quoi de neuf, mon pote ? s'enquiert-il en me scannant.

– Écoute, rien, ça roule. Et toi, le taf ?

– Bien aussi, expédie-t-il pour se focaliser à nouveau sur moi.

Manifestement, il en est toujours à l'épisode du « Jay stone qui émerge chez les blouses immaculées ». Conscient que mon *Squirrel* est coriace lorsqu'il se lance à la chasse aux réponses, je pars acheter un Coca. De retour, je pose ma boisson sur le rebord de la table de billard et entame une partie.

– Je dois te tirer les vers du nez pour obtenir mieux, mon Jay-Jay ? revient à la charge ce casse-bonbons.

– T'as pas grand-chose à raconter non plus, espéré-je me défiler.

– Bah si, justement ! Une foule de trucs ! Mais tu vas d'abord me dire pourquoi tu as pris ta journée et éteint ton mobile. Pour ne pas être dérangé ?

– Et c'est reparti ! Tu saoules, mec. J'ai compris l'idée générale : t'as pas réussi à me joindre, tu as appelé au salon et mes cafteurs d'employés se sont empressés de te renseigner.

Il acquiesce en riant. Merci Brutus et Ryan !

Le rouquin me dévisage. J'y vais franco.

– Sérieusement, Jamie, tu me fliques ?

Putain, ouais ! Il doit croire que je suis un gros mytho défoncé actuellement.

– Fais chier !

– Bon, faut qu'on cause, mec, rebondit-il.

Je lui emboîte le pas jusque dans la rue. Saleté d'angoisse ! J'ai besoin de nicotine, à défaut de poudre. Je me décarcasse pour réprimer cette envie persistante et m'en grille une. Bordel, je fournis des efforts monstrueux et ma crédibilité est tout de même mise à mal à cause d'un connard tapi dans l'ombre qui s'est amusé à me shooter ! J'ai même plus la motivation de répéter à mes amis que j'ignore comment je me suis retrouvé torché, en train d'halluciner sur Milly et Stella. Bref, de la merde en barre !

Mon pote et moi nous fixons. J'attends qu'il crache le morceau.

– Vas-y, sers-moi ton couplet du : « on va t'aider à décrocher, Jay » ! Les frères Jenkins, Diego et

Logan ne se sont pas gênés, alors un de plus… attaqué-je, écœuré que la famille que j'ai choisie me juge comme mon enfoiré de paternel.

Putain, pas eux, quoi, pas eux !

– Ce n'est pas pour te surveiller que je t'ai téléphoné, amorce-t-il en enfonçant les mains dans ses poches.

Regard franc, quelque peu solennel. Il semble réfléchir à ce qu'il va dire ensuite. Une boule grossit dans ma gorge.

– Je voulais juste avoir de tes *news*, Jay et… Aargh, comment te dire ?

Mes cordes vocales sont désactivées, mes paumes sont moites, mais je reste stoïque et gobe ma fumée de clope.

– T'es au courant que les résultats de la toxicologie sont tombés ? Ta bouteille d'eau était trafiquée. Ta bande mène ses propres investigations.

Je parviens tout juste à hocher la tête.

– Je t'avoue que je partage les suspicions de tes potes. J'ai commencé des recherches moi aussi, à la demande de Chris et Logan.

Plus d'air dans mes poumons. Je sens l'imminence d'une révélation écrasante.

– Abrège, Jamie !

– OK. Chris a piraté des données et a découvert un truc louche. Les contrats de ta nana ont bénéficié de l'appui d'une personne bien placée. En gros, elle n'a pas postulé à l'appel d'offres lancé aux artistes locaux, mais quelqu'un s'en est chargé pour elle afin qu'elle vienne vivre dans le New Jersey.

J'ouvre la bouche. Ne parvenant pas à parler, je déglutis. Puis j'arrive enfin à murmurer :

– Mais pourquoi ? Vous avez trouvé qui c'est ?

– Pas encore. Logan essaie de le découvrir. Il est avec elle actuellement, débite mon rouquin, l'air peiné.

Non mais ils ont fumé la moquette ? Ils ne vont pas se remettre à la soupçonner, c'est complètement con !

– A-t-elle eu un revirement inattendu, un comportement équivoque ? me questionne Jamie.

Comme m'avoir cédé après plus d'un mois de rejet ?

Bordel, non ! Je ne douterai pas de Milly.

Plantant Jamie, je cours récupérer blouson et casque, puis saute sur ma Harley. La simple idée que Logan soit seul avec elle en ce moment me met sous pression. À fond la caisse, je prends la direction de l'appartement des filles. Je ne sais pas où ils sont, mais je les trouverai.

Putain, s'il pose les pattes sur elle, j'en péterais une durite !

Partager des nanas sans importance ne me dérangeait pas. En revanche, pas ma muse. Pas si je peux m'y opposer farouchement.

CHAPITRE 67

Deux étalons, une muse

♥♠♦

♣ L'amour est exclusif et possessif,
lorsqu'il […] réalise l'idéal amoureux
qui oblitère le reste du monde. ♣

Bernard WILLEMS-DIRIKEN

Logan

J'ai prêté ma moto à Alex Jenkins, ce soir. En fait, il me l'a échangée contre sa bagnole pour impressionner des jumelles, fans de motards. Il comptait leur faire faire à chacune un tour sur ma monture, afin de les échauffer en prévision de la suite de la soirée. Il n'y a que lui pour monter ce genre de plans. Même en dehors de nos sorties en groupe, Jenkins Junior vit en permanence une existence dissolue d'étudiant fêtard et queutard…

C'est donc sa voiture que j'ai prise pour aller voir Milly, en espérant qu'il prendra soin de ma bécane. Ma blondinette arrive à pied de la supérette du coin, chargée de sacs de courses, habillée d'un débardeur mauve et d'une jupe aérienne qui flotte autour d'elle. Comme toujours, des plumes s'entremêlent à sa chevelure. J'ouvre la portière lorsqu'elle est tout près. Elle sursaute en serrant ses affaires contre elle.

– Bonsoir, beauté.

Mon attention migre de ses prunelles à sa bouche qui s'entrouvre, puis à ses pommettes colorées.

– Mon Dieu, tu m'as fait peur, Logan ! J'ai cru que ta chérie timbrée déboulait !

Elle libère un bras et me donne un petit coup dans les abdos. Je m'esclaffe, mais sa manière de scruter les environs m'indique qu'elle a vraiment eu la frousse.

– Désolé, j'aurais dû te prévenir que je conduisais un autre véhicule ce soir. Et Shelby a été internée. Plus de danger ! Il n'y a que son Altesse et moi dans le coin… Une petite balade ?

– Logan, je…

Mon sourire la déride légèrement, j'en profite pour grignoter du terrain. Néanmoins, elle n'est pas aussi joueuse et ouverte que je l'aurais souhaité. Comme si une distance s'était créée entre nous… Nous avions raison de soupçonner la naissance d'une idylle entre Jay et elle. Mais cette fille ne survivra pas longtemps, c'est clair et net. Notre pote, qui est déjà vulnérable, serait beaucoup trop affecté par la fin de leur relation. On s'en fait vraiment pour lui, et nous avons décidé que j'allais être l'élément perturbateur qui avortera leur romance. Savoir que je continue de m'envoyer en l'air avec Milly permettra à Jayden de se détacher d'elle et de revenir aux fondamentaux : que jamais plus une nana ne l'affaiblisse, ne nous affaiblisse, par la même occasion.

– Allez, je promets d'être sage. J'imagine qu'on ne peut pas monter chez Stella et toi. Tu veux papoter autour d'un verre, du coup ?

Je note qu'elle recule. Putain, ça craint ! Elle semble pourtant peser le pour et le contre.

– Bon, OK. Je vais ranger mes courses et je reviens.

– Oh allez, t'es une spontanée, bébé ! Tu n'as qu'à les poser sur la banquette arrière, et je t'embarque ! Je connais un *bartender* qui va ravir tes papilles.

Je lui ouvre la portière. Ses iris hésitants fouillent dans les miens. Je ne lui montre pas le désir qui couve en moi et qui ne demande qu'à être attisé.

– D'accord, plutôt alléchant.

Ses emplettes et elle-même installées, je m'apprête à démarrer lorsque des phares se braquent sur nous. Une moto… Celle de Jayden. Il se gare à l'arrache devant nous.

Bordel de merde !

Il retire rageusement son casque, descend de son destrier mécanique et fonce sur nous. Il a l'air furax, mais c'est Jay : ses sentiments, qu'ils soient négatifs ou positifs, transpirent de ses pores. Rien en lui ne ment sur ses émotions, sauf les fois où il s'isole dans sa coquille. Mais là, il n'a aucune armure et son envie de me dégommer est flagrante.

– Oh la la, c'est Jay ? angoisse Milly en sortant de la voiture pour l'accueillir.

Bon sang, il n'était pas censé nous interrompre avant que je me sois rapproché davantage de Milly !

– Putain, Doc, tu commences à me casser les rouleaux !

Ses billes vertes s'assombrissent, il me défie sans sourciller.

– Jayden, s'il te plaît, regarde-moi, susurre Milly dans le dessein de le calmer.

Il reporte sur elle toute son attention et sa colère semble se dissiper. Bordel, je n'aime clairement pas ça ! C'est pire que ce qu'on craignait. Ils en sont où, ces deux-là ?

– Que fais-tu avec lui, ma bohème ?

Sa bohème ?

Il effleure sa joue, je me crispe. Je dois trouver un truc !

Compte jusqu'à dix et expire, Logan.

CHAPITRE 68

Duel de mâles

♥♠♦

♣ Tu as volé mon cœur…
Je t'ai laissé voir des parties de moi,
qui n'étaient pas toutes très jolies,
et à chaque contact, tu les as rafistolées. ♣

Just Give Me a Reason, P!NK

Jayden

Ma muse me fixe. Je lui caresse la figure. Ses mains cherchent les miennes, desserrent mes poings. Elle presse mes doigts.

– Nous… Nous allions seulement boire un coup.

Putain, Prescott croit que je ne vois pas clair dans son jeu ? Il s'imagine que je vais le laisser continuer de la toucher ? Il n'en est pas question ! Je quitte Milly des yeux pour le mitrailler du regard.

– Tu comptais l'amener où, pour ça ?

Ma jalousie et mon instinct de protection prennent le pas sur tout le reste, y compris sur ma nécessité de mentir encore pour faire gober à mes potes que Milly compte moins pour moi qu'ils ne le pensent.

– Dans un bar, par exemple, réplique paisiblement le Doc en restant charmeur. Jay, on peut se parler deux secondes ?

– Non, je ne crois pas, non, rétorqué-je en matant à nouveau ma muse perplexe.

Logan m'empoigne soudain par le bras et me tire loin de Milly contre ma volonté.

– Relax, frangin. Putain, t'es complètement mordu ou quoi ? m'accuse-t-il.

– Ouais, mec, je suis mordu au point qu'il vaut mieux ne pas me gonfler ! le préviens-je. Donc tu vas cesser de lui tourner autour.

– Sinon quoi, Jay ?

Les yeux gris de Prescott me jaugent sans m'intimider. La baston, c'est quand il veut ! Qu'il soit l'un de mes frères de cœur n'y change rien, ses méthodes actuelles me déplaisent et je n'en démordrai pas : je défendrai les acquis fragiles que j'ai glanés auprès de Milly.

– Crois-moi, Jay, je m'applique à bien me tenir, je ne veux pas me battre contre toi, maugrée mon ami entre ses dents.

– Ah ouais ? Pareil pour moi, dis-je, un brin ironique.

– Les garçons, temps mort ! intervient Milly en avançant vers nous.

Je m'en veux en remarquant la tristesse qui suinte d'elle. Putain, comment peuvent-ils vouloir la gerber de mon paysage ? Ne voient-ils pas qu'elle est infiniment bonne, cette nana ? Je ne parle pas des zones stratégiques de son anatomie, bien que j'y sois extrêmement sensible. Non, Milly est quelqu'un de bon, qui protège comme elle peut les gens auxquels elle tient. Elle s'y prend mal parfois, mais elle m'apporte autant que les BadASS l'ont fait à un moment de mon existence chaotique. Les choses ont juste évolué : j'aime ma fratrie, mais actuellement, ce dont j'ai le plus besoin, c'est de cette blonde, véritable bulle de bonheur.

– Débarrasse le plancher, Logan !

– Ce n'est pas à toi de m'éjecter, Jay. De toute façon, on débattra ultérieurement de ton cas avec les gars, martèle-t-il.

Putain, il débloque ? De moins en moins calme, je comprends bien ce qu'il sous-entend : d'après les règles de notre bande, tomber amoureux d'une meuf expose celle-ci à la riposte conjointe de nous tous. Il y a juste un pépin : la fille en question vit au jour le jour sans espoir d'avenir. Alors bordel, qu'on nous laisse en profiter ! Si l'un d'eux touche ne serait-ce qu'à une mèche de ses cheveux, je lui défoncerai sa race !

Je toise le gygy, les poings serrés, le sang bouillonnant.

– Vous statuerez sur que dalle ! Je suis adulte et responsable de mes choix.

Je me rapproche, mon front à un rien du sien, les nerfs prêts à craquer. Il me pousse violemment en m'ordonnant :

– Joue pas à ça, Jayden !

Ma muse se précipite pour s'interposer.

– Arrêtez ! nous somme-t-elle en capturant nos regards furibonds à tour de rôle.

– Ne t'en mêle pas, Milly ! Jay doit s'en aller !

– Non, c'est toi qui n'as rien à faire ici, craché-je.

Milly s'offusque en même temps que je me rebelle. Nos reparties fusent presque en même temps :

– Oh que si ! Je vais m'en mêler ! Puisque je suis la cause de ce duel d'ego, je me goure ? envoie-t-elle à Logan tandis que j'ajoute :

– Tu ne lui parles pas sur ce ton, mec ! Et je ne décamperai pas, bordel !

Un sourire étire les lèvres de mon frangin de cœur. Son œil intrigué nous analyse.

– Soit, admet-il.

Il fait un pas en arrière et mate ma divine came d'une manière qui m'insupporte.

– Mes plus plates excuses, Milly. On peut avoir notre aparté ou c'est vraiment du sérieux, vous deux ? Je ne pensais pas que tu t'engagerais vu les circonstances. C'est ce que tu m'avais dit : que tu ne cherchais pas d'attaches, juste des plans occasionnels pour t'amuser et oublier. Non ?

Bon sang, il me dynamite en quelques phrases. Je suis torpillé avant même que Milly ne s'exprime. Prescott connaît la personnalité et les résolutions de Milly. Il est bien trop futé pour avoir formulé ainsi son speech sans en avoir calculé les répercussions. Il a cristallisé en un tour de main la peur de ma pétillante blonde de former un véritable couple avec moi, et son rejet de mes sentiments pour elle. Je la vois reculer vers lui. Ma poitrine est comme broyée.

– Euh… Non, bien sûr. Il n'y a rien de sérieux entre nous, il le sait. Je ne veux pas d'histoire sérieuse… Tu peux partir, s'il te plaît, Jay ?

Englués à ses prunelles, mes yeux se remplissent de larmes. Je suis foudroyé sur place. J'essaie de composer avec sa volonté accablante de rejeter ce que je lui offre. M'exhorte à ne pas perdre la face, ne pas perdre foi en nous, ni la détester aussi fort que je l'aime. En vain.

Flippe pas encore une fois, mon ange ! Qu'est-ce que tu me fais, merde ? Qu'est-ce que tu fous du chemin que nous avons parcouru cet après-midi ensemble ? De ce que nous avons créé au-delà de ta fresque ?

– T'es pas sourd, mon gars, tu as entendu ce qu'elle a dit. Elle veut du fun, point ! m'enfonce mon pote.

Je sais que, quelque part, il est persuadé d'agir pour mon bien. Elle aussi. Néanmoins, je suis juste en train de me ramasser des crochets dans la gueule. Je frotte mon visage. Tente de canaliser la rage qui gicle dans mes veines jusqu'aux fissures de mon cœur. Je reste cloué devant eux. Impossible de ne pas la fixer. Longuement. Atrocement.

– Tu veux que je m'en aille ?

– Je suis désolée, Jay… Tu n'as pas à décider ce que je suis libre de faire ou non. Je prends seule mes décisions, m'achève-t-elle d'une voix contrite mais assurée.

Sans une syllabe de plus, je m'éloigne à reculons et atteins ma bécane, sur laquelle je monte. J'enfonce mon casque, comprime mon guidon. Les paupières scellées, je me statufie. Je ne suis pas en état de conduire, ni de respirer, ni de bouger. J'entends des portières claquer, un moteur démarrer et la caisse qui appartient à Alex me dépasser. Ma bohème à bord avec l'un de mes meilleurs potes. Jusqu'où iront-ils pour que je comprenne la leçon ? Vont-ils baiser comme si de rien n'était ? Soi-disant pour assurer notre liberté à tous ?

Cette liberté qu'elle a revendiquée.

Cette liberté que je cherchais dans une existence de débauche avec mes BadASS.

Désemparé, je saisis mon téléphone. S'il y en a bien un qui n'a ni scrupules, ni limites, et qui est susceptible de m'immerger à nouveau dans cet affranchissement éhonté, c'est Alex Jenkins. Je me rue sur cette option : sinon, je crèverai d'une overdose de la pire des dopes que je dégoterai chez ma dealeuse ou l'un de ses confrères en rentrant seul chez moi. Je serai incapable de continuer à gérer le manque et mes démons.

Pourvu que notre étudiant de Princeton décroche, qu'il ne soit pas trop occupé à dériver au point de snober ses appels.

– Hey, mon coco ! claironne heureusement son intonation joyeuse au bout de trois interminables sonneries.

– Yep, Alex, j'ignore où tu es et avec qui, mais j'aimerais m'incruster.

– Nickel ! Ramène ton *foreskin* ! Je t'envoie l'adresse. Putain, ça me fait trop plaisir de te retrouver, se réjouit-il sans flairer qu'il est ma dernière planche de salut avant la noyade.

– Cool, on verra bien si je suis toujours capable de m'abêtir dans une teuf, commenté-je sans conviction mais décidé à essayer.

– C'est une soirée de fraternité, j'ai absolument tout ce qu'il te faut, belle gueule. Rapplique ! m'encourage-t-il.

Je raccroche, inspire, tourne le contact, lis l'adresse, expire. Go !

La route m'avale, la vitesse vertigineuse me possède et me guide. Slaloms entre les automobiles, virages abrupts, coups d'accélérateur, montée d'adrénaline. Mais rien n'y fait. Mon crâne est salopé par le film de ma muse avec Doc. Quelle que soit la tactique qu'il envisage pour la mystifier, il va l'exécuter à la perfection.

Au bout du compte, j'atterris dans une beuverie à la Alex. Ce dernier, déjà imbibé et torse nu, est avachi entre deux nanas identiques dans un sofa. Des jumelles, on dirait. Merde, dans les parages, il y a aussi la fille du défi B. Celle qui m'a un peu collé après. C'est cuit, elle m'a reconnu et se ramène. C'était quoi son prénom, déjà ?

– YEAH ! Un accueil mémorable pour mon artiste préféré ! crie mon pote en m'apercevant. Vous voyez ces tueries sur ma peau ? C'est ce héros de l'aiguille et de l'encre qui les a créées !

Des étudiantes bourrées et sans limites s'amassent contre moi. Génial, je suis dans l'antichambre de la baise sans lendemain ! Je n'ai plus qu'à redevenir un vrai BadASS, pur et dur.

CHAPITRE 69

Trouble

♥♠♣

> ♦ Tout corps traîne son ombre
> et tout esprit son doute. ♦
>
> Victor Hugo

Logan

Milly fixe le ciel estival constellé d'étoiles à travers le pare-brise. Il fait bon ce soir. Dans l'habitacle, la tension est palpable. Cela me conforte dans l'idée que je dois agir. Plus nous roulons, plus son intérêt pour l'écran de son téléphone grandit. Notre seul échange a eu lieu lorsque j'ai actionné l'autoradio. J'allais changer de station quand elle m'a dit :

– Laisse celle-là, j'aime bien P!nk.

J'envoie un texto aux BadASS et à Jamie afin que l'un d'eux trouve Jay et reste avec lui. Peu importe les circonstances, nous nous occupons toujours les uns des autres. Certes, c'est chaud en ce moment, mais je ne souhaite pas que mon pote replonge définitivement. Le coup du club était une sonnette d'alarme. Aucun de nous ne l'abandonnera.

Je range mon portable et conduis en scrutant ma passagère à la dérobée dès que je peux. J'amorce finalement le dialogue :

– Mon royaume pour tes pensées.

– Hein ? tressaute-t-elle comme si elle avait oublié où elle était.

Bon sang, ça va être compliqué.

– Je me demande simplement ce qui se trame dans cette jolie tête. Tu n'es plus sous traitement, ça se passe comment ?

Elle bat des cils, grimace légèrement.

– Je ne souhaite pas parler de ma santé, Logan… et si tu veux tout savoir, je repense à l'air malheureux de Jay. Je lui ai causé tellement de tort…

S'ensuit un long silence durant lequel j'attends qu'elle poursuive. Un feu tricolore nous stoppe. Elle me dévisage.

– Trouves-tu que je sois horrible d'avoir partagé des choses avec lui ? me demande-t-elle de but en blanc.

Et merde ! Je ne m'attendais pas à celle-là.

Ma main quitte le volant pour pincer l'arête de mon nez. Prudemment, je décide de ne pas trop me dévoiler pour l'instant.

– C'est ce que tu penses ?

Je la sonde jusqu'à ce que le feu passe au vert.

– Oui, m'avoue-t-elle, si facilement que mon estomac se contracte.

Mince ! Elle est soudain trop touchante pour que je parvienne à rester focalisé sur le but des BadASS. Je la regarde encore. Elle me décoche un sourire peiné, caresse les bracelets multicolores à son poignet, soupire puis mise sur le paysage extérieur pour s'octroyer du répit.

– Ces choses que tu partages avec lui sont plus que physiques ? C'est différent de ce que nous avons toi et moi ?

Son silence qui se prolonge me met mal à l'aise. Elle l'aime ?

– J'en sais rien, je suis paumée. Mais je crois que Stella le pense.

Le bordel ! Qu'est-ce que la keuf androgyne vient foutre là-dedans ? Le mélange était déjà assez explosif comme ça !

– Stella ? Tu… est-ce que vous entretenez une espèce de relation toutes les deux ?

– Non. Nous sommes amies et rien d'autre, mais elle s'intéresse un peu trop à Jayden et ça m'inquiète, chuchote-t-elle.

Elle triture nerveusement ses bijoux. Je trouve une place *in extremis* et me gare pour me concentrer sur elle.

– Nous aussi. Il est mon ami avant tout, Milly. En quoi Stella pourrait-elle nuire à Jay ?

– Je ne sais même pas par où commencer, se plaint-elle, la figure baissée vers ses genoux.

Je peux te faire confiance ? s'enquiert-elle en relevant ses yeux sur moi.

Le stress se déploie dans mon ventre. Je me rappelle ce que les gars et moi avons récemment découvert. Est-ce la *derby girl* qui a joué des coudes pour faire venir la blonde dans le New Jersey ?

– Absolument. Si l'un des miens est concerné, je le suis également.

Milly acquiesce, humecte ses lèvres.

– En fait, je cherchais une fringue plus rock dans les affaires de Stella pour faire une surprise à Jamie et Jay tout à l'heure. Je comptais les rejoindre.

OK, je confirme : elle est à fond sur lui. Restant cependant concentré sur l'essentiel, je me tais et l'écoute.

– Dans la commode de Stella, je suis tombée sur… des documents. Je ne suis pas une fouineuse, et j'allais refermer quand un détail a retenu mon attention.

– Quoi donc, Milly ?

– Mon nom, mon ancienne adresse. Et aussi des éléments que je n'avais jamais vus, des formulaires prouvant que mon job actuel n'est pas tombé du ciel… J'en ai conclu qu'elle voulait sûrement me faire venir auprès d'elle et qu'elle y est parvenue sans que je me rende compte de la supercherie. Je n'aurais pas apprécié qu'elle postule en mon nom. Mais au lieu de chavirer dans ses bras comme elle le souhaitait peut-être, j'ai commencé à vous fréquenter… Stella avait sans doute tout prévu pour construire un truc avec moi, mais Jay a… Enfin, tu suis ?

Oh oui, je suis ! La Rocket en pince pour la blonde et la voulait rien que pour elle !

– Vous vous connaissiez donc déjà ? l'interrogé-je.

– Oui. C'était avant qu'elle ne soit mutée à Jersey. Sa petite sœur avait la drépanocytose et moi, j'avais le poids de la mort de ma mère à trimballer, plus l'angoisse d'être porteuse des mêmes gènes… Stella et moi fréquentions un groupe de parole… En bref, je suis devenue amie avec les deux frangines. À la mort de Cecilia, Stella bossait. Les frais médicaux étaient si exorbitants qu'elle était obligée de cumuler les heures sup'. J'étais très souvent avec Cecilia. De plus, comme j'étais à une visite de campus au MIT lors du décès de ma mère, il était important pour moi d'être au chevet de cette amie au cours de ses derniers jours.

Mes neurones emboîtent au fur et à mesure les pièces dans le puzzle. Tandis que Milly poursuit son récit, l'évidence m'apparaît. Stella dispose d'un mobile : l'amour, la bonne vieille motivation pour basculer dans les mesquineries !

J'apprends accessoirement que Stella est endettée. Les hôpitaux sont des pompes à fric pour les plus modestes, dans ce pays. Notre ancien président a tenté d'y remédier avec l'*Obama Care*, mais Trump nous ramène en arrière sur ce sujet et bien d'autres.

Mais passons ! Ce que j'apprends de plus important encore, c'est que la flic s'est rendu compte que celle qu'elle avait supposée exclusivement lesbienne s'entichait d'un mec. Et pas n'importe lequel : Jay n'a rien du genre idéal ou du petit ami inoffensif. Sa gueule déplaît immanquablement aux keufs, ce dont il n'a d'ailleurs rien à cirer.

– Alors ma curiosité a été piquée, j'ai lu les autres papiers. J'ai été sidérée, puis furibonde et inquiète aussi. Elle a un historique sur Jay, entre autres, qu'il a eu des soucis de drogue et qu'il a été enfermé dans un Boot Camp pour jeunes en Arizona à l'âge de seize ans. Et depuis, je me demande pourquoi Stella rassemblerait ce genre de choses si ce n'est à cause de moi.

Putain, à cause de toi, surtout, elle va rouvrir le dossier Mégane pour y fourrer son nez. Faut que j'en informe les autres.

– Si tu savais comme je me déteste de compliquer l'existence de Jay, je sais qu'il est en lutte permanente pour garder la tête hors des flots… Je m'en voulais déjà de ne pas parvenir à lui résister. Il a cette faille, je ne veux pas l'accentuer, mais il me happe…

Elle vérifie encore son portable. Je décide de lui divulguer une information qu'elle semble ne pas avoir :

– Jayden a été dopé à notre dernière virée en boîte. Une très forte dose d'un mélange de psychotropes. Il a frôlé l'overdose. Dans ses délires, il vous a mentionnées, Stella et toi. On en a déduit qu'il était en pleine hallucination, car on ne vous a pas vues. Mais je n'en suis plus si sûr. Êtes-vous allées au *Love Lee's Club* ?

Milly est d'abord médusée, puis entre dans une panique qui me prouve définitivement que Jayden ne la laisse pas indifférente.

– Non, je ne suis jamais allée dans ce club. Nous partons souvent en soirée séparément, Stella avec ses potes et moi de mon côté quand j'ai envie de changer d'environnement… Attends ! OH MON DIEU, si Jay a replongé involontairement, il se shoote peut-être, à l'heure qu'il est ? Son abstinence a été brisée et je l'ai déçu en le repoussant tout à l'heure. Non mais quelle idiote, je fais tout de travers ! Je dois le retrouver tout de suite, Logan ! Je veux le retrouver !

CHAPITRE 70

Les cicatrices de nos cœurs

♥♦♣

♠ C'est dans les étoiles, c'est écrit
dans les cicatrices de nos cœurs.
Nous ne sommes pas brisés, juste abîmés. ♠

Just Give Me a Reason, P!NK

Milly

Logan démarre en trombe. Folle d'angoisse, je m'agite dans mon siège, décolle mon smartphone de mon oreille pour la énième fois en soupirant.

– Jay ne décroche pas. Il était si… affligé. Et s'il était déjà trop déchiré pour me parler ?

Je pianote un millième sms. Logan accélère et en profite pour appeler les autres *via* le Bluetooth connecté au tableau de bord.

– Ouais ma poule ? retentit la voix rauque de Diego.

– J'ai du nouveau, lâche Logan en chopant mon regard flippé.

– Raconte, l'incite le policier.

– Après. Ça concerne ta binôme… Là ça urge, je me rends au Jayden's Tattoo & Piercing avec Milly. On cherche Jay. Il est possible qu'il soit en mauvaise posture, tu mets la troupe sur le coup ?

– Merde ! OK, je contacte tout le monde. On se tient au jus.

– Ça marche. Que celui qui le localise en premier en informe les autres.

Je me ronge les ongles, agrippée à mon portable.

– Je t'en supplie, mon *Dark Lover*… Pas de connerie…

Il n'a fait que rester fidèle à ses ressentis, fidèle à lui-même. S'il vacille à cause de moi ou que Stella exhume des choses trop douloureuses pour lui de son passé, je ne me le pardonnerai pas.

– Logan, s'il te plaît, retrouvons-le vite !

♥♠♦♣

Jayden

J'ai pu esquiver la nuée de meufs, mais la tranche de jambon du sandwich Jenkins me colle au train. Bordel, elle est pire que de la super glue, cette fille ! Je bois une gorgée de Red Bull en espérant qu'elle aille voir ailleurs si j'y suis. Alex, qui bécote les jumelles, m'adresse un clin d'œil pour me dire de foncer. En réalité, tout ce que je désire, c'est récupérer mon iPhone, qu'il a dérobé, éteint et foutu dans sa poche. En décrétant que je serai plus détendu ensuite.

Mon cul, ouais !

Je ne pense qu'à Milly partie avec Doc. Je suis complètement malade à la perspective qu'il la touche. Pire : qu'elle le lui permette !

Je mate sans entrain les jeunes délurés autour de moi. Ils dansent, s'embrassent, ricanent comme des cons insouciants ; picolent, baisent presque devant l'assistance. Alex est déjà défait. Son *bun* est dézingué, ses longs cheveux châtains se font la malle et son barbell lingual excite ses camarades de jeux coquins.

Les ongles manucurés de la gonzesse que les Jenkins sautent en duo se convient à nouveau sur ma cuisse. Mes muscles se contractent sous mon jean. Je n'ai même pas retenu son nom, cela devrait lui suffire pour saisir qu'elle ne m'attire pas du tout, non ? Je me concentre sur la musique et vide ma canette.

Allez Graham, c'est un moindre mal que la tranche de jambon te tripote. Au moins, tu n'es pas englué dans le manque de ta bohème ou de substances illicites.

– Tu es si sombre et mystérieux, Jay, s'emploie à m'aguicher l'autre, le décolleté étalé sous mon nez.

Je déplace ses griffes de prédatrice vers son propre corps et me décale encore. Cela ne sert à rien, puisqu'elle est perchée sur l'accoudoir de mon fauteuil. Si ça continue, je me taille.

– En fait, c'est Jayden. « Jay » est strictement réservé aux intimes, la rembarré-je.

Je me redresse brusquement et interpelle mon pote :

– Alex, rends-moi mon *phone*.

– Putain, t'es vraiment pas drôle ! T'as vexé Betty, en plus, m'accuse-t-il avec un large sourire, la paume enveloppant le postérieur de l'une des filles qui l'entourent.

Betty ! Voilà le prénom qui m'échappait. Cela dit, je m'en cogne.

Je tâte les recoins du canapé à la recherche de mon téléphone. Ce faisant, je frôle les jumelles par inadvertance et suis délibérément frôlé par elles. Punaise, Alex a le chic pour les choisir, ses plans cul. Sous les fesses de l'une des brunettes, je trouve enfin mon portable.

– Te barre pas, Jay, on va monter dans une piaule.

Sans demander mon reste, je tourne les talons.

– Très peu pour moi. Je m'emmerde, fillette, je me casse !

– Lâcheur, va ! Tu crains, mec !

Je hausse les épaules sans changer d'avis. Dehors, je me concocte un pet' et marche sans objectif précis. Retardant juste l'instant fatidique où je rentrerai au bercail. Je ne suis pas pressé de passer une nouvelle nuit blanche à nourrir mon phœnix mural de mon sang.

Le temps est doux et j'ai mon blouson de motard sur le dos. Pourtant, le froid me tenaille.

Mon épiderme me gratte, mon organisme hurle sa carence en cachetons et mon cœur sa carence en Milly. Je dois tenir. Je ne sais pas comment, mais je dois garder le contrôle, sur mon corps au moins. À défaut d'en avoir sur quoi que ce soit d'autre. Je m'accroche aux conseils de mon parrain, à tout ce que j'ai appris durant les réunions de soutien il y a quelques années.

Ma promenade nocturne se prolonge, j'erre à en perdre la notion d'espace et de temps. En revenant sur mes pas pour récupérer ma moto, je rallume mon portable pour voir l'heure.

♥♠♦♣

Milly

– Jay, je t'en conjure, rappelle-moi. Je suis morte de peur et je… Tu me manques.

Son répondeur va bientôt être saturé, à ce rythme. Logan et moi piétinons devant le salon de tatouage. Grâce à une clef de secours que Brutus nous a apportée, nous en avons fouillé l'intérieur de fond en comble. Aucun signe de lui. Les BadASS ont beau ratisser la ville, ils ne le trouvent pas non plus.

Maintenant, c'est Logan qui culpabilise d'avoir exploité une faille chez son ami : ce qu'il savait de ma manière d'appréhender ma maladie et le temps qu'il me reste.

Je voulais protéger Jay en le rejetant. Et le résultat est désastreux.

Seigneur, j'espère qu'il n'a pas commis de bêtise irréversible !

Je fais les cent pas. Logan, la mine grave, ne cesse d'aller aux nouvelles auprès de ses amis. Tout d'un coup, j'éclate en sanglots.

– C'est ma faute. J'ai tout gâché, je l'ai abîmé, admets-je dans un chuchotis.

Logan m'enlace.

– Mais non, ma belle. Ne pense pas au pire, on le retrouvera.

Je redouble de pleurs, il m'étreint plus étroitement. Nous demeurons ainsi. Ses mots ne me réconfortent pas entièrement. Je me sens inutile. Je ferme les paupières et laisse le docteur me serrer fort contre lui.

C'est lorsque je rouvre les yeux que je *l*'aperçois. Jayden nous fixe, figé, la main sur la poignée de la porte de son salon. Il ouvre enfin. Le tintement fait sursauter son pote.

– Putain, sans rire ? Vous faites ça chez moi ? Tu te fous de ma gueule, Prescott ?

CHAPITRE 71

Ne plus lutter

♠♦♣

♥ Personne ne peut me soulever,
me rattraper comme tu le fais.
Je craque toujours pour toi. ♥

Still Falling For You,
Ellie GOULDING

Jayden

Je n'entre pas dans une colère noire : je suis juste pétri d'amertume. Les messages multiples de Milly me disaient qu'elle était chagrinée, qu'elle me cherchait. Tout comme les BadASS. Mais bordel, rentrer et les surprendre Logan et elle collés serrés, c'est trop !

Doc pivote et lâche ma bohème, qui pousse un cri excité.

– Mon Dieu, Jay, c'est toi !

Elle saute dans mes bras avant que je ne déverse ma hargne sur eux, notamment sur mon enflure de pote. Pris au dépourvu, j'abandonne mon casque et étreins ma muse en fusillant Doc du regard. Nous nous jaugeons en chiens de faïence. Sa volonté de s'assurer que je ne suis sous l'influence d'aucune substance me donne encore plus envie de le dégommer.

Pour qui il se prend, ce salaud ? Putain, il la pelotait chez moi !

Mon nez enfoui dans les mèches de Milly, je respire son odeur. Ses courbes tièdes contre moi occultent un peu les démangeaisons et le froid du manque. J'en oublie la sueur qui perle dans ma nuque, les frémissements que je contiens péniblement. Cependant, j'ai mal d'être un bouche-trou, qu'elle ne me câline que par charité. Je la détache de moi afin de faire face à mon connard de pote, qui me fauche le plus sublime trésor que j'aie jamais tenu entre mes mains.

– Ce n'est pas ce que tu crois, mec, proteste-t-il.

– Ta gueule ! Vous remettiez ça, mais ma « disparition » vous a obligés à sacrifier une partie de votre soirée baise pour me chercher ?

Putain je suis en train de défaillir physiquement, mais je ne veux pas qu'ils voient ça. Je frictionne mon cou, passe le dos de ma main sur mon front humide.

– Foutez le camp, maintenant ! Je suis là.

– Jay, tu ne…, s'en mêle ma, pardon, LA bohème.

Elle n'est pas avec moi, il faut que je l'intègre. J'esquive sa main qui se dirigeait vers mon coude et pars rouvrir la porte du salon. Je leur désigne l'extérieur d'un signe de tête.

– J'ai pas envie de baston, Logan. Allez juste vous tripoter ailleurs ! Dégagez de chez moi !

– Je t'assure que tu te goures, laisse-nous parler, au moins, insiste mon pote en avançant vers moi.

– Je ne veux rien savoir ! Putain, ne me pousse pas à te cogner dessus, je suis pas sûr de pouvoir m'arrêter si je commence !

– Jay…

– Non ! Tel que tu me vois là, j'ai des millions d'aiguilles qui me picotent partout. Je ne souffre pas uniquement de vous savoir ensemble. Non, je suis transi, mal fichu, mon organisme exige sa dose de came à cor et à cri. Alors bordel de merde, cassez-vous ! Allez mélanger vos fluides ailleurs !

Logan veut dire un truc, mais il s'en dispense finalement. Il soutient mon regard avec une sollicitude qui me fait clairement chier. J'ai horreur de susciter l'apitoiement.

– T'es certain ? Je peux t'épauler pour passer ce cap, Jay.

– Si tu veux me rendre service, prends la porte, mec ! C'est tout ce que je te demande.

Son téléphone sonne. Je parie que la bande vient au rapport.

– Jayden…

– Non. Et emmène-la avec toi, le coupé-je.

– Pas question ! se manifeste enfin Milly.

Ils se dévisagent, je perds patience. Logan hoche la tête et poursuit son chemin. Sans elle.

– Je serai joignable, OK ? m'annonce Doc comme si j'en avais quelque chose à foutre.

– Ça ira. Va-t'en toi aussi, Milly !

– NON ! décrète-t-elle en me bravant avec ses putains de merveilles bleutées.

La porte claque derrière Prescott. La respiration hachée, je fixe la blonde et insiste :

– Casse-toi, Milly !

– NON !

– Putain, qu'est-ce que tu cherches, là ? J'ai l'air au fond du ravin et tu te dis que tu aurais meilleure conscience en me portant soi-disant secours ? Ne gaspille pas de précieuses minutes avec moi, cours rejoindre la queue de Logan ! T'as raison, lui ne s'attache pas, il baise, c'est tout. Pas moi.

– TAIS-TOI, MAINTENANT, JAY ! s'énerve-t-elle.

Je sursaute de surprise. Je ne l'ai jamais vue ainsi. Trop en loques pour tenir une discussion, je souffle et m'appuie contre le mur.

– Je suis crevé, Milly. Vous aviez visiblement une clef, tu boucleras derrière toi.

J'éteins la lumière puis dévale les marches pour m'enterrer dans mon refuge, réprimant mon envie de vomir. J'allume en bas et atteins les toilettes de justesse. Je gerbe à en avoir des crampes d'estomac.

Plusieurs minutes après, je rêve de ma couette mais me déshabille, me traîne jusqu'au lavabo pour choper ma brosse à dents et mon dentifrice. J'entre avec sous les jets chauds de la douche, m'efforçant de me focaliser sur le brossage. Je grelotte malgré la température de l'eau. C'est horrible que j'aie à gérer une nouvelle désintox. Seul.

Je râle en appuyant mon front contre le carrelage :

– Je hais celui qui m'a fait ça ! Bordel, je hais me sentir redevenir cette merde-là ! Et je hais que ma muse l'ait choisi lui !

Une main se pose sur mon omoplate et une voix susurre :

– Je ne l'ai pas choisi, *Dark Lover.*

Mon cœur tressaille. Je n'ose pas me retourner, alors elle me pivote, me soude à son regard. Ses cheveux dégoulinent. Elle est toute habillée et bel et bien présente dans la cabine.

– T'es restée ?

– Oui.

– Pourquoi ?

Je lâche ma brosse à dents et pose mes doigts sur ses joues. Elle caresse les tatouages sur mes épaules. Ses joues ruissellent. De l'eau de la douche ou de larmes ?

– Je ne veux pas de ta pitié, Milly, ni d'une culpabilité mal placée. Tu as toujours été honnête sur ce que tu voulais, je pensais pouvoir m'en accommoder, mais là… là tout de suite, je suis trop vulnérable pour livrer bataille contre moi-même.

Elle enroule ses bras autour de mon cou et m'attire plus près d'elle.

– Ne lutte plus. Moi, j'ai arrêté ce soir. Impossible de résister à ce machin violent, intense, irréductible et dévastateur qui nous lie toi et moi. Oui, ça me fout les jetons. J'ignore ce qu'il adviendra de nous, mais je ne nierai plus que ce truc existe entre nous. Je n'ai jamais connu ça auparavant. Pas avec cette force.

Oh putain ! Je plane sans drogue ? Ouais, elle pleure, et mes tremblements sont contagieux. Avec maladresse et un trop-plein d'émotions, je la dévêts, pousse l'amas d'habits mouillés et la plaque contre moi. Elle agrippe ma tignasse avec une fougue mêlée de désespoir. Notre besoin viscéral l'un de l'autre nous anime. Nos bouches se dévorent, nos peaux fusionnent. Sauvagement, nos corps réclament plus. Je la soulève, la place en équilibre contre la paroi, ses cuisses autour de mes hanches. J'entre en elle. Nos geignements se confondent.

– Mon *Dark Lover*…

– Il me suffit d'être en toi pour être stone de bonheur. Goûter à la saveur de tes lèvres pour tout oublier… même la crainte de l'avenir, lui confié-je, en entamant cette danse primitive et répétitive qui m'enfonce en elle à l'infini.

Elle me gémit :

– Si seulement le temps pouvait se figer, là maintenant, avec toi en moi…

Sur une impulsion, mon pénis et mes piercings en étau dans sa moiteur enivrante, je la supplie :

– À nous d'employer ce temps à bon escient. Emménage avec moi, mon ange. Je t'en supplie, viens vivre avec moi.

Elle m'emprisonne plus fort en elle puis m'embrasse. Et c'est le baiser le plus époustouflant qui soit.

CHAPITRE 72

Plonger

♠♦♣

♥ Je te fais confiance,
si ça a déjà été fait, défais-le !
Il faut être deux,
c'est à moi et toi de le prouver.
Toutes les nuits pluvieuses,
et même par les jours les plus froids. ♥

Heavy Cross, GOSSIP

Milly

Sous les jets d'eau brûlants, son sexe s'enfonce dans ma moiteur, sa langue dans ma bouche et ses doigts dans la chair de mes cuisses. Je tiens à peine en équilibre sur un pied, l'autre jambe enroulée autour de lui. Ses coups de reins me plaquent contre la faïence dans mon dos. Il tremble plus que d'habitude et me presse avec une urgence fiévreuse. Comme s'il se sentait chuter et souhaitait me consacrer ses dernières forces. Il me ravage de plaisir et d'un sentiment de malaise euphorique. Sa manière de mourir en moi à chaque pénétration est indescriptible, poignante. Mon Jayden meurt pour renaître. Je l'enserre, il approfondit notre baiser à en suffoquer. Mon bas-ventre le reçoit, le retient, il grogne, fuit et me revient. Une boule de félicité grossit et grossit et grossit en nous, juste là où nos corps s'imbriquent, et se propage dans toutes nos terminaisons nerveuses, nos pores, notre souffle coupé. Je le sais car nous sommes au diapason, nous ne sommes plus qu'un dans une communion extatique. Irradiés, anéantis de frissons.

Après l'ivresse sexuelle et émotionnelle sous la douche, nous titubons vers la chambre en essayant de nous sécher.

– Ma bohème… putain, je me sens naze, m'avoue-t-il tandis que ses iris s'éteignent.

– Tu veux te reposer ? Je reste avec toi.

– Mauvaise idée. Dans les heures et jours qui viennent, je vais être une loque, un déchet… Tu as le droit de me laisser affronter tout ça seul… Reviens après…

– Non, Jay.

– Si tu m'accompagnes, je t'insulterai, te supplierai de m'achever ou d'appeler ma dealeuse. Je me haïrai, tu me haïras peut-être plus fort encore… Tu auras peur, je te décevrai. Je serai agité, je disjoncterai et t'implorerai encore… mais empêche-moi de réintroduire des saloperies dans mon organisme. S'il te plaît. Déteste-moi, frappe-moi, mais ne cède pas. OK ?

Nus, nos cheveux humides, enveloppés dans la même grande serviette que je lâche pour encadrer son beau visage tourmenté, je lui promets :

– Nous traverserons cet enfer à deux. Compte sur moi, mon *Dark Lover*.

Il opine, m'embrasse avec une fougue décuplée. Nous frémissons, geignons. Mais je remarque rapidement que le Jay que je connais s'efface de plus en plus au profit du Jay junky en manque. La guerre qui se livre entre ces deux parts de lui prend progressivement des proportions alarmantes. Nous tentons de dormir, peau contre peau, je lui donne ma chaleur sous les draps.

Ce sont ses grelottements qui me réveillent. J'allume et le trouve en sueur, emmitouflé dans une couette supplémentaire. Il claque des dents.

– Skype… Contacte mon parrain, s'il te plaît… juste lui… Personne d'autre… me bredouille-t-il avant de sombrer dans des gestes, injures et propos incohérents.

Je saute hors du lit, désemparée, encore nue. Mes fringues mouillées gisent dans la cabine, mais je ne peux pourtant pas m'adresser à un inconnu sur la Toile dans cet état. Je cours dans la salle de bain et enfile ce que je trouve : un t-shirt à lui, qui m'arrive à mi-cuisses.

Jay hurle de douleur, il a l'air de souffrir le martyre, et cela me tétanise. Je me connecte sur son PC et débusque rapidement dans son répertoire Skype ouvert un contact nommé « Parrain ». Je lance un appel, il ne répond pas. J'ai envie de pleurer, mais je me retiens. Jayden transpire et tremble tellement. Je réessaie et pars serrer mon *Dark Lover* dans mes bras. Cela ne lui fait aucun bien : trop agité, il me pousse, brutalement pris de spasmes.

– Je veux mourir… Ne me laisse pas en reprendre, Meg… Je préfère crever… Maman, où est Milly ? Je veux Milly, prends pas cet avion, maman… égraine-t-il, en pleurs.

Puis il hurle et se tord de douleur. Mon cœur se déchire. Jay mélange tout. Je ne comprends pas la moitié de ce qu'il dit, néanmoins la souffrance est universelle, elle n'a pas besoin d'explications ni de traduction, et la sienne me perfore.

Sur l'écran, quelqu'un apparaît enfin. J'accours.

– Salut filleul, encore toi ? Ça se corse, alors ?

Les cris de Jay lui répondent avant qu'il ne m'aperçoive et jure dans sa barbe.

– Ah merde ! Il a craqué, note l'homme, d'une cinquantaine d'années.

Il paraît vraiment désolé et déçu. Moi, je suis à un cil de fondre en larmes. J'inspire et me remotive.

– Bonsoir Monsieur, je suis Milly. Et non, il n'a pas volontairement replongé. Quelqu'un l'a drogué… et… et je ne sais pas quoi faire.

– OK, Milly. Regarde-moi. Je te félicite. Tu as le droit de craquer, c'est tout à fait normal, surtout que tu n'as jamais vécu ça, je me trompe ?

J'entends Jay se traîner jusqu'aux toilettes pour vomir. Il gémit. Je ne sais plus si ce sont ses pleurs ou les miens qui envahissent cette maison.

Le quinquagénaire reste calme et attend. Il me regarde avec affection derrière ses lunettes.

– Il a mal ? demandé-je finalement.

– Oh oui, tu n'as pas idée. C'est encore plus atroce que ce que tu peux imaginer… mais il résiste, il résistera.

– Comment puis-je l'aider ?

– Tu le fais déjà en restant avec lui. Montre-lui que tu as foi en lui et que vous surmonterez ça, un jour après l'autre.

– Un jour après l'autre ?

– Mégaaaaaane ! Bordel, ça me transperce de partout ! vocifère Jay dans mon dos.

Il n'atteint pas le lit et s'écroule par terre en revenant des toilettes. Je me redresse brusquement. Son guide d'abstinence commence à réciter :

– Dieu, donnez-moi la sérénité d'accepter les choses que je ne peux changer, le courage de changer les choses que je peux, et la sagesse de connaître la différence.

Il le ressasse paisiblement jusqu'à ce que Jay prête attention à sa voix. Je le tire vers le matelas. Nous nous affaissons ensemble et mon écorché vif gémit, se contorsionne. J'en récolte des bleus jusque dans mon cœur qui saigne pour lui. Il s'auto-flagelle avec des mots terribles, pleure à nouveau puis comate dans mes bras.

– Merci beaucoup, murmuré-je en direction de l'écran.

– Ne me remercie pas. Prenez soin de vous deux. Je vais te laisser par écrit notre Prière de la Sérénité. Ça vaut ce que ça vaut. Je te donne aussi mon numéro. Il m'avait confié qu'il ne souhaitait pas que ses amis le revoient dans cet état… Tu peux me téléphoner n'importe quand si tu en ressens le besoin.

– D'accord, soufflé-je, pleine de gratitude.

– Tiens bon ! Il arrivera un moment où ton empathie sera à son paroxysme, où tu te résoudras à faire n'importe quoi pour que sa souffrance s'arrête. À ce moment-là, rappelle-moi au lieu de chercher des dealeurs dans son téléphone. Promets-le-moi, Milly.

– Vous avez ma parole.

– Même s'il te menace ou si tu crois que sa dernière heure est arrivée, ne lui donne pas de drogue, OK ? Essaie de dormir un peu, maintenant, pendant l'accalmie. Votre nuit va être rude, atroce, longue, elle pourra durer des jours, mais elle s'achèvera par une victoire. Il a confiance en toi, sinon tu ne serais pas là. Tu m'as l'air d'être une personne exceptionnelle, jeune fille… aussi solaire à l'intérieur qu'à l'extérieur, comme il me l'a dit.

Il se déconnecte. Je reste pantoise. Ce type me semble être la seule figure paternelle valable dans l'existence mouvementée de mon artiste tatoueur. Le seul qu'il appelle lorsqu'il est au fond du gouffre. Et Jay lui a parlé de moi. Il lui a parlé de moi alors que je le rejetais et que je ne vivrai que pour un petit laps de temps à ses côtés.

Il lui a parlé de moi…

Mes yeux exténués se ferment, mon corps enveloppe le sien. Le cœur lourd, j'accueille le sommeil. Mais cet apaisement ne dure pas longtemps. Les chuchotis et grelottements de Jay me ramènent à son supplice.

– Il y a trop de sang… il y en a trop… pourquoi la came ne me… défonce pas assez pour… pour… résorber tout ça ? L'overdose contre Meg et maman… L'anesthésie… L'amnésie totale, bredouille-t-il d'une voix cassée à peine intelligible.

Puis il s'agite violemment.

CHAPITRE 73

Rien d'autre, juste TOI

♥♠♦

♣ Plus l'amour est nu, moins il a froid. ♣

John OWEN

Jayden

Je ne me rappelle que par fragments comment Milly s'est débrouillée pour me sécher et me mettre au lit. J'ignore depuis combien de siècles je suis dans ce piètre état. Je sais juste qu'elle est là, s'évertuant à me réchauffer pour atténuer le froid sidéral qui m'a saisi. Sous la couette, ses courbes et ses membres sans fringues enveloppent ma carcasse recroquevillée, ses baisers pansent mes blessures.

Mes convulsions, mes haut-le-cœur, mes bouffées délirantes, rien ne l'a éloignée. Milly m'a nettoyé, a essayé de me nourrir sans jamais se décourager. Elle m'a aidé à ne pas céder à la tentation d'appeler ma dealeuse afin d'écourter mon putain de calvaire…

Je me sens comme un satané boulet ! Milly devrait juste savourer sa propre vie en sursis, pas la gâcher à s'occuper de moi.

– Ma bohème, tu peux encore t'en aller… Laisse-moi crever, l'enjoigné-je en reprenant partiellement mes esprits.

Bien que le pire soit passé, elle a encore la possibilité de s'en aller. Elle en a bavé avec moi. Maintenant, j'ai bien plus conscience de ce qui se passe autour de nous.

– Hé, je te signale que tu m'as demandé de vivre avec toi. Tu te débarrasses déjà de moi au bout de quelques jours ? me taquine-t-elle en rangeant le gant avec lequel elle m'a épongé le front.

Ce matin, j'ai réussi à assumer un brin de toilette en solo, car ma muse est tombée de fatigue. Endormie, elle était si belle. Ensuite, je me suis recouché, encore flageolant, dépendant de notre osmose, de sa chaleur.

Merde, des jours qu'elle est l'otage de mon sevrage ?

J'ai dû faire et débiter un tas de conneries tout au long. En revanche, mon invitation sortait de mes entrailles. Elle n'y a pas encore répondu, je crois, ou la loque que j'étais ne l'a pas entendue. J'effleure son visage. Ses doigts s'enfouissent dans mes cheveux. Nous nous regardons durant une éternité. Mes fourmillements s'estompent, ma température corporelle revient doucement à la normale. Putain, elle a tellement assuré que j'en suis mortifié.

– Pardon de t'avoir infligé ça, m'excusé-je en jouant avec l'une de ses mèches blondes.

Elle entremêle nos jambes.

– Non, Jay, merci de t'être battu et de m'avoir permis de mesurer l'étendue de ton courage. C'était l'enfer pour toi et tu as tenu, mon *Dark Lover*.

Son sourire est mon trophée, ma récompense.

– Pas moi. ON a tenu, mon ange.

Isolés du monde, ne formant qu'un, nous avons résisté ensemble.

Ma muse me donne un baiser d'une tendresse désarmante, qui éveille mes sens. Sa bouche descend sur ma mâchoire, dans mon cou. Je frissonne, mais de désir cette fois-ci. Mon sexe réagit, s'étire, enfle graduellement.

Je renais. Mon regard fiévreux dévie sur mon phœnix mural. Les yeux de Milly sont volcaniques sur moi. Lire dans ses prunelles qu'elle a envie de moi finit de me faire complètement bander. Je la bascule, respire au creux de ses magnifiques seins.

– Putain, t'as de nouvelles ecchymoses par ma faute !

– Non, chuuuuut !

Nos mains s'évadent sur l'autre, moi au-dessus d'elle. Mes poils se hérissent. Palpant mon érection entre nous, Milly m'exhorte à ne pas avoir honte, à ne pas me détester de l'avoir meurtrie.

– J'ai été violent ? Je te demande pardon… J'étais à l'ouest et, bordel, ce n'est pas excusable. Pardon, pardon, pardon, pardon, par…

– Tututu… Je suis tellement, mais tellement heureuse de te voir en meilleure forme… Tu n'as pas à t'excuser.

– Si, je…

Elle comprime et cajole ma queue, lie nos prunelles. Mon sentiment de culpabilité lutte contre mon désir attisé.

– J'en connais un qui se porte mieux et veut me saluer.

Son intonation rocailleuse est aussi aphrodisiaque que la sensualité naturelle qui émane de son être.

– Tu devrais vérifier qu'il fonctionne toujours, il est tout à toi, marmonné-je sur l'un de ses tétons.

Un coup de langue et je le happe avec gourmandise. Elle se cambre lascivement.

– Mon doux Jay, ta bouche est magique sur moi… Tout en toi l'est, en fait, soupire-t-elle. Je veux tout de toi.

Je m'applique dans ma succion, me délectant de sa saveur. Plus je la dévore, plus mon entrejambe gonfle pour elle. Son bout de sein délicieux affole mes papilles. J'englobe le second à pleine main. Pressant les deux dômes l'un contre l'autre, je les savoure, les lape, les mordille.

– La vache ! C'est trop bon, gémit ma merveille.

Je migre patiemment vers le sud. Son ventre frémit sous mes caresses. Ma langue ébauche des lignes sur sa peau, je sillonne les dénivelés de son corps, tourne autour de son nombril, m'y engouffre.

Elle me rend barge avec ses soubresauts et plaintes érotiques. Je descends jusqu'à son bas-ventre ; lèche son pubis épilé, tentateur ; écarte la fleur délicate de ce triangle idyllique et me délecte de son parfum, de son goût. La graine tendre à la source de sa féminité est comme une matière exotique sous mon pinceau lingual. Sa texture et les réactions de Milly à chaque passage me tuent à petit feu. Elle se liquéfie, s'accroche à ma tignasse, s'arc-boute. Ma langue s'introduit en elle telle une plume dans un encrier et continue de parfaire le portrait intime et profond que je dessine au creux de ma muse. Elle est mon support, l'inspiration charnelle et émotionnelle par laquelle mon plaisir s'épanouit. Et je la lape, la lèche encore et toujours, la pénètre, l'honore de mes doigts et de ma bouche, l'embrasse.

– Jay, oh punaise… Je… Je…

Elle se fige, en apnée. Je souris contre sa chair trempée en accueillant son orgasme. À fleur d'elle, je la sens secouée d'euphorie. Elle crie mon prénom. Putain, j'adore cette seconde précise où elle implose, se frottant contre mes lèvres ! Quand je me redresse, elle râle :

– T'es trop doué.

Je ris. Ses pupilles dilatées s'échouent sur moi. Mon cœur palpite, j'ai chaud, je la veux !

Milly saisit ma bête, la branle, s'aventure vers mes testicules qu'elle flatte. Je grogne d'excitation.

– J'ai envie de toi.

Elle capture mon souffle. Son pouce frôle mes bijoux.

– Argh, tu me fais perdre la boule !

– Toi aussi… Ce contraste entre ta peau et tes billes noires en titane est si sexy, complimente-t-elle en m'encerclant.

Je pousse mon bassin à sa rencontre. Elle me serre.

– Besoin d'être en toi, mon ange lumineux.

Elle abdique, se positionne en levrette. Sa chute de reins m'achève. Mon gland glisse entre ses fesses, que je malaxe. Empoignant mon sabre à la base, je descends et remonte sans la pénétrer, la sens devenir aussi dingue que moi. Elle remue, m'appelle en elle. Je finis par me faufiler millimètre par millimètre. L'extase pulse en moi. Je contemple le tatouage sur mon membre s'enfoncer progressivement dans ma muse.

– Putain, t'es fabuleuse, chuchoté-je en m'encastrant complètement dans son fourreau de délices.

– Toi et tes piercings, vous m'électrisez, susurre-t-elle en ondulant, m'enserrant.

Je bouge. Notre rythme s'instaure de lui-même. Milly m'absorbe, halète, balance avec moi. Je me cramponne à sa taille pour augmenter le tempo, m'introduire dans mon nirvana doux, chaud et humide. Je la pilonne de plus en plus, elle ahane, attrape les draps.

– Je vais… Punaise, c'est bon de te retrouver, s'exclame-t-elle en se crispant autour de ma queue.

– Bordel, je suis raide dingue de toi !

Son séisme enclenche le mien, me vide en elle. Ma jouissance dégorge dans ce corps qui me guérit de jour en jour de mes maux indicibles.

Rien d'autre n'existe l'espace d'un instant. Juste moi en elle. Juste moi pour elle, elle pour moi.

CHAPITRE 74

Mes couleurs préférées

♠♦♣

♥ C'est épatant, les artistes.
Ils sont fous, comme tout le monde,
mais pas vraiment comme tout le monde. ♥

Françoise GIROUD

Jayden

Milly ne répond pas à ma énième déclaration. Pas grave, tant qu'elle reçoit mon amour en elle sous toutes ses formes. Je me contenterai de cela. Surtout maintenant qu'elle a subi les effets du manque avec moi sans m'abandonner.

Je me retire, on s'écroule. Nous nous soudons instinctivement l'un à l'autre, planons dans les brumes fabuleuses de notre corps à corps.

J'ai retrouvé ma drogue humaine, celle à laquelle je suis fier d'être accro.

Milly gigote, s'installe à califourchon sur moi, parsème mon épiderme de baisers en murmurant :

– Je t'ai tellement contemplé à poil ces jours-ci que je connais ton anatomie par cœur.

– Ça, c'est le style de confession qui va abrutir ma queue, ma bohème.

Son rire cristallin émerveille mes oreilles.

– Vraiment ? Je tâcherai de m'en souvenir. Tu veux connaître mes nouvelles couleurs favorites après ça ?

– Carrément, ouais.

Même si sa question est saugrenue, la réponse intéresse à la fois l'amoureux et l'artiste en moi.

– Je suis fan de l'émeraude de tes yeux.

Elle dépose un baiser sur ma bouche.

– De l'encre injectée sous ta peau…

Un autre baiser effleure mon menton.

– Du noir de tes titanes.

Sa bouche se pose, plus coquine, sur mon petit anneau de téton.

– Du rose de tes lèvres quand tu me dévores et me dépouille de mon souffle.

Milly suce mon bijou. Elle se soulève pour m'observer. Je craque mortellement pour cette nana. Nom d'un chien sous oxy, ça craint d'aimer à ce point !

– Waouh ! OK. Tu veux connaître les miennes ? lui demandé-je.

– Évidemment, m'encourage-t-elle.

Elle suit le tracé de mes tatouages.

– Je suis fou, mais totalement fou à lier du camaïeu de rose niché dans ta petite culotte, entre tes pétales intimes.

Interloquée, elle lève les yeux sur moi, puis éclate de rire.

– Oh merde, tu parles de mon… ? Mais qu'est-ce que je vais faire de toi, Jayden Graham ?

– Tu pourrais me baiser ? Engloutis-moi dans ce fameux rose, enchante mon sabre avec, renchéris-je du tac au tac.

Je mordille ma lèvre inférieure pour contenir mon hilarité et mate avec une envie non dissimulée la poitrine de ma muse, qui me surplombe.

– Obsédé !

– Juste par toi, répliqué-je en me redressant pour choper sa bouche. Putain, tu sens comme tu me donnes la trique rien qu'en me regardant ?

– Jay…

Sa phrase s'évanouit dans notre baiser avide. J'encadre son visage et m'évade dans ses iris.

– J'adore aussi ce bleu-là lorsqu'il se pose sur moi…

Du pouce, j'effleure sa lèvre boursouflée par mes assauts.

– Et cette teinte de rouge également…

D'une petite pression, je lui entrouvre la bouche et y glisse mon index. Mon pénis démarre au quart de tour, associant le geste à une fellation.

– Et ta peau laiteuse, ta chevelure dorée, tes plumes et tes bracelets multicolores… En fait, tu as sur toi toutes les palettes. Tu es mon arc-en-ciel orgasmique.

Ma main frôle son sexe. Putain, je suis cuit ! Elle est mouillée, probablement d'excitation, mais aussi et surtout de mon sperme. On est bons pour une douche cochonne, après ça. Deux de mes doigts s'enfoncent en elle. Mon ange tressaille, se rue sur mes lèvres. Elle lévite légèrement et s'empale sur moi sans transition.

Argh, je monte direct dans les cieux, bordel !

– Milly…

Je grogne sur sa langue habile. Elle ondoie, gémit, une splendide amazone qui se déchaîne sur ma bête durcie.

– Oh bordel ! Vas-y, putain ! T'arrête pas !

J'atteins un arc-en-ciel, puis les étoiles, la voûte céleste. Elle accélère, je hurle son nom, confesse mon amour démentiel pour elle, rien que pour elle. Et suis catapulté en orbite lorsqu'elle prend ma queue en étau dans les spasmes humides de son orgasme. En quasi-convulsion, j'atterris sur le dos tandis qu'elle me chevauche toujours. Elle ne respire plus, mais je déchiffre maintenant ce truc de ouf qui précède sa jouissance. Elle s'affaisse sur moi.

– Punaise, tu m'épuises de plaisir, *Dark Lover*, miaule Milly dans mon cou, essoufflée.

Nous comatons durant un temps indéterminé. À notre réveil, mon trésor roule sur le côté.

– On a besoin de se débarbouiller, note-t-elle.

– Tu m'étonnes !

Son sourire est éblouissant.

– Comment te sens-tu, *Dark Lover* ?

– Incroyablement bien, mais j'ai la dalle.

Elle s'esclaffe, m'offre une nuée de baisers, puis s'assied dans le lit.

– Ça, c'est une excellente nouvelle ! Tu peux donc recommencer à manger. Et surtout, on va enfin pouvoir remettre le nez dehors.

– Merde ! T'es pas sortie d'ici depuis l'autre soir ?

Je me rends compte que, pendant que j'étais en vrac, elle a dû mettre sa propre vie en suspens. Son boulot, ses loisirs, ses amis… La belliqueuse Stella de mes deux doit être ravie. Elle va m'adorer encore davantage…

– T'inquiète. J'ai effectué quelques courses en ligne et je les ai fait livrer quand tu te reposais.

Je m'assois pour l'enlacer et l'embrasser. Un baiser d'excuse, de reconnaissance, d'adoration.

– Aujourd'hui, interdiction de s'enfermer, on fera ce que tu voudras, l'informé-je. Déjà, dis-moi comment tu vas, toi ?

Elle quitte le pieu, joyeuse et canon.

– Je vais bien, mais j'en ai assez de porter tes t-shirts. On ira récupérer mes affaires ?

Le bug ! Quoi ? Elle a dit… ?

– Putain, tu… tu viens vivre avec moi ?

– Euh, oui ? Sauf si tu as changé d'avis ?

Je saute du plumard pour la rejoindre. Elle incline la tête et me regarde avec anxiété.

– Ah zut ! Tu n'étais pas dans ton état normal et…

– Tu rigoles ? Je le veux de toutes mes forces, Milly.

– C'est vrai ?

– Putain ouais, j'aimerais que tu emménages avec moi.

– OK. Alors, après un joint et une bonne douche, je vais affronter Stella… Pour toi.

Je ne comprends pas trop pourquoi elle balise, mais je me battrais contre n'importe qui pour elle. La *derby girl* va devoir lâcher la bride, je ne transigerai pas, ce coup-ci.

– Nickel, je suis partant pour aller chercher tes valises ! Et pour le pétard et le sexe sous la douche avant de prendre la route aussi.

– Qui a parlé de sexe ? se moque-t-elle, les prunelles pétillantes.

CHAPITRE 75

Ombre au tableau

♥♠♣

♦ Il n'y a pas de lumière sans ombre. ♦

Louis ARAGON

Jayden

Mon retour dans la « normalité » est enfin acté, Milly à mes côtés. Cheveux emmêlés, cernée, souriante. Splendide ! Tout s'est enchaîné après nos câlins et la douche, puis le petit déj. Peu m'importait l'heure, j'avais envie de pancakes. Elle aussi. J'avais envie de la remanger également. Elle n'était pas contre.

Un putain de festin pour célébrer ma survie après l'expulsion du poison de mes viscères !

Ensuite, je rallume mon portable et vois que le général m'a laissé un message vocal. Descente brutale de mon petit nuage. Les mâchoires serrées, j'écoute son speech blasé et condescendant :

Très bien, Jayden, c'est terminé ! Tu t'es enfui du centre et ne daigne pas me répondre. Il va de soi que je n'ai plus de fils depuis un moment. Tu ne correspondras jamais à mes attentes. Suis ta route de dégénéré jusqu'au bout, je m'en lave les mains !

J'efface toute trace de lui de ma messagerie et inspire longuement. Putain, il faut que j'avance, coûte que coûte, ne pas flancher, surtout pas à cause de lui. Ma muse, me sentant tendu, vient se lover contre moi, sans un mot. Je la serre à l'étouffer et essaie de sortir ma tête des ténèbres. C'est elle ma source de lumière.

Espèce de psychorigide sans cœur ! Il va de soi que moi non plus, je n'ai jamais eu de père.

À bord du véhicule qui nous conduit chez Milly et la Rocket, je m'efforce de le zapper. Un chouia déphasé, je mate l'extérieur. Le quotidien me rattrape. Je ferme les yeux, accaparé par l'après. D'abord Stella, dont la seule évocation m'oppresse. Les souvenirs du club s'insinuent dans mon esprit, moi stone et elles s'embrassant… Hallucination ou pas ?

Putain, je risque de lui coller une baffe à la derby girl, sans chercher à comprendre. Mais je ne cogne pas les meufs. Et Stella est une meuf, aussi androgyne soit-elle.

Je tâcherai de me tenir. En espérant que la fliquette ne me gave pas trop non plus.

Nous restons silencieux, mon ange se tend au fur et à mesure que nous nous approchons de l'adresse qu'elle a indiquée au chauffeur. Je n'aime pas qu'elle soit anxieuse ou malheureuse, surtout après ses sourires à mon réveil.

Maintenant, on dirait qu'elle a tellement cogité qu'elle doute de vouloir sauter le pas, ou craint de dissiper les illusions de la poulette. Je suppose qu'elle se ronge les sangs à l'idée de la décevoir. Mais Milly ne peut pas non plus contenter tout le monde, à force d'éviter de faire souffrir les uns et les autres, elle s'interdit de vivre son propre bonheur.

Je n'ose pas lui demander où nous en sommes exactement dans sa tête. Je m'en sens encore moins capable au terme de mon sevrage, dont elle a été le témoin et le pilier. Après ces derniers aléas, souhaite-t-elle instaurer l'exclusivité entre nous ? Est-ce qu'emménager avec moi est juste une mesure pratique afin de me voir facilement, ou franchissons-nous l'une de ces étapes qu'elle rejetait à cause de sa condamnation ?

Eh merde, je gamberge trop au lieu de prendre ça à la cool ! À la YOLO. Je dois offrir du fun et de la légèreté à ma belle pour compenser ces quatorze jours d'enfermement à mon chevet.

Je me penche, butine son cou, et lui avoue en cherchant sa bouche :

– Trop hâte qu'on retourne chez nous.

Elle s'abandonne à notre baiser, nos langues se joignent. Le plaisir se diffuse en moi, mes mains s'aventurent dans ses cheveux. Nous nous embrassons avec une faim insatiable jusqu'à ce qu'il faille sortir du taxi.

– Nous sommes à destination, m'sieur dame !

– Euh… Ouais. Vous nous attendez cinq minutes, s'il vous plaît ?

– Pas de souci.

Ma bohème entrecroise nos doigts et pose la tête sur mon épaule alors que nous approchons de son immeuble. Ma joue s'appuie contre sa crinière à la fragrance délicieuse. C'est comme si, tacitement, nous employions cet instant pour nous mettre en phase avant de monter dans l'appartement.

Elle inspire et souffle lentement.

– Tout ira bien, ma muse. C'est ton bonheur qui compte. Si Stella ne peut pas digérer ça, j'en fais mon affaire.

Ça me bouffe que Milly marche sur des œufs afin d'épargner quelqu'un à qui elle n'a aucun compte à rendre. C'est elle qui m'importe, pas Stella, merde !

– Non, bien sûr que ça va bien se passer. Elle se doute déjà que c'est avec toi que je suis restée tout ce temps.

– Ben nickel !

Milly redresse la tête et me regarde.

– Jay, je… On évite un éventuel conflit du mieux qu'on peut, d'accord ?

Je l'étreins en lui cachant mon agacement. Bordel, pourquoi angoisse-t-elle à ce point ? Elle n'est pas sûre de me vouloir ? Pas sûre de désirer quitter leur cocon de nanas ? Et si elle était amoureuse de la keuf, au fond ?

– Pas d'embrouille, si elle se tient à carreau. On récupère ce qui t'appartient et on se barre, lui promets-je en espérant y parvenir.

– Oui.

Nous grimpons, elle ouvre la porte. Quand nous entrons et qu'elle dépose ses clefs dans un vide-poches en calebasse aux motifs africains, je note qu'il faudrait que je duplique les miennes pour elle. Qu'elle ait son propre trousseau pour accéder au salon et à notre chez-nous. *Notre chez-nous*… Milly va vivre avec moi ! Rien que penser à cela m'emplit de fierté.

Détecter la touche bohémienne dans la déco de l'appartement est facile. L'énorme attrape-rêves beige, écru et marron en est un exemple. Ou cette toile hippie avec de la *weed* et le symbole du *Peace and Love* au milieu. Tout ce que j'aperçois de lumineux, gai, frais, exotique concorde avec Milly.

– Stella, t'es là ? C'est moi, lance-t-elle en avançant.

Je lui emboîte le pas et découvre en même temps qu'elle la coloc' assise dans le canapé, une bière à la main. Ses pieds sont croisés sur une table basse à côté d'un carton de pizza ouvert.

La nénette nous dévisage quelques secondes de trop. Elle, par contre, ne colle pas du tout aux slogans des *seventies* brodés avec des fleurs sur les coussins et autres bidules ethniques disséminés partout…

– Salut toi, lance ma muse, affichant un sourire contrit.

– Super, tu amènes le pénis sur pattes dans notre appart' ! rétorque l'autre avec dédain.

Ouch ! « Le pénis sur pattes » ? Sérieusement ? C'est ce que je représente pour elle ?

J'ai promis de ne pas m'emporter, donc je mords ma lèvre inférieure en la matant sans ciller.

– Stella, je suis désolée. On ne veut pas de problèmes. Jay va juste m'aider à rassembler mes affaires… Il m'a demandé d'emménager avec lui et j'ai accepté.

– C'est une blague ?

La volaille se redresse comme si un truc lui avait piqué le cul. Je me mets aussitôt sur la défensive. La moindre connerie et j'oublie d'être cool.

– S'il te plaît, ne complique pas davantage la situation, négocie ma muse.

– C'est moi qui la complique, Milly ? Merde, de toute la bande de queutards, c'est le junky que tu as choisi ! attaque Stella.

Ma bohème, désemparée, s'efforce d'endiguer la colère et l'amertume qui giclent. Pour ma part, c'est mort, je passe à l'offensive.

– OK. Le junky doté d'un pénis te recommande vivement de fermer ta gueule, maintenant ! Le temps qu'on remplisse les valises de Milly pour dégager d'ici.

Stella saute à un pas de moi, bousculant sa future ex-coloc' pour me défier. Ce geste, putain ! Voir ma nana vaciller à cause de cette conne jalouse me fait péter une durite.

Je ne cogne pas les meufs, et Stella est une meuf. Je ne cogne pas les meufs, et Stella est une meuf.

Ma litanie devient inefficace. Mes poings se ferment, la hargne grogne en moi.

– Qu'est-ce que tu vas faire, le toxico ? Tu veux te battre ?

– Stella, non ! Jay, je t'en prie, ne l'écoute pas ! s'interpose Milly.

Mais je suis à la limite de mon ersatz de self-control. Ma muse m'incite à reculer. Je résiste, hésite. Cependant, pour elle, je capitule. Rien que pour elle.

– Je ne frappe jamais les gonzesses, une chance pour toi que tu en sois une, martelé-je, le souffle frénétique.

La flic ne lâche cependant pas le morceau.

– Ah, le sketch ! Comme c'est classe, tu ne frappes pas les filles. Tu préfères les planter dans leur sommeil, Graham ? m'assène-t-elle, les poings sur les hanches.

Putain de merde !

Je déglutis, foudroyé par ce que cette teigne a exhumé. Elle a fouillé dans les détritus et extirpé le pire. Est-ce que Milly le savait ? Était-ce à cause de ça qu'elle balisait ? Pris de tremblements, je cherche son regard. Ses yeux exorbités m'indiquent qu'elle l'ignorait, mais ils me bousillent en profondeur.

Non, pas ça, pas ainsi, pas par une tierce personne. Surtout Stella.

– Mégane Sinclair, tu vois parfaitement de quoi il est question, n'est-ce pas, Jayden Graham ? Ça t'étonne que j'aie eu accès à un dossier *cold case*, scellé par la justice car tu étais mineur ?

– Bordel de merde ! m'étouffé-je.

– Mon Dieu, Stella ! s'horrifie Milly.

Ou est-ce moi qui l'effraie soudain ? Elle prend de la distance, me vrillant les entrailles. Ma gorge se serre. Au bord de la crise de panique, je perds le contrôle. Mon cœur, ma respiration, mon cerveau… tout explose.

– T'es certaine de vouloir vivre avec ce gars ? Il t'a raconté pour cette fille ? Je parie que non, insiste la poulette.

– Milly, barrons-nous, on s'occupera de ton déménagement un autre jour, marmonné-je, de plus en plus pessimiste à propos de l'issue de ce traquenard.

– C'est le moment, Graham, explique-lui pourquoi elle ne devrait pas dormir une nuit de plus avec un type de ton genre.

– Milly ! m'écrié-je.

Mais ma muse s'est statufiée, indécise, nous dévisageant à tour de rôle. Saleté de cauchemar, je suis en train de la perdre. Définitivement.

– Milly, putain, je t'aime !

– Tiens, c'est ainsi qu'il t'embobine ? Sa vie est truffée de vilains secrets depuis son adolescence. Et cela ne s'est pas amélioré avec sa bande et leurs hobbies… Il a un paquet de choses à cacher, je ne veux que te protéger, ma chérie.

Nom d'un clebs, qu'elle se taise ! Sinon je vais me l'enquiller et ravager sa tronche à beignes.

– Je crois que là, elle commence à voir la réalité. Toi, le pénis sur pattes, tu débarrasses le plancher !

– La ferme, bordel ! Tu ne me connais pas, pas comme elle me connaît ! Milly… Ma bohème ?

CHAPITRE 76

Déclic

♠♦♣

♥ Les pensées sont les ombres
de nos sentiments. ♥

Friedrich NIETZSCHE

Milly

Je ne sais pas quoi dire ni quoi faire.

Ce que je craignais se déroule sous mes yeux. J'avais peur que Stella s'en prenne à Jayden, qu'elle le pousse dans ses retranchements. Je connais mon *Dark Lover*. Je sais que ce n'est pas la méthode à suivre avec lui. Elle l'abîme, le déchiquète.

Bien sûr que je meurs d'envie d'en savoir plus sur Mégane. J'ai toujours pressenti que c'était LA tragédie de l'existence chaotique de Jayden. Dans ses délires durant sa désintox, il n'a pas cessé de mentionner sa mère, Meg, un avion et une effusion d'hémoglobine… Il est rongé par son passé, et cela suscite de nombreuses questions en moi, mais je ne souhaite pas le mettre dos au mur. Pas aujourd'hui, alors qu'il vient de traverser des moments atroces pour redevenir clean, reprendre pied. Il était si heureux il y a deux heures. Le voir acculé m'affecte.

Cependant, une curiosité malsaine m'assaille. Qu'a-t-il fait ? Mon angoisse enfle. Comment procéder ? Je ne veux pas le briser ou le bousculer, bien qu'il soit nécessaire que les voiles se lèvent sur son passé. Je le regarde. Sa posture est celle d'un homme attaqué, blessé, à un rien de rendre les coups. Il fixe mon amie avec une rage difficilement endiguée. Stella jubile de son impact sur lui. Je me décide à choisir mon camp et tente de rétablir un contact entre nous.

– Jay ?

Il frictionne son visage, ses dents se plantent dans sa lèvre inférieure et je détecte sa souffrance physique et mentale. Ses beaux yeux verts obliquent vers moi, m'adressant une prière muette. Comme s'il me conjurait de ne pas permettre à qui que ce soit de changer l'opinion que j'ai de lui. Stella continue de le provoquer afin qu'il craque.

– Je ne te laisserai pas l'emmener ! Elle ne finira pas comme Mégane !

– STOP ! Ne prononce plus ce prénom ou je… ou je…

Il s'approche de mon amie, l'air menaçant, mais elle n'attendait que ça.

– Ou quoi ? Tu prouves la violence qu'il y a en toi ? Vas-y bébé, moi ça ne me cause aucun cas de conscience de boxer un mec, le provoque-t-elle encore.

– Personne ne tapera sur personne ! Stella, ça suffit, merde !

– Putain, on voulait juste collecter ses fringues. Ça ne concerne que ma petite amie et moi… Mon ange, je te jure que je préférerais mourir plutôt que de te faire du mal…

Sa voix se casse, il empoigne ses cheveux. Mon cœur se fissure.

Sa petite amie. Il m'a appelée « sa petite amie ».

L'air se fige dans mes bronches. Il l'a dit avec une telle sincérité, un tel naturel. En dépit de tout, c'est ce que je représente pour lui. Pas juste une femme avec laquelle il couche.

Cela fait même taire Stella.

Rivée aux prunelles de mon écorché vif, j'abdique enfin. Quel que soit son passé, c'est avec lui que je savourerai le présent. Car quel que soit mon avenir, lui m'offre généreusement le sien.

Mon Dieu, j'adore sa manière de m'aimer à mon corps défendant. Sa façon de sublimer ses fêlures et d'en tirer autant d'amour, pur, intense, désespéré pour moi. Comment résister à cela ?

– Jay…

– Tu me crois, ma muse ? Tu me crois ?

Son ton chevrotant me parcourt de vibrations.

– Oui, je te crois, mon *Dark Lover*. Je te crois et je te choisis.

Face à une Stella ébahie et désenchantée, je saisis la main de Jayden.

– Tu as raison, allons-nous-en.

– Ma puce, non !

Je ne me retourne pas vers mon ancienne coloc'. Groggy, Jay me suit sous le venin que crache la policière afin de me faire changer d'avis. Nous dévalons les marches, quittons le bâtiment et nous engouffrons dans le taxi. Jay frémit toujours, complètement perdu. J'indique au conducteur que nous retournons à notre point de départ en serrant les doigts de mon artiste torturé entre mes deux mains. Ils sont gelés, sans aucune vitalité. Le regard dans le vide, il s'est déconnecté de ce qui l'entoure pour se retrancher dans sa prison invisible remplie de ténèbres. Et je déteste de toute mon âme Stella de l'y avoir obligé.

– Jay ?

Rien. Je repense à sa terreur lors de la première nuit que nous avons passée ensemble. Ses frissons, sa réticence à descendre avec moi. Je repense à sa peur de dormir près de moi ou d'allumer la lumière. Parce qu'il se sentait vulnérable. Parce qu'il avait peur d'affronter les horreurs qui le poursuivent, pour pouvoir m'accueillir. C'était énorme pour lui.

Ça l'est infiniment plus pour moi, maintenant.

– Je t'aime, Jayden Graham, soufflé-je, étranglée d'émotions.

Et un miracle s'opère. Sa tête pivote, ses prunelles me jaugent. Incrédules. Émerveillées.

– Tu… m'aimes ?

– Oui.

– Tu as vu tout ce qu'il y a de pire en moi, ces temps-ci. Tu me sors ça par pitié ?

– Mais non, Jay.

Nouveau silence, plus pesant, ponctué par sa respiration anarchique. Il triture l'un de ses piercings d'oreille, fuit mon regard.

Puis il chavire. Nos bouches s'écrasent l'une contre l'autre, sa fougue me percute, ses paumes m'immobilisent. Il est comme en transe, drogué de passion, et je succombe. Le lieu n'a plus d'importance, sentir ses doigts baladeurs sous l'étoffe de mes vêtements affole mes sens.

Nous devenons de plus en plus indécents, mais je ne peux pas lui dire d'arrêter, je ne veux pas qu'il arrête.

– Bordel, Milly, grogne mon amant ténébreux en rendant notre baiser quasi pornographique tellement il m'excite.

Il dérive dans mon cou… Sa main sur ma peau, punaise ! Il grommelle, pétrit mes seins, trouve un téton.

– Tu peux me le redire, s'il te plaît, ma bohème ?

– Je t'aime comme tu es, mon doux et sombre Jay.

Il tombe sur le sol du véhicule, à mes pieds, me fait pivoter. Le conducteur désapprouve par un raclement de gorge disgracieux, mais la langue et les doigts de mon *Dark Lover* retroussent ma jupe. Sa tête disparaît sous le tissu, qu'il rabat sur lui.

– Vous ne pouvez pas faire ça ici, jeunes gens ! nous rappelle à l'ordre le conducteur.

Le visage canaille de Jay réapparaît pour lâcher :

– Désolé, M'sieur, mais je suis au point de non-retour, là. Je vous triple la course, roulez et faites semblant de ne pas nous voir.

Sans marchandage inutile, il soulève mes fesses et me déleste de ma petite culotte. Il écarte mes cuisses. Je me prête volontiers à cette acrobatie. Il se place stratégiquement. Je capte le regard choqué du chauffeur à l'avant, qui replace son rétroviseur pour que cela ne se reproduise plus. Il monte le son de sa radio en pestant contre les mœurs des jeunes d'aujourd'hui. *Shape of You* d'Ed Sheeran envahit l'habitacle tandis que les attentions de Jayden envahissent mon entrejambe.

– Oh merde, mon chéri !

Je suis certaine qu'il sourit sur mon pubis. Il m'entrouvre et commence à me savourer suavement. Un vrai artiste du cunnilingus : il me rend dingue. Ma paume se plaque sur la vitre, un cri de plaisir se bloque dans ma poitrine, mon autre main s'échoue sur la tignasse cachée sous ma jupe. Il me lèche, me cajole telle une sucrerie dont le goût booste son appétit. Il entre en moi, sillonne mon intimité, embrasse mon bourgeon, le lape, suçote mes lèvres. Mes cuisses tremblent contre ses tempes. Je suffoque. La musique s'infiltre dans chacun de ses coups de langue, comme si le tempo d'Ed Sheeran correspondait à celui de son cœur à cet instant précis. Je n'écouterai plus jamais innocemment cette chanson. La jouissance monte en moi, Jay intensifie sa dégustation érotique. Mettant toute sa sensibilité au service de mon euphorie.

– Je vais jouir ! Je vais…

L'oxygène ne passe plus, plus rien ne passe hormis la langue virtuose de mon artiste. Subjuguée par le tableau voluptueux qu'il peint sur mon sexe, je suis en apnée. Il poursuit, je suis happée. Manque d'air, tout mon corps crispé contre lui. La magie *Dark Lover* m'assaille.

Je reprends mon souffle avec l'arrivée d'une grosse vague de spasmes orgasmiques et je crie son nom. Planant encore dans les mille et une couleurs qu'il vient de me montrer, je me ramollis contre son épaule quand il remonte s'asseoir près de moi.

– Voilà, je suis accro à toi, Jayden Graham.

Il éclate de rire, enfonce ma lingerie dans sa poche et dépose un baiser sur mon front.

– Nous sommes deux putains de junkies, alors. Ça me va, statue-t-il en fondant sur ma bouche.

– Vous deux, dehors ! On y est. Non mais dans quel monde vivons-nous ? Et ne reprenez plus jamais mon taxi ! annonce le conducteur, que nous avions oublié.

– Oups ! T'es un vilain garçon, complètement infréquentable !

Rigolant comme des mômes, nous réglons la course et sortons. Sur le trottoir, devant son établissement, Jay m'enlace, frotte nos nez.

– Tu veux faire du shopping en attendant qu'on récupère tes affaires ?

Je me demande si c'est pour retarder notre retour dans son antre et mes questions à propos de Mégane qu'il me propose cela. Nous nous fixons. Ses paupières se froncent, j'acquiesce finalement.

– OK.

CHAPITRE 77

Nous aimer comme nous sommes ?

♠♦♣

♥ Personne ne meurt vierge,
la vie nous baise tous. ♥

Kurt COBAIN

Jayden

Elle m'aime.

Putain de bordel de merde, ELLE M'AIME !

Je ne l'ai pas imaginé ? Milly Clark est bien amoureuse de moi, Jayden Graham ?

Nom d'une pipe à crack !

Je dois parler de Mégane, maintenant, de tout. Je ne peux plus rester hermétique. Cette fouille-merde de Stella a remué le passé. Sa version, quelle qu'elle soit, ne sera pas la mienne.

Milly sort de la cabine d'essayage dans un sweat de mec trop grand pour elle. Il lui arrive à mi-cuisses. Il est anthracite, avec une phrase célèbre de Kurt Cobain dessus : « *Nobody dies virgin, life fucks us all.*[14] » Ma muse me mate, les yeux pleins de malice.

– Euh, ce n'est pas ton style, dis-je, alors que mon regard glisse sur ses jambes nues.

Heureusement qu'elle a récupéré sa culotte. Assis sur la banquette placée entre les cabines, je me contrains à être correct uniquement parce qu'il y a une maman et son adolescente non loin.

– Peut-être, mais c'est le style de *mon mec*.

Il n'en faut pas plus pour que mon érection commence à maudire l'étroitesse de mon jean craquelé. Milly se penche sur son panier. Putain, son petit cul apparaît, le fuchsia de sa lingerie contrastant avec sa peau laiteuse. Ma muse brandit un t-shirt, apparemment à ma taille lui aussi.

– Je divague ou c'est pour moi que tu fais des emplettes ?

Elle rit, m'embrasse. Sa bouche glisse vers mon oreille et elle chuchote :

– Il faut bien que je justifie devant cette gentille dame mon envie de te déshabiller.

– Les lieux publics t'excitent ? Putain, j'ai mis le doigt dans l'engrenage avec le taxi ?

Elle se redresse en gloussant. Amusé, je secoue la tête, tente en vain de garder mon sérieux. En haussant le ton, ma bohème balance :

– Tu veux bien essayer celui-là pour moi, Jay ?

---

14 Personne ne meurt vierge, la vie nous baise tous.

Elle plaque le haut noir sur son buste. Ne pas penser à ses seins juste derrière est harassant. Je me concentre sur les écritures en blanc sur noir. Je lis une autre citation de Cobain : « *I'd rather be hated for who I am, than loved for who I am not*[15] ».

– Je l'adore aussi, celui-là, approuvé-je.

Elle sourit et me le lance :

– Je l'adorerais mille fois plus sur toi ! Allez hop, en cabine !

Je me gratte le front et offre un regard d'excuse aux deux témoins. En fait, l'ado me reluque. Elle claque son chewing-gum d'un air qui atteste que ses hormones sont parties en vrille. Je lui adresse un clin d'œil avant de suivre ma nana. Milly tire le rideau et commente à voix basse :

– Tu sais qu'elle va fantasmer sur toi durant des mois ?

– Trop jeune pour moi et pas assez bohème, pas assez dopante, pas assez *toi*.

Elle me colle contre la paroi, pétillante.

– Dommage pour elle. Je n'ai aucune envie de te partager, en plus.

– Possessive, ma muse ? Je kiffe. Je signe pour l'exclusivité immédiate.

Ses lèvres se rapprochent et elle murmure.

– Je suis ta drogue et tu es la mienne, exclusivement, mon *Dark Lover*.

---

15 Je préfère être haï pour ce que je suis, qu'être aimé pour ce que je ne suis pas.

– C’est vrai ? Plus de Logan ou de lesbiennes, juste moi ?

– J’ai erré, mais j’ai enfin trouvé ce que je cherchais… Celui qu’il me fallait, c’est toi.

Nos bouches se soudent. Mon cœur est inondé de bonheur et de trouille. Une petite alarme pessimiste qui ne me quitte jamais résonne, mais je ne veux pas y prêter attention. Nous nous débarrassons mutuellement de nos hauts. Milly est en sous-vêtements et moi torse nu. Elle effleure mes tatouages, les piercings sur mes pectoraux.

– Tout va bien, là-dedans ? Il y a des cabines libres pour Monsieur, si vous voulez, nous interrompt une vendeuse.

– Non non, ça va aller, répond ma belle blonde en se bidonnant.

Elle empoigne ma braguette. Putain, mon pénis a pris du volume et étouffe. Elle le masse, je grogne discrètement et confesse l’évidence :

– Merde ! Je crève de désir pour toi.

– Je vois ça.

Elle presse plus fort, je serre les dents et les paupières. Sa tête tombe sur ma poitrine, elle respire par saccades. Je plonge les mains dans ses cheveux pour basculer sa bouche vers moi et…

Oh putain, elle est toute pâle ! Et elle ferme les yeux.

– Milly ?

Inspire, Jay. On ne panique pas. Inspire. Expire.

– Mon ange ?

Ses paupières papillonnent. Je tremble subitement, je n'arrive pas à contrôler ça. Ma libido se prend une douche froide.

– Un coup de barre, dit-elle, toujours livide mais avec un sourire doux.

– Tu… On va rentrer à la maison.

– Mais non. C'est passé. J'ai eu un vertige, c'est tout. Je n'ai pas beaucoup mangé entre Stella et ton sevrage, je… Je me suis un peu négligée. Je serai comme neuve après avoir gobé des tacos.

Je fronce les sourcils et la scrute, absolument pas rassuré.

– Mais tu n'as presque plus de bleus qui apparaissent d'eux-mêmes. Et… Et… enfin, je croyais que tu allais mieux.

Je ne voulais pas remettre sa santé sur le tapis dans l'immédiat, mais elle ne peut pas subir une baisse de tension et m'inciter à l'ignorer. Au lieu de polémiquer, elle se hisse sur la pointe des pieds et m'embrasse. Encore en état de choc, j'ai du mal à participer réellement au baiser. Elle palpe mes muscles qui se tendent et soupire.

– Tu t'es mis à espérer, c'est ça, Jay ? J'ai toujours été honnête avec toi. On a stoppé le traitement expérimental, je te l'ai dit. Mon organisme ajuste comme il peut, voilà tout.

J'appuie ma nuque contre le miroir, elle recule pour se rhabiller en silence. Je capitule, la retourne pour l'emprisonner dans mes bras.

– OK, on ne se cachera plus rien toi et moi. Je veux savoir tous les changements que ton corps va encaisser, qu'ils soient perceptibles ou non. Et je vais répondre à tes interrogations, sur mon passé, sur la fresque dans notre chambre… tout ce que tu voudras, ma bohème.

Elle opine, les traits empreints d'une tendresse infinie.

♥♠♦♣

Après cela, les courses se déroulent à merveille. Dans un magasin de jouets, j'ai fait une razzia sur le nouveau gadget à la mode : le *hand spinner*. J'en ai pris une grosse quantité pour la maison de quartier. Milly et moi ramenons des sacs remplis de choses diverses dont la moitié n'était pas nécessaire. Mais elle s'est éclatée à les choisir, en partie pour moi. Nous nous sommes chamaillés pour payer et j'ai été plus rapide pour dégainer ma carte. Cela m'a valu l'étiquette injuste de sexy macho. L'un de ces deux mots me semble forcément de trop, non ?

Milly m'assure ne pas être éreintée. Donc pas de sieste ou de pause pour qu'elle se repose. Mais en effet, elle avait faim : nous nous arrêtons pour nous nourrir avant de rentrer au Jayden's Tattoo & Piercing pour y déposer notre chargement sous les insinuations indiscrètes de mon incontournable Brutus. Cela dit, même s'il redevient lourd et casse-couilles maintenant, il a su gérer le salon avec Ryan quand j'étais à plat. Ils ont continué à faire tourner la boutique en mon absence, alors j'imagine que je dois tolérer leur humour douteux.

– Putain, quand vous ne copulez pas ici, vous copulez chez elle ? se marre le métis.

– Ou chez ta daronne ! lui dis-je en lui faisant un doigt d'honneur qu'il me rend sans se départir de sa mine moqueuse.

– Tu comptes bosser un jour, ou Ryan et moi, on engrange de la thune pour toi pendant que tu t'envoies en l'air et traînes dans Jersey ?

– Devine, Brutus, répond Milly à ma place.

Et elle lui tire la langue. Très puéril et archi canon. Je lui roule une pelle pour bien signifier qu'on emmerde le monde. En tout cas pour les prochaines heures. Le boulot et les conneries terre-à-terre seront pour demain. Elle et moi avons besoin de je-m'en-foutisme, aujourd'hui.

Tandis que mon collaborateur extrapole, je chope deux casques et deux blousons et nous repartons. À moto, j'entraîne Milly vers la maison de quartier. La vitesse est bandante alors que ma muse s'accroche à mon dos et m'enserre entre ses cuisses. Par moments, mes freinages sont plus secs, juste pour le kif de la sentir se presser plus durement contre moi. Et ma main quitte le guidon pour frôler son mollet satiné.

Quand nous nous garons à Broadway, les enfants, attirés par le bruit de mon moteur, déboulent. J'ôte le casque de ma bohème, puis le mien. Le petit Oumar qui faisait son intéressant pendant mes cours d'art de rue est le premier à siffler en découvrant en live la nana que j'ai peinte sur le van. Milly, déstabilisée, rit sans comprendre les remarques des gamins.

– Les gars, *Prince of Tattoo* a pécho la fille de la camionnette ! s'écrie un petit.

– Ah ouaiiiis ! C'est elle !

Ma muse se tourne vers moi. Je gratte ma nuque, tripote l'écarteur à mon oreille.

– C'est quoi ce délire ? me demande-t-elle.

Je grimace, cherche mes mots, et opte lâchement pour le déballage des cadeaux. Je me déleste de mon sac à dos. Les chenapans sont vite émerveillés par ma diversion : les *hand spinners* de tous les coloris qu'ils se distribuent entre eux. Les plus démonstratifs viennent spontanément me faire des câlins de remerciements.

Après cette liesse passagère, Oumar tire une Milly aux yeux brillants vers le van. La troupe gambade et ricane autour d'elle. Les petits tournent leurs nouvelles toupies et trépignent. Le prêtre se poste à mes côtés, tapote gentiment mon épaule.

– Merci pour eux. Au fait, ta petite amie est devenue notre célébrité locale. Les gens adorent ton œuvre, elle exsude de passion. C'est cool de nous l'avoir emmenée.

La *loose*, ouais ! En gros, j'ai étalé mes sentiments aux yeux de toute la population. Que va en penser mon modèle ?

CHAPITRE 78

La preuve par l'art

♠♦♣

♥ Le véritable artiste est celui
qui a le sentiment de la vie,
qui jouit de toutes choses,
qui obéit à l'inspiration sans la raisonner,
et qui aime tout ce qui est beau
sans faire de catégories. ♥

George SAND

Milly

Les gamins semblent beaucoup aimer Jay. Comment faire autrement ? Je regarde derrière moi. Il est debout près d'un homme en soutane. Le prêtre qui encadre les jeunes, probablement.

Je croise le regard de mon *Dark Lover*. Les mains dans les poches, il hausse les épaules d'un air navré. Dois-je craindre le pire ? Les petits sont hilares et surexcités. Le garçon qui m'a prise par la main me tire.

– C'est quoi ton nom, la meuf du prince ? Non, parce qu'on ne peut pas t'appeler *Princess of Tattoo*, tu n'en as même pas, se désole-t-il.

– En fait, tu ne l'appelles pas du tout, mon pote. Je te vois venir avec tes airs de tombeur, le taquine Jayden, qui se fraie un chemin parmi eux et m'enlace.

Il se fait huer, mais affectueusement. Il est charrié dans tous les sens et se défend comme s'il retrouvait son innocence, son insouciance auprès de ces gosses. Je glisse une main dans sa poche et pose ma tête contre lui, partageant avec lui ce bien-être rare.

– Moi, je te l'emballe direct, je suis sûr qu'elle me préfère déjà… Allez, dis-moi ton prénom, *Princess*, nous titille Oumar.

– C'est ça, rêve ! rigole mon artiste.

– Je suis Milly, dis-je avec un clin d'œil au garçon, qui célèbre sa victoire en esquissant un pas de break dance suivi d'un dab.

Nous atteignons un van dans l'arrière-cour. Complètement blanc. Je le contourne et retiens mon souffle. Sur l'autre flanc, c'est… Mes paumes se plaquent sur mes joues, ma mâchoire se décroche d'ébahissement.

Oh punaise, je suis peinte en format XXL là-dessus !

Tous les détails y sont sublimés. Des yeux bleus rieurs, des cheveux blonds balayés par le vent, des torsades, tresses et plumes comme en mouvement, des pommettes rosies et une bouche hypnotique.

Un éclat qui ressort de mes traits magnifiés m'irradie. Moi, en mieux.

Mon Dieu !

Je ne sais pas combien de temps je demeure sans voix. Estomaquée. Quand je pivote lentement vers l'auteur de cette version tellement plus fabuleuse de ma petite personne, je constate que lui me fixe. Ses iris verts ont une intensité doublée d'une anxiété qui me fait chavirer.

– Tu es l'auteur de… ? je m'enquiers à demi-mot.

– Yep. T'adhères pas. Putain, je… Ce jour-là, j'ai… Tu étais dans mon crâne.

Il se tait, frictionne son visage et triture son bijou à l'oreille. Je n'accorde plus d'attention aux enfants autour, je déglutis, rivée aux pupilles de mon écorché. Si touchant. Si beau, autant à travers son apparence que dans son cœur généreux et sensible.

Je déduis que les toiles et tags sur les murs de son salon sont bien de lui, même s'il ne les a pas signés.

– C'est ainsi que tu me vois, Jay ?

– Oui, tout le temps… Même les yeux fermés.

Qu'ai-je fait pour mériter un être aussi unique, un amour aussi absolu ? Il vaut tellement mieux qu'une fille qui est en train de s'effacer. Je me jette dans ses bras entre rire et larmes.

– J'adore ! Tu es… punaise, tu es incroyablement talentueux !

Je le sens frémir alors qu'il me serre à m'étouffer. Ses frissons se répercutent jusqu'au fond de mon cœur. À cet instant précis, nous sommes seuls au monde. Une sensation fulgurante. Parfaite. Trop parfaite. Je le pousse légèrement pour voir ses prunelles magnifiques.

– Je t'aime.

– Surtout, n'arrête pas de me le rabâcher, ma muse, j'en ai besoin comme de l'oxygène, me répond-il, éperdu.

Petit à petit, les rires et moqueries s'insinuent dans notre bulle et nous éclatons de rire quand un môme déclare :

– Beurk, ils vont pas s'embrasser avec la langue, hein ?

– Non, on se cachera pour faire ça. Moi, je voudrais peindre Jay sur l'autre flanc du van, si vous m'y autorisez, dis-je en relâchant mon *Dark Lover* à contrecœur.

Le prêtre donne sa permission avec empressement, mais bien sûr, l'auditoire proteste pour le fun.

– Vous croyez que c'est à vous deux ou quoi ?

– De quoi on aura l'air avec la tronche de *Prince of Tattoo* sur notre bagnole ?

– J'avoue, ça craint du boudin, votre plan ! Elle, ça va, mais pas lui.

En réalité, ils sont tous curieux de voir si je suis à la hauteur du talent et de l'intérêt de Jay. Ce dernier aide l'homme d'église à servir des boissons fraîches et s'installe avec une clope pour m'observer. On m'apporte des aérosols, de la peinture liquide et quelques pinceaux usés. J'ai ce qu'il me faut. Les petits improvisent un concours de rap. Avec ces sons, je commence à danser et à libérer mon inspiration. De temps en temps, je me retourne pour capter les prunelles émeraude qui me suivent comme mon ombre.

Le temps n'a plus d'importance. Je me sens vivante, comblée. Ce moment est à nous, à lui et moi. Lorsque j'ai terminé, je cherche sa réaction, plus que celle d'aucun autre. Il m'entoure de ses bras, calé dans mon dos, les lèvres au niveau de mon oreille.

– Superbe ! J'adore.

– Vraiment ?

– Carrément. Merci, mon ange. Personne n'avait fait mon portrait depuis ma mère, se livre-t-il. Je kiffe ta manière de me percevoir.

Il est ému, encore plus que moi.

– Ta mère peint ?

– Elle est morte quand j'avais treize ans. Elle faisait de l'abstrait, en peinture et en sculpture. J'étais la seule exception dans ses créations.

Je pivote dans ses bras pour lui faire face.

– On s'en va d'ici ? J'ai envie que tu m'en dises plus sur elle, sur toi.

– D'accord.

♥♠♦♣

Sur le toit d'un immeuble non loin de là, nous étalons la couverture de pique-nique achetée cet après-midi.

– Ce n'est pas le *30 Hudson Street*, mais on n'est pas mal, commente Jay.

– Juste nickel, pas besoin d'une vue imprenable.

– Non. Le ciel constellé de Jersey et toi me suffisent amplement.

Nous échangeons un regard langoureux. Je suis consciente que notre journée a été riche en rebondissements. Notre ascenseur émotionnel nous a fait passer par bien des étages. Et même si Jayden m'a fait jouir dans la voiture, ses désirs charnels à lui sont restés inassouvis.

Un coup d'œil sur son physique de bad boy archi tatoué avive mes sens. Il est torride dans son t-shirt noir sobre, son jean usé de la même couleur et ses Timberland marron. Simple et sans fioritures.

– Si tu continues de me reluquer, je fonce sur toi, ma bohème, me prévient-il en se laissant choir sur le sol.

– Moi, te reluquer ? Voyons, ce n'est pas le genre de la maison.

Tout sourire, il effrite son shit dans une feuille, me jauge en la léchant pour la fermer. Il récupère son briquet dans notre équipement de camping urbain sauvage qui trône à côté de lui. Nous avons rassemblé tout ce qui nous semblait nécessaire pour passer la nuit ensemble à la belle étoile : nos blousons de motard en guise d'oreiller, un grand plaid, un panier contenant à boire et à manger, de la musique dans nos téléphones.

Jay me pelote du regard, suavement. Lentement, mon épiderme prend feu aux endroits qu'il caresse de ses yeux fiévreux. J'ai chaud dans ma minuscule robe estivale. Je m'incline, saisis deux canettes. Une bière pour moi, un Coca pour lui. Il se désaltère sans se départir de son expression de sale gosse qui sait l'effet qu'il produit sur le sexe opposé. Je m'étends en soupirant. Il fume, se penche, entrouvre ma bouche de ses doigts et souffle dedans. Je respire longuement. Il recommence, j'absorbe sa fumée et me perds dans un baiser aussi inattendu qu'impatient. Mon bel artiste se redresse en grognant, écrase le joint par terre et arrache son haut en me surplombant. Il déniche la fermeture Éclair de ma robe, et en un battement de cils, je suis en sous-vêtements fuchsia sous un chapelet de baisers, qu'il dissémine entre mes seins. Il les libère puis, avide, se jette dessus, me dévore.

– Je croyais que nous devions dîner d'abord… me plains-je pour la forme.

– C'est l'apéro…

Je souris. Il suce une extrémité sensible en roulant l'autre. J'ondule sous lui, cherche à le débraguetter. Je n'y parviens pas, il grogne en s'en occupant. En tenue d'Adam, ode à la virilité moderne et rebelle, il me déleste des derniers morceaux d'étoffe qui nous séparent. Je devine son impatience, saisis sa colonne dure, tiède et palpitante au bout percé dont les petits bijoux me font déjà saliver. Je le guide en moi, et yeux dans les yeux, nos corps s'unissent…

♥♠♦♣

Avachie, la joue sur le torse solide aux multiples inscriptions de Jay, je laisse courir mes doigts sur l'encre qui le marque tandis que nous partageons un pétard. Puis, nus, nous cédons à notre fringale. Des bagels au saumon, des chips, des fruits et de nouvelles canettes encore fraîches. Notre complicité est telle que j'ai peur de poser mes questions. Peur d'abîmer cette harmonie. Jay est si intuitif et observateur qu'il se tend lui aussi. Il s'assombrit, pensif, voire nerveux. Son portable vibre, il échange quelques mots avec Jamie, raccroche puis éteint carrément son téléphone. Sur le mien, je lance une playlist en croquant ma pomme. Une inspiration angoissée et je me lance :

– Aujourd'hui, quand nous sommes allés chercher mes affaires… Je n'hésitais pas par crainte d'afficher notre relation devant Stella. Je savais qu'elle avait glané des renseignements sur toi. J'en ai discuté avec Logan le soir où tu as disparu des radars…

Il garde les paupières baissées, tapotant son paquet de cigarettes.

Je t'en conjure, mon Jay, regarde-moi. Ouvre-toi.

J'inspire et poursuis :

– Je me doutais que Stella avait quelque chose contre toi et qu'elle risquait de s'en servir en nous voyant trop proches.

– Tu étais déjà au courant pour… Mégane ? m'interroge-t-il abruptement, en dirigeant enfin ses émeraudes sur moi.

– Non. Tout ce que j'ai appris, c'est que tu as fait un séjour dans un camp de redressement pour mineurs à l'âge de seize ans.

Il empoigne sa tignasse brune des deux mains en fixant un point invisible à l'horizon. Ses muscles sont plus saillants dans cette position. Sa nudité m'évoque une œuvre d'art moderne complexe, magnifiée par ses tatouages. Nos iris entrent en collision, il soupire.

– C'est parti ? C'est l'heure où tu deviens mon journal intime ?

– J'ai besoin de comprendre, je ne suis pas là pour te juger.

CHAPITRE 79

Tout de moi

♠♦♣

♥ Dans ma vie, tu as été injectée.
Ce n'était pas une chose à laquelle je m'attendais.
Nous avons créé une connexion d'âme. ♥

Show Me Your Soul,
RED HOT CHILI PEPPERS

Jayden

Peut-être, mais tu le feras. Tu me jugeras.

Je balise, m'arme de courage. Je commence à ce que je pense être le début :

– Ma mère se prénommait Yaël. C'était une Américaine d'origine israélienne. Elle a été tuée dans un attentat à Bethléem pendant un projet artistique visant à réunir des intervenants d'Israël et de Palestine. J'avais treize ans et je me sentais beaucoup plus proche d'elle que du major général, mon paternel.

– J'imagine. Elle devait être une femme remarquable et sensible au sort d'autrui, comme toi.

J'opine, la gorge nouée. Maman était aimante, peut-être trop utopiste. Son unique défaut à mes yeux est d'être tombée amoureuse d'un homme froid, borné et très différent d'elle. Mais le cœur a ses raisons… Et c'était dans ses engagements humanitaires qu'elle puisait du bonheur, pas auprès de son mari. Elle a vite perdu ses illusions à propos de son époux, finalement.

– Avant son ultime voyage, elle a accueilli à la maison une jeune fille au pair. Une étudiante française de dix-huit ans qui débarquait aux États-Unis. Mégane Sinclair.

Milly s'efforce de donner le change. Cependant, elle est aussi crispée que moi. Elle frissonne malgré la température clémente. Je me lève pour lui enfiler mon t-shirt. Je m'empare d'une bouteille d'eau et bois, histoire de m'octroyer une pause. Les morceaux s'enchaînent sur son mobile tandis qu'elle attend patiemment mes confidences.

– Mégane vivait donc avec vous, affirme-t-elle, le timbre altéré.

– Oui… Nous avons régulièrement été seuls tous les trois, maman, elle et moi. Mon géniteur était souvent en déplacement dans des zones de conflits à travers le monde ou coupé de nous pour des dossiers classés Secret Défense. Meg est rapidement devenue un membre de notre petite famille. Au point qu'elle modulait ses semestres universitaires et demandait des transferts d'une fac à l'autre en fonction de nos changements de base militaire… Je n'étais plus le seul à devoir m'adapter à de nouveaux lieux, de nouvelles personnes… Elle nous suivait et faisait partie de mes repères.

J'avale ma salive, mais la boule dans ma gorge est toujours là.

– Elle devait être très attachée à vous, note ma muse.

J'acquiesce, décide de me confectionner un autre joint.

– Et puis maman a pris son avion. C'était pour un séjour d'une semaine seulement… Elle n'est jamais rentrée.

Ma voix se fissure, je roule et embrase mon *joystick.* Je puise dans mes lattes la force de ne pas me refermer telle une huître. Milly se rapproche. Assise en face de moi, elle écarte ses cuisses et entoure les miennes avec. Ses bras m'encerclent la taille.

– C'est une plaie ouverte à vie, murmure-t-elle.

Je me rappelle qu'elle a perdu sa propre mère au lycée. Je prends une de ses mains et la place sur mon cœur.

– Ouais, tu en sais quelque chose… Le drapeau israélien tatoué là avec un Y à l'intérieur de l'étoile de David, c'est pour elle. Elle, le pays, les peuples et la cause pour laquelle elle a laissé sa vie. Juste à côté, j'ai ajouté la Palestine.

Milly écrase une larme de sa main libre.

– Ce sont tes premiers tatouages ?

– Non. Je ne les ai faits qu'après mon passage au Boot Camp de Phoenix. Dans un rare moment de lucidité alors que je sombrais dans les substances dures.

Je lui propose le pet'. Elle en aura largement besoin pour la suite. Ses jambes se croisent dans mon dos, signe qu'elle me tient, qu'elle est là. Je gobe ses volutes, noyé dans le bleu de ses iris.

– Mon premier tatouage était pour Mégane, avoué-je.

Elle se fige. Sourcille, tousse après avoir avalé la fumée de travers.

– OK, miaule-t-elle avec précaution.

J'ai peur. Une putain de trouille bleue de lui révéler cette partie de mon histoire.

– Où ça ? Et pourquoi ?

La question piège. Je la redoutais aussi fort que la découverte de la fresque murale de ma piaule.

– Sur les côtes, à gauche. Le motif représentait le prénom de Mégane avec une tour Eiffel approximative à la place du A… Après le décès de maman, le général a gagné en grade et est devenu plus critique, exigeant et exécrable avec moi. Ma mère faisait tampon auparavant.

– Ça a dû être horrible, Jay. Mon père était très strict, relou sur les bords, mais le tien, c'est autre chose. J'ai vu dans quel état il t'a mis la fois où il est allé dans ton salon. Il produit un truc… malsain et viscéral sur toi.

Je déglutis et termine le pétard en acquiesçant.

– Il me sous-estimait et je l'ai atteint quand il ne s'y attendait pas, d'où cette haine tenace…

La stupéfaction se manifeste sur la figure de ma bohème. Elle me scrute, pleine d'incertitude.

– Tu veux dire que c'est une espèce de vengeance qui perdure ?

– À peu près, oui, concédé-je, désarçonné par l'attitude qu'elle adopte.

Elle est toujours enroulée autour de moi, mais avec une lueur inquiète dans l'œil. Si elle me gerbe, je ne saurai pas comment surmonter cela. Que mon géniteur me déteste, je m'y suis accoutumé. Mais la perspective que Milly se détache de moi m'est insupportable.

– Mon ange, je n'ai pas été un enfant de chœur, je me suis complètement perdu à un moment donné.

Elle grimpe pratiquement sur moi, nos sexes se frôlent, le sien moite de mes ardeurs. Elle tient son poignet sur ma nuque et me suggère tout bas :

– Fais comme avec les pansements que l'on arrache d'un coup sec. Balance-moi cette monstruosité qui te ronge sans prendre de gants. Je suis là, Jay, je n'ai pas l'intention de m'enfuir en courant.

Je tente de réguler ma respiration et d'y aller franco :

– La version courte : entre quinze et seize ans, j'ai eu ma phase hormonale, qui a rendu ambivalents mes liens avec Meg.

– Tu… Tu en es tombé amoureux ?

La voix de ma chérie vacille.

– Non, mais j'ai eu des doutes, car elle n'était plus une sœur de cœur à mes yeux, elle commençait à m'intéresser sexuellement.

– Et ?

– Et il faut croire que l'absence de maman nous a tous troublés dans la baraque… Le général avait lui aussi des vues sur Meg. Je me suis rendu compte qu'elle se laissait séduire progressivement. Elle était fascinée par son charisme, admirait l'homme de pouvoir en lui. Elle était trop jeune, moi *idem*.

Les paupières closes, je me remémore nos discussions, mes tentatives de dissuasion… et elle qui essayait d'arrondir les angles, parfois avec humour. *Je t'adore, Jay, je t'ai toujours trouvé tellement touchant, mais je te promets que ton père a un bon fond*. Ce fond, les femmes qui craquaient pour lui le percevaient, comme maman ; en revanche, pour moi, il était à fuir. J'étais convaincu qu'il finirait par broyer Meg, j'ai donc accumulé les fausses pistes afin que mon père croie qu'il y avait un truc entre nous.

– J'étais sur une pente glissante : activisme, drogue, alcool. En quête de nouveaux repères. Le tatouage a été radical, je me suis défoncé à une soirée, un mec y exerçait sans se soucier qu'on soit mineur, lucide ou pas. Je ne l'ai pas vraiment regretté après, c'était stupide mais j'ai assumé. Quand Meg l'a vu, notre câlin *fraternel* et amical a dérapé… Incontestablement dérapé… Le général nous a surpris…

– Merde !

– Ouais. Moi, le morveux de seize ans qui lui cassait déjà les rouleaux, je couchais avec la demoiselle qu'il convoitait. L'affront l'a percuté de plein fouet… J'ai été envoyé en Arizona pour un recadrage, et pendant ce temps-là, il s'est fiancé avec Meg.

– Oh punaise ! Tu l'as mal vécu. Tu as eu l'impression qu'il te privait de ta liberté et en profitait pour s'approprier la seule chose – LA personne – qui comptait encore pour toi ?

– Honnêtement, je n'en sais rien… J'ai tenté de la joindre avec un téléphone dérobé, elle n'allait pas bien, je voulais comprendre… J'ai magouillé avec Jamie pour m'évader et aller la voir, les gradés du camp m'ont chopé. J'ai pris une dérouillée dans la nuit. Je me suis réveillé des heures plus tard, déchiré, dans ma chambre d'ado. Couvert de sang, avec… Mégane froide et inerte dans mon lit avec moi.

Milly retient son souffle, mes yeux s'embuent. De larmes, de remords, de culpabilité, de ressentiment envers le général. Un putain de marasme. Et puis ce doute, ce doute invivable que je ne pourrai jamais dissiper.

– Je ne sais pas, Milly, je ne sais pas et c'est le plus épouvantable des supplices.

CHAPITRE 80

Destin fracturé

♥♠♦

♣ C'est drôle, tu es celui qui est brisé
pourtant je suis la seule
qui avait besoin d'être sauvée. ♣

Stay, Rihanna

Milly

La tristesse de Jay est déchirante. Nous nous enracinons l'un en l'autre. Il m'étreint à me meurtrir avec le désespoir d'un naufragé s'accrochant à une bouée de sauvetage, mais je ne me plains pas. Ses pleurs et supplications me font encore plus mal.

– J'ignore ce que j'ai fichu, je ne sais pas comment elle… aujourd'hui encore, c'est flou et ça me hante, si tu savais. Je déverse mon sang depuis. Cette putain de nuit me poursuivra éternellement. Ne me déteste pas, ma bohème. Ne me déteste pas. Ne me déteste pas.

Je lui caresse la nuque et le berce.

– Impossible, mon *Dark Lover*. Tu vois, je suis toujours là, je ne veux être nulle part ailleurs.

Engourdie, je retombe avec lui sur la couverture après un temps indéterminé. Il me tient encore, je le caresse toujours. Il me supplie, je le rassure à nouveau. Jusqu'à ce nous soyons épuisés tous les deux.

– Je ne te déteste pas, Jay.

Lorsqu'il glisse dans le sommeil, ses muscles se relâchent. Je me décale discrètement. Mais Jayden remue aussitôt et me cherche.

– Tu me quittes ? Je ne suis pas assez bien pour toi, et maintenant je te fais peur.

Ses yeux rougis qui me fixent sont empreints de fatalité.

– Je voulais te couvrir, mon Jay, tu es nu et tu frissonnes.

– Ce n'est pas de froid, c'est le manque de toi que mon corps anticipe. Tu ne peux pas rester avec un mec qui est potentiellement un meurtrier… Tu ne me verras plus jamais de la même manière…

Démunie, je m'efforce de ravaler mes larmes. Si lui craque, moi je dois être forte. Nous ne devons pas flancher ensemble, je serai son pilier. Il sera le mien. À tour de rôle.

– Je crois en toi, Jay. Sois-en sûr : même quand je ne serai plus physiquement de ce monde, mon amour te sera acquis à jamais. Personne ne pourra te prendre cela. Le cœur de Milly Clark appartient à Jayden Graham. Répète-le, mon *Dark Lover*.

Pendant plusieurs secondes interminables, il reste parfaitement immobile. Il me regarde comme un mirage dans son désert accablant.

– Le cœur de Milly Clark appartient à Jayden Graham. Répète-le.

Je m'approche, m'agenouille, prends sa main gelée en dépit de la douceur de la météo et la coince sur mon sein gauche.

– Le cœur de Milly Clark appartient à Jayden Graham. Je t'en prie, répète-le.

– Le cœur… de Milly Clark… appartient… à Jayden Graham.

– Oui, mon *Dark* Jay. Ça, c'est immuable. Peu importent Stella, le général, tes écorchures, le temps qui m'est alloué, ceci est mon serment. Cet amour ne s'éteindra pas. OK ?

– OK.

Je le pousse avec délicatesse, l'installe plus confortablement et retire le t-shirt qu'il m'avait fait enfiler. Peau contre peau, sa joue sur ma poitrine, nous demeurons ainsi très longtemps. Mes larmes coulent dans un silence religieux.

Dieu, si tu m'entends… S'il y a une chance infinitésimale que je vive un peu plus longtemps auprès de cet ange déchu, sois clément, accorde-la-nous. J'ai été égoïste, je l'ai laissé m'aimer. J'ai découvert ce qu'aimer signifie grâce à lui. C'est bien plus époustouflant que tout ce que je croyais savoir.

Mes paupières papillonnent, j'embrasse la tignasse brune de Jayden et le rejoins dans ses songes.

CHAPITRE 81

Fantômes du passé

♥♠♦

♣ Luttant contre les voix dans ma tête,
tu essaies de me sauver.
Cesse de retenir ton souffle. ♣

The Monster,
RIHANNA et EMINEM

Jayden

Des murmures se frayent un chemin à travers mon hébétude. Il y a trop de sang. J'ai l'impression d'avoir pleuré des larmes d'hémoglobine tant j'ai mal. Qu'est-ce que je fais ici ? Qui a fait ça ? C'est moi ?

– Meg ! MEEEEEGG ! Réveille-toi, putain !

Les messes basses persistent.

– C'est un toxico... essayé de le sevrer à la dure... camp en Arizona... Il tourne mal depuis le décès de Yaël...

– Oui, mais l'arme est introuvable...

La voix glaciale du général, ainsi que celle d'une seconde personne.

– Papa ! Appelle les secours, papa ! PAPAAAAA !

Pourquoi il ne vient pas ? J'éteins la lumière. Du noir. Voilà, elle n'est pas morte, je n'ai pas vu cette horreur. C'est encore la nuit, je ne suis pas ici, je suis à Phoenix. Mégane va bien, elle dort. Elle va bien. Je suis juste dans le coltard. J'ai pris quoi au juste ?

– Éviter l'emprisonnement ? Tout faire disparaître ? Ou...

Respire, Jay. Tu te souviens de cette berceuse ? Maman te calmait avec quand t'étais petit.

Ya'agob…

– Psychiatrie ? Centre de désintoxication... Non, retour au camp de redressement... Plus corsé... Mes relations s'en chargeront et...

Qu'est-ce qu'ils foutent ? C'est qui l'autre con ?

– Verse dans le dossier... Discernement altéré par les drogues, la mort de sa mère... Ses activités dans des groupuscules révoltés rien que pour s'opposer à son père et se sentir exister... Mais pour quelle raison s'en prendre à elle ?

Pourquoi ils bourdonnent dans mon satané crâne ? Je suis désorienté. J'ai pris cher avec ces militaires débiles ! À force de me tabasser, ils ont réduit mes neurones en compote. Est-ce que je deviens fou ?

Crise de panique. Et si Meg était réellement dans mon lit, morte ? Et si... ? Je rallume fébrilement la lumière.

– *Il faut agir vite.*

OH PUTAIN ! C'est la vérité ? Ce n'est pas un bad trip *? Ou la conséquence des coups de rangers dans ma gueule ?*

– *MEEEEG ! MEEEEEEEGGGG !*

♥♠♦♣

Qui me touche ? Ôtez vos sales pattes de moi !

– Jayden, c'est moi.

– Ne me touchez pas ! Me touchez pas ou je vous dégomme, enculés !

On me secoue, je me débats. Un gémissement. De fille. J'ouvre les yeux.

– Mégane ? Je t'ai fait mal ? Tu sais que je ne suis pas une brute ni un monstre, Meg ?

– Non, mon Jay, c'est Milly.

Je me réveille pour de bon. Brutalement. Le jour s'est levé, les rayons du soleil m'éblouissent. Graduellement, la confusion dans mon crâne se reconfigure avec le présent.

Nous sommes sur le toit d'un immeuble, j'y ai passé la nuit à la belle étoile avec ma bohème. Tout me revient et se remet en place. Et mon trouillomètre explose instantanément.

Oh bordel, j'ai frappé Milly ? Putain, après les turbulences durant ma désintox, j'ai remis ça ?

Les yeux agrandis, je la jauge.

– Merde, qu'est-ce que j'ai fichu ? Milly ?

– Tout va bien. Regarde, je n'ai rien. On est là, ensemble.

– Non, ça ne va pas, je me suis agité et je t'ai tapée, c'est ça ? Je t'ai fait mal ? J'ai été si souvent roué de coups à Phoenix, je ne peux pas… Putain, je ne me le pardonnerais jamais si je te…

Dégoûté et déçu de moi-même, je recherche des traces de coups.

– Non, ce n'est rien, je les ai évités… Ils ne m'étaient pas destinés, je le sais. Et non, tu n'es ni une brute, ni un monstre. C'est ton père et ceux à qui il t'a abandonné qui le sont. Ils t'ont traumatisé.

Putain, c'est quand même moi qui ai failli te…

Elle refuse de me laisser me morfondre et me regarde intensément.

– Tu es mon bel ange qui a perdu ses ailes et je t'offre mes plumes pour voler avec moi.

Je le voudrais tellement, ma Milly. Je croise les doigts afin que tu sois mon renouveau.

– Tu sais ce que je me dis, Jay ?

– Que je suis fracassé ?

– Que tu n'as pas pu faire ça à Mégane. Tu aurais été comme moi si ton père ne t'avait pas bridé, s'il ne s'était pas acharné à te transformer en autre chose. Il a souillé ta personnalité profonde. Celui que tu es devenu est la conséquence des brimades qui t'ont été infligées.

– Peut-être.

– J'en suis sûre.

– Avant le camp, j'étais un rêveur pacifiste. J'avais une âme d'artiste, j'étais imprégné par les espérances et la joie de ma mère. Après sa mort, je suis parti à la dérive et suis tombé dans la drogue pour m'efforcer d'encaisser. Sans succès.

Ma bohème m'observe avec tendresse.

– C'est là que le général s'est débarrassé du « problème » en t'enfermant dans ce satané Boot Camp ?

– Ouais.

– Putain ! S'il n'y avait pas eu tous ces accrocs et secousses dans ton parcours, tu aurais continué dans la lumière. Le décès de ta mère était déjà une souffrance lourde à porter, ça se voit que tu l'adorais… Cette saleté en Arizona t'a enfoncé. L'homme qui dit être ton père t'a anéanti au lieu de te tendre la main.

– Je l'ai déçu, j'étais trop faible. Il ne se reconnaissait pas en moi.

– Ne t'accable pas, s'il te plaît. C'était son rôle de t'aimer et t'accepter tel que tu étais. De te consoler, te sécuriser quand tu as constaté à treize ans que les conflits ne cessaient pas juste avec de la bonne volonté et l'engagement de quelques âmes merveilleuses, qu'ils pouvaient aussi injustement arracher une femme géniale et aimante à son fils.

Ouais…

Le chagrin prend mon cœur dans un étau impitoyable. Étranglé d'émotions, j'opine sans pouvoir parler. Ma bohème s'approche et essuie ma joue. Nos lèvres se joignent, nos langues s'entrelacent…

Cette nana est mon astre, mon soleil.

♥♠♦♣

Une semaine a passé depuis que je me suis ouvert à Milly. Je fignole les retouches de la tigresse de Jamie. Ryan et Brutus testent leur culture sportive en se lançant des questions concernant le football américain. Entre rires victorieux, insultes et contestations, ils distraient mon rouquin.

– Au fait, mec, Milly m'a invité à l'inauguration d'une fondation, demain, me dit ce dernier.

– Ouais. Elle a peint un truc fabuleux sur la façade.

– Hâte de voir ça. T'es pas embêté qu'il y ait aussi toute ta bande ?

Je soulève mon dermographe pour le mater.

– Pourquoi serais-je ennuyé ?

– Je voulais m'assurer que c'est OK pour toi. Tu sais que je bosse indirectement pour Chris Jenkins maintenant ?

– Yep.

– Toujours aussi loquace, j'adore ! se marre-t-il.

Je rallume mon appareil. Les BadASS n'approuvent toujours pas ma relation avec Milly. Ils pensent que je commets une erreur en m'engageant dans un truc couru d'avance, qu'il vaudrait mieux que je quitte ma muse. C'est Jamie qui fait contrepoids. Lui est définitivement favorable à ma relation avec ma boho.

Mais que m'importe leur opinion ? Moi, je ne me concentre que sur Milly. D'ailleurs, c'est le début de soirée, elle ne va pas tarder à terminer son chantier.

Une heure après, je l'accueille d'un clin d'œil lorsque j'entends la porte tinter. Jamie, qui traîne encore dans mon salon, lui claque deux bises. Mes employés ont aussi droit à leur tournée d'accolades.

– Pourquoi je passe en dernier, moi ? me plains-je.

– Parce que je garde le meilleur pour la fin.

Milly dépose son chargement, toute salie d'éclaboussures, canon dans son short en jean et son débardeur aux motifs d'inspiration indienne. Ça sent la bouffe et la peinture. Elle a visiblement acheté exotique, j'ignore quoi, mais ce ne sont pas ses sempiternels tacos. De la nourriture coréenne, je crois.

– J'ai la dalle, lui dis-je en sachant qu'elle comprend très bien que c'est à double sens.

– Je meurs de faim aussi, répond-elle en s'asseyant sur mes genoux.

Les gars ricanent. Ma muse m'embrasse. Putain, ouais, j'ai envie d'elle.

– Affamés, comme d'hab ! Vous vous croyez subtils ? lance Brutus, qui désinfecte et range son poste de travail.

– Bah cassez-vous, alors, que je puisse bouffer ce que j'aime.

Je prends un faux air sérieux. Milly rosit, les prunelles brillantes. Mes emmerdeurs sont hilares.

– J'ai acheté de la nourriture pour un régiment, ils peuvent dîner avec nous ?

– Mais pourquoi t'es aussi bonne ? Laisse-les déguerpir.

– Jay-Jay, tu vires obsédé, là, note mon *Squirrel* qui se bidonne toujours.

– Ce n'est pas ma faute si vous avez les idées mal placées. Bon, mangez avec nous et filez ! Vous pouvez remercier Milly.

– Merci la bohème !

Putain, ils se paient ma tête ! Heureusement que ma muse chope mes lèvres pour un baiser délicieux en me fourrageant les cheveux. Sentant mon érection, elle recule et rive son regard à mes pupilles dilatées.

– Tu seras en moi pour ton dessert, me chuchote-t-elle.

– Tu ne m'aides pas du tout à ne pas passer pour un accro face à sa drogue.

En pouffant, elle se redresse pour aller se laver les mains. Mais en se mettant debout, elle tangue et blêmit. Mon estomac se noue, je me relève brusquement pour la soutenir. Le palpitant affolé, je la serre contre moi.

– Ça va, mon ange ?

Elle hoche la tête contre mon torse, encore trop faible pour me lâcher. La mâchoire crispée, je capte les regards inquiets et interrogateurs des potes. Milly se ressaisit et dédramatise.

Le dîner se déroule dans une bonne humeur de façade. Si Jamie est au courant de l'état de santé précaire de ma petite amie, Ryan et Brutus ne savent rien, officiellement. Mais je sais qu'ils se doutent de quelque chose. Pour une fois, cependant, ils font preuve de tact.

Milly, habituellement gourmande, picore. J'en perds l'appétit moi aussi. J'attends avec impatience de me retrouver seul avec elle.

CHAPITRE 82

Éphémère

♠♦♣

♥ Tu es ma lumière dans les ténèbres.
Tu es le genre de folie qu'il faut.
Tu es mon espoir, tu es mon désespoir.
Tu es la possibilité de tout, n'importe où. ♥

Sweetest Devotion, ADELE

Jayden

Ça y est, ils sont enfin partis !

Je verrouille la porte, éteins toutes les ampoules sauf celles encastrées dans les marches qui descendent vers le souplex. Je sonde ma bohème. Elle s'étire et me tend les paumes, magnifique mais cernée.

– J'ai envie d'un bain avec toi.

– On ne va pas causer de mousse parfumée et d'eau tiède, ma boho.

Elle se rembrunit, puis soupire en soutenant mon regard anxieux.

– Demain, avant le cocktail d'inauguration, nous irons refaire un bilan complet pour voir où tu en es.

– Pourquoi, Jay ? Pour dénombrer les mois, les semaines ou peut-être simplement les jours qu'il nous reste à sublimer ensemble ?

Bordel, comment peut-elle être toujours aussi directe sur ce sujet épineux ? Tutoyer la mort sans buter sur les mots, comme s'il était normal qu'une jeune femme de vingt-trois ans soit résignée à… à…

– Pour nous ! Pour savoir, putain ! Que ça ne nous tombe pas sur la gueule sans prévenir. Je veux…

– Tu préconises quoi ? Un compte à rebours précis ? Des cases à rayer dans un calendrier ? Comme les pétales dans mon journal en ligne ? Merde, Jay ! T'as pas remarqué que même ça, je n'arrive plus à le prendre avec zen ? J'étais un électron libre, j'acceptais mon sort. Et puis tu es arrivé ! J'ai lutté, putain ! Avant toi, j'ai lutté contre ma peur de ne bientôt plus exister. Puis contre ce sentiment puissant et dévastateur que tu faisais germer en moi alors que je n'y avais pas droit. Je…

Essoufflée, elle stoppe sa tirade et me fixe. Les mains en l'air en signe de reddition, elle souffle longuement.

– La trouille que j'avais combattue est foutrement plus forte, maintenant. À cause de toi. Alors tu crois que j'ai envie de savoir quand je ne pourrai plus revoir ces merveilles d'émeraude, cette gueule d'ange sombre qui me fait chavirer, ce corps couvert d'inscriptions, sculpté pour me propulser en orbite… Ne plus entendre ta voix si particulière, naturellement cassée et grave… Ne plus sentir ta langue, ta bouche, tes mains et ta peau électrisantes sur moi… Tu crois que j'ai besoin de connaître cette saleté de date butoir maintenant ?

– Je… Je suis désolé.

– Moi aussi. Je suis désolée de ne t'offrir que si peu.

– Mais peut-être qu'ils peuvent réessayer de retarder l'échéance. Que tu ne sois plus suivie du tout est oppressant pour moi. Je me dis qu'on loupe probablement un…

– Un quoi ? Un putain de miracle ?

Je me mords la lèvre et tourne sur moi-même. Ma température grimpe en flèche et j'ai des palpitations de frayeur et de colère.

– Pourquoi pas ? J'ai l'impression que tout s'accélère. Les ecchymoses qui n'apparaissent plus sur ton épiderme, ça signifie quoi ? Que cette saloperie se propage à l'intérieur de toi ? Comment je peux quantifier ? Dis-moi juste comment je fais pour… PUTAIN DE BORDEL DE MERDE ! On en vient à se disputer, maintenant ? C'est pas ce que je veux !

– MOI NON PLUS, JAY ! MOI NON PLUS !

Nous prunelles se happent, nos respirations se saccadent. J'essaie de calmer mes nerfs. Milly se met à crier en empoignant ses cheveux. Elle me dévisage, la poitrine suivant le rythme effréné de son souffle. Je m'élance subitement vers elle, elle fait de même. Collision de nos rages, nos bouches se percutent. Étreinte violente, goût salé sur nos langues, gémissements rauques, vêtements arrachés sans cérémonie.

Juste l'urgence. L'éruption de nos sentiments des plus négatifs aux plus positifs. Le défouloir de tous nos extrêmes.

J'attrape Milly par les cuisses, elle m'escalade fougueusement. Et dans cette communion intense, je me dirige vers l'escalier. Descente compliquée, périlleuse tant nous sommes avides, insatiables et fous d'un amour douloureux.

Nous titubons, nous nous écroulons avant d'atteindre notre but : le lit.

– Aimons-nous tant qu'on le peut encore, mon *Dark* Jay.

Elle cherche notre point de connexion, mon organe qui pulse entre ses doigts tremblants, érigé pour elle. Milly m'enfonce là où je me sens vivre. Là où je me sens vaillant et faible. Dans sa ouate intime et au bord d'une falaise abrupte, vertigineuse.

– Putain, oui !

Mon aine sur la sienne, ses jambes croisées derrière moi, ses ongles griffent mon dos. C'est tellement mieux que de s'aboyer dessus. Ma fureur se mêle à la sienne et, sans merci, je la pilonne. Je m'abreuve de ses « je t'aime » jusqu'à m'abîmer émotionnellement dans sa moiteur enveloppante.

– Plus de dispute, mon amour. Si tu es en colère, si tu m'en veux, à moi ou à la Terre entière, exprime-le-moi ainsi… Déverse-le en moi, geint-elle sous mes assauts.

Les signes avant-coureurs de son orgasme provoquent le mien. Nous perdons la tête en duo, en avalant les gémissements de l'autre.

♥♠♦♣

Le lendemain, nous reprenons nos tâches quotidiennes. Mais avant, câlins brûlants au pieu et massage sous la bruine chaude de la douche.

Je bosse, me montre sociable. Malgré moi, je consulte souvent l'heure. Pas par ennui mais parce qu'elle me manque.

L'après-midi, elle rentre, toute joyeuse. Je retrouve la vraie Milly. Celle qui ensoleille, pétille et a le rire facile. Nous nous préparons ensemble pour la soirée, elle me taquine, me chauffe et au moment de partir me promet :

– Une fellation si t'es sage.

– Et où comptes-tu m'offrir ce goût de paradis, petite coquine ? Car moi, je suis la sagesse incarnée, tu vois.

– On verra ça !

Elle s'esclaffe, renversante dans sa robe de cocktail rouge à manches courtes, sobre devant, au décolleté arrondi très prononcé dans le dos, courte et évasée en bas. Elle chausse des espèces d'échasses de nana de la même couleur, avec plein de lanières fines entrecroisées qui habillent et dénudent à la fois ses jolis pieds aux ongles vernis. Je ne l'ai jamais vue si sophistiquée, ça lui va divinement bien. Même sa queue-de-cheval est plus travaillée. Elle arbore une plume noire, solitaire. Pour tout bijou, juste celui qui lui provient de sa mère…

– Tu es sensationnelle !

– Toi aussi, beau gosse, me complimente-t-elle alors que j'ai juste passé une veste de blazer sur mon t-shirt.

Dehors, nous découvrons la caisse envoyée par le producteur Hood pour nous cueillir. Soit ce type est très attentionné, soit il kiffe tout maîtriser, jusqu'au transport de ses invités… Ouais, enfin, quelles que soient les raisons, on s'en contrefiche. Vu comment elle est habillée, ma splendide compagne est mieux dans cette luxueuse Jaguar que sur ma Harley. Je salue le chauffeur puis ouvre la portière à ma bohémienne chic. Le conducteur nous désigne un seau de champagne au frais avec deux coupes. Décidément, Hood ne lésine sur rien. L'employé nous demande si le jazz qui tourne dans l'habitacle nous convient ou si nous désirons écouter un autre type de musique.

– Vous avez du Nirvana ou quelque chose du genre ? demande Milly.

– Je vous déniche cela tout de suite, Mademoiselle Clark.

Sur des accords de rock, le paysage défile dans la quiétude. L'effluve grisant de Milly m'oxygène. Durant tout le trajet, elle s'abandonne contre mon épaule, paisible.

CHAPITRE 83

Muse et mondanités

♠♦♣

♥ Ce qui arrive en fin de compte,
ce n'est pas l'inévitable mais l'imprévisible. ♥

John MAYNARD KEYNES

Milly

Lorsque nous arrivons à la fondation, la façade est illuminée, mettant ma peinture à l'honneur. Rien que de l'observer exacerbe mes sens. Songer à mon amant me badigeonnant de peinture et de caresses colorées, me prenant fougueusement, déversant sa sensibilité d'artiste écorché sur moi fait naître des frémissements le long de mon échine. Chaque tache ou coup de pinceau me rappelle notre déferlement de passion. Regarder notre immense toile équivaut pour moi à mater un film érotique. Et à en croire les pupilles de Jay, il est très stimulé également.

L'intérieur de la fondation est tout aussi fantastique. Nous pénétrons dans une grande salle destinée à devenir la pièce de vie commune des résidentes. C'est convivial et l'organisation de la soirée est impeccable. Les futures bénévoles du centre assurent le service en déambulant entre les invités et en profitent pour se présenter. Je suis leur exemple, avec mon tatoué greffé à moi. Nous papotons avec les gens, moi, surtout.

Quelqu'un pose de grandes paumes calleuses sur mes yeux. Qui que soit ce fan de blagues, son audace m'amuse et je pivote pour découvrir :

– Jamie !

Je lui saute dans les bras. Jay glisse ses mains dans ses poches et feint d'être blasé.

– C'est bon, t'es pas obligé d'être aussi tactile, *Squirrel.*

– Moi aussi, je suis content de te voir, mon Jay-Jay.

– Mais oui, merci d'être là, Jamie, interviens-je, me retenant de badiner.

Ensemble, nous repérons la bande de mon mec. Je le regarde pour savoir s'il va bien. Mais déjà, ils se ramènent. Logan me décolle du sol comme si je ne pesais rien. OK, mon Jay va s'y faire ou exploser. Les accolades s'enchaînent. Ils sont si soudés et cools que la gêne se dissipe très vite. Ils chambrent le sexy tatoueur, personne n'aborde de sujet qui fâche. Mon *Dark Lover* ne lâche plus ma taille.

– Ce que t'es canon, Milly, titille à nouveau Jamie, entraînant les autres avec lui.

– T'es pas mal non plus.

Mon brun ténébreux lève les yeux au ciel, un sourire en coin. Ses épis bruns rebelles exacerbent son côté « mâle torride et unique en son genre ». Il a déjà retiré sa veste en décrétant qu'il avait trop chaud.

Punaise, je radote, mais qu'est-ce que j'adore le mater !

Un orchestre joue des variétés familières, Diego demande à mon siamois la permission de lui piquer sa cavalière. Jay se raidit mais cède. Je sens ses superbes billes sur moi lorsque j'avance sur la piste avec le policier.

– Comment ça va vous deux, dis-moi ? s'enquiert ce dernier.

Connaissant la profondeur de leur amitié, je me doute qu'il aimerait prioritairement savoir comment va Jay.

– On s'en sort. Même si je pense qu'une ultime petite réunion entre vous et moi serait utile pour aplanir et assainir nos relations. Non ?

– Figure-toi que c'est ce que nous désirons aussi. Mais nous savons que Jay veut te protéger et craint que tu ne sois trop affectée, comme la dernière fois.

– Oui, bon, c'était assez *space*, vous m'avez alpaguée, effrayée et accusée à tort.

Les iris noisette du Latino me jaugent, puis un sourire engageant étire ses lèvres. Il me fait tournoyer et me rattrape.

– À notre décharge, la névrosée de Logan avait semé le doute. Nous avions des raisons de psychoter. Nous nous sommes juste trompés de cible.

Je lui souris en retour. Il a le sens du rythme et sait mener sa partenaire avec légèreté.

– C'est vrai. Et puis, Stella t'avait mis la puce à l'oreille aussi. Je ne l'ai pas revue depuis un moment. Comment va-t-elle ?

Diego s'assombrit. Merde alors, un pépin supplémentaire ?

– Elle en a toujours après Jayden ?

– Nous nous sommes frités car je défendais mon pote, évidemment.

Forcément, Stella ne foutra pas la paix à Jay. La mort inexpliquée de Mégane l'obnubilera.

Je bloque sur la piste. Je ne peux pas la laisser le détruire davantage. Jayden s'en charge déjà bien assez lui-même.

– Putain, qu'est-ce que tu lui as pondu ? s'irrite soudain mon chéri dans mon dos.

Je tressaille, bats des cils. Le flic paraît navré.

– On est cool, t'inquiète, se défend-il.

– Il n'a rien dit de mal, Jay, nous faisions plus ample connaissance.

– Ah ouais ? Plantés là ? se méfie-t-il en nous scrutant.

– Relax, mon pote ! Je te la rends. J'ai soif, vous voulez quelque chose ?

– Non, merci Diego.

J'aperçois de loin les mines curieuses de Logan et Chris. Puis je me colle contre mon artiste et lui murmure :

– Pas d'esclandre. Tu as promis d'être un gentleman, souviens-toi.

Sa posture change immédiatement. J'ondule contre lui, l'incite à suivre mon tempo sur une reprise de *Do I Wanna Know* des Arctic Monkeys. Il m'effleure les bras et se calque sur mes pas. Deux à gauche, deux à droite, je m'éloigne, il me plaque à nouveau contre lui, nos hanches se pressent, plus rien ne compte. Nos corps se connaissent par cœur, se retrouvent, se devinent, créent leur chorégraphie. Jay danse comme il baise : avec une sensuelle virilité et en exprimant sa sensibilité. À fleur de peau, intuitif et attentif au moindre mouvement de sa partenaire, il est parfait. La musique s'infiltre dans notre bulle. Nous nous frôlons, nous soudons. Son pénis durcit contre moi, il se penche sur mon oreille.

– Tu m'enflammes, là, ça ne va pas être possible de cacher mon érection.

– Tant mieux. Toutes ces femmes qui bavent sur toi sauront que c'est moi qui me régalerai ce soir.

– Quelles femmes ?

Je succombe et l'embrasse à pleine bouche. Sans aucune décence. Ça craint !

Des tapotements sur un micro retentissent dans les enceintes, la chanson des rockeurs anglais se termine et une voix douce et féminine la remplace.

– Mesdames, Mesdemoiselles et Messieurs, bonsoir.

– *Yes !* Un discours officiel, on file incognito ? s'émoustille mon apollon.

– Est-ce que Mademoiselle Clark est par ici ? Peut-elle me rejoindre sur l'estrade ? poursuit l'oratrice.

Jay bascule théâtralement sa tête en arrière, dépité.

– Bon bah je vais en brancher une autre, alors.

– Même pas en rêve ! Je t'ai à l'œil !

Je me hâte vers une superbe rousse qui me cherche dans l'assistance. Toute l'attention est braquée sur elle. Elle me fait spontanément la bise.

– Je suis Lilas. Vraiment enchantée de vous rencontrer, Mademoiselle Clark.

– Waouh ! La Lilas qui a donné son nom à la fondation ?

– En effet, s'amuse-t-elle. Votre œuvre m'a soufflée ! J'adore ! Il faudrait que nous fassions venir Amina et la petite Saïda, les deux Somaliennes qui ont servi de modèles, afin qu'elles admirent ce travail fabuleux. À moins que je ne vous invite en Afrique du Sud, où elles résident pour l'instant ?

– Oh la la ! Merci infiniment, Lilas. S'il vous plaît, appelez-moi Milly. Je ne sais pas trop si je peux quitter le pays, c'est compliqué…

– Ne vous en faites pas. Je vous aiderai au besoin. Vous voulez bien rester près de moi durant le discours ? Je vais vous présenter et parler du rôle de la fondation.

– Bien sûr.

♥♠♦♣

Le reste de la soirée se déroule dans une ambiance bon enfant. Je déguste des petits fours, du champagne et la bouche de Jay sans modération. Je danse à nouveau avec Diego, me déhanche avec Jamie. La conversation reste neutre. Je rigole avec Logan qui a digéré que je sois exclusivement avec son ami, maintenant.

Mon *Dark* Jay est définitivement plus possessif devant ses copains. Cela me fait un peu tiquer, mais je ne relève pas. Il serait bon qu'ils me donnent leurs codes de conduite un de ces quatre.

– Ça va, ma bohème ? Pas trop fatiguée ?

– Non, non… Et toi, mon chéri ?

– Nickel.

Il m'embrasse dans le cou.

Pourtant, malgré ce que je lui ai dit, au bout d'un moment, je me sens barbouillée. Pâlissante et nauséeuse, je crains de ne pas être assez stable pour atteindre les toilettes sans m'étaler. Les garçons perçoivent soudain qu'un truc cloche. Juste avant que le sol ne se dérobe sous mes pieds, j'entends l'appel de Jay :

– Milly ! NOOOOOOOOON !

CHAPITRE 84

Amour et incertitude

♠♦♣

♥ L'incertitude est l'essence même
de l'aventure amoureuse. ♥

Oscar WILDE

Milly

Ça tourne trop. J'ai le cœur au bord des lèvres et plus qu'un seul objectif : recouvrer assez d'énergie pour rassurer Jay. Sa terreur m'ébranle alors que mon organisme montre des signes de défaite.

– Elle s'est évanouie ? s'alarme quelqu'un au milieu de l'effervescence qui m'entoure.

Je suis consciente, cessez de paniquer...

Le temps s'étire. Je galère à me ressaisir. Je le ressens, lui, son odeur et sa chaleur. Je me fais violence pour reprendre des forces et rencontrer ses iris verts.

– Mon ange, tu m'entends ? Je ne lâche rien, ma muse, ne lâche pas non plus.

– Ça va, c'est juste un vertige… et puis j'ai bu trop de champagne, je pense.

Je tente de me redresser, il ne m'en laisse pas la possibilité, décidant de me porter.

– Je t'emmène à l'hosto. Le chauffeur est au taquet.

– Arrête, Jay, tu sais que je ne veux pas y al…

– Putain, la ferme, Milly ! s'énerve-t-il en marchant rapidement vers la sortie.

La foule alertée s'écarte. Ses amis nous suivent.

– Ce n'est qu'un malaise, minimisé-je encore.

– Non, sérieusement, je suis à cran, là. Tu te tais et nous allons consulter un toubib, me prévient Jay d'un ton à peine contrôlé.

Je me ratatine, ne souhaitant pas que nous nous donnions en spectacle. Nous laverons notre linge sale à l'abri des indiscrets, dans la voiture prêtée par le philanthrope Steen Hood pour la soirée. Mon artiste mc place dans la Jaguar avec d'infinies précautions, ma tête sur lui. Le groupe affirme qu'il nous retrouvera à l'hôpital. Le conducteur referme la portière sur nous.

– Chéri, rentrons chez nous.

– Bordel, tu crois que c'est négociable après t'être effondrée ?

– Je ne veux pas qu'ils me… Imagine qu'ils me gardent là-bas ou qu'on nous annonce ce que je n'ai pas envie de savoir.

Jay ne dit pas un mot pendant ce qui me semble être une éternité. Je gigote, il finit par me laisser du mou. Je constate à son expression abattue combien il a été affecté tout à l'heure. Meurtrie par la culpabilité, je mets mes angoisses entre parenthèses. Je ne dois pas lui imposer mes quatre volontés. Un couple se consolide grâce aux compromis. Surtout le nôtre, menacé par la maladie. Alors, en dépit des circonstances, c'est à mon tour de fournir des efforts. J'ouvre la bouche, mais il m'interrompt avec lassitude.

– Je ne peux pas, Milly, pas ce soir, pas après ça. Je ne peux pas gentiment rentrer à la maison et faire comme si… comme si je n'avais pas cru tout à l'heure que c'était la fin.

– Ne me dis pas.

– Quoi ? Non mais est-ce que tu essaies de me comprendre au moins sur ce coup ?

– Ne me dis pas. Quand les spécialistes m'ausculteront de fond en comble, pose-leur tes questions, mais ne me révèle rien. Préserve mon insouciance, Jay. Tu as besoin de te renseigner, je n'ai pas le droit de te maintenir dans le flou si cela te tétanise, mais je ne veux pas savoir.

Médusé, il me sonde puis m'étreint maladroitement et me chuchote un « merci ».

♥♠♦♣

Et voilà, les urgences, encore, telle une seconde demeure. Très glamour pour conclure une soirée qui avait bien débuté. Je deviens amère, et je déteste cette nouvelle facette de ma personnalité. Je suis normalement une bulle de joie, pas une cynique.

Mon petit ami triture ses écarteurs, mordille sa lèvre, ébouriffe constamment sa tignasse d'ébène. Tous ses tics nerveux réunis.

Évidemment, il est inenvisageable pour lui que je marche du véhicule à l'hôpital. Je ne conteste même pas, bien que je sois en meilleure forme. Il exige que nous soyons pris en charge immédiatement. Il appelle Logan et refile le téléphone aux infirmières. Ce que le pote médecin expose paraît très convaincant. Mon fauteuil roulant est vite mis en mouvement, des docteurs sont ameutés. S'enchaînent vérifications de constantes vitales et prises de sang. Examens sur examens. Coups de fil au labo pour accélérer les résultats. Clairement, quelqu'un a donné des consignes pour que je bénéficie d'un traitement de faveur. Je soupçonne le docteur Prescott, et éventuellement Chris Jenkins, qui doit aussi avoir le bras long.

Silencieuse et pétrifiée, je me soumets à la totalité des contrôles, réponds machinalement aux questions sous l'œil attentif de Jayden. Il bombarde les médecins d'interrogations diverses. Moi, je déclare simplement :

– Attendez d'être seuls avec lui pour l'éclairer.

Ils sont surpris mais n'insistent pas. Lorsqu'ils se dirigent vers le couloir avec Jay, les autres garçons arrivent à mon chevet. Je n'arrive plus à parler ni à réagir. Logan s'assoit au bord du lit et enveloppe mes mains dans les siennes.

– Sur ton blog, t'as évoqué une enseigne de confiseries que tu dévalises depuis ton adolescence quand tu n'as pas le moral.

Je hoche la tête, et dans ses prunelles grises, je revois mes soirées à faire le mur pour fuir le deuil, la maison lugubre de mes parents et mon père empêtré dans la douleur. Mon sac à dos rempli d'aérosols de peinture, je faisais le plein de sucettes et de marshmallows. Ce rituel m'a aussi aidée à surmonter mon premier et unique chagrin d'amour, ma rupture avec Jessa…

– Tu lis mon *Journal d'une éphémère* ? demandé-je au Doc avec un sourire effacé, l'esprit tourné vers mon amoureux qui se prend certainement un coup de massue mental en ce moment de la part des thérapeutes.

– Ouais, et j'ai trouvé les mêmes friandises pour toi.

Il extirpe un paquet marqué d'un logo qui me rappelle une époque lointaine de ma vie. J'ai l'impression d'avoir traversé un millénaire depuis… et de n'être plus la même. Aujourd'hui, je me rends compte que ce que Jayden fait vibrer en moi est infiniment plus puissant que ce que Jessa effleurait.

Eh mince, je repense à lui et je m'en veux de le malmener avec mes soucis.

Déprimée, je remercie Logan. Alex, Chris et Diego se tiennent dans un coin de la chambre, discrets et bienveillants. Je farfouille dans le sac en papier kraft et dégote une sucette multi-fruit. Les gars commencent à me taquiner gentiment, racontent des anecdotes, des trucs marrants sur mon chéri : ils font de leur mieux pour me tenir compagnie. Même le Doc ne sort pas se mêler de la discussion pénible qu'encaisse mon sexy tatoueur. Il sait qu'il ne veut personne à ses côtés en ce moment.

Je n'en peux plus. Je suis monstrueuse de le laisser subir des explications accablantes tout seul.

– Je vais le rejoindre, il n'a pas à supporter ça sans moi, décidé-je alors que je ne suis plus la conversation correctement depuis plusieurs minutes déjà.

L'anxiété des garçons est palpable quand je pose mes pieds au sol.

– Tu es sûre ? me demande Logan.

Mais la porte s'ouvre subitement, me dispensant de répondre. Jayden, les yeux humides, me contemple, et sans dévier son regard poignant, il enjoint ses amis à partir. Mon cœur tambourine dans ma poitrine.

Il ne m'a jamais regardée de cette manière. Je décèle tant de sentiments au fond de ses prunelles que je chancelle de peur et me rassois mollement sur le matelas.

Oh mon Dieu, est-ce la fin pour nous ?

CHAPITRE 85

Le choc

♠♦♣

♥ Au lieu de planifier l'imprévisible,
rêvons ensemble du futur. ♥

Jean-Marie
DESCARPENTRIES

Jayden

Putain, grouillez-vous !

J'attends qu'ils débarrassent tous le plancher. Ils me jaugent au passage, histoire de s'assurer que je tiendrai. Sans drogue. Ont-ils seulement saisi que plus rien n'est susceptible de me faire prendre de l'altitude comme Milly ? Qu'il n'y a plus qu'elle qui puisse me rendre stone ?

– On ne sera pas loin en cas de besoin, mec, me prévient Diego en me pressant l'épaule.

Les autres me filent des tapes fraternelles et Chris me fait un clin d'œil. Ils ferment la porte, je suis en apnée. À la fois aimanté à ma bohème et statufié à quelques mètres d'elle.

– Je te demande pardon, mon Jay, du fond de mon cœur, je te demande pardon pour le choc qui vient sans aucun doute de t'être infligé, amorce-t-elle d'une voix chevrotante.

J'écrase les larmes qui inondent mon visage, renifle et fonce vers elle.

– C'est pour ça que je ne souhaitais pas que l'on ternisse les instants précieux que nous avons encore. Parfois, ne pas savoir est salvateur, poursuit-elle, agrippée à mon t-shirt.

– Je ne regrette rien, Milly. Je préfère savoir… et si je n'avais pas insisté, j'aurais continué d'ignorer que… que… nous sommes en cloque.

Comme montée sur un ressort, ma muse s'éloigne en tenant toujours mon haut à bout de bras. Elle m'examine, complètement interloquée.

– Tu… Tu… Nous… Quoi ?

Un mélange de rire et de larmes s'empare de moi. Je suis sonné. Époustouflé. Ahuri. Abruti par la nouvelle. Et ivre de joie !

– Jay ! Tu n'es pas dans ton état normal, j'imagine que ça été dur pour toi et… mon Dieu, pendant une seconde, j'ai cru que tu me parlais de… de grossesse.

– Je parle bien de grossesse, mon ange, de notre bébé qui grandit en toi et qui a causé les derniers remue-ménage dans ton corps.

Ses doigts compriment ma chair à travers le tissu en coton, ses iris s'agitent. La perplexité y cède le pas à l'incompréhension, puis au doute, et enfin, elle me repousse de toutes ses forces. Je cesse de manifester fébrilement mon bonheur, m'efforçant d'analyser sa réaction. Elle est choquée. C'est aussi ce qui m'est arrivé tout à l'heure avec les blouses blanches. Ensuite, je me suis retrouvé à tous les embrasser tel un imbécile heureux.

En fait c'est ce que je suis présentement, un imbécile heureux !

– Merde, à quoi tu joues ? Tu as pété les plombs ? m'incrimine Milly, en proie à l'hystérie.

– Calme-toi, ma muse, je te jure que c'est vrai.

– Mais je… T'es certain d'avoir discuté avec les bons médecins ? Il s'agissait peut-être d'une autre patiente…

– Non. Tes analyses prouvent que ta maladie s'est mise en *stand-by*… Ils m'ont bien expliqué où on en est, crois-moi. Je ne voulais que la vérité, pas qu'on me préserve ou quoi que ce soit.

Elle recule et s'affaisse dans le lit. Abasourdie, les yeux figés sur moi.

– Je nage en plein délire, annonce-t-elle, les doigts dans sa chevelure dorée.

– Tes ecchymoses ont disparu car ton bilan sanguin est curieusement entré dans la norme… Il paraît que cela arrive à certaines femmes atteintes de maladies génétiques. Lorsqu'elles tombent enceintes, la pathologie est comme… gommée… jusqu'à l'accouchement. Elles n'ont plus que des symptômes classiques liés à la grossesse : nausées, vertiges, ton envie de saveurs exotiques de partout sauf les tacos que tu adorais avant…

– Oh mon Dieu ! s'exclame-t-elle en touchant avec incrédulité son ventre plat. Je… Je suis enceinte ?

Son intonation est si douce et fragile à la fois que je m'agenouille à ses pieds.

– Oui, mon ange. Nous allons avoir un bébé.

Je perds à nouveau la maîtrise de mes glandes lacrymales tout en rigolant bêtement. Une pluie diluvienne d'émotions nous asperge tandis que mes paumes se placent sur celles de Milly, sur son abdomen. Nous nous noyons réciproquement dans nos regards.

– Je n'arrive pas à y croire, chuchote-t-elle.

Est-ce un signe ? Un cadeau du ciel ?

– De combien de semaines ?

Quand elle a volé à mon secours après la visite éprouvante du général à mon salon de tatouage, nous avons omis le préservatif, puis elle m'a rejoint au *Christ Hospital* pour rencontrer les enfants avec lesquels j'escomptais débuter un projet créatif. Je bénis la dispute et la peur viscérale qui l'ont fait battre en retraite avant de consulter. Elle a clairement dû oublier ensuite de revoir sa contraception.

– Je n'ai jamais pris la pilule, je n'en avais pas besoin… et le jour où je devais m'occuper de ça, j'ai eu la trouille de m'engager en décelant dans tes yeux que tu espérais plus que du sexe, je me suis enfuie… Ensuite, je n'y ai plus pensé, tiraillée entre trop de décisions, j'ai tout bonnement oublié que nous avions fait l'amour sans protection.

– Et toutes les fois d'après, nous n'en avons plus utilisé, précisé-je.

– Il ne peut être que de toi, tu me crois ? Tu es le seul en dehors de Logan et avec lui…

– Je sais… En plus, Prescott a subi une vasectomie il y a des années. Il est absolument réfractaire à la paternité. Et je n'ai pas douté une seconde que ce soit le mien.

Avec le recul, j'aurais été à terre si elle m'avait appris que je n'étais pas le père.

Le père. Je vais être papa ! Oh putain !

Muets, nos phalanges entrecroisées sur ce petit être, nous prenons de plus en plus conscience des implications de ce retournement inespéré. Nous appréhendions le spectre de la grande faucheuse et on nous annonce qu'elle a été ralentie par notre mini-champion ou championne. Je n'ose plus m'exprimer afin de permettre à Milly d'intégrer cet énorme changement de plan.

Que peut-elle bien ressentir en ce moment ? De la délivrance ? Une autre forme de peur ? De la surexcitation ? De la gratitude ? De l'allégresse ?

Lorsque mon attention navigue de nos mains à sa figure, ma respiration se bloque.

Non, elle n'est pas ravie. L'effet de surprise évaporé, elle est maintenant accablée. Elle a cet air fataliste que je ne connais que trop bien dorénavant. Je hais son commentaire avant même qu'elle ne le prononce.

– Nous n’allons pas le garder, Jay, m’assène-t-elle d’une voix blanche.

Je la lâche et me relève, crispé, vissé à son visage résigné et décidé.

– Quoi ?

– Le bébé, Jayden. Je dois… avorter.

CHAPITRE 86

Affronter la vie

♥♠♦

♣ *Carpe diem.* Cueille le jour présent
sans te soucier du lendemain. ♣

Horace

Milly

Je sais que je suis horrible d'en arriver à cette conclusion implacable. Je sais que Jayden va me détester, mais en y réfléchissant, l'évidence s'impose. Limpide. Monstrueuse.

Je ne ferai que rallonger les sales jours, les hauts et les bas… énormément de bas, pour celui que j'aime. Si je mène cette grossesse à terme, nous aurons environ neuf mois de répit. Mais après ?

– Non, se révolte-t-il avec un calme annonciateur de fracas. Je vais faire comme si tu ne venais pas de débiter la plus grosse absurdité qui soit. Tu es en état de choc. Je le conçois et…

Sa phrase en suspens, il se met à faire les cent pas en tirant sur son écarteur. Je soupire et me redresse.

– Je ne suis pas miraculeusement guérie. J'essaie juste de rationaliser, mon chéri.

– Non, tais-toi !

– Tu aimerais que je mette au monde un futur orphelin qui sera également porteur de mes gènes défectueux ? Lui me perdra, et toi, tu nous perdras tous les deux l'un après l'autre. Je revois mon père, je ne peux pas t'entraîner dans un tel enfer.

– Chut, Milly !

– Bien sûr que j'aime de toute mon âme ce bout de chou innocent. Mais lui et toi…

Jay revient me prendre dans ses bras pour un câlin qui m'ébranle. Il récupère mon attention et me sourit. Déterminé lui aussi.

– Ne finis même pas ton discours. Nul ne connaît l'avenir et clairement, je m'en bats les… Avec toi, je sais qu'il n'y a aucune règle, que nous n'avons pas de certitude sur le futur, mais en fin de compte, ma muse, qui en a ? L'humanité entière marche à l'aveuglette vers le lendemain, jour après jour. Oui, il y a ceux qui fomentent, planifient, ont des projets à court, moyen, long terme et sont en parfaite santé… Mais ils peuvent mourir dans leur sommeil, avoir un accident ou n'importe quelle tuile de taré peut leur tomber sur la tronche sans prévenir. Ou alors, ils peuvent réaliser leurs rêves et avancer encore. C'est ainsi. Ça s'appelle la vie. On y est, on s'y accroche comme on peut.

Aphone, bouleversée, je tente d'apprivoiser ma terreur en l'écoutant.

– Et putain, je te veux et je veux le fruit de notre amour ! Ce n'est pas négociable !

Je sourcille, humidifie mes lèvres, ses mots ricochent dans mon crâne, pénètrent mon cœur en vrac. J'ai tellement envie d'y croire.

– *Carpe diem* ? murmuré-je.

– Oui. YOLO, ma bohème. Peu importe la durée, on s'aimera et on l'aimera jusqu'au bout.

– Mon Dieu, je suis raide dingue de toi, Jayden Graham. Si tu savais à quel point…

– Alors tirons-nous de là avec notre mioche. On est d'accord ?

– On est d'accord.

Nous recueillons les recommandations médicales, achetons les compléments de vitamines et tout le tralala. Vu mes résultats, je n'ai effectivement pas de quoi m'inquiéter pour le moment. Mon corps fonctionne normalement.

Punaise, je ne suis plus habituée à cet adverbe depuis un bail. « Normalement ».

♥♠♦♣

Les jours d'après, mon *Dark Lover* entame un marathon pour ordonner son planning et honorer les rendez-vous qu'il lui reste. Moi, je m'occupe de boucler mes commandes afin d'empocher la totalité de mon chèque. Qu'on ait assez de liquidités pour la suite…

Le samedi matin, dans le souplex, rassasiés de sexe intense et d'un brunch qu'on nous a livré, je convaincs mon homme de poser pour moi. Installée dans le fauteuil à l'angle de la chambre, je le dévore des yeux, ne boudant pas mon plaisir de le voir dans le plus simple appareil, étendu à plat ventre dans notre lit au milieu des draps froissés par nos ébats. Sa tignasse brune ébouriffée, ses tatouages intégralement exposés sur son dos musclé sans excès, son fessier ferme, ses longues cuisses, ses jambes de mâle… Si beau. Les pieds en l'air, il est absorbé par la lecture de mon *Journal d'une éphémère* sur sa tablette.

Jay est comme du viagra pour l'inspiration tant il est stimulant au recto comme au verso. Déjà troublée de désir, je me ressaisis en étudiant mon esquisse de sa plastique affriolante.

– *Dark Lover* ?

– Hum ?

– J'ai enfin mon listing pour notre programme YOLO.

Son beau visage se tourne dans ma direction avec un sourire indolent. La détente lui va magnifiquement bien.

– Parce que tu prévois autre chose que de me baiser ? s'amuse-t-il en changeant de position.

Oh non ! Il a un début d'érection fièrement assumé. Le SORRY inscrit sur sa colonne de chair – dont j'ai l'explication depuis qu'il m'a parlé de Meg et de la manière dont tout a dégénéré – se profile nettement, agrémenté de billes noires de titane.

Bon sang, même son pénis est une œuvre d'art !

Je croise à nouveau ses pupilles dilatées, qui m'observent. Il détecte à distance les effets de son anatomie sur la mienne.

– Mais que vais-je faire de toi, Jayden Graham ? Tu ne penses donc qu'à ça ?

– Je pense aussi à notre mini-artiste dans ton bide et le remercie d'avoir stoppé la maladie de maman… parce qu'ainsi, papa peut la sauter encore plus.

– Eh, oh ! C'est quoi ce langage ? fais-je mine de m'offusquer.

Il éclate de rire et cale sa tête sur un oreiller en se mettant sur le dos, les bras repliés derrière sa nuque. Non mais c'est de la provocation pure ! Sa bête prend de plus en plus d'envergure sous mes yeux.

– Je crois qu'il est légèrement au courant que nous sommes souvent – très souvent – emboîtés l'un dans l'autre, non ?

– Tu es ingérable, sale garnement ! Profite donc de la tablette pour te commander des bouquins sur la manière de s'adresser aux enfants.

– Je te signale que, pour l'instant, c'est juste un pois chiche qui squatte peinard *ma* nana. On s'occupera de mon langage en temps voulu, déclare-t-il tranquillement.

Je souris à mon tour et acquiesce.

– Un pois chiche, hein ?

– Le plus beau de tous les pois chiches.

Nos regards s'arriment avec plus de tendresse, il mord sa lèvre inférieure. Un détail salement érotique qui échauffe illico mes zones érogènes. Tout mon corps, en fait !

– Tu me lis ta liste ou tu viens me baiser ? m'aguiche-t-il.

Je secoue la tête histoire de ne pas interrompre pour la énième fois son portrait.

– Allumeur, va ! Voici le programme. Nous défouler, tu proposeras ce qui te plaît et nous verrons ensemble ? Voyager, je ne sais pas encore où mais on choisira selon nos envies. Peindre, un projet de *street art* que nous concevrons à deux de A à Z. Faire l'amour, voracement, insatiablement, à l'overdose. Alors ? C'est déjà pas mal, non ?

– Je suis fan ! Je te soumettrai quelques idées dès que tu auras aidé mon sabre à se remettre au repos. Je ne peux plus cogiter, là, mon cerveau a migré vers le bas.

Je m'esclaffe, vaincue, liquéfiée et amoureuse. J'abandonne ma planche à dessin, encore une fois, ôte la serviette enroulée autour de mon corps nu et rejoint mon tentateur qui se mord à nouveau la lèvre en empoignant son arme érigée.

CHAPITRE 87

Protéger les nôtres

♥♠♣

♦ Si le ciel continue de te tomber dessus,
pour toi, il n'y a rien dans ce monde
que je ne ferais pas. ♦

Hey Brother, AVICII

Logan

Je lèche et colle la feuille de mon joint, attrape au vol le briquet que me lance Alex, l'allume, gobe une longue bouffée salvatrice.

Chris masse sa nuque, les muscles aussi noués que les miens par l'accumulation d'heures sup que nous ne comptons même plus. Sa start-up florissante et ma carrière de gynécologue obstétricien nous bouffent du temps et de l'énergie. *Idem* pour notre étudiant, qui va devoir assurer à ses exams, et pour Diego, qui bosse avec une efficacité implacable pour boucler ses enquêtes.

En résumé, « *work hard, play hard* », comme on dit. On se défonce au taf, on travaille dur, et on se défoule dans les teufs après. Heureusement ! Seulement, si nous nous regroupons tous les quatre aujourd'hui, ce n'est pas pour un défi BadASS.

Jayden est devenu monogame et accro, malgré nous. Bon, je peux comprendre que Milly le rende dingue. Elle est plus que bonne et c'est un ouragan de fraîcheur et de légèreté, mais je ne peux m'empêcher d'être anxieux pour mon ami. Pour eux deux.

Milly est condamnée. On n'y peut absolument rien.

La médecine ne sait pas soigner sa maladie auto-immune. Inexorablement, son sang et ses organes vont être de plus en plus altérés. Cela peut aller très vite. Trop vite…

J'aime bien cette fille. Du coup, ça m'attriste qu'ils aient à traverser des journées d'incertitude et de peur…

– T'es sûr de vouloir nous suivre dans ce plan, mec ? redemande Christopher à Diego, ce qui me tire de mes pensées moroses à propos de l'état de santé de la blondinette et de la souffrance programmée de Jay.

– Ouais, j'avoue qu'on te place dans une situation délicate, ma couille, rebondis-je en matant notre keuf.

J'aspire d'autres lattes et laisse la pression de ma journée de garde retomber tranquillement. Debout contre la caisse de Chris sur le parking d'une salle de sport, nous attendons. Cruz, les frangins Jenkins et moi nous sommes donné rendez-vous ici. Sans notre tatoueur, qui serait exaspéré qu'on se mêle encore de ses affaires.

– C'est tout vu, les gars. La Rocket est trop aigrie envers Jay. Si je dois choisir entre ma coéquipière et l'un de mes frères, mon camp est tout désigné.

– Alors pour Jay, les mecs, lance notre tombeur de Princeton.

– Carrément, Alex : pour Jay !

Il me taxe mon pétard, que je lui laisse.

– Réglons ça, approuve le geek. Ah tiens… La voilà !

Nous décollons dans sa direction et, en moins de deux, nous encerclons la keuf avant qu'elle ne déverrouille sa caisse.

– Putain ! Voilà la cavalerie ! réagit Stella.

Elle cille à peine puis nous toise.

– Que comptez-vous me faire ? M'intimider ?

– Stella, il faut qu'on cause.

– Bordel, Cruz, tu me déçois. T'es censé être du bon côté de la loi, pas prendre fait et cause pour ta meute.

Je croise le regard de mes frères. Déterminés et soudés, nous affichons une totale décontraction. Nous ne sommes pas menaçants : nous voulons juste faire comprendre à cette poulette que s'attaquer à l'un d'entre nous, c'est nous prendre tous dans la poire.

– Justement, parlons loi, la miss, intervient Alex.

– Ouais, parlons loi, la Rocket. Que comptes-tu faire contre notre ami ?

Elle inspire sans cesser de nous braver autant dans sa posture que dans ses prunelles. Putain, quelle teigneuse !

– Rien qu'il n'ait déjà fait lui-même. Je n'ai pas peur de vous et ne lâcherai pas l'affaire tant que je n'aurai pas prouvé à Milly qu'elle se trompe à son sujet.

– Sans blague ? ironise Alex, les mains dans les poches, affichant une nonchalance feinte.

– Cette pauvre Mégane a été assassinée et tous les éléments convergent vers un crime passionnel…

– Dont Jay n'est pas coupable, affirme Diego.

– Qu'en savez-vous ? Tes potes et toi le défendez juste par amitié et…

– Non, pas uniquement. Cette affaire soulève aussi un doute raisonnable sur l'implication du général Graham et de tierces personnes.

– Et puis on le sait incapable d'un tel acte.

Nos affirmations ne parviennent pas à gommer la haine dans les yeux de Stella. Le Latino de la bande nous avait prévenus : cette gonzesse est extrêmement têtue quand elle croit tenir un truc.

– Même déchiré ? nous balance-t-elle avec une lueur mauvaise dans le regard.

Diego sort de ses gonds et se rapproche de sa collègue en prenant un air aussi détestable que le sien.

– Ouais, même défoncé, et c'est précisément pour cela qu'on va t'inviter gentiment à renoncer à cette guérilla de merde contre notre ami.

– Sinon quoi ?

– Bah sinon, au choix, connasse ! Les résultats de la toxicologie concernant l'eau refilée à Jay au *Love Lee's Club*, par exemple ? Ça te dit quelque chose ?

Cette menace m'a échappé. Impossible de rester calme et gentleman plus de trois secondes avec cette meuf.

Stella pivote hargneusement vers moi, prête à en découdre.

– Le toubib des entrecuisses vient de me traiter de connasse, là ?

– Yep ! Et vu ton niveau d'aigreur, je vais plus souvent dans ces entrecuisses que toi, la nargué-je un sourire en coin. Tu fantasmes encore sur celui de Milly ?

Piquée au vif, elle se jette sur moi. Puisqu'elle froisse durement mon t-shirt à travers mon blouson de motard ouvert, j'attrape à mon tour son col. Cette garce fait tout pour qu'on oublie qu'elle est une nana et qu'on lève la main sur elle. Putain, j'ai envie de la dégommer !

– Vous êtes venus en groupe pour ça ? Pour me tabasser ?

Musclée et belliqueuse, elle serre plus fort le tissu, encore transpirante de sa séance de sport.

– T'en vaux pas la peine, pauvre jalouse ! lui craché-je à la figure.

– On a un dossier nous aussi. Sur toi, indiquant comment tu t'es procuré ton mélange de petit chimiste et as fait en sorte que notre frangin replonge, lui annonce froidement Diego. En fait, Chris, notre geek, a suffisamment fouillé pour rassembler des preuves accablantes. Je peux flinguer ta carrière dès ce soir en allant voir notre chef. Plus de taf, plus de retraite, plus de thune pour rembourser tout ce que tu dois encore en frais hospitaliers pour ta frangine.

Elle devient soudain moins fière, plus angoissée. Elle fixe son coéquipier sans broncher.

– Tu me connais, Stella, tu sais bien que là, je ne bluffe pas.

– Putain de fils de catins ! Vous êtes une meute d'enfoirés qui se couvrent les uns les autres !

– Elle commence à comprendre, la *derby girl*, sourit Chris. J'ai trouvé plus qu'il ne m'en fallait sur ton compte. Donc tu vas abandonner ce petit acharnement vindicatif. Milly veut la bite de Jay. Toi, tu dégages et les oublies pour de bon !

– Ou on s'acharne nous aussi sur ta réputation de flic adepte de raccourcis, et ça va être très moche à voir.

Ses phalanges se desserrent, son souffle prend une cadence entre l'énervement et la résignation. En reculant, elle nous questionne.

– Vous prévoyez d'en faire votre jouet sexuel ? C'est quoi votre délire au juste ?

– On baise des nanas joueuses, majeures et consentantes. Milly est une grande fille qui prend ses propres décisions. Elle est officiellement maquée avec l'un des nôtres. Le reste ne te concerne plus.

Cette réplique d'Alex la plonge volontairement dans le flou et les extrapolations. Ça nous éclate carrément de la voir nous dévisager, deg d'avoir perdu. Et de ne pas savoir ce qui se passe véritablement avec la délicieuse blonde qu'elle convoitait. Nous ne lui révélerons pas la vérité, sa figure à cet instant est trop marrante.

Miss, jouer, c'est notre truc, on y excelle, t'as pas idée.

– Putain, mais vous êtes…

– Casse-toi, la Rocket ! On s'en fout de ton avis, ne t'avise plus jamais de tenter quoi que ce soit contre Jayden ou pour choper Milly. Je t'ai à l'œil, t'es flic, tu sais à quel point un geek peut s'infiltrer dans les moindres secrets des gens.

– Ouais, penses-y, Chris est l'un des meilleurs de sa génération, insisté-je.

Stella mate une ultime fois Diego, qui lui donne une clef USB contenant une copie de tout ce qu'on pourrait utiliser pour la faire tomber. Elle crispe ses mâchoires et se barre avec. Nous la regardons partir en riant.

– Cible abattue ! lance Chris.

– J'espère bien. Bordel, elle l'a fait replonger alors qu'il se bat pour rester clean depuis des années. Rien que pour ça, j'aurais kiffé avoir l'autorisation morale de lui fracasser la tronche, s'irrite Alex.

Refermant mon blouson, je propose :

– Grave, moi aussi ! Bon, les gars, une virée pour fêter ça ?

– Et comment !

Satisfait, chacun rejoint son véhicule. Je grimpe sur ma moto et enfile mon casque. Dans notre viseur, ce soir, un club de pole dance. Jayden n'a pas besoin de savoir qu'on est intervenus, on est une putain de famille et il a suffisamment de stress avec la maladie tapie en Milly.

CHAPITRE 88

Road trip bohémien

♥♠♦

♣ Aimer, aimer est un verbe.
Amour est un mot qui agit.
Je respire sans peur. ♣

Teardrop, MASSIVE ATTACK

Jayden

Ma bohème, ma bécane, le vent fouettant nos casques, l'interminable bitume qui s'étire à toute vitesse et zéro peur, juste un afflux puissant d'adrénaline. J'ai filé une playlist de voyage à Milly, avec du Massive Attack, du London Grammar et d'autres sons que j'affectionne. Moi, je me concentre sur la conduite, les sensations qu'elle et la moto me procurent. Elle, elle a reçu pour ordre de kiffer sa race avec des écouteurs sous son casque et ses membres accrochés à mon corps dopé d'elle.

Putain, je savoure qu'elle soit enroulée autour de moi, plaquée contre mon dos.

Nos jeans usés sont collés, nos blousons en cuir *idem* et ses doigts fripent le tissu patiné sur mon abdomen. Le road trip jusqu'à ses racines en Pennsylvanie se déroule à merveille. Je prends la sortie 210B pour rejoindre l'US-15 N en direction de Williamsport, dégustant le trajet. Ma nana contre moi.

Deux heures et demie de vitesse sur la Harley plus tard, on s'arrête sur une aire de repos. Milly part aux toilettes, je nous dégote des chips et de l'eau, joue avec ma clef en fumant et en l'attendant.

– Pas trop fatiguée par la route, ma bohème ?

Elle a ôté le Redskins que je lui ai offert. Elle s'emboîte naturellement dans mes bras et cueille mes lèvres pendant que je jette et écrase ma clope sous ma semelle.

– Non, ça va. Je suis heureuse d'aller en territoire amish, chez les parents de ma mère, avec toi, susurre-t-elle contre ma bouche.

Ma muse butine mon visage, m'offre à nouveau ses lèvres. Putain, c'est tellement facile de m'enflammer avec elle. Je perds déjà les commandes de mon froc. Surtout en sentant sa poitrine gonflée par la grossesse et le léger renflement de son ventre se mouler contre moi.

J'ai mon bébé en elle, bordel ! Je suis tellement fier.

– Si tu n'arrêtes pas tout de suite, on va finir encastrés l'un dans l'autre dans les chiottes.

Elle rigole. Ce son à la fois émoustillé et joyeux s'infiltre en moi. Elle se hisse sur la pointe des pieds, me mordille dans le cou en empoignant l'avant de mon pantalon.

Carpe our fucking Diem ! Comme c'est inscrit en bleu électrique sur le t-shirt noir que j'ai enfilé ce matin, vivons notre putain de présent !

– Qu'est-ce que tu attends, Jay ? *Carpe our fucking Diem*, me chuchote-t-elle comme si mes pensées lui étaient accessibles.

Je plonge sur sa bouche, m'empare de sa langue, de son souffle, de son excitation contagieuse. Et lui transmets la mienne. Enivrés, nous titubons ensemble, soudés. Encombrés par nos sacs et casques, mais tant pis. Nous discernons sans le voir le regard de quelques automobilistes en pause sur l'aire de repos. Je m'en fous qu'ils nous matent et devinent qu'on cherche un coin tranquille pour nous envoyer en l'air. L'adrénaline bohémienne pulse davantage en moi que celle procurée par la chevauchée à deux roues. Bordel, j'ai envie d'elle !

Vivre dans l'urgence avec elle, dans l'incertitude, rend mon étreinte plus passionnelle. Je l'embrasse, la palpe comme si elle allait s'évaporer dans la seconde. Nous atteignons la porte des toilettes que je pousse, ma langue dansant avec celle de ma muse. Je trouve un box libre, la porte se referme sur nous. Notre chargement tombe par terre. Nos jeans sont déboutonnés fébrilement.

– Putain, mon ange…

Elle gémit lorsqu'elle enserre mon sabre dans une main, pendant que la mienne s'insinue dans sa petite culotte. C’est tiède, humide, envoûtant, je crève pour elle.

– Drogue-moi, Milly !

Ses lèvres secrètes s’écartent, la douceur de sa fente et de son bourgeon humecte mes doigts. Elle geint encore car je ne peux m’empêcher de la caresser, de m’aventurer dans sa féminité palpitante. Nous faisons mutuellement glisser nos pantalons sur nos chevilles, ce n’est pas pratique pour elle, mais de mon côté, j’extirpe ma queue en un rien de temps. Milly frôle mes bijoux génitaux, m’embrasse plus goulûment.

– Non, c’est toi qui me shootes, mon sombre Jay… murmure-t-elle d’une voix rauque.

Aussi pressée que moi, elle se débarrasse gauchement de sa lingerie, qui coulisse vers le jeans à ses pieds. Elle se retourne, se cambre en plaquant ses paumes sur le mur couvert de graffitis maladroits. M’offrant indécemment sa croupe. Le message est limpide, et je m’exécute avec un plaisir innommable. Tenant ma bête érigée qui perle de désir pour elle, je l’effleure avec. Entre les fesses, lentement, direction sa fente mouillée.

– Putain, tu me tues !

Je m’enfonce. Son écrin me fout en apesanteur, je me cramponne à ses hanches, imbriqué jusqu’à la garde.

– Oh la vache, Jay !

Son intonation sexy, sa respiration anarchique envahissent l’espace exigu, renforcent ma transe. Mes petites billes coulissent au creux d’elle, ma colonne de délices la creuse. Coups de boutoir fougueux. Depuis qu'elle est enceinte, elle mouille encore plus pour moi, et ça me rend juste ouf. Son fourreau merveilleux m'engloutit et lubrifie ma queue, qui glisse inlassablement en elle. Milly tangue vers le mur, qu'elle griffe en tentant de ne pas crier. Mais ses ahanements sont révélateurs, mes râles de kif *idem*. Je la pilonne bestialement, mon aine se contracte, mon sexe emprisonné dégorge. Je me dissous dans ma bohème.

Jouissances simultanées, mon bas-ventre est pris dans l'étau de son orgasme. Plus tard, on se rhabille et s'embrasse longuement. Je constate sur mon pénis et entre les jambes de Milly qu'elle a un peu saigné. Un sourire béat fend son visage, sur le mien, j'essaie de cacher mon anxiété en nous essuyant. Sa gynéco nous a assuré hier encore que tout allait bien, et que ce détail n'était pas alarmant concernant Milly ou notre bébé. Seulement, je ne me leurre plus. On est toujours sur une corde raide, malgré le break bénéfique résultant de sa grossesse. La maladie est juste sur pause, elle reste en sursis. Néanmoins, ma muse irradie de bonheur en m'observant. Je m'incline à la fois pour m'efforcer de calquer mon humeur sur la sienne et récupérer nos affaires. Lorsque je me redresse, la clef de bécane choit au sol. Ma merveille blonde la ramasse.

– Tu me laisserais conduire un peu ta moto ?

– Euh… ouais, on pourrait t'initier dans un endroit dégagé et désert.

Ma main se tend afin de la choper avant qu'elle ne l'examine de plus près. Me rappelant *in extremis* ce que je ne lui ai toujours pas dit. Elle risque de voir son…

Trop tard, merde !

– Mais je… Qu'est-ce que… Comment tu as pu avoir ça, Jay ? s'étonne-t-elle en découvrant sa breloque sur mon porte-clefs.

Je déglutis, soutiens son regard perturbé et interrogateur. Elle va me prendre pour un taré. Je balise car, finalement, mon comportement équivoque vient juste de donner raison à cette salope de Stella, je le crains.

– M.C., ce sont les initiales de maman. Mae Clark. Je reconnais chaque détail. Comment tu as eu ça, Jay ?

– Je l'ai… trouvé, dis-je, mal à l'aise.

Putain, t'as déconné, mec ! Tu trimballes tel un talisman son bout de bracelet hérité de sa défunte mère. Comment réagirais-tu à sa place ?

– « Trouvé » ? Où ça, Jay ? Quand ?

Je frictionne mes cheveux. La trouille me fait soudain décamper. Je pousse les battants et sors de la cabine avec ma petite amie ahurie sur les talons.

– Jayden, tu veux bien m'expliquer ?

J'inspire et pivote.

– Le jour où tu l'as perdu, j'étais dans le parc. J'étais loin et ne parvenais pas à distinguer tes traits mais tu… putain, je sais de quoi ça a l'air, mais c'est juste… Je n'ai pas pu te rendre ce bidule ce jour-là. Ensuite, j'ai eu peur de t'en parler.

Elle caresse les initiales. Ses yeux observent la breloque, puis se fixent à nouveau sur moi.

– Il m'est devenu précieux, ma muse. J'ignore pourquoi. Je n'ai pas osé l'évoquer.

– Mon Dieu, Jayden…

Sa voix se brise, ses prunelles s'embuent. Oui, j'ai merdé. Comment pourrait-elle comprendre ? Je ne m'explique pas moi-même le profond et indéfectible attachement qui me lie à son bout de bracelet.

– Je te demande pardon, ma muse. Je n'avais pas le droit. Je… Je suis tellement désolé.

– Non… En fait, il s'agit du premier bijou que mon père a offert à ma mère. Le premier collier de sa vie, car dans sa communauté les femmes n'en portent pas. Elle l'adorait. C'est comme si elle m'adressait un signe à travers toi.

Quoi ?

– Tu… Tu ne m'en veux pas, alors ? Tu ne me rejettes pas ?

– Comment le pourrais-je, mon *Dark Lover* ? J'étais déjà incapable de me passer de toi, et maintenant, le destin s'en mêle. Je ne sais pas si tu crois en ce genre de choses, mais c'était le cas de maman.

Émue, Milly me rend enfin mes clefs. Elle se cale dans mes bras, un tantinet frémissante, et cède à un rire larmoyant. Son émotion me perfore et mon étreinte se resserre autour d'elle.

– Garde-le. Comme ça, maman est aussi un petit peu avec l'homme que j'aime.

– Putain, je… Je t’aime à en crever.

Ma voix se brise. Je tremble et la serre avec une fougue indescriptible.

♥♠♦♣

Un bon moment après, nous reprenons notre chemin en direction de la Pennsylvanie afin de rencontrer la partie de sa famille qu’elle ne connaît pas, de pénétrer dans le monde désuet qui a vu naître sa mère.

Nous décidons d’y rester tout le week-end, parmi les calèches, les chevaux, champs et habitations simples et surannées. Entourés de barbus en chapeaux et pantalons à bretelles pour qui je suis une curiosité, et de femmes en longues robes et tabliers blancs dont les cheveux cachés sous des coiffes amish sont aussi blonds que ceux de ma meuf. C’est comme un voyage dans le temps, une véritable découverte.

Seul souci, n’étant pas mariés, nous n’avons pas le droit de dormir ensemble. Les tantes de Milly l’hébergent. Moi, on me fout chez le pasteur. Ma muse trouve ça très drôle. Pas moi.

Putain, ils se rendent compte de ce qu’ils me demandent ? Je ne peux pas et ne veux pas me sevrer de cette drogue-là. Même pas pour une nuit…

ÉPILOGUE

♠♦♣

♥ Avec l'amour, l'amitié
et la fraternité d'action,
l'art est le plus court chemin
d'un homme à un autre. ♥

Claude Roy

Jayden

Après ces péripéties, j'aimerais tourner désormais les pages raturées du passé et entamer un chapitre neuf. C'est notre souhait à tous. Stella n'a rien pu démontrer de probant, ni réussi à me séparer de Milly. Elle a donc demandé sa mutation et s'est taillée du New Jersey.

Mégane restera un mystère, ma croix lourde et douloureuse à trimballer. On n'a jamais pu déterminer avec précision ce qui a eu lieu et honnêtement, certains jours, je me dis que je pourrais être coupable. Détail important : je ne me suis pas volontairement défoncé ce soir-là et ne me rappelle toujours pas comment ni pourquoi je me suis retrouvé impliqué dans cette scène d'horreur. Les méandres de mon cerveau sont insondables là-dessus…

Ça pourrait aussi être le général, pour mille et une raisons. Il voulait Mégane, et moi, son fils adolescent toxicomane, ai couché avec elle. Mon père, qui avait déjà perdu son épouse dans une guerre alors que lui-même a consacré sa vie à en mener au compte de sa patrie, doit se coltiner lui aussi son lot de démons. Même s'il n'abaisse jamais son armure de mâle impassible et froid en public… De toute manière, je crois que la rupture est définitivement consommée entre lui et moi.

Ça pourrait également être une tierce personne. Quelqu'un qu'elle fréquentait sans qu'on sache ? Ou un détraqué quelconque qui aurait été tapi dans notre base militaire de l'époque. Certains reviennent du front complètement déglingués avec un syndrome de stress post-traumatique et des pulsions de violence.

En somme, tant de possibles et aucune certitude… Hormis que Mégane avait beaucoup bu cette nuit-là et a été poignardée à mort, mais l'arme blanche utilisée n'a jamais été retrouvée. Où est-elle passée ? La police est restée dans l'impasse.

Mon avocat, ou plutôt celui du général, en a profité pour semer un doute raisonnable qui perdure encore aujourd'hui. La frustration de ne pas détenir toute la vérité, la peine et les regrets sont sans fin dans les *cold cases*. Cette obscurité ne me quittera pas. Je suis enfermé dans une prison mentale. Néanmoins, je fais mieux que survivre, maintenant.

Je revis, je crois.

Les BadASS et moi avons intégré Jamie à notre bande, et nous vivons toujours en suivant la même philosophie. À la condition *sine qua none* que ma meuf soit acceptée, respectée de tous et exclusivement mienne. Les beuveries de mecs, pourquoi pas, tant que j'ai un Joker qui me dispense des défis sexuels : j'ai nettement mieux chez moi que des filles d'un soir.

Justement, en cette matinée d'octobre, sous l'été israélien, je mate le petit cul sexy de ma blonde à plumes dans son short mauve. Mes veines réclament inexorablement leur dose d'elle.

– J'en ai la chair de poule, me dit Milly en me montrant ses bras sans se douter de la tournure salace que prennent mes pensées.

– Moi aussi, ma bohème, ça me fait tout drôle de me tenir là aujourd'hui, avec toi.

À cet endroit précis des sept cents kilomètres de mur séparant Bethléem d'Israël, ma mère a effectué son dernier acte militant et d'amour. Effectuer ce voyage avec la femme que j'aime s'apparente à un pèlerinage. Une sorte de réunion de famille entre ma maman et celle de mon futur enfant : les deux femmes les plus importantes de mon existence. Un jour que je souhaite marquer d'une pierre blanche.

Je sors mon smartphone et le tend à Hamza, notre guide palestinien.

– Une photo de vous ? Avec plaisir !

– Merci, mon ami.

Milly et moi nous plaçons à proximité de l'œuvre à laquelle a participé ma mère, enlacés et fiers d'avoir atteint la deuxième destination cruciale de notre périple, après le territoire amish en Pennsylvanie. Nous avons vu son grand-père, le patriarche de la communauté, avec lequel ma bohème avait patiemment tissé des liens depuis une année. La rencontre a été émouvante et libératrice pour elle, je crois…

– Dites *cheese* ! nous enjoint Hamza, me tirant de mes souvenirs encore frais de notre séjour là-bas.

Nous nous regardons en souriant et sommes surpris par les déclics. Hamza nous immortalise sous toutes les coutures, même quand ma muse émue caresse la signature de ma mère sur le mur et s'accroupit pour y déposer un baiser. Mon cœur gonfle dans ma poitrine et je m'agenouille à côté d'elle.

– Maman t'aurait adorée.

Nos doigts effleurent ensemble les lettres du prénom de ma mère. Je me sens apaisé. Quelques secondes plus tard, je me redresse et aide ma ravissante blonde avec son petit bidon de quatre mois de grossesse à se relever. Elle se love contre moi, je l'étreins et respire à pleins poumons son odeur que je détecte toujours, même mêlée à celle des fallafels des échoppes qui nous environnent.

Nous nous éloignons pour choisir nos bombes de peinture dans nos sacs. Je rajuste le bandana noir et blanc sur la bouche et le joli nez de mon ange, frôle notre pois chiche. Nous reculons en secouant nos aérosols et je contemple les traces des *street artists* illustres ou inconnus ayant mis leur touche sur ce spot. Des graffs, des colombes, des visages, des messages de paix sont affichés partout. Le fameux « *Make Humus Not Walls* » attire mon regard. J'inspire et constate que ma bohème m'observe.

– Qu'est-ce qu'on appose ici ? me demande-t-elle avec tendresse.

– Je voudrais juste écrire « *Hope* ».

Que le flambeau de l'espoir ne s'éteigne jamais, ni pour le monde, ni pour les zones de conflits, ni pour elle et moi.

– Parfait, approuve-t-elle en agitant encore ses pigments.

– Et toi, mon ange ?

Ses superbes billes bleues s'égaient.

– Les quatre symboles tatoués à la base de tes doigts vous représentent, tes frères BadASS et toi. Je vais les inscrire près de Yaël. Qu'elle ait la famille de cœur de son fils à ses côtés, ceux qui ont pris le relais après elle pour veiller sur toi.

Putain, je l'aime !

– Ça te va ? s'enquiert-elle, désireuse de ne pas commettre d'impair.

Mais elle est juste parfaite.

– Absolument, ma bohème.

Le vent fait doucement tanguer ses plumes. Je m'approche et décide de m'associer à son graff. À deux, en communion avec notre art et ce lieu, avec une pensée bienveillante pour celle pour qui nous sommes là, nous gravons nos signes sur le mur de Bethléem. Ils se suivent tels des points de suspension après l'immense « *HOPE* » que j'ai tracé.

– Mon trèfle comporte quatre feuilles, murmure ma merveille à moi.

Nous ne serions pas contre un chouia de chance, oui. Je m'incline et l'embrasse sur le front. Nos signatures s'accolent.

Milly & Jayden

♥♠♦♣

Milly

J'attrape les doigts de Jay. Ma tête contre lui, nous fixons notre travail, nos deux prénoms ainsi que celui de sa mère. Sans commentaire superflu, il me tourne vers lui. Il retire mon bandana et prend mon visage en coupe.

– On rentre à l'hôtel ?

– Pourquoi ?

– À ton avis, ma bohème ? Je crève d'envie de jouer au papa et à la maman…

– J'en suis très étonnée, mon chéri.

Je ris tandis que mes mains palpent ses bras tatoués, remontent vers ses joues. Hissée sur la pointe de mes sneakers liberty, je cherche ses lèvres. Notre baiser me remue à en avoir les jambes en coton. Jay y met une telle virilité enjolivée par sa sensibilité envoûtante…

Mon *Sweet Dark Lover*.

Mon artiste ténébreux qui s'ouvre à la lumière.

Comme il me l'a soutenu à l'hôpital, personne ne sait de quoi l'avenir sera fait. Tout peut arriver. Nous avons décidé de répondre à l'invitation de Lilas et nous rendre en Afrique du Sud après notre voyage ici au Moyen-Orient. Foulerons-nous ensemble le sol de Cape Town dans quelques semaines ? Je l'ignore. Cependant, le « *Hope* » de Jayden crie à qui veut l'entendre que l'espoir est permis, malgré la peur qui tenaille parfois, malgré les ombres du passé et les difficultés.

Lui et moi, on s'en tient à notre liste YOLO. Au jour le jour. Nos corps s'enfièvrent mutuellement à chaque contact, même visuel ou sonore. Comme maintenant, où je me ramollis sous sa langue experte et ses doigts sur ma peau.

– J'ai une idée bien précise pour l'après-midi : ma tête entre tes cuisses, me suggère-t-il, ses pupilles exprimant la force de son désir.

– Hum, cette bouche sur moi…

Son sourire concupiscent m'enveloppe d'une euphorie d'anticipation. J'ai hâte de jouir de la magie artistique qu'il déploie sur ma féminité, à coups de langue et de reins.

Certes, tout peut brutalement s'achever ou se poursuivre au-delà de nos espérances. Il y a de très fortes chances que je ne survive pas à mon accouchement et fasse une hémorragie importante, ou que mon état se détériore à vitesse grand V dès que notre bébé ne sera plus en moi et que les hormones de grossesse disparaîtront. Peut-être même que demain matin, je ne me réveillerai pas… Nous n'avons aucune prise là-dessus, alors nous continuons de nous adorer, de vadrouiller et chérir nos précieux trésors. La vie. Notre bout de chou. Et la conviction qu'à jamais, où que je sois dans un futur proche ou lointain, mon cœur appartient à Jayden.

Comme si j'étais un livre ouvert – le sien –, il lit en moi et me répond d'une voix si rauque et cassée que c'en est érotique.

– Le cœur rafistolé de Jayden Graham appartient à Milly Clark. Tu es ma putain de came, ma bohème, ma drogue humaine. Impossible de décrocher. Ça aussi, c'est immuable.

Oui. Advienne que pourra. On s'aime !

♣♥♠♦ FIN ♣♥♠♦

PLAYLIST

– Mon *Dark Lover* ?

– Oui, ma muse ?

– Je suis en train de nous concocter une longue playlist commune, avec des sons que tu écoutes régulièrement, les miens, ceux que ta bande affectionne ou qui m'évoquent des moments rien qu'à nous deux.

– Humm… Top ! Tu sais comme je kiffe quand on se mélange.

– Je te vois venir, monsieur l'insatiable. Tu es irrécupérable, mais on parle de musique là, uniquement de nos morceaux préférés.

– Oh mais moi aussi, tu verras quand je serai sur et dans ton corps en les écoutant. Balance les notes et mélangeons-nous ! Aux lectrices de trouver quel titre me ressemble, ou renvoie aux BadASS, à toi ma sexy bohème délurée ou à nous deux quand on baise.

– LOL ! Excellente idée, mon obsédé d'amour. C'est parti, les voici :

I Can't Get no Satisfaction, The Rolling Stones
Paint It Black, The Rolling Stones
Every Teardrop Is a Waterfall, Coldplay
Girlfriend, Gym Class Heroes
Let's get it started, Black Eyed Peas
Water Fountain, tUnE-yArDs
Born To Die, Lana Del Rey
Here, Alessia Cara
Another One Bites the Dust, Queen
You Take My Breath Away, Queen
You're Beautiful, James Blunt
Back to Black, Amy Winehouse
Cherry Bomb, The Runaways
I Love Rock N Roll, Joan Jett
Black Widow, Iggy Azalea
Hymn For The Weekend, Coldplay
Le chemin, Kyo
Je saigne encore, Kyo
Don't Know why, Norah Jones
All I Need, Within Temptation
Roses, The Chainsmokers
Don't Let Me Down, The Chainsmokers
Human, Rag'n'Bone Man
Heavy Dirty Soul, Twenty One Pilots
Time Is Running Out, Muse
One Year of Love, Queen
Show Me Your Soul, Red Hot Chili Peppers
Hey Brother, Avicii
Teardrop, Massive Attack
All about that bass, Meghan Trainor
Work, Rihanna

Freedom, Pharrell Williams

Seven Nation Army, The White Stripes

I Just Don't Know What To Do With Myself, The White Stripes

One Way or Another, Blondie

La Tortura, Shakira

Just Give Me a Reason, P!nk

Still Falling For You, Ellie Goulding

Son of a Sun, Jain

Heavy Cross, Gossip

Shape Of You, Ed Sheeran

Stay, Rihanna

The Monster, Rihanna & Eminem

Sweetest Devotion, Adele

Do I Wanna Know, Arctic Monkeys

Ainsi que tout de : Nirvana, London Grammar, Evanescence, The Rolling Stones *et* Twenty One Pilots.

REMERCIEMENTS

Tout d'abord, Nathalie Bot Hattler (ma b♥hème), l'ange gardien de Jayden et un peu le mien aussi par la même occasion, merci pour tout ! *Idem* pour Laure, Auror, Virginie, Tina et Shirley, vous êtes des amours. Chacune de vous m'a réchauffé le cœur avec sa générosité, son amitié, son soutien solide et continuel, avant, pendant cette trépidante compétition Fyctia et après.

La talentueuse Robyne Max Chavalan, je te remercie chaleureusement ma belle. Ta présence et ta gentillesse m'ont énormément touchée. Élire *Love & Darkness* parmi tes coups de cœur durant le concours « Au masculin » m'a boostée au-delà de mes attentes. Merci du fond du cœur.

Je pense également à Camille de l'équipe Fyctia, mon éditrice. Merci de m'avoir guidée, conseillée et aidée à donner le meilleur de moi-même ; pour ce travail minutieux jour après jour.

Merci infiniment, Arthur, pour ton intérêt et ta confiance, pour m'avoir ouvert les portes de La Condamine.

Je ne saurai oublier celles qui sont là dans les rires comme dans les larmes. Des cœurs à l'infini pour mes amies et mes bêtas lectrices d'amour. Je tiens à vous redire combien vous êtes fabuleuses et précieuses.

Un *big up* particulier à la communauté Fyctia, surtout vous (lectrices comme auteures) qui avez véritablement porté Jayden au-delà de mes espérances. Un autre *big up* à vous, issues de la communauté Wattpad, qui m'avez suivie, soutenue sans relâche dans cette belle aventure qui continue de m'enchanter. Les votes, les partages, les commentaires, les MP et votre attention ont été et resteront de merveilleux trésors à mes yeux.

Vous dépotez grave mes chéries !

Parmi vous, mention spéciale pour Mary Mengouchi, Justine, Marie Delpech, Gaëlle Legay, Christelle Maugeais, Corinne ABT, Aurélie Accardi Jarrige, ma Soizic chérie. Fatou, Lindsey, ainsi que toutes les adorables et talentueuses WIB, également Ambre, Maya, Sylvine, ma Cricri d'amour… Je vous kiffe les filles !

Ma profonde reconnaissance et mon amitié à la merveilleuse Myriam Filho Frechin ♥. Nadège et les Crazy, merci à vous toutes !

Merci mille fois, Shirley (ma perfection) ainsi que celles que tu as fédérées pour voter pour Jay : comme Lara Game et tant d'autres…

Carmila, Mamandany, Virginie Nunez, Aure Waroux Gayard, Aurore Faroux, Amy Candy, Phoenix B Mtl, Jess Jee G, Elodie Briere, Nadia,

Celine Sergent, Alexiane, Katyknk, Isabelle Charrette, Edel Weiss, MyLaure56, Natasha Nicolle, SFANS, Alexia, Feifei Ye Yongsen, Isabelle Lamberet, Isabelle Charrette, Eloise Flores, Chantal Leroux, Olly Ollybooks, Sandrine Grand, Severine Wana, Cindy Mountinho, Amina Benaouda, Jessica Bruletout, Joséphine et tellement d'autres : MERCIIIII !

Les superbes auteures pour votre pub et vos votes : Milyi (tu as un cœur grand comme ça, ma belle ♥), Jena Rose, Lanabellia, Avril, So Ferretti, Mikky Sophie, Caprice, Elisia, Twiny… Un grand merci à vous.

Impossible de citer tout le monde, j'en suis désolée. Cependant, cette aventure intense n'aurait pas existé sans la contribution de chacune d'entre vous.

Je réserve des baisers d'amour et de reconnaissance pour mon chéri ♥, toi qui composes avec ma passion dévorante pour l'écriture. Pour chacune des personnes si importantes pour moi, formant mon O.L.Y.T.L : je vous adore ! Et plus généralement toute ma famille et mes amis ♥.

Enfin ma dernière pensée s'envole vers ♥Anna♥:

Peace, Light and Love pour toi. Tu es gravée en moi.

MAKE ME *Bad*

ELLE SEVENO

SUCCOMBEREZ-VOUS À LA VENGEANCE ?

Fyctia

Hugo Poche

Composition et mise en pages
Nord Compo à Villeneuve-d'Ascq